LE MUSÉE DES FEMMES ASSASSINÉES

DU MÊME AUTEUR

LE MUSÉE DES FEMMES ASSASSINÉES, Actes Sud, 2021 ; Babel noir n° 282.
LEÇON DE ROUGE, Actes Sud, 2023.

Titre original :
Still Lives
Éditeur original :
Counterpoint Press, Berkeley

ISBN 978-2-330-17434-7

MARIA HUMMEL

LE MUSÉE DES FEMMES ASSASSINÉES

roman traduit de l'anglais (États-Unis)
par Thierry Arson

BABEL NOIR

pour Kyle

Ne chassez pas le sommeil de vos yeux. C'est un beau sommeil.

Citation extraite du film
Vive les étudiants,
au scénario duquel
F. Scott Fitzgerald a contribué.

JEUDI

1

Depuis quatre ans que je vis à Los Angeles, le Rocque Museum est à la fois mon université et mon lieu de travail, qui m'offrent un diplôme d'art contemporain et un autre de vie cosmopolite – brillante comme les bleus dans une toile de Sam Francis, et aussi décadente que le moulage vingt-quatre carats d'un testicule de chat. La plupart des jours s'écoulent dans un flou agréable de mots et de tableaux. La plupart des nuits, je déteste quitter mon petit bureau, en particulier les soirs d'avril comme celui-ci, quand je peux étudier mon fouillis d'épreuves à corriger, contempler la cité qui commence à verdir, et imaginer que je suis toujours heureuse.

À deux pâtés d'immeubles, plus bas dans l'avenue, une nouvelle salle de concert commence à émerger d'une aire de stationnement crasseuse, tel un vaisseau d'argent. Juste au-delà, j'aperçois le pavillon d'un théâtre, les nuages violets d'un alignement de jacarandas. À environ deux kilomètres de là, je sais que le fleuve de la ville noie toujours sa gorge de béton, et je me rappelle la raison de ma venue ici, ma volonté d'y entamer une nouvelle existence, loin des fantômes du passé.

Ce soir j'aimerais m'attarder dans cette petite pièce, avec tout juste assez d'espace pour mon bureau chromé, mon classeur, une étagère de catalogues d'exposition, et un siège supplémentaire destiné aux visiteurs. Après six heures du soir, l'endroit est très calme. Je connais la place de chaque chose, j'ai des révisions à effectuer, et grâce à la porte vitrée personne n'est en mesure de me surprendre. Je pourrais attendre que la circulation se fluidifie pour dévaler le cours lumineux de la 101. En chemin, je regarderais peut-être trop souvent derrière moi. J'insérerais fébrilement la clé dans la serrure de mon bungalow décrépit. Mais je serais à la maison rapidement, et les heures de silence et de vide seraient moins nombreuses avant qu'arrive le sommeil.

Des klaxons bêlent sous ma fenêtre. En contrebas, j'aperçois deux camions de livraison de boissons qui se dirigent vers le carrefour menant à la voie inférieure passant sous notre avenue. Deux tournants de plus et ils disparaîtront par la rampe puis dans le tunnel qui dessert l'aire de chargement du musée. La soirée de gala se prépare.

Dans quelques heures, toute cette artère sera bloquée par les limousines. Il faut que je saisisse ma chance maintenant, et que je quitte le Rocque. Tout le monde artistique de L.A. va converger ce soir pour le gala d'ouverture de *Natures mortes*, la dernière exposition de Kim Lord. Trois cents invités vont venir manger, vider des flûtes de champagne et se masser dans les salles jusqu'à ce que celles-ci bourdonnent de leurs conversations. Ensuite ils sortiront pour parader et gloser avec éclat sur l'artiste, et ils iront danser. Une excitation presque tangible enflera dans ce brouhaha, comme un ballon maintenu sous l'eau. Ce sera la soirée de l'année. Chaque exposition de Kim Lord fait événement. Chacune de ses toiles "est tellement puissante que vos yeux en saignent", comme le dit avec un sourire en coin son dernier compagnon Greg Shaw Ferguson, ce galeriste en vue.

Jolie formule. J'imagine aussi comment Greg l'a présentée. Tout d'abord, il a regardé la journaliste du *Los Angeles Times* au fond des yeux, comme s'il la remarquait subitement, un être humain face à un autre. Puis il a prononcé ces mots d'une voix très légèrement rocailleuse, a secoué sa chevelure d'un blond vénitien et a ignoré la jeune femme pour se plonger dans ses pensées, l'air indéchiffrable. Et pendant ce moment de réflexion, qui a duré juste une seconde de trop, elle est tombée sous son charme. Elles réagissent toujours ainsi.

La camionnette blanche d'une chaîne d'infos passe en rugissant et file vers cette même intersection. Il est temps d'y aller. Mes ruminations sur le don de séduction exaspérant de Greg n'effaceront pas mes propres cinq ans d'obsession pour lui, et elles risquent de contrarier mon évasion. Je passe la lanière de mon sac à l'épaule et je prends quelques épreuves que je laisserai à Yegina, notre directrice des expositions et ma meilleure amie. J'ai besoin d'une bonne dose de la loyauté sans faille de Yegina au Rocque afin de me vacciner contre un excès de laisser-aller. Que se passera-t-il si l'homme avec qui j'ai déménagé à L.A., l'homme qu'un temps j'ai pensé épouser, passe toute la nuit à tenir la main de Kim Lord ? Au bureau des adhésions, on n'a pas une seule seconde, même pas pour raccrocher le téléphone. Il se peut que nous ayons toujours du boulot demain.

Quand j'atteins l'escalier qui descend au centre du bâtiment, je m'autorise une lente prise de vue du cocktail que je vais rater. Nos bureaux occupent un bâtiment vitré de quatre étages qui domine le mastodonte tapi qu'est le musée lui-même, en fait un entrepôt des années 1920 qui servait de garage aux véhicules de police et qu'on a reconverti en galeries. Les murs du Rocque, que seule brise l'unique entrée vitrée et sertie d'acier, lui confèrent l'aspect d'un fleuron industriel désuet posé au milieu des gratte-ciel environnants. Nos adhérents adorent ce bâtiment, mais je suis sûre que sa taille et sa forme éveillent la colère de tout promoteur avide qui passe en voiture devant notre empreinte sur la colline la plus convoitée du centre-ville.

La face ouest du musée est une surface basse et grise qui exhibe sa fadeur dans les miroirs éblouissants que dressent les immeubles des banques. Ce soir, il arbore une bannière publicitaire marquée du nom de Kim Lord et des logos d'une douzaine de sponsors. Un tapis rouge est déroulé à côté, sous les projecteurs. Des hommes en gilets de sécurité disposent des cônes de signalisation pour bloquer la rue. Ici, les limousines viendront déverser les invités jusqu'à ce que le trottoir disparaisse sous les robes du soir. Ici, on prendra la pose sans trop sourire. Puis tous suivront le cordon pourpre sur un demi-bloc, jusqu'à l'escalier qui donne accès au passage souterrain pour les livraisons, à présent transformé en un cocon d'étoffes et de fleurs. Pas question d'une salle de bal défraîchie pour le gala de Kim Lord. Je peux déjà imaginer tous ces visages bien nourris, ravis et nerveux à la fois. La façon dont tous s'avanceront avec grâce, telles des âmes entrant aux Enfers.

Pour ma part, je trace mon humble chemin dans un couloir décoré d'affiches artistiques défraîchies, en direction du bureau de Yegina.

Elle est seule, l'air étonné, comme si on venait de lui décerner un trophée. C'est une perle, mon amie, pas du style prisé des habitants d'ici, les Angelenos, tellement mince qu'on pourrait la confondre avec un cure-dent, mais remarquable par sa chevelure d'un noir de jais et l'arc espiègle de ses pommettes.

Son visage s'éclaire et elle me fait signe d'entrer.

— Tu ne devineras jamais !

— Tu es fiancée depuis ce midi, sans me le dire ?

Elle a divorcé de son raté de mari blanc l'année dernière, et depuis elle est en quête de son partenaire asiatique parfait, de préférence vietnamien.

— Ah ah. Tu as droit à un autre essai, dit-elle.

— Don a fini par être accepté quelque part ?

Pour la deuxième année consécutive, son plus jeune frère n'a reçu que des refus de la part des écoles de médecine. Toute sa famille en est accablée.

— Ils vont voter oui ou non au projet de Bas, répond-elle d'une voix rêveuse. Lors de la prochaine réunion du conseil d'administration.

Bas Terrant est le nouveau directeur du musée. Yegina a en horreur son zèle de blondinet BCBG et sa volonté de publicité tous azimuts pour faire du Rocque une "destination incontournable" plutôt qu'un musée. Étant donné que Yegina a passé sa vie entière à mépriser les masses, et qu'elle se définit sans complexe comme élitiste, elle a failli en venir aux mains avec Bas quand il lui a parlé de son programme d'expositions et du créneau où elle pourrait insérer une nouvelle idée "populaire", *L'Art de la course automobile*.

— Je croyais qu'il avait un contrat de trois ans, dis-je.

— C'est encore plus dingue, répond-elle avec une moue dépitée. Kim Lord est aux abonnés absents. Elle était censée se présenter ce matin à la séance de photos pour la presse, et elle n'a toujours pas montré le bout de son nez.

Je pose la main sur la poignée de porte. Je me contrefiche que Kim Lord se soit exilée sur Pluton. Si je quitte le Rocque dans les dix minutes, je peux encore devancer l'heure de pointe pour retourner à Hollywood.

— Elle a envoyé deux mails, mais elle ne répond pas au téléphone, ajoute Yegina avant de s'interrompre, l'air dramatique. Et aux Relations publiques, ils ont calé une série d'interviews capitales avant le gala.

Elle accroche mon regard de biais et abaisse les cils. Je connais cette expression.

— Oh non, dis-je aussitôt en ouvrant la porte. Je n'appellerai pas Greg.

Elle tente de biaiser :

— Tu composes seulement le numéro, et tu me laisses parler. Il sait forcément où elle est.

— C'est trop humiliant.

— Tu es consciente que le service Développement dans son intégralité va succomber à une combustion spontanée si la vedette de leur gala n'apparaît pas dans les temps ?

Elle me décoche un sourire lumineux.

Elle a raison. Notre équipe chargée de lever des fonds devient de plus en plus incandescente la semaine précédant tout vernissage, et ses membres explosent comme des feux d'artifice à la moindre anicroche. La survie du musée dépend de l'argent qu'ils collectent, et l'annonce de cette soirée a fait plus de bruit que toutes les autres ces dix dernières années. Les amateurs d'art connaissent le nom de Kim Lord. Ils ont vu les bannières rouge sang fleurir partout en ville, et ils veulent être les premiers à éprouver le choc visuel de ses dernières créations.

— S'il te plaît, dit encore Yegina. Je viendrai avec toi pour cette virée à poney ridicule, le week-end prochain.

Elle offre une contrepartie de poids. Je la supplie d'accepter depuis des semaines.

Avec un soupir, j'ouvre mon sac.

— Ce sont des chevaux. Et il s'agit d'une balade dans les collines, au coucher du soleil.

— De fougueux étalons ? demande-t-elle, pleine d'espoir, tandis que je fouille dans les reçus et les papiers d'emballage, et elle ajoute : Oh, et Jayme te cherche, au fait. Les Relations publiques ont besoin d'aide.

— Elle a promis que je n'aurais rien à faire, ce soir.

Chez moi attendent la biographie de F. Scott Fitzgerald en cours de lecture, un verre de vin blanc sec et le reste d'une tarte aux cerises faite maison. Ces derniers temps, mon quotidien n'est pas reluisant, ce n'est pas la vie pour laquelle je croyais m'embarquer lorsque j'ai commencé à me pencher sur l'éventualité de venir vivre à Los Angeles avec Greg, en parcourant l'immense patchwork des quartiers avec le doigt. Nous avions imaginé nos promenades dans Pacific Palisades, les concerts au Pantages Theatre, les petits-déjeuners dans les cafés de Los Feliz, et moi faisant carrière avec mes articles pour les magazines. Ma vie actuelle est sans prétention, certes, mais c'est la mienne.

Yegina tend la main pour prendre mon téléphone, un vieux modèle à clapet éraflé qui rend difficile la composition des messages. Je préfère ne pas regarder quand je le lui donne. Le numéro de Greg est toujours le premier sur la liste de mes contacts, avant mes parents.

Juste au moment où Yegina enclenche l'appel, on frappe à la porte. Elle colle l'appareil à son oreille et dit :

— Entrez.

— Je peux vous parler…

Cette voix chaleureuse mâtinée de condescendance ne peut appartenir qu'à notre cher directeur Bas Terrant, rejeton de la Côte est né avec une cuillère d'argent dans la bouche et patiné du vernis d'Hollywood. Impeccables, son costume et sa coiffure semblent toujours entrer dans la pièce avant lui. Ses vêtements sont déclinés sur des tons tellement pastel qu'ils pourraient fondre sur la langue, et ses boucles blondes effilées balaient son front dans un style juvénile. À son âge il devrait grisonner et arborer quelques rides, mais un ensemble de traitements radicaux lui évite ces deux désagréments. Ce soir, néanmoins, la sueur a assombri ses tempes et ses paupières paraissent plissées, comme si quelqu'un avait tenté sans succès de les fermer en les boutonnant.

— Un problème urgent avec la reconnaissance des sponsors, dit-il. Entre autres choses.

— Bien sûr. Parlez-moi.

Le visage de Yegina s'est métamorphosé en un masque aimable. Elle coupe la communication et me rend le portable. Il glisse dans ma paume, froid et bien solide. *Appel à Greg annulé*. Il verra que j'ai essayé de le joindre. Deux mois de maîtrise personnelle sans faille, pour rien.

Bas m'adresse un sourire crispé.

— Et veuillez contacter Jayme ; ce soir, tout le monde doit être sur le pont, dit-il, et il referme la porte.

2

Je ne vais pas voir Jayme directement. Je reviens dans mon bureau et je contemple une fois encore le dessin de Cy Twombly accroché au mur, en m'évertuant à détendre mes nerfs avant de me laisser entraîner dans cette soirée qui prend des allures de catastrophe ferroviaire imminente.

Chaque bureau du Rocque est orné d'une œuvre d'art authentique prélevée sur la collection permanente du musée. Mon choix personnel ne se serait pas porté sur Twombly, mais avec le temps son dessin m'a conquise. Des marques grises recouvrent le papier en une tempête de lignes. J'essaie d'en suivre une des yeux ; elle se brise. J'en suis une autre ; elle se brise aussi. Si à vingt-sept ans vous m'aviez questionnée sur mon avenir, j'aurais prédit un mariage prochain, et puis des enfants, un déroulement logique et satisfaisant des décennies pas très différent de celui de mes parents. Mais à vingt-huit, je ne vois pas comment les choses s'assemblent.

J'ai rencontré Greg Ferguson il y a presque six ans, alors que nous participions tous deux à un programme d'enseignement de l'anglais, en Thaïlande. Un mois à s'orienter dans Bangkok nous a poussés tous deux à apprendre le thaï, avec une vingtaine d'autres. Ces cours regroupaient une poignée de ces habituels diplômés naïfs et aventureux : un couple marié qui se chamaillait continuellement ; un type au casque de moto toujours vissé sur le crâne ; et moi, qui essayais très dur de m'incorporer à ce noyau d'étudiants. Et puis il y avait Greg. Il était de la même tranche d'âge que la plupart d'entre nous, mais sa mère venait de survivre au premier assaut de son cancer des ovaires, et il avait consacré les deux mois précédents à méditer dans un monastère. Un mince duvet recommençait à couvrir son crâne, et ses silences pouvaient vibrer tel un stroboscope. En majorité, les autres le considéraient avec une sorte de respect morose. J'ai décidé de le courtiser pour qu'il intègre notre bande.

Je me dois d'être très claire : ma démarche n'avait aucune motivation romantique. J'ai agi par pure sympathie, stimulée par ma formation de journaliste à l'intrépidité sociale. Trop maigre de huit kilos et sans ses cheveux hirsutes, Greg avait un air grincheux, reptilien. Il ne souriait pas, ne plaisantait pas comme il le fait aujourd'hui. Je l'ai incité à suivre notre joyeuse bande quand nous naviguions sur les canaux, à visionner un film thaïlandais sans scénario descriptible autre qu'une succession de cris et de bagarres. Je lui ai donné à lire les romans de Kundera que j'avais abandonnés. Pourtant je ne me suis pas du tout aperçue que j'avais éveillé des sentiments chez lui, du moins jusqu'à ce qu'il m'écrive après l'orientation, depuis son campus situé dans le Sud-Est de la Thaïlande, pour m'inviter à lui rendre visite. Ses cheveux avaient repoussé, et les beuveries obligatoires avec ses collègues thaïs l'avaient forcé à abandonner ses habitudes strictes de bouddhiste. L'homme qui est venu me chercher à la station de bus de Chanthaburi était un beau gosse chaleureux, intelligent et plein d'ironie. Et le plus étrange, c'est qu'il semblait m'adorer.

Cette adoration n'existe plus, à présent, elle a été abrogée par un mélange toxique de chagrin et d'ambition. Je sais pourquoi Greg m'a quittée, celui qu'il veut devenir et, dans l'absolu, je l'accepte. Je lui souhaite même d'y parvenir. Il ne m'a jamais menti. Mais chaque fois que je le vois en chair et en os, c'est comme me retrouver dans la même pièce qu'un imposteur : une créature indéfinie qui aurait discrètement renoncé aux panneaux publicitaires géants de L.A., aux studios sous surveillance et aux faux espoirs, pour investir l'enveloppe corporelle de mon petit ami. Il se fait appeler "Shaw", maintenant : une version plus rouée et lisse de l'ancien Greg. C'est aussi le nom de sa galerie : SHAW.

Une ombre se manifeste devant ma porte vitrée que Jayme West ouvre d'une main impatiente, sans cesser de parler dans son portable. Elle passe la plus grande partie de ses journées collée à cet appareil, et tous deux possèdent la même élégance et la même efficacité – tout dans le corps somptueux de ma patronne mi-norvégienne mi-érythréenne est exactement à sa place, de son bassin haut et étroit au timbre bas et velouté de sa voix, et même le parfum piquant de mandarine qu'elle laisse dans son sillage. Avec son physique et son assurance, à Hollywood ou dans la politique elle pourrait gagner dix fois plus qu'au Rocque, mais elle déteste se trouver devant les objectifs et pousse toujours Bas sous les projecteurs. Il l'adore. Nous l'adorons tous, parce que ses efforts incessants et son orchestration en coulisses aident le musée à maintenir sa réputation culturelle malgré des recettes en baisse. *Sauvés par Jayme* est une sorte de mantra, raison pour laquelle son comportement en regard de l'expo de Kim Lord m'a tout particulièrement déroutée.

— Oui, c'est "Rocque" comme dans "troc", et *Natures mortes* comme "escortes".

Elle coupe la communication et lève les yeux au ciel.

— Ou “froc”, dis-je, et “portes”.

Jayme ne sourit pas. Elle n’est pas d’un naturel souriant. Cela interférerait avec les mille six cents autres choses qu’elle fait à tout moment.

— Vous n’avez pas autre chose à vous mettre ?

Avant que j’aie le temps de répondre, elle m’entraîne dans son bureau, qui est plus spacieux et mieux rangé que le mien, sort des robes d’une penderie et les colle une à une sous mon menton.

— Vous faites la même taille que moi, juste un peu moins grande, marmonne-t-elle.

Son portable tinte. Elle lit le nom qui s’affiche sur l’écran, grimace, mais sa réponse est sans défaut :

— M. Gillespie, nous allons encore devoir déplacer l’interview. L’artiste souhaite avoir plus de temps avec vous, tout spécialement.

Elle agite la robe qu’elle tient à cet instant. Quand je prends le vêtement, j’ai la surprise de voir qu’elle a la chair de poule et que son bras tremble. J’essaie d’accrocher son regard, mais elle tourne la tête délibérément et s’appuie sur son bureau. J’emporte docilement la robe dans le couloir et dans les premières toilettes sur mon chemin. Je suis envoûtée par le tissu d’un vert moiré et son poids pareil à celui du cuir. J’ai tendance à opter pour les bleus et les gris sages qui conviennent à la garde-robe d’une jeune fille catholique. Cette robe semble venue d’un autre monde, pêchée dans une mer extraterrestre. Je crains qu’elle soit horrible sur moi. Et prétendre que Jayme et moi faisons la même taille revient à comparer une Jaguar à une Traban. Les vêtements ne tombent en aucune façon sur le buste mince de Jayme : ils flottent. Si elle se présentait au gala de ce soir vêtue de lavettes séchées cousues ensemble, les chroniqueurs de mode s'esbaudiraient de cette nouvelle tendance irrésistible.

Je verrouille les toilettes et j'ôte ma jupe et mon chemisier. L'air frais picote ma peau nue, et je me sens un peu ridicule et coupable d'avoir eu cette image de lavettes. Ces dernières semaines, j'ai remarqué une certaine inquiétude chez Jayme, mais pas à ce point. Nous avons l'habitude de travailler ensemble à la préparation des catalogues d'expo – je vérifie le texte, et elle s'occupe des illustrations – or, pour *Natures mortes*, elle m'a tout laissé faire. C'était en juillet, juste après que Greg avait déménagé, et c'est seulement après avoir découvert sa liaison avec Kim Lord que Jayme m'a présenté des excuses pour ce surcroît de travail.

— J'aimerais pouvoir vous aider, m'a-t-elle dit en s'adressant au porte-plume sur mon bureau car elle n'a pas voulu me regarder dans les yeux. Mais là, je n'en vois toujours pas le bout. Bas a mis trop de fers au feu, et je n'arrive pas à suivre la cadence.

Et donc, tout en bouillant de rage après Kim Lord, j'ai eu l'estomac un peu plus retourné encore avec cette tâche supplémentaire : corriger les légendes qui devaient accompagner les photos des victimes féminines célèbres figurant dans l'exposition. Il m'a fallu fournir un effort réel pour affronter le spectacle dérangeant de Judy Ann Dull assise dans un fauteuil, avec son cardigan et sa jupe évasée des années 1950 bien proprets, chevilles et bouche ligotées à l'aide d'une corde blanche. J'ai essayé de ne pas remarquer le tissu miteux du siège, l'expression de regret et de méfiance mêlés de Dull pour avoir été enlevée par un réparateur de télévision peu éveillé qui avait promis de l'aider dans sa carrière de mannequin. Je ne voulais pas voir Judy Ann Dull vivante et en bonne santé, parce que je savais que plus tard elle serait affublée de longs gants noirs, de bas également noirs, attachée poitrine dénudée à un x en bois dans le désert, violée à plusieurs reprises et finalement étranglée par Harvey Glatman, le Tueur de Starlettes. Dull n'avait que dix-neuf ans.

Si j'avais eu du mal avec une victime et son histoire, je n'imaginais pas comment Kim Lord avait pu habiter en profondeur onze de ces vies et morts afin de composer ses peintures.

En dépit de ses affirmations, je n'étais pas certaine qu'elle l'ait fait.

Des bannières annonçant *Natures mortes* tendues à deux mâts en travers des rues ont été disposées dans toute la ville. Elles montrent la moins graphique des œuvres de Kim, une représentation d'elle-même en Roseann Quinn vivante. Chevelure tout en longues boucles et sourire innocent, la jeune femme a été poignardée à mort en 1973. Les commissaires de l'expo ont insisté pour une image qui ne soit pas sanguinolente, mais le fond des bannières est cramoisi. Hier, sur Fairfax, quand je suis passée sous une série d'entre elles, la couleur n'a cessé de happer mon regard vers le ciel. Le visage de Kim Lord m'observait, déguisé sous la peinture et les traits d'une femme assassinée.

— J'ai fait des cauchemars atroces en rapport avec les victimes, a-t-elle affirmé à un journaliste, il y a peu. Je suis tout simplement… hantée. Notez bien ça : Moi, Kim Lord, jure solennellement que ma prochaine exposition aura pour thème les petits lapins.

Mais l'expo suivante de Kim Lord est toujours plus dramatique que la précédente, elle qui a commencé sa carrière par *La Chair*, reconstitution d'un bordel miteux décoré de peintures la mettant en scène dans les rôles de souteneurs ou de travailleuses du sexe.

“En transformant chaque spectateur de son public en un micheton, Kim Lord l'a incité à s'interroger sur la portée morale de son propre regard, ai-je écrit dans le communiqué de presse. Les visiteurs ont payé leur entrée après avoir vu *La Chair*, ce qui est inhabituel dans le cadre classique d'une exposition, et Lord est devenue la première et plus jeune artiste contemporaine à vendre l'intégralité de sa première exposition chez Catesby."

Les ventes aux enchères de Catesby sont généralement réservées aux artistes reconnus, et Kim Lord risquait l'humiliation d'offres ternes, au lieu de quoi elle en a tiré une somme globale énorme. Elle n'a rien d'une écervelée, c'est pourquoi je soupçonne son absence actuelle d'être seulement une autre de ses "trouvailles" pour gonfler la couverture médiatique la concernant et attirer plus de gens au musée.

Un espoir aussi vain que soudain m'envahit : peut-être que ni Kim ni Greg ne seront présents au gala, et que je pourrai profiter de la meilleure soirée de 2003 sans eux.

Je secoue la robe afin de trouver une ouverture. Le vêtement glisse par-dessus ma tête et descend en cascade sur mon corps pour s'arrêter à mi-cuisses. Le parfum d'agrume de Jayme emplit mes narines. Je remonte la fermeture éclair sur le côté et je sens le tissu se tendre sur mes hanches, ajusté sans trop serrer. Jusque-là, c'est parfait. Excepté les bretelles qui couvrent à peine celles de mon soutien-gorge, et le devant de la robe qui tombe un peu comme une salopette. L'image d'une culotte tyrolienne en peau se faufile dans mon esprit.

Un léger craquement annonce l'ouverture de la porte, et quelqu'un entre dans les toilettes voisines de celles que j'occupe. J'examine les chaussures de la nouvelle venue. Bleues, et ridiculement petites. Evie, du secrétariat. Depuis que j'ai laissé notre amitié aller à vau-l'eau il y a deux ans, je culpabilise à son endroit, et encore plus récemment. Cet hiver, quand j'ai été submergée par tout le travail en relation avec le catalogue de *Natures mortes*, elle a été la seule à proposer spontanément de m'aider. Les secrétaires sont les plus douées pour trouver des informations relatives aux œuvres d'art et aux images, et Evie m'a soulagée d'une grosse partie des légendes. J'ai promis de la remercier en l'invitant à dîner dans notre ancien restaurant préféré de Little Tokyo, mais je n'en ai rien fait. Evie veut toujours tourner en ridicule le nouveau nom de Greg et ses ambitions, quand elle ne geint pas sur toute la graisse que contiennent nos beignets japonais, alors qu'elle a la finesse musclée d'une gazelle. En mon for intérieur, je crains qu'elle souhaite seulement que j'aie une meilleure opinion d'elle.

Je passe au pas de charge devant les miroirs des lavabos en essayant de ne pas voir la balourde vaguement germanique qu'ils reflètent un instant, et j'ai presque atteint la porte quand j'entends de nouveau la voix d'Evie :

— Tes vêtements.

— Salut, Evie.

Je me baisse pour les ramasser. La robe en cuir écrase mes abdos comme un serpent resserre ses anneaux autour de sa proie.

— Qu'est-ce qui t'amène ici ? dis-je encore, car le secrétariat est situé de l'autre côté de la baie de chargement.

Ses chaussures s'agitent.

— L'équipe va faire la fête sur le toit, dit-elle. On observera l'arrivée des gens.

Pour elle, ce serait le moment idéal de m'inviter à rejoindre les autres plus tard, ce dont elle s'abstient. L'équipe de l'expo est le groupe le plus cool de tout le musée, presque tous de jeunes artistes qui travaillent en partie à la mise en place de l'expo et le reste du temps sur leurs projets personnels. Ils traînent dans l'immense atelier caverneux de menuiserie, à côté du bureau d'Evie, et ils échangent à voix basse des plaisanteries amères sur le fait qu'ils sont complètement fauchés. Il existe une déconnexion sociale évidente entre eux et les occupants des bureaux, aux étages supérieurs.

— Sympa pour vous, dis-je. Moi, je suis obligée de bosser.

— C'est la poisse, approuve-t-elle.

— Oui. J'espère seulement que Kim Lord va finir par se montrer. Elle est en train de rater toutes ses interviews.

— En retard, comme il se doit, commente Evie d'un ton faussement admiratif.

Le dévidoir de papier-toilette vibre. C'est alors que je m'en rends compte, je suis en train d'importuner quelqu'un dans une situation très intime, et je m'éclipse en m'excusant. Un document en main, Jayme m'attend dans le couloir. Elle a l'air plus calme, mais elle grimace à la vue de ma salopette tyrolienne.

— Tenez. Vérifiez ça pendant que je vous prépare, et ensuite je vous donnerai les directives.

Elle me fourre un communiqué de presse sous le nez et se remet à fouiller dans sa penderie.

— Quelle pointure ? demande-t-elle d'une voix étouffée.

— Je fais du 42 ½, avec un cor de belle taille au pied droit.

Elle laisse échapper un grognement mais continue ses recherches. Je lis le texte.

> Une artiste fait un don sans précédent
>
> Bas Terrant, directeur du Rocque Museum, a le plaisir d'annoncer que l'artiste Kim Lord fait don de l'intégralité de l'exposition *Natures mortes* à la collection permanente du musée. L'exposition compte onze peintures

de Kim Lord incarnant des femmes assassinées, dont Roseann Quinn, Bonnie Lee Bakley, Gwen Araujo, Chandra Levy, Lita McClinton, Nicole Brown Simpson, et Elizabeth Short (le Dahlia Noir), ainsi qu'une nature morte monumentale. Avant d'entreprendre les portraits, l'artiste a consacré des années à étudier la vie et la mort des victimes. La valeur globale de ces œuvres est estimée à 5 millions de dollars. [Ici, quelqu'un a griffonné 7 millions ?]

Interrogée sur la raison de ce cadeau munificent, Lord a mentionné le soutien affirmé du Rocque aux artistes femmes et son propre souhait de ne tirer aucun bénéfice de ces peintures en particulier. Elle a précisé qu'elle voyait dans *Natures mortes* un hommage aux victimes et un acte d'accusation visant l'obsession américaine pour le sensationnalisme qui entoure les meurtres de femmes.

"Je tiens à ce que ces peintures ne soient aucunement associées à une valeur financière, a-t-elle déclaré. Personne ne devrait en tirer un quelconque bénéfice. Personne ne devrait profiter de la mort d'une seule de ces femmes. Ce ne sont pas des pin-up – c'étaient des filles, des mères, des sœurs et des épouses qu'on a arrachées à leur vie et leur famille."

Bas Terrant a exprimé son admiration profonde pour Lord et son œuvre en ces termes : "Des artistes possédant le talent et la générosité de Kim Lord, il y en a un ou deux par siècle."

— Ça m'a l'air de coller, mais c'est sérieux ? dis-je. Nelson doit écumer de rage.

Les galeristes tel que Nelson de Wilde empochent environ cinquante pour cent de la vente d'œuvres d'art, ce qui signifie qu'il va perdre des millions s'il ne peut pas caser les toiles de Kim à des collectionneurs. Par ailleurs il a déboursé soixante-dix mille dollars pour la mise en place de l'expo, la publication du catalogue et le guide de la galerie. Il n'est pas rare que les galeristes contribuent aux expos, et c'est là une des nombreuses pratiques éthiquement opaques qui ont cours dans le monde de l'art, mais en retour ils espèrent une augmentation du prix des œuvres de leur artiste.

— C'est sérieux, répond Jayme.

Elle sort une écharpe bleu-vert et une paire de hautes bottes marron. Ses mains papillonnent autour de mes épaules, tendent une bretelle là, tirent sur un pan de cuir ici, font bouffer l'écharpe. Des effluves de mandarine flottent jusqu'à moi.

— Vraiment dommage qu'on ne puisse pas vendre les tableaux, dis-je. Ça aurait complètement comblé le trou dans notre budget.

Une expression fugace passe sur les traits de Jayme.

— Dommage que nous ne puissions pas diffuser son communiqué tant qu'elle ne l'a pas approuvé, rétorque-t-elle après un instant. Et elle ne peut pas l'approuver si elle ne se montre pas… – Elle désigne le sol à mes pieds. – Essayez les bottes.

Je me tiens au bureau pour les enfiler. Elles sont trop étroites, mais Jayme s'accroupit et réussit quand même à les zipper jusqu'en haut.

— Peut-être qu'elle est déjà là, mais déguisée. Elle aime tellement changer de peau, dis-je, incapable de dissimuler mon irritation.

Chaque fois qu'elle est venue au musée, ces deux dernières semaines, Kim Lord est arrivée avec un camouflage différent, perruque, lunettes de soleil, robe rétro ou costume ample de style années 1980.

Jayme me jauge du regard.

— Je suis horrible, pas vrai ? dis-je. Je devrais remettre mes propres vêtements. Est-ce que je dois retirer les boucles d'oreilles ?

J'effleure du bout des doigts les petits papillons en or qui ont appartenu à ma grand-mère.

— On ne les voit même pas. Et en réalité, vous êtes superbe, répond-elle d'un ton bref. Mais vous n'en avez pas idée. – Elle ouvre un sac posé sur son bureau, en sort un poudrier. – Fermez les yeux, je vais m'occuper de votre visage.

Quelque chose balaie mon front, mes joues. Le contact chatouille, mais il est très doux, aussi. Personne ne m'a touchée ainsi depuis des mois.

— Pas idée de quoi ? dis-je.

Elle ne répond pas. Ses doigts saisissent ma mâchoire, frottent mes pommettes, mais sous leurs mouvements rapides je sens qu'elle tremble. Je dois lutter pour ne pas ouvrir les yeux.

— Elle a cru qu'on la suivait, dit-elle. La semaine dernière, elle m'a appelée trois fois pour vérifier les noms sur ma liste de contacts média, ajoute-t-elle, et l'émoi est perceptible dans sa voix. Elle a dit qu'il arrivait au harceleur de se glisser dans les vernissages par le biais des Relations publiques.

— Elle vous a dit ça ?

J'ignorais que Jayme et Kim Lord étaient devenues aussi intimes. Je pensais que la première avait bien trop à faire.

— Elle a dit qu'elle était sur le point de le coincer, dit-elle, et je l'entends soupirer. Et maintenant, elle a disparu.

— Elle n'en a pas parlé aussi à la police ? Seulement à vous ?

Jayme tamponne mes lèvres.

— Fini, déclare-t-elle avec douceur.

Quand j'ouvre les yeux, elle a déjà tourné les talons, me présentant son dos élancé et sa chevelure défrisée qui retombe sur le haut de ses omoplates. Elle ouvre son nécessaire à maquillage.

— Il faut que je me prépare, moi aussi, dit-elle.

Jayme divulgue rarement quoi que ce soit en rapport avec sa vie privée. Je sais qu'elle adore Prince et les tacos au poisson, mais ses petits amis ? Elle ne m'en a jamais présenté. Son enfance ? Rien de notable, apparemment, avant ses années heureuses à l'UCLA. Et son âge ? Proche de la quarantaine ? Difficile à dire. Après les inquiétudes concernant la soirée et son refus de participer au catalogue de *Natures mortes*, je commence à penser qu'elle a de bonnes raisons de ne jamais parler de son passé. On sent en elle une histoire de violence. Nous avons peut-être plus en commun que je le pensais.

3

En vue de la soirée de gala, Bas a embauché des décorateurs réputés à Hollywood pour la conception d'événements importants. Leur proposition initiale incluait des cloisons éclaboussées de rouge et des silhouettes tracées à la craie blanche sur le sol. Elle a déclenché une réaction proche de l'Apocalypse au sein des conservateurs issus du moule universitaire qui organisent les expositions et définissent l'art de notre temps. Bloqués dans une ville où abondent les poitrines refaites et les propriétés d'adobe croulantes, nos vieilles barbes abordent leur tâche avec une piété toute particulière. On aurait pu croire qu'on faisait fondre leur peau, à entendre les hauts cris qu'ils ont poussés.

— Rien de sordide. Rien qui rappelle une série policière. Il s'agit d'Art majeur, a tranché Lynne Feldman.

Ce qui a valu à notre commissaire principale le surnom d'"Art majeur" parmi nos amis collecteurs de fonds, comme dans "Hé, prévenez Art majeur que nous servons des Bloody Mary. Très raides, les Mary, ah ah !".

Lorsqu'elle a eu vent de la controverse, Kim Lord a suggéré de déplacer le gala complètement hors du musée et de l'installer dans le passage souterrain emprunté par les camions de livraison qui desservent les gratte-ciel voisins : une fête de rue se déroulant littéralement *sous* la rue. Une bonne partie du souterrain se situe derrière la baie de chargement du Rocque. C'est une caverne à la voûte d'asphalte qui communique également avec l'avenue en surface, par un escalier.

Tout le monde est tombé d'accord, l'idée de Kim était exactement le genre de suggestions brillantes et superbement impossibles à réaliser pour lesquelles le Rocque est célèbre, et les décorateurs se sont mis au travail. En a résulté un espace stupéfiant où organiser une soirée : des colonnades hautes soutiennent les poutrelles géantes qui soutiennent elles-mêmes l'avenue à la surface. Au lieu de contempler le ciel nocturne orangé de L.A., les invités lèveront les yeux vers le bâti sur lequel repose une artère vivante. L'habituelle tente blanche où dîner, les compositions florales gigantesques, les comptoirs à cocktails et la piste de danse alterneront avec les pancartes de rues de la vie réelle et les barrières de sécurité cabossées. L'heure de pointe du jeudi se déroulera en rugissant au-dessus des DJ, et les odeurs atténuées du goudron et de la peinture en bombe se mêleront au champagne dans les bouches.

J'ai fait de mon mieux pour éviter cet événement en prétextant mon amertume suite à ma rupture sentimentale, mais maintenant que je suis là, serrée dans ma tenue de sirène nazie, je me sens à la fois emplie de crainte et de joie. Je ne m'attendais pas à ce que la lumière fade de cette fin d'après-midi se déverse par l'escalier descendant de l'avenue et transforme l'entrée souterraine en une sorte de grotte. En bas, une poignée de paparazzis encadre un deuxième tapis rouge. Des hommes presque tous barbus, au teint terreux, qui plissent les yeux durant la dernière demi-heure de lumière intense du jour, quand L.A. semble concentrer toute la luminosité du pays, avant qu'elle se dissipe. Dès que les premiers invités descendent les marches proches, les photographes prennent quelques clichés d'eux, puis ils traînent là, leurs appareils suspendus librement sur leur poitrine. Personne d'Hollywood n'a encore fait son apparition. Kim Lord non plus.

Dans la zone de cocktail moquettée de noir, des vestiges du premier thème policier dédié aux vieux homicides me tordent l'estomac pour la troisième ou quatrième fois ce soir. Là, un criminel se sentirait chez lui. L'éclairage cru des salles d'interrogatoire est suspendu à des perches par-dessus la salle de restaurant. Les décorations de table sont boursouflées de lys et de roses écarlates. Les hors-d'œuvre eux-mêmes ont de faux airs de cadavres : salade aux câpres avec ses tomates rouges et son fromage blanc, toasts au carpaccio, un mélange de chèvre et de pâte de figue qui évoque une blessure infectée.

Incapable de manger n'importe lequel de ces mets, j'avale deux verres de champagne en m'efforçant de repérer mon rendez-vous de relations publiques. Il y a cinq ans, jamais je n'aurais joué l'affable accompagnatrice de journaliste : je me serais plutôt vue dans le rôle de la jeune reporter agressive qui traque l'anecdote croustillante. Et me voilà aujourd'hui, en équilibre dans les bottes de Jayme, avec un sourire de circonstance vissé aux lèvres.

Je dois trouver un certain Kevin Rhys, d'*ArtNoise*.

— *Art*-quoi ? ai-je demandé à Jayme.

— Peu importe, a-t-elle répondu.

Kevin est le rédacteur d'un article de premier plan pour un tout nouveau magazine créé par Mindy Allen, la fille d'un riche collectionneur new-yorkais.

— Le service Développement veut les avoir comme sponsors. Soyez aimable avec ce type. Il débarque tout juste de la Côte est, et il souhaite rencontrer tous les acteurs de l'événement.

Tous ? Notre gala annuel réunit des centaines de ces gens qui font l'actualité artistique : les créateurs, les acheteurs et les revendeurs, les critiques, et tous ceux qui rêvent d'entrer dans cette ronde, ce qui inclut une grande partie du personnel du musée, quelques personnes riches, des vedettes de cinéma, des escrocs et des hommes politiques. La zone cocktail commence à accueillir des gens bien mis, mais je ne reconnais aucun visage. Ils sont si nombreux à paraître sortis du même moule : ces messieurs minces et portant lunettes, ces dames qui semblent avoir la quarantaine vues de face, et la soixantaine de dos, le visage félin à la peau tirée, les mains fripées et tavelées. Aucun individu suspect en vue, même si je doute que l'obsédé supposé suivre Kim Lord offre l'image de désaxé souffreteux que je me suis imaginée, un amalgame des tueurs qui ont poignardé, étranglé, exécuté par balle ou battu à mort les victimes de *Natures mortes*.

Mon regard s'attarde sur un petit groupe qui m'est familier : Yegina en compagnie de Brent Patrick, chef décorateur des expos, et de Lynne Feldman, notre conservatrice en chef.

La beauté gothique de Lynne se démarque toujours parmi nous, comme si elle était la seule à ne jamais quitter la fraîcheur immaculée de nos galeries, à ne jamais subir l'agression du soleil de L.A. Elle agite son portable sous le nez des autres avec l'air de les réprimander. Cette expression est une de ses trois signatures faciales, les autres étant la révérence et la fureur, et elle indique généralement que la jeune femme se retient héroïquement et poliment de piquer une crise. Aucun autre conservateur de la Côte ouest n'a organisé des expos individuelles aussi marquantes que Lynne Feldman, et il n'y a personne avec qui il soit aussi difficile de travailler dans le musée. Les artistes ont tendance à voir en elle une personne d'une générosité et d'une vision presque divines, tandis que ses collaborateurs vont jusqu'à monter d'un étage par l'escalier, parcourir le couloir supérieur et redescendre par l'ascenseur pour simplement éviter de passer devant son bureau quand ils souhaitent prendre un café au distributeur. Yegina, en particulier.

Les lèvres pourpres de Lynne articulent les mots *sept heures*. J'imagine qu'elle les a entendus de la bouche de l'artiste. Sept heures. Kim Lord sera donc présente pour la fin du dîner. Alors pourquoi les autres secouent-ils la tête ainsi ?

Juste au moment où je m'approche avec l'idée de surprendre leur conversation, j'aperçois un homme grand et fort qui fend la foule, un calepin à la main. Il porte un costume de tweed. Tweed, mocassins en cuir, barbe fournie, et je soupçonne la mince tige noire qui dépasse de sa poche de poitrine d'être l'extrémité d'une pipe. Les Angelenos s'écartent de son passage en glissant, telles des créatures aquatiques devant un animal terrestre pataugeant. J'ai l'intuition qu'il s'agit de mon Kevin, et je me hâte à son secours.

Il me surprend en me serrant chaleureusement la main quand je me présente.

— Vous *travaillez* ici ? dit-il. Vous faites quoi ?

Tandis que je lui résume mon rôle de rédactrice-correctrice pour le musée, il ouvre son calepin et se met à griffonner.

— Chouette boulot, commente-t-il.

J'échangerais bien nos emplois, pensé-je, et je ressens le chagrin et l'inertie qui m'ont empêchée d'essayer de devenir journaliste, de contacter des rédacteurs en chef, de rassembler des articles de presse.

— Que pensez-vous de l'expo ? s'enquiert-il.

— J'avoue ne pas encore avoir vu les œuvres originales. Les installateurs n'aiment pas être espionnés quand ils les accrochent. Mais il se dégage de certaines reproductions… une grande intensité.

Kevin cesse d'écrire pour me dévisager. Son regard est intéressé, peut-être même séducteur. Je ne ressens pas souvent cela dans mon existence quotidienne. Moins de cinquante pour cent des employés du musée sont des hommes, dont la moitié sont gays et un quart mariés. Le dernier quart flirte plutôt avec les femmes-cure-dents.

— J'ai vu celle représentant le Dahlia Noir, reprend Kevin. Est-ce que le mot *intensité* est un euphémisme choisi pour définir un tableau foutrement dégoûtant ?

— Je ne suis pas adepte des euphémismes choisis, dis-je.

Puis je lui demande quel est son propre programme, et il m'explique qu'il est venu de New York passer une semaine ici, dans le but d'étudier les coulisses de l'exposition. Jusqu'alors, il n'a pas beaucoup écrit sur l'art. Il est plutôt critique de rock. Mais il connaît la rédactrice en chef de son magazine, et elle apprécie son style.

— Les euphémismes choisis y abondent, ironise-t-il.

À mesure que nous badinons de la sorte, son côté gentleman-farmer s'efface, et je deviens de plus en plus consciente de sa haute taille, de ses épaules larges. Si nous dansions ensemble, je pourrais poser le haut de mon crâne sous son menton.

— Alors, où est la reine de l'art ? dit-il.

— Pas encore arrivée. Mais voici son galeriste, Nelson de Wilde.

Je désigne l'homme svelte, aux tempes argentées, qui rejoint un petit groupe de membres du conseil d'administration du Rocque.

La liaison de Nelson de Wilde avec Kim Lord est de l'histoire ancienne – après *La Chair*, quand elle n'avait que vingt et un ans et que lui était encore un galeriste inconnu, il lui a versé une somme mensuelle confortable le temps qu'elle achève *Noir*, une série de peintures dans lesquelles elle s'est mise en scène en lieu et place de quinze stars différentes des films noir et blanc. Malgré un accueil critique mitigé, les toiles se sont vendues fort cher. Nelson doit nourrir les mêmes attentes financières concernant *Natures mortes*. Ce soir il est vêtu de gris, ce qui accentue l'aspect métallique de sa chevelure courte, mais il fait la moue et garde les poings au fond des poches. Je réagirais de même si j'étais sur le point de voir des millions de commission m'échapper.

Kevin me demande pourquoi Nelson a l'air aussi crispé.

J'élude en invoquant la tension naturelle qui précède ce genre d'événement.

— Et comment avez-vous eu ce poste ? dit-il. Vous êtes diplômée en histoire de l'art ?

— Pas exactement.

— En communication ? En journalisme ?

Je ne tiens pas à parler de mon passé, aussi je prends très vite prétexte d'une autre personnalité qui pourrait l'intéresser. Je lui désigne Brent Patrick, qui revient du bar dans ses chaussures à bouts en acier.

— C'est lui qui agence les expos. Vous devriez lui parler. Il a été très connu comme chef décorateur, à Broadway.

Je ne précise pas qu'il a renoncé à sa carrière new-yorkaise à cause de sa femme Barbara qui souffre de schizophrénie, et qu'ils sont venus s'installer à L.A. où elle a suivi un traitement inédit. Ce nouveau programme a hélas dégradé un peu plus son état, et on a dû la placer dans un établissement spécialisé. C'est une histoire tragique qui justifierait presque la condescendance agressive de Brent envers tous ses supérieurs, y compris les conservateurs. ("Parce qu'ils ne *font* pas réellement des choses, a expliqué Yegina un jour. – Tout comme la moitié des artistes qu'on expose ici, ai-je fait remarquer. – Bah, il les déteste aussi", a-t-elle répondu.)

Mais Kevin devrait rencontrer Brent parce que ce dernier est incroyablement doué dans le domaine qui est le sien. Il sait se saisir de l'idée la plus ténue d'un artiste et la transmuer en une expérience majeure : c'est lui qui définit l'éclairage, l'itinéraire précis que suivra le visiteur, et parfois même la structure finale de l'œuvre d'art.

— Vous êtes au courant de l'expo *Exécutés* que nous avons organisée l'année dernière ? Jason Rains ?

Kevin acquiesce vaguement.

— Brent a été le maître d'œuvre génial derrière l'expo, dis-je en regardant le chef décorateur.

Celui-ci vide un verre sous un grand "stop" bosselé. Le panneau semble ridiculement rouge et brillant maintenant qu'il est entouré d'étoffes et de lys, et je me demande si un assistant de production quelconque n'a pas été contraint de le briquer au savon pour la soirée. Certains graffitis dans le tunnel proche paraissent eux aussi récents et luisants. Et c'est moi, ou quelqu'un a empli ces vases en verre avec des miettes de pare-brise explosés ? Ce genre de décadence urbaine mise en scène était la marque de fabrique de Brent à Broadway ; son décor de *Rent* a été nominé pour un Tony Award. Mais je parie qu'ici tout cela lui donne de l'urticaire : ce soir, il n'est pas question d'art, mais de commerce.

Comme pour le prouver, il lève les yeux vers le panneau de signalisation, secoue la tête avec mauvaise humeur et s'éloigne d'un pas lourd.

— Il a créé toute la mise en place, dis-je. Jason Rains s'est contenté de le regarder faire.

— Vous pensez que je pourrai avoir une interview avec Kim Lord ? demande Kevin.

Juste au moment où je me creuse la tête pour trouver un mensonge plausible, une des actrices les mieux payées d'Hollywood fait son apparition sur le tapis rouge, et tout le monde retient son souffle.

Elle porte un jean et un chemisier jaune, est chaussée de sandales à semelles compensées et a noué ses cheveux dans un foulard diaphane doré. C'est une grande blonde svelte, et sur n'importe qui d'autre cette tenue semblerait plus adaptée à un pique-nique. Pourtant, alors qu'elle pivote lentement sur place, pour les photographes, elle remodèle tout l'événement qui l'entoure. Elle est venue à une vraie soirée, pas à une autre de ces réunions guindées destinées à une levée de fonds. Et quand elle arbore ce sourire lumineux de naturel qui nous a tous charmés sur le grand écran, les gens se remettent à parler, plus fort, avec plus d'animation et de convivialité affichée.

— C'est…

— Je sais, maugrée Kevin, et il inscrit deux lignes dans son calepin.

Les derniers rayons du soleil caressent la cage d'escalier, et les invités qui comptent vraiment commencent à descendre les marches dans un flot joyeux et sur un rythme insouciant : des vedettes de sitcoms, des architectes renommés, de jeunes sculpteurs à l'allure empruntée dans leur tenue d'apparat – et, très en retrait, Greg. Aussi efflanqué qu'un renard, dans un costume bleu nuit. Seul. Sa vue me fait l'effet d'un coup de poing invisible décoché en plein sternum, et j'avale la dernière gorgée de mon verre. J'ai tout fait pour ne pas être là. Son visage me semble différent, mais il me semble toujours différent, à présent, avec cette ombre de barbe naissante et cette expression affûtée. Ce n'est pas le Greg qui paressait dans le hamac à côté de moi, en pelant un mangoustan violacé, ou celui qui m'a aidée à transporter un matelas d'occasion dans notre nouvel appartement d'Hollywood et m'a serrée dans ses bras tandis que nous contemplions les dorures de sa grandeur passée. Pas plus le Greg attablé dans la cuisine, qui a sangloté à la mort de sa mère. Ce n'est plus une de ces personnes. C'est le petit ami de Kim Lord. Elle l'a envoyé en éclaireur. À moins qu'il soit venu avant elle afin d'avoir plus de temps pour frayer avec les clients riches qu'il espère attirer dans sa propre galerie.

— Je prends ça pour un "non", dit Kevin.

— Hein ?

— Kim Lord est probablement déjà très prise, pour une interview.

— Probablement, dis-je.

Du regard je suis Greg qui se dirige vers un comptoir à cocktails. Une serveuse, petite brune maigrichonne, le croise et lui présente un plateau de biscuits salés nappés de tranches de carpaccio. Il considère une seconde son offre, et refuse d'un mouvement de tête. Elle continue de l'observer alors qu'il s'éloigne.

— Autant nous mêler à la masse, en ce cas, propose Kevin.

Comme s'il sentait mon attention fixée sur lui, Greg me repère et m'adresse un signe de la main.

— Non, attendez, dis-je et, me tournant vers Kevin, je me rapproche de lui. Restez auprès de moi. Je vous emmènerai à la petite soirée concoctée par l'équipe qui a construit les décors.

— D'accord, répond-il avec enthousiasme.

Les gens ont maintenant débordé les barrières de sécurité et les courbes de cette caverne urbaine redécorée, avec leurs vêtements de cuir, leurs parfums et leurs attentes. Ils piétinent, regardent autour d'eux, brandissent leurs cartes rouges frappées de leur numéro de place pour le dîner. Plus les arrivants sont nombreux et plus cet endroit semble vaste, son plafond plus haut, laissant supposer que nous ne serons jamais assez pour le remplir. Ces proportions énormes m'évoquent les cathédrales moyenâgeuses, cette architecture conçue pour nous écraser, nous rappeler notre insignifiance, quel que soit notre nombre. Ce sera la soirée dont tout le monde a rêvé. Les convives vont commencer à remarquer des touches plus discrètes – la traînée de pétales de roses écarlate sur chaque serviette, la musique de film hitchcockienne que joue le DJ. Ils vont s'aligner devant le panneau de stop pour prendre des photos de groupe. Mais la nouveauté du lieu s'affadira bientôt. Ils sont venus pour voir Kim Lord et sa dernière exposition, et pour être vus admirant cette dernière. Alors, où est l'artiste ? Où est-*elle* ?

Je garde la tête détournée de Greg. Je devrais dire quelque chose d'intelligent pour maintenir l'intérêt de Kevin, le prendre par le bras et l'emmener ici et là, mais subitement je suis frappée par la peur que tout ce que nous avons fait ce soir – tout ce que Kim Lord a fait – tourne autour de cette même fascination morbide qu'elle a dénoncée dans son communiqué de presse ; que sous toutes ces couches de plaisir et de provocation, il y a des femmes qui ont été sauvagement massacrées.

4

— Ke-*vin* ! s'écrie une voix. Kevin *Rhys* ! Mais qu'est-ce que tu peux bien venir faire ici ?

De toute ma vie, je n'ai jamais été aussi heureuse de voir Thalia Thalberg. C'est la présidente du Club des jeunes collectionneurs du Rocque, et l'œuvre de sa vie – être riche et dépenser son argent de façon élégante et sans aucune simplicité – la situe dans une caste d'individus qui ressemblent autant à des êtres humains ordinaires que les manteaux de fourrure aux animaux qu'on a dépouillés pour les fabriquer. Néanmoins et à mon grand soulagement, elle agrippe le bras de Kevin, l'oblige à se tourner vers elle et sa tenue improbable qui fait penser à un tutu composé de sacs à sandwich en lambeaux.

— Je suis juste là pour le travail, marmonne-t-il.

— Le nouveau magazine de Mindy ?

— Ouais, grogne Kevin en me coulant un regard penaud.

— Génial, affirme Thalia dont le regard ratisse mon torse de haut en bas. Et comment va Mindy ?

— Débordée. Tu as déjà rencontré Maggie, j'imagine ?

Bien sûr que oui. Mais elle ne s'en souviendra pas.

— Je travaille à la Communication, dis-je, et je tends la main pour serrer celle de Thalia, dont les doigts ont la même texture que celle de crevettes décongelées. Je joue les guides pour Kevin. Comment vous connaissez-vous, tous les deux ?

— On était en cours ensemble, à New York, répond Thalia, et elle mentionne un collège privé qui rien qu'au nom semble hors de prix. Et le père de Kevin était mon prof d'histoire.

— Le sale gosse de l'école, c'était moi, dit-il d'un ton las.

Thalia veut avoir son opinion sur la soirée, et je m'attends à une version désinvolte des observations que nous avons déjà entendues autour de nous, à quel point c'est original de voir en même temps la crasse de la rue et la sophistication de la soirée, mais il semble prendre la question au sérieux. Une ride barre son front pendant qu'il survole du regard les alentours, comme s'il les remarquait seulement maintenant.

Mal à l'aise, j'attends à côté de Thalia et j'essaie de trouver un propos anodin que je pourrais glisser à travers la barrière sociale infranchissable entre nous.

Elle effleure d'une main le casque brun de sa coupe au carré.

— Oh, allez, Kevin, quoi ! Ce n'est pas un examen !

— Eh bien, finit-il par dire, j'ai vu les lions et les loutres, et aussi le panda, qui était très cool. Mais je n'ai pas réussi à trouver la cage du aye-aye de Madagascar, et j'aurais bien aimé, parce qu'il paraît qu'il a un doigt très long avec lequel il attrape les fruits et les larves. Je tiens absolument à voir ça.

— Tu es vraiment trop marrant, déclare Thalia sans conviction aucune, avant d'adresser un signe de la main à quelqu'un se trouvant derrière moi. Il faut que je présente une connaissance à Lynne. On se revoit plus tard, d'accord ? Un plaisir de faire ta connaissance, Mary.

Kevin la regarde partir et réprime une moue.

— Débiter des incohérences, c'est la seule manière de se débarrasser d'elle, murmure-t-il, mais il me paraît ennuyé par cet échange.

Je m'apprête à lui en demander la raison quand j'aperçois Greg. Seul à nouveau, il contourne la zone où se tient le cocktail, là où le mur s'ouvre sur l'aire de chargement du musée. Greg n'est jamais seul lors des soirées. Il a le don de trouver en un instant un groupe auquel se joindre, mains dans les poches et tête légèrement renversée en arrière, prêt à s'esclaffer. Un flash crépite près de lui, et il a un mouvement de recul.

— Mesdames et messieurs ! tonne Bas depuis l'estrade dressée au centre de la tente qu'occupent les tables. Veuillez prendre place pour le dîner.

Autour de nous les conversations se tarissent et les gens migrent en direction de la tente, en parlant de leur numéro de table. Greg vient vers nous, et Kevin a l'air perdu dans ce tourbillon de dames arrivistes sans âge qui cherchent désespérément à évaluer leur standing social. Je lui prends la main.

— Suivez-moi. Mieux vaut que vous occupiez votre place avant que tous ces paparazzis la squattent.

Étonnamment secs et forts, ses doigts se referment sur les miens. D'un coup nous n'avons plus ce contact social léger, nous nous tenons vraiment par la main, et ce geste est plus intime que je le souhaiterais. Les battements de mon cœur s'emballent, et je m'efforce de ne pas trébucher dans ces bottes trop étroites qui ont transformé mes pieds en sabots parcourus de pulsations douloureuses. Kevin se penche un peu en avant, comme s'il s'apprêtait à plaquer au sol quiconque s'interposerait.

Je lâche sa main dès que nous atteignons la tente et que la foule devient trop dense pour nous permettre d'avancer en tandem. Nous croisons Janis Rocque – affectueusement surnommée J. Ro, entre nous –, héritière de la fortune de son père et de son musée privé, le tout en sursis. Ce soir, dans son tailleur d'un vert glauque et sous ses boucles brunes, elle a l'air résolument mal à l'aise. J. Ro aime être au centre de l'attention, mais elle déteste se trouver sous le feu des projecteurs et, de plus, l'absence de notre invitée d'honneur doit commencer à beaucoup l'inquiéter. Derrière elle viennent un Nelson de Wilde au visage fermé, et Lynne qui consulte sa montre. Six heures. Formant un rang, les traiteurs sont prêts à distribuer les salades de l'entrée.

De l'autre côté des tables, la foule s'ouvre et je me retourne pour localiser Kevin. J'ignore quelle expression j'affiche, mais apparemment elle le réduit au silence.

— Vous pouvez trouver une place de ce côté. Je ne serai pas loin, si vous avez besoin de moi.

Je lui indique les tables réservées aux médias, où des photographes déjà installés avec leurs appareils scrutent la foule tels des suricates. Puis je pointe le doigt sur l'issue arrière de la tente, où Jayme et moi nous percherons à une table blanche sans bouquet de fleurs, avec d'autres membres du Rocque et nos ordinateurs portables, et où nous feindrons de ne pas avoir besoin de manger. Je sens le regard de Kevin sur moi tandis que je m'éloigne en claudiquant.

— Mesdames et messieurs, répète Bas, j'aimerais vous souhaiter la bienvenue à la soirée de gala du Rocque pour cette année 2003, une fête de rue organisée dans la rue, littéralement. Notre conseil d'administration engagera des poursuites envers tout invité coupable d'une infraction au Code de la route… – Il marque une courte pause pour permettre quelques rires faibles et contraints, puis : Avant de nous plonger dans ce délicieux dîner précédant la soirée extraordinaire que nous avons planifiée pour vous, j'ai une brève annonce à faire. Kim Lord, notre invitée d'honneur et vedette de la soirée, a été retardée.

Un murmure inquiet s'élève de l'assemblée.

Bas lève les deux mains.

— Elle va arriver d'un moment à l'autre, et je peux vous assurer que ses peintures sont déjà là, et qu'elles sont renversantes. Voici en exclusivité l'éloge du *New York Times*, qui vient de me parvenir : "Les onze portraits et la nature morte monumentale de Kim Lord illustrent la résultante d'années consacrées à étudier la vie, la mort et la couverture médiatique de femmes assassinées, mais ils constituent également une déclaration sur la peinture, et à quel point elle est vivante, à quel point elle continue de défier l'empire de la photographie à notre époque."

Des applaudissements l'interrompent. Il sourit.

— Merci à toutes et tous d'être venus célébrer Kim Lord, le Rocque, et le cadeau… – il s'incline en avant et agrippe le lutrin, comme s'il perdait l'équilibre un instant – … que nous faisons à Los Angeles pour les trois mois à venir.

Il n'a pas parlé du véritable cadeau, le don de plusieurs millions de dollars auquel consent l'artiste en offrant la collection des *Natures mortes* au fonds permanent du Rocque. Une fois de plus je cherche du regard le galeriste de Kim, et je l'aperçois, fourchette en main, prêt à harponner sa frisée et ses cubes de betterave. Pour une raison qui m'échappe, le physique bronzé, presque métallique de Nelson me fait toujours penser à ces prothèses, ces membres artificiels conçus pour paraître naturels mais qui sont finalement effrayants, et aussi plus durables. Il ébauche un rictus méprisant, presque de répugnance. C'est là une expression singulière pour quelqu'un dont l'artiste fétiche vient d'être encensée par la critique.

Bas retourne à sa place sous un tonnerre d'applaudissements. Son épouse lui tapote l'épaule. Comme on pouvait le prévoir, c'est une blonde au teint blafard maîtrisant parfaitement l'art de sourire sans paraître le moins du monde amicale. J'ai entendu des rumeurs de divorce. Sait-elle que Bas risque de perdre son emploi ?

J'atteins la table réservée aux Relations publiques et à la Communication ; j'y relaie Jayme qui peut ainsi aller régaler avec d'autres bouteilles de champagne les reporters les plus impatients. Yegina arrive, robe bleue moulante et bottes de combat, et s'effondre sur le siège voisin du mien.

— Qu'est-ce que c'était que ça ? demande-t-elle, l'air impressionné.

— Quoi donc ?

— Maggie Richter saisit la main d'un bel inconnu au moment où son ex Greg approche, dit Yegina.

Elle non plus ne peut se résoudre à l'appeler par son nouveau surnom. ("Shaw, a-t-elle lâché d'un ton dédaigneux. On dirait le croisement entre un titre de soap-opéra et une marque de tracteurs.")

— Kevin, c'est le nom du bel inconnu. J'ai eu peur que Thalia Thalberg nous dévore. Elle n'a rien mangé depuis 2001, c'est clair.

— J'aimerais que tu sois comestible, réplique-t-elle. Je meurs de faim.

Je ris. Elle patiente, ses yeux gris-marron fixés sur moi. Yegina m'a soutenue à bout de bras durant ma rupture, tout comme je l'ai aidée lors de son divorce avec Chad, amer dernier maillon d'une longue chaîne de blancs surfeurs, skaters et figures du bouddhisme tibétain qu'elle n'a cessé de secourir depuis l'âge de seize ans.

Aujourd'hui elle se consacre entièrement au speed dating avec des Asiatiques, et aux nuits de célibat à l'église de ses parents, mais chaque type qu'elle rencontre est atteint d'un défaut rédhibitoire. Il fredonne tout le temps en conduisant. Il est totalement silencieux au lit. Il n'a jamais entendu parler des Dead Milkmen. Il prononce mal le nom d'Ed Ruscha. Il a les dents pourries, ou une dentition trop parfaite. Il ignore le sens du mot *ennui*. Yegina a besoin d'un homme qui la comprenne, et c'est difficile à trouver. Beaucoup de mâles ne supportent pas qu'une femme ait de l'humour.

— Bref, dis-je, qu'est-ce que notre bien-aimée conservatrice en chef t'a montré sur ton téléphone ?

Elle me confirme que Lynne a reçu un message de l'artiste annonçant son arrivée à sept heures. Je lui relate ce que Jayme m'a dévoilé au sujet d'un individu louche qui suivrait Kim.

— Ça file la chair de poule. Pas étonnant qu'elle ait pris l'habitude d'apparaître déguisée, en conclut Yegina.

— Alors pourquoi ne peut-elle pas se déguiser en Margaret Thatcher, par exemple ? dis-je. Pourquoi s'habiller toujours en starlette ? Elle a presque quarante ans.

Mon amie hausse les épaules, sans avancer aucune réponse.

Mes doigts trouvent les petits papillons de mes boucles d'oreilles et les tripotent. J'aimerais tant pouvoir me débarrasser de cette jalousie pernicieuse. À la table d'honneur, l'absence de Kim Lord est criante à la gauche de Greg, et lui-même paraît de plus en plus mal à l'aise, avec ses joues rugueuses et rougies qu'on croirait irritées par un rasoir émoussé. Quand il est tendu, il se néglige. Ce n'était qu'une épave au visage émacié, attaqué de barbe, le mois suivant le décès de sa mère.

Je vois Janis Rocque qui se penche sur la table et se met à le questionner, ce qui au niveau de la conversation est l'équivalent d'être secoué dans tous les sens entre les mâchoires serrées d'un pitbull. À travers la porte vitrée de son bureau, j'ai été témoin d'un savon qu'elle a passé à Bas, et Greg a le même regard exorbité, comme s'il oubliait peu à peu comment respirer. La brune J. Ro – avec ses tenues masculines, sa trésorerie énorme et ses manières abruptes, décisives – est PDG, sainte patronne et monarque versatile du monde artistique de L.A. Elle est adorée par beaucoup, et redoutée par un plus grand nombre encore. Même si le Rocque n'est qu'un de ses projets, il occupe le cœur de sa vision depuis les années 1980 – à savoir que Los Angeles ne jouera pas les seconds rôles derrière New York, avec sa scène artistique historique et inébranlable, mais s'emparera de l'avenir en prenant des risques, en soutenant un art qui surprend les gens et les oblige à l'examen de conscience. Ceux d'entre nous qui aiment le Rocque croient qu'en cas d'échec ce ne sera pas seulement le musée qui sombrera, mais aussi tout ce que notre ville pourrait devenir.

Indépendamment du destin du Rocque, la censure publique de J. Ro pourrait porter un rude coup à la galerie de Greg. Avant d'être désolée pour lui, cependant, je me remémore qu'il a choisi ce chemin, cette tentative de vie parmi les ultrariches. Vous ne pouvez pas réussir dans le commerce de l'art sans consentir à un tel effort.

Après quelques minutes, Greg contemple fixement et en silence la table devant lui. J. Ro sort de sa poche son portable et s'éloigne de quelques pas pour téléphoner.

— Vous avez faim, les filles ?

Je redresse la tête et vois Kevin immobile devant nous, trois assiettes dans les mains. Pourquoi est-ce que je rougis ? J'abaisse le menton et examine la tache d'encre sur un de mes doigts.

— La moitié des paparazzis sont en train de partir, annonce-t-il. Apparemment, il y a une première à Hollywood.

— Dieu soit loué, souffle Yegina. Asseyez-vous donc.

Je ne pense pas avoir faim, mais dès qu'il pose l'assiette devant moi j'attaque le saumon et les asperges avec reconnaissance, en ignorant le sourcil en accent circonflexe de Yegina.

— Alors comme ça, vous avez rencontré l'artiste ? lui dit-il. Et elle est comment, en vrai ?

5

La première fois que j'ai vu Kim Lord, c'était en photo, dans un magazine new-yorkais. Ma mère m'avait envoyé un colis en Thaïlande et, encore plus que le petit pot de beurre de cacahuète et les paquets d'Oreos, c'est le papier glacé de la revue qui m'a rendue nostalgique de l'Amérique. La pagaille de notre pays compliqué me manquait, comme nos médias, notre façon fanfaronne de parler les uns des autres et notre tendance permanente à l'introspection culturelle. J'ai dû lire ce numéro vingt fois : les nouvelles brèves concernant Dolly la brebis clonée et les chances d'Oscar du meilleur film pour *Le Patient anglais*, les critiques de livres et de disques, et quatre longs articles débordant d'une culture frénétique très éloignée de ma maison en teck délabrée, dans la campagne thaïlandaise. L'un d'eux était un portrait consacré à Kim Lord. Il était illustré d'une photo d'une de ses toiles – qui était en fait la peinture d'une photo qu'elle avait détruite. Le journaliste s'étalait sur ce processus ésotérique du passage de la photographie à l'autoportrait, un procédé que j'avais trouvé assez déconcertant, à l'époque. En revanche j'avais été touchée par le sujet : un jeune homme au sourire suffisant, dans un tee-shirt raccourci, exhibant ses tatouages, le cou chargé de chaînes, et avec une lueur froide et calculatrice dans les yeux. “Mac n° 1”, ainsi était-il appelé. C’était aussi Kim Lord.

L’article précisait que l’artiste était née dans une famille fortunée de Toronto, qu’elle avait connu les écoles privées, les leçons de piano et les en-cas arrosés de thé, en début de soirée. Elle parlait parfaitement français. Elle avait remporté un concours de récitation de poésie en interprétant de mémoire la Portia du *Marchand de Venise* dans sa tirade sur la clémence. Puis, à l’adolescence, elle avait rompu avec ce mode de vie bourgeois et avait sillonné les États-Unis en faisant du stop ou en sautant d’un train dans un autre, et elle avait été acceptée à l’école des Beaux-Arts de la Cooper Union, dans l’East Village. Elle avait passé un an parmi les prostituées et les maquereaux de New York, avant de s’enfermer pendant deux semaines dans un studio où elle s’était déguisée et photographiée jusqu’à obtenir les poses exactes qu’elle désirait.

Prenant ses autoportraits comme sujets, elle s’était mise à peindre. Parfois elle se reproduisait avec un réalisme saisissant, parfois elle recourait aux techniques des expressionnistes pour donner une image d’elle trouble et changeante. Le jour où elle avait mis la touche finale à son dernier tableau, elle avait détruit les photos de studio, effaçant ainsi la seule trace d’elle en tant que sujet vivant. Dans les premières années, elle avait brûlé les négatifs et les pellicules, mais quand la photographie était passée au numérique, elle avait enregistré toutes les images sur une clé USB qu’elle avait détruite avec un marteau. Elle soulignait l’importance de ce dernier rituel, en le comparant à une sorte de sacrifice d’honneur.

“Je ne veux pas que cet enregistrement existe, expliquait-elle dans l’article. Il relie mon travail à ma personne, et ce n’est pas moi que je peins.”

Cette déclaration s'est gravée dans ma mémoire dès que je l'ai lue, alors que je roulais dans un bus climatisé à travers les plantations de durians, pour aller voir Greg. *Ce n'est pas moi que je peins.* Curieuse déclaration lorsque votre œuvre entière est une sorte de variation sur l'autoportrait. J'en ai parlé avec Greg pendant notre congé passé à ne rien faire, sur l'île de Ko Samui. Nous étions installés côte à côte sur nos draps de plage, moi étendue sur le ventre, lui assis et plongé dans le magazine. Là-bas, les eaux turquoise venaient clapoter sur le sable blanc, et les bateaux bourdonnaient, emmenant les touristes avec leurs tubas et leurs palmes admirer les récifs de corail agonisant. La chaleur faisait fondre mes os. J'adorais cela, et pourtant l'Amérique me manquait toujours. Greg a tourné une page.

— Ça ne te donne pas le mal du pays ? ai-je murmuré dans mon bras replié.

— Certains trucs, oui, a-t-il concédé. La peinture de Kim Lord est ce qu'il y a de mieux, là-dedans.

Son admiration m'est restée sur le cœur. Je me suis redressée sur les coudes.

— Elle affirme qu'elle ne se peint pas elle-même. Mais ce n'est pas le cas ?

— Non. Elle peint un sujet.

— Un sujet superbe, ai-je dit en désignant le corps à la minceur adolescente de Kim, qu'on discernait malgré tout à travers les vêtements masculins, et sa posture. Son talent serait-il aussi reconnu si elle était laide ? Ou pauvre ?

Il a haussé les épaules, chassé le sable sur ses jambes, et a poursuivi sa lecture.

— Elle dit aussi ça : "À moins que les artistes femmes habitent simultanément les rôles de l'artiste et du modèle, le monde de l'art n'échappera jamais à la prison du regard masculin." Je ne vois pas pourquoi tu serais jalouse d'elle. Elle est dans ton camp.

Mon camp. J'avais dit à Greg que mon escapade thaïlandaise était "un break" dans ma carrière de journaliste d'investigation, que je voulais poser ma candidature à l'école de journalisme dès que j'aurais mis au clair mes sentiments par rapport à la mort de Nikki Bolio.

— Je ne suis pas jalouse d'elle, ai-je répondu. Simplement, je ne vois pas pourquoi elle éprouve ce besoin constant de se justifier.

Greg est revenu une page en arrière, et il a contemplé de nouveau l'image.

J'ai laissé retomber ma tête sur la serviette. Sous le tissu éponge, le sable a émis une mini-cascade de parasites contre mon tympan gauche avant de se figer en un oreiller compact et instable. J'ai fermé les yeux et laissé le soleil envelopper de sa chaleur la moitié de mon visage. Je n'avais rien tiré de la disparition de Nikki, à part un point : il n'était pas question que je retourne dans le Vermont. Je voulais revenir dans mon propre pays, oui, mais pour vivre loin de l'État qui m'avait vue naître, en anonyme, et prendre un nouveau départ.

— On devrait déménager dans une grande ville, quand on sera rentrés, ai-je dit. Une grande ville où il fait doux.

Quelque chose de soyeux et de léger m'a touché la nuque. Un baiser de Greg.

— Tu as raison, a-t-il murmuré, et il s'est écarté. Je vais nager un peu.

Tout était là, dans cet instant sur cette plage de sable blanc. Je l'ai dit la première : j'ai réclamé un avenir avec Greg, celui qui nous a menés à Los Angeles. Celui qui l'a mené à Kim. Ce qui est arrivé entre nous me laisse encore perplexe : comment deux amoureux peuvent déménager dans une ville, et cette ville se saisir d'eux comme des plantes grimpantes, les séparer, les pousser vers d'autres gens jusqu'à ce qu'ils soient tellement empêtrés dans leurs existences distinctes qu'ils ne reconnaissent plus ce qu'ils ressentaient, ou même qui ils étaient.

J'ai l'air tellement jeune, dans ce souvenir. Gorgée de soleil et de plage scintillante. La seule horloge est le toc-toc-toc distant du cuisinier qui brise des noix de coco en prévision du dîner.

La deuxième fois que j'ai vu Kim Lord, elle et une autre femme faisaient la course sur deux énormes spermatozoïdes mécaniques dans une galerie bondée de Silver Lake, lors de son inauguration. Greg et moi étions restés dans la rue, trop frileux pour oser plus que regarder bouche bée à travers les grandes fenêtres de la galerie. Des manipulateurs installés à deux consoles de jeux vidéo dirigeaient chaque spermatozoïde autour d'éléments en mousse rouge vers une estrade où un œuf brillant attendait. Les spermatozoïdes se déplaçaient en glissant par saccades, tels des automates, mais ils étaient recouverts d'une pellicule chromée qui m'a rappelé les voitures des années 1950, et chacun portait une plaque d'immatriculation différente de l'autre : FINISH et FETISH.

Greg et moi ne connaissions que deux personnes parmi toutes celles présentes pour l'occasion : Phil et Spike, deux grands jumeaux quelque peu macrocéphales, des décorateurs avec qui j'avais travaillé au Rocque. Ils étaient faciles à repérer : en général, ils dominaient les gens autour d'eux, et comme s'ils cherchaient à plaisanter un peu plus avec leur ressemblance inquiétante, ils avaient l'habitude de se costumer en conquistadors d'opérette. Ce soir-là, je n'ai eu aucun mal à les localiser, identiquement vêtus de vieux costumes de bain rayés une pièce, penchés derrière une des consoles. Ils surveillaient le beatnik barbu qui s'escrimait sur son joystick. D'après leur expression, la console était branchée sur le spermatozoïde que Kim chevauchait et qui poussait vainement du nez une paroi de mousse utérine.

Ce n'était pas le spectacle de Kim Lord. C'était celui d'une diplômée récente qui fêtait ainsi sa maîtrise en beaux-arts, et Greg et moi étions stupéfaits de découvrir Kim là, comme une vedette de cinéma qui serait entrée dans notre café préféré au moment où nous y prenions notre petit-déjeuner (événement fréquent dans notre nouvelle existence à L.A.). Mais nous avons essayé de la jouer décontractée, et nous avons réussi à entamer un échange avec les fumeurs auprès de nous, en faisant des blagues nulles sur la "pro-création" et en nous interrogeant sur les auteurs des "dons" qui avaient financé ce spectacle.

— Tu penses qu'elle va battre l'autre spermatozoïde ? ai-je dit.

— Pas si Spike et Phil prennent les manettes.

Ensuite, je ne sais plus exactement comment c'est arrivé, Greg m'a entraînée à l'intérieur, nous a trouvé des canettes de bière glacée prises à un tube distributeur en plastique, et subitement il s'est retrouvé à côté de Phil et Spike, et avec le joystick il a mené Kim à la victoire pendant que je buvais ma lavasse dans un coin, toute seule. Tandis qu'il dirigeait Kim à travers la galerie, sur son têtard fuselé en chrome, j'ai vu le visage de Greg se tendre sous l'effet de ce qui ressemblait à du désir sans en être tout à fait. C'était plutôt la volonté farouche de l'emporter. De se gagner cette foule de gens dans leurs cuirs post-punks, leurs pantalons brodés et leurs grosses lunettes noires, d'être à la fois l'un d'entre eux et le meilleur de tous. Tout cela s'est produit très vite, puis il est arrivé d'autres choses : un type s'est approché pour me draguer, avec une insistance agressive ; Greg est revenu en compagnie de Phil ; Kim est apparue pour rencontrer Greg.

En chair et en os, elle était plus petite et moins jolie que je l'avais imaginée, mais elle avait cette manière d'attarder sur vous un regard scrutateur qui vous faisait ressentir qu'on vous remarquait. Elle s'est souvenue de mon nom après l'avoir entendu une seule fois, et quand Phil lui a précisé que j'avais décroché un boulot avec lui au Rocque, elle a dit que nous devrions prendre un verre tous ensemble un jour prochain, qu'elle aimait un musée qui disait "va te faire foutre" à la médiocrité. Elle l'a clamé sur un ton dénué d'humour qui ne souffrait pas de rire ou de réplique spirituelle. Peut-être était-elle déjà préoccupée par *Natures mortes*, ce jour-là. À cette époque, elle avait certainement commencé à travailler sur le projet – cela remonte à environ quatre ans –, et elle devait déjà s'absorber dans les circonstances de la mort de Nicole Brown Simpson qui est devenue le sujet de sa première peinture et la raison pour laquelle elle a fini par vouloir présenter son expo à Los Angeles.

"Cette ville est le miroir magique de la culture nord-américaine ; elle nous montre ce qu'il y a de plus beau, de plus passionnel chez nous, et aussi ce qu'il y a de plus monstrueux, a-t-elle déclaré plus tard dans une interview. L'assassinat de Nicole Brown Simpson a été les trois. Sa mort sanglante évoque autant les obsessions de notre société que la violence qui peut exister chez un homme."

La deuxième fois où j'ai vu Kim Lord a été la deuxième fois où j'ai voulu la détester, sans y parvenir. À la place nous sommes devenues ce genre d'amies provisoires qu'on ne rencontre que dans les soirées, qui se saluent et se reconnaissent mutuellement sans jamais vraiment échanger ensemble. Pourquoi en aurait-il été autrement ? Ce que nous avions en commun se réduisait au minimum : une enfance passée dans le Nord, une tendance à garder le silence alors que tout le monde bavarde. Pourtant il m'arrive de penser que je suis la seule personne à L.A. qui la comprenne : elle n'a rien d'un génie, mais elle a su se fabriquer une image de marque et donner l'impression qu'elle est incontournable. Et elle a le physique de circonstance : taille 34, silhouette décharnée, chevelure blond foncé. Elle a une façon très efficace de s'humecter les lèvres de la langue avant de parler, ce qui lui donne l'air plus jeune, même si elle ne semble jamais avoir envie de faire plaisir.

Ici, au gala de ce soir, je ne peux rien révéler de tout cela à Kevin-le-critique-rock, aussi je me contente d'écouter Yegina. Mon amie explique combien les rapports sont faciles avec une artiste qui termine ses peintures six mois après la date qu'elle avait donnée. Et qui refuse tout événement à caractère éducatif parce que son œuvre n'est "pas destinée aux enfants". Et qui arrive toujours dans un déguisement élaboré, et insiste pour entrer dans le musée par l'entrée de service.

Kevin lui demande alors comment nous choisissons les artistes qui seront autorisés à exposer au Rocque, et Yegina se lance dans une autre réponse interminable.

— C'est un processus qui doit beaucoup à la collaboration de tous, sauf quand il s'agit de la décision unilatérale de votre directeur, conclut-elle avec une pointe d'aversion. Comme pour *L'Art de la course automobile*. L'année prochaine, en septembre 2004. Je ne plaisante pas. George W. Bush va tenter de se faire réélire, et Bas veut garer une Corvette devant l'entrée du musée.

Au fil des saisons, les événements exceptionnels présentés au Rocque ont compensé les échecs personnels de

Yegina : l'incapacité de Chad à lui rester fidèle, l'incompréhension de ses parents pour ses choix artistiques, son attitude politiquement de gauche et financièrement peu rentable. Je souhaite presque que son frère soit refusé dans toutes les écoles de médecine, afin qu'il partage avec elle le fardeau de leur mécontentement.

— Et puis Bas veut démolir ce bâtiment pour le remplacer par quelque chose d'énorme, ajoute-t-elle. Il ne comprend pas que les gens nous *trouvent* parce que nous constituons précisément une cassure dans la muraille des gratte-ciel. Nous sommes à taille humaine.

Une cassure dans la muraille des gratte-ciel.

Je me rappelle la dernière fois que j'ai aperçu Kim Lord. C'était hier, presque à l'heure du déjeuner, et j'allais descendre pour entraîner Yegina à notre cours de gym tonique. Alors que je m'appuyais sur le garde-fou pour contempler ma vue préférée de l'avenue en contrebas, j'ai remarqué une femme coiffée d'une perruque platine et engoncée dans un trench-coat, qui s'éloignait d'un pas nerveux du musée et se hâtait vers le bas de la colline et Pershing Square. Elle a sursauté comme si quelque chose venait de l'effrayer, s'est reprise et a continué son chemin empressé en direction de l'ouest. Sur le moment, je n'ai pas compris qui j'avais sous les yeux. À Los Angeles, il s'écoule rarement une journée sans que je sois témoin de quelque chose de bizarre dans la rue. Mais cette femme était Kim Lord. Et elle s'enfuyait du Rocque.

Je prétexte un besoin naturel pour m'éclipser vers les toilettes, lesquelles se trouvent à l'intérieur du bâtiment. Tout en fendant d'une démarche vacillante les cercles de plus en plus extérieurs à la tente-restaurant, je remarque les mains soignées qui tiennent des verres, les jambes nues et lisses jaillissant des robes fendues, les cols de smoking déboutonnés, les montres scintillantes. Je saisis des bribes de conversation :

— Ses expos ne valent pas tout le battage qu'on en fait, mais je veux quand même les voir.

— À quand remonte sa dernière ? Reagan était encore président, non ?

L'expo *Noir* de Kim Lord a été un tel fiasco qu'elle a terni sa réputation presque autant que ses premiers succès l'ont établie, et il y a ici des gens, sans doute nombreux, qui espèrent être chavirés de nouveau. Un autre soir, leur dérision pourrait me réjouir secrètement, mais aujourd'hui je suis contente d'échapper aux nuées humides des bavardages et d'atteindre l'air plus frais et plus crasseux du passage souterrain.

L'immensité du hangar m'avale comme un tombeau. Auparavant, c'était le sous-sol du garage de la police. L'architecte a modernisé les murs et les poutrelles afin de mettre le tout aux normes antisismiques, et il a étendu les sous-sols du bâtiment sur deux niveaux, pour nous permettre d'utiliser le même accès souterrain que les gratte-ciel voisins. Les modifications apportées au Rocque sont considérées comme un chef-d'œuvre de l'architecture souterraine, car il a conservé l'aspect dramatique ancien que dégagent murs et arcades, tout en s'agrandissant et en se modernisant. L'entrée est haute de douze mètres et, quand le rideau servant de porte est relevé comme ce soir, vous découvrez une cathédrale ténébreuse dédiée à l'art et emplie de caisses et de rayonnages, les portes qui ouvrent sur le bureau d'enregistrement et l'atelier de menuiserie, et une autre porte massive au fond, derrière laquelle la majeure partie de notre collection permanente est stockée.

Bras croisés, les membres de la sécurité en chemise blanche se tiennent alignés à l'entrée du hangar, mais ils ne me reconnaissent pas, et je n'ai ni mon badge ni un bracelet d'invitée officielle au poignet. Je les longe à la façon d'un cheval cherchant une ouverture dans une barrière, jusqu'à ce que je trouve Fritz, notre principal vigile de jour. C'est un individu robuste, trapu et rasé de près, au visage ouvert derrière des lunettes à verres teintés. Il m'aime bien parce que j'ai aidé sa fille pour ses dissertations l'année dernière, et qu'elle vient d'être admise à l'UCLA. Il me fait signe en souriant, et j'entre dans le coffre-fort souterrain du Rocque, avec ses odeurs de bois fraîchement travaillé et de peinture ancienne. Je traverse l'étendue cimentée et je me réfugie dans les toilettes. Là, j'ouvre jusqu'aux chevilles les fermetures éclair de mes bottes dont j'extrais mes pieds martyrisés.

Je plie les orteils qu'un fourmillement a envahis. On dirait de petites noix fichées au bout de mes pieds. Kim Lord doit être arrivée, maintenant. Son absence est pareille à une brise qui touche tout dans une caresse invisible. La dernière fois que j'ai éprouvé cette sensation, c'était il y a six ans, ce jour froid de printemps où Nikki Bolio, ma source, a été retrouvée morte au bord du lac Champlain.

J'entends la porte extérieure des toilettes qui s'ouvre, et le bavardage de deux invités.

— Dépêche-toi, d'accord ? dit l'une. Je n'ai pas envie de me retrouver coincée derrière une foule énorme. Je déteste me dévisser le cou pour voir quelque chose.

Il doit être déjà sept heures. *Natures mortes* ne va pas tarder à se révéler aux spectateurs. À commencer par les occupants des tables 1 et 2, les invités vont emprunter le monte-charge pour accéder aux salles, à moins qu'ils préfèrent prendre leur temps, gravir l'escalier et pénétrer dans le musée par l'entrée principale.

J'enfile à nouveau mes bottes, je sors des toilettes en clopinant et je rejoins la zone d'ombre à côté de l'ascenseur réservé au personnel du musée. Quelques secondes plus tard, Janis et les autres convives de la table d'hôtes investissent le hangar.

Kim Lord est-elle parmi eux, enfin ? Non. Pas plus que Greg. Je recule pour mieux observer la scène, et j'essaie d'imaginer quel groupe pourrait infiltrer l'admirateur obsessionnel de l'artiste.

D'abord viennent les têtes chenues et hirsutes des renégats qui ont jadis sculpté l'espace d'un atelier parmi les derricks pétroliers de Venice Beach. Ils ont créé à partir de tas de rebuts, avec de la peinture pour automobile et la lumière. L'un d'eux a été arrêté pour outrage à la pudeur, certains sont décédés, mais quelques-uns des survivants sont devenus de vieux richards. Ils ricanent entre eux, se donnent des coups de coude complices, et dans leurs yeux brille un éclat vif : ils savent qu'ici ils sont les plus jeunes.

Un groupe plus convenable et resplendissant suit. Ce sont les membres masculins du conseil d'administration : PDG, banquiers, et autres magnats de l'industrie musicale qui ont passé leur vie à présider des réunions et à accroître leurs profits. Bien que leur physique aille du très svelte au très gros, ils possèdent tous ce même aspect impatient, comme s'ils ne pouvaient s'empêcher de manœuvrer pour avoir plus de pouvoir, même maintenant.

La dernière fournée comprend les femmes siégeant au conseil d'administration et les épouses des hommes qui les précèdent. Ayant pour la plupart dépassé la quarantaine, elles ont la chevelure blond platine, sont élégantes et se répartissent en deux catégories : les naturellement riches et les naturellement belles, ces deux caractéristiques étant rarement réunies chez elles. Ici ou là une jeune femme sexy se distingue dans ce paysage de corps vieillissants, et elle s'avance sur ses hauts talons, le pas suffisant et le sourire affirmé. Des trois groupes, seul ce dernier trahit une certaine inquiétude devant l'absence de Kim Lord. Je note deux de ces dames qui jettent un coup d'œil par-dessus leur épaule au restant agité des invités, et une autre qui resserre son châle soyeux sur ses épaules, comme si elle frissonnait.

Et derrière tous ces groupes arrive un individu isolé. Brun, la trentaine, en veste de velours côtelé couleur moutarde et en jean. Je lui trouve quelque chose de familier. Pas familier comme si nous nous étions déjà rencontrés, non, mais familier dans son allure générale. Si je devais risquer une hypothèse, je dirais qu'il vient d'une zone rurale de la Côte est. Trop vêtu pour la chaleur de cette nuit, trop mal vêtu pour l'occasion. Aucun goût pour la sophistication, sinon dans le but de se moquer de l'importance qu'elle a chez tous ceux qui l'entourent. Il a le regard bleu somnolent de quelqu'un qu'on aurait tout juste réveillé et traîné jusqu'ici. Il voit que je le regarde fixement et me décoche un clin d'œil. Je baisse les yeux sur mes pieds endoloris, d'abord gênée de l'avoir dévisagé de la sorte, puis irritée par son toupet. Il ne s'est manifestement pas habillé pour se fondre dans la masse.

Les lourdes portes du monte-charge s'ouvrent en coulissant. À sa grande époque, cet ascenseur monumental a transporté des peintures de la taille de petites piscines, et une Volkswagen entière compressée. Cette boîte de métal éraflée est un lieu de culte sacré : en plus de milliers d'œuvres d'art, elle a fait monter la réputation de L.A. en inscrivant notre ville sur la carte des critiques et des collectionneurs. Mais le câblage du mécanisme multiplie les embardées et les bruits de ferraille, et il faudrait d'urgence remplacer les panneaux intérieurs. Les invités y entrent en file indienne et paraissent rapetissés par ses dimensions. Dans l'éclairage argenté, leurs visages et leurs corps deviennent subitement interchangeables, à l'exception de leur chef, Janis Rocque. Elle a l'air fermé et stoïque de l'humain sur le point de pénétrer dans un vaisseau extraterrestre.

Où est passé Greg ? Je suis étonnée qu'il ne fasse pas partie du mouvement.

Des taches de bleu et de tweed apparaissent à côté de moi : Yegina et Kevin, apparemment essoufflés.

— Allez, on peut prendre l'ascenseur du personnel. Tout le monde grimpe par l'escalier. Personne ne veut rester à la traîne, dit Yegina en passant son badge d'accès général devant le lecteur optique de sécurité. Ça va être bondé.

6

Quand les portes de l'ascenseur réservé au personnel s'escamotent, Yegina, Kevin et moi nous précipitons à travers l'expo permanente pour atteindre *Natures mortes*. Ce soir toutes les salles semblent immenses, froides et pleines de secrets, même alors que je passe devant les blocs blancs et les cubes lumineux auxquels je suis habituée, ou la fleur rouge d'un capot de voiture martelé qui est continuellement exposée. L'air ne sent rien – ni le désinfectant, ni la peinture, le bois ou le plastique, seulement une absence totale d'odeur. Je jette un coup d'œil à Kevin, qui tapote les poches de sa veste comme s'il avait oublié quelque chose, et il est un lavis de fluorescences et d'ombres. Derrière lui, Yegina offre l'expression impassible et attentive d'un chat qui attend d'être nourri.

— Pas encore bondé, dis-je.

Aucun d'eux ne répond. Nos pas créent les seuls sons, rapides et inquiétants, alors qu'ils approchent des salles peintes en noir accueillant *Natures mortes*.

J'ai lu l'hyperbole sur le programme de présentation de Kim Lord. Mince alors, je l'ai rédigée pendant des mois, en piquant des adjectifs tels que *superbe*, *renversant*, *déchirant*, *traumatisant*, *atroce*, *original*, *avant-gardiste*, et *cru*, *âpre* à des critiques de ses expos précédentes, pour ensuite associer ces mots avec les récits sanglants des onze femmes assassinées que *Natures mortes* met en scène. Plus je tressais des louanges sur le papier, plus elles m'ont paru sonner faux – ce choix outrancièrement théâtral des thèmes, le fait de s'approprier le statut de victime d'une autre femme pour en faire sa matière première… Hormis dans le communiqué de presse d'aujourd'hui sur son talent, qui n'a pas encore été diffusé, Kim n'a jamais reconnu qu'elle aussi exploite ces crimes horribles. Elle semble penser qu'elle est en droit de représenter les victimes, de se peindre dans leur vie et leur histoire, tout comme elle trouve normal, en jeune femme du Nord issue d'un milieu aisé, de propager des statistiques accablantes sur Los Angeles et son taux de criminalité, ou la manière dont Hollywood fait du sensationnel lucratif avec les homicides de femmes. "J'ai choisi cette ville à dessein, a-t-elle déclaré. Je veux que cette ville voie ce qu'elle fait."

Très bien. Voyons donc.

C'est sur mes gardes que j'entre dans la première salle noire.

La victime poignardée Roseann Quinn flotte au-dessus de moi, avec ses boucles et son sourire un peu triste et rêveur. Lord a composé son tableau d'après une photo très connue de Quinn, sur laquelle la jeune femme a les cheveux tenus dans un foulard, de grosses lunettes rondes de bibliothécaire, et porte son attention sur quelque chose ou quelqu'un derrière l'objectif de l'appareil. Sur le cliché d'origine, Quinn donne l'impression qu'elle marchait dans une rue de banlieue et passait devant une maison blanche précédée d'une pelouse quand elle a aperçu un ami et lui a adressé un sourire en le reconnaissant. Kim Lord peinte en Quinn est habillée à l'identique et offre la même expression aimable, mais l'arrière-plan autour de son visage est constitué de vieilles coupures de presse ayant pour titres “Une jeune institutrice retrouvée dénudée et poignardée”, “Une institutrice sexy retrouvée assassinée”, “Un homme à la dérive arrêté pour le meurtre de Roseann”.

En 1973, le meurtre de Roseann Quinn a fait la une des médias nationaux parce qu'il était en phase avec les mises en garde bien-pensantes qui avaient accompagné l'émergence d'une nouvelle génération de femmes ayant choisi de vivre leur sexualité en toute liberté. Quinn était institutrice à New York, vivait seule et aurait fréquenté des bars de nuit où elle rencontrait des hommes qu'elle ramenait chez elle. Un soir, elle avait fait le mauvais choix. *Elle* avait fait le mauvais choix. Les termes dans les gros titres, *Nue* et *Poignardée*, *Sexy* et *Assassinée*. L'utilisation de ces deux mots, et dans cet ordre, est capitale.

Leur message est tellement puissant que je rate presque les fines entailles rouges partout sur le cou de la Roseann Quinn représentée.

Je m'intéresse au visage de femme suivant. Un sourire lèvres fermées, la tête penchée, de jolis yeux soulignés de noir, la chevelure blonde méchée remontant en courbe sous le menton : tout dans la posture du sujet suggère qu'elle s'est préparée à la photo. Elle pose avec grand soin, elle a répété pour cette prise. Lord transcrit cette préparation par la précision de sa peinture qui ne se brouille qu'une fois, au niveau d'une élégante pommette haute, où elle s'étale jusqu'au cadre de la toile. Il s'agit de Gwen Araujo, un des derniers sujets de l'artiste, une adolescente californienne transsexuelle qui aurait été sauvagement battue puis étranglée par quatre hommes en octobre dernier, après que deux d'entre eux, qui avaient eu des rapports sexuels avec elle, ne découvrent que c'était biologiquement un jeune homme. Les accusés attendent leur procès. Je me concentre sur cette longue traînée diffuse, et sa très légère nuance de rouge. Cela fonctionne. La déformation rend douloureuse la beauté paisible du visage.

Sur le mur du fond, une Kitty Genovese gît dans une entrée d'immeuble, ensanglantée, son visage tourné vers le spectateur. À trois heures du matin, en mars 1964, elle a été poignardée à l'extérieur de son appartement du Queens. Elle a appelé au secours, assez fort pour être entendue de nombreux voisins. De l'immeuble, quelqu'un a répondu en criant, mais personne n'est sorti. Son agresseur a quitté les lieux. Elle s'est traînée jusqu'à l'arrière de l'appartement, mais n'a pas eu la force de s'y réfugier. Son tortionnaire est revenu, l'a violée, dépouillée, et pourtant il n'y a toujours eu aucune intervention du voisinage. Plus tard, les journalistes ont évalué à trente-huit le nombre de résidents qui ont entendu les appels à l'aide de Genovese mais ne l'ont pas secourue. Elle est morte cette même nuit.

C'est la première fois dans cette œuvre appartenant à *Natures mortes* que le sang est nettement présent et, en même temps qu'il aimante mon regard, je sens croître mon hostilité envers l'œuvre. J'ai compulsé trop de photographies macabres des victimes pour le catalogue de notre exposition. Je m'attendais à du sang, c'est de l'horreur au rabais.

J'étudie objectivement le corps recroquevillé de Genovese. À la différence des deux autres toiles dans cette salle, c'est là l'illustration d'un meurtre. Le dos de la victime est ensanglanté, ses mains sont zébrées d'entailles rouges. L'éclairage fade de l'entrée décolore son visage paniqué, le métamorphose en un masque funèbre.

Funèbre, mais familier. Je reviens à Quinn et Araujo, et j'ai l'impression que quelqu'un vient de m'exploser les deux genoux.

La peinture s'épaissit et s'amincit différemment autour de chacun des sujets, mais les expressions des femmes possèdent toutes cette précision inquiétante qui donne la chair de poule, comme si on les avait nettoyées. Elles observent les salles. Fixement. La ressemblance apparaît soudain aveuglante – la façon dont Kitty est également Gwen qui est également Roseann qui est également Kim. Toutes sont Kim. Dans chacune des peintures existe une femme morte – identifiée par sa coiffure, la couleur de ses yeux, ses vêtements et son attitude – mais aussi, inexplicablement, Kim Lord revêtant cette mort, à la manière dont les chamans des temps anciens mettaient les masques et les atours des esprits.

Ce n'est pas moi que je peins.

Non. Je commence à le voir, à présent.

Je suis consciente de la présence derrière moi de Kevin et Yegina, qui contemplent eux aussi les toiles, mais ils paraissent très éloignés. Sans échanger un mot, nous gagnons la salle suivante : Bonnie Lee Bakley, le Dahlia Noir, Nicole Brown Simpson. Tous, des assassinats perpétrés à Los Angeles. Les assassinats de notre ville.

Bonnie Lee Bakley, poupée blonde humaine, est représentée à de multiples reprises, une demi-douzaine de fois, et son expression va de juvénile et enjouée à craintive et vieillissante, mais elle sourit toujours. Deux ans plus tôt, Bakley a été abattue dans une voiture garée devant un restaurant. Son assassinat ne revêt pas la même brutalité viscérale que nombre d'autres morts dans l'expo, mais le principal suspect, son mari et acteur, a incarné un tueur célèbre dans le film *De sang-froid*, et cela a amplifié l'impact médiatique du fait divers. Robert Blake est actuellement assigné à résidence.

Dans l'œuvre de Kim Lord, le meurtre de Bakley n'est pas du tout évoqué, seulement le vieillissement de son visage et sa perte de confiance. Ses sourcils sombres, à l'arc parfait, et ses dents découvertes ne changent jamais, mais ses joues s'alourdissent et s'affaissent. Ses cheveux blonds bouclés se raidissent et s'assombrissent. Avant de rencontrer Blake, Bonnie Lee Bakley a gagné sa vie en dirigeant une affaire de vente par correspondance de photos de femmes nues, dont elle-même, destinées à une clientèle masculine. Elle sollicitait aussi l'aide financière de ses clients. Grâce à ses recettes, elle a acheté plusieurs maisons, mais elle rêvait d'une vie de célébrité. Elle avait quarante-quatre ans lors de son union avec Robert Blake. C'était son dixième mariage, dénué de toute motivation amoureuse, conclu pour que l'acteur puisse voir légalement leur enfant commun.

Je ne comprends pas encore ces interprétations, mais j'ai une vague idée de ce que Kim cherchait à accomplir. Bonnie Lee Bakley a misé sur son physique toute sa vie, et la progression des portraits me rappelle que vieillir a dû la terrifier. Je me souviens d'une déclaration de Kim Lord au sujet de la peinture, le médium qu'elle a choisi pour s'exprimer : "le Tueur des Femmes esseulées, le Rôdeur nocturne, le Dormeur macabre – on donne aux monstres de Los Angeles des surnoms très évocateurs. Dans le même temps, leurs victimes ressemblent à des mannequins. Il y a ce vernis de glamour sur leur souffrance et leur humanité, a-t-elle dit. La photographie en est partiellement responsable, je pense. C'est un moyen de communiquer l'immédiateté, qui ne capture que l'éclat à la surface des choses et des gens. C'est pour cette raison que j'ai voulu peindre ces femmes."

Je continue ma visite à contrecœur, car je n'ai pas envie de découvrir la peinture suivante.

"Le Dahlia Noir" n'offre quasiment aucune surface qui ne soit pas éclaboussée de rouge. La silhouette de la femme, coupée en deux, est presque indiscernable dans le chaos de l'empâtement de couleurs, cependant sa jambe exposée ressemble à celle de Kitty Genovese et la relie à elle de la plus troublante des manières. J'ai déjà vu une reproduction du "Dahlia Noir", et je savais que l'œuvre était très graphique. Dégoûtante, comme l'a dit Kevin. Comme tout le monde pouvait s'y attendre. L'assassin d'Elizabeth Short l'a mutilée de façon si atroce que la femme qui l'a découverte a d'abord cru être tombée sur les parties éparpillées d'un mannequin de vitrine. Le pelvis pâle de Short, avec sa touffe de toison pubienne et ses jambes pliées, est tranché et placé à part de son torse dénudé, ses bras tendus, sa tête. Et pourtant la reproduction du catalogue a aplati l'effet singulier que produit la peinture : la façon dont les coups de pinceau épais et dynamiques font vibrer de vie ces restes macabres, comme s'ils cherchaient à se ressouder. Les morceaux de corps gisent séparés dans l'herbe verte, mais ils semblent également se tendre les uns vers les autres, et tenter de se réunir.

On a retrouvé Elizabeth Short dans Leimert Park. Ce coin de verdure est à moins de trois kilomètres d'ici.

Avant d'entrer dans ces salles, j'étais convaincue que Kim Lord me ferait éprouver quelque chose – peut-être de la tristesse, peut-être de la colère, peut-être de l'admiration, ou de la jalousie. Mais quoi que ce soit qui m'envahit à présent, je n'ai pas de mot pour le définir – c'est comparable à ce que vous ressentez lorsque votre voiture se met à faire de l'aquaplaning sur une route inondée par la pluie, et que vous ne savez plus où se trouve la chaussée ni quand cette glissade écœurante va cesser.

Il me reste une peinture à voir avant de quitter cette salle.

Nicole Brown Simpson est effondrée au bas d'un escalier, visage caché, ses cheveux blonds trempant dans une telle quantité de sang que celui-ci a l'éclat de la terre glaise humide. Il coule aussi sur le carrelage dont il emplit les fissures. C'est la première toile sur laquelle Kim Lord ne me regarde pas, et pendant un moment je m'efforce de voir comment elle s'y est prise pour rendre cette image différente d'une des photos terrifiantes prises après le meurtre. L'assassinat de Nicole Brown Simpson, en 1994, est sans doute le plus célèbre de notre ville, à la fois pour son suspect très en vue et pour le cirque médiatique qui a suivi son procès. O. J. Simpson et les indices concernant l'homicide sont tellement devenus le sujet des infos qu'il est facile d'oublier la sauvagerie de l'acte lui-même. Nicole Brown a reçu un si grand nombre de coups de couteau que sa tête était presque séparée de son corps. Elle a perdu des litres de sang.

Je ne parviens pas à saisir ce que la peinture a fait de cette réalité. Et soudain je remarque comment le sang de Nicole dans les interstices du carrelage s'étend et s'étend encore, jusqu'à former un arbre inversé, sombre et brillant. Des branches à l'envers, auxquelles des centaines de petites sphères pendent, pareilles à des gouttes. Des fruits. Chacune est d'une délicatesse méticuleuse. Je regarde à nouveau son cadavre affaissé. Les murs noirs se rapprochent.

Derrière moi, des voix s'amplifient dans la première salle : les gens commencent à arriver en masse. Sous mes pieds, le sol froid. Cette exposition comprend une salle de plus, mais je ne bouge pas.

Je n'ai jamais vu le corps de Nikki Bolio, mais j'ai lu le rapport d'autopsie : ses poignets et ses chevilles à vif, l'eau dans ses poumons. Mort par hypothermie et noyade. Le scénario probable : le meurtrier l'a tirée au bout d'une corde derrière son bateau, de nuit. Ses chairs ont été brûlées par le contact du lac gelé, et elle a dû couler parce qu'elle ne pouvait ni nager ni ruer. Sans doute s'est-elle débattue dans l'eau ; sans doute a-t-elle crié. Alors il a accéléré jusqu'à ce que sa tête se renverse et que son corps rebondisse, il a viré de bord, le sillage l'a submergée et les vagues noires ont empli sa bouche. Ensuite il l'a jetée vers la plage afin qu'on la retrouve.

Elle a certainement résisté. Ses soubresauts ont sûrement été violents, horribles. Ses hurlements ont dû déchirer les ténèbres sur le lac, le ciel d'encre de la Nouvelle-Angleterre, et transpercer le rideau des pins alignés en bordure de la plage. Combien de temps lui a-t-il fallu pour la tuer, une main sur la manette des gaz, l'autre sur la barre ? Qu'est-ce qui a fini par la pousser à abandonner et inspirer l'eau ?

Aussi puissantes que soient les peintures autour de moi, la profanation que constitue un homicide est si terrible, tellement inconnaissable, qu'elle réside au-delà de toute signification que nous pourrions en tirer. Et une fois que l'horreur vous a touché, comme l'assassinat de Nikki m'a touchée, vous en avez conscience, tout le temps. C'est comme habiter au bord d'un abîme. Juste après votre patio et votre barrière très ordinaire : un gouffre géant, poisseux, qui mène au néant. Cela vous rend malade. Cela vous donne le frisson, et l'impression que vos paupières clignent sur du verre sec.

Je sens une tape sur mon épaule.

— Ça va ? demande Kevin.

— Viens, sinon ça va te manquer, dit Yegina.

Je leur réponds d'aller devant.

— Tu veux que je t'apporte un peu d'eau ? propose mon amie.

Je secoue la tête.

— Non, ça va. Allez-y.

Après une courte hésitation, elle presse mon bras de ses doigts et se dirige vers la salle voisine. Kevin a fait halte près du seuil pour l'attendre, et il ouvre son calepin. Dans mon champ de vision périphérique j'entraperçois la dernière série où figurent Chandra Levy, Lita McClinton, Judy Ann Dull et une nature morte géante composée d'objets censés honorer les milliers d'autres femmes victimes d'enlèvement et de meurtre. Je ferme les yeux. Les rouvre.

Imprimé sur le mur à côté de moi, il y a un texte concernant les natures mortes. Je l'ai déjà lu. Je l'ai corrigé. Mais je le parcours à nouveau parce que cette voix cultivée, guindée me calme :

> Une nature morte est une œuvre d'art décrivant généralement des sujets inanimés, qu'ils soient naturels ou façonnés. Jadis, cette forme d'art était considérée comme idéale pour les femmes artistes, lesquelles n'auraient pas été autorisées à apprendre la vie en dessinant d'après des nus.
>
> La nature morte classique offre à l'artiste plus de liberté dans la composition que les paysages ou les portraits. Les anciennes peintures européennes ont souvent incorporé des leçons morales grâce à la disposition d'objets qui étaient aussi des symboles, par exemple une pomme pour suggérer la tentation, ou une chandelle éteinte qui représentait la mort.

Des lettres noires sur un fond blanc immaculé, avec le mur noir tout autour. Juste à côté, l'accès à la salle suivante. Je force mon regard à franchir le seuil, là où Yegina se tient en compagnie d'Hiro, notre nouveau rédacteur des dossiers de subvention. Tous deux contemplent en silence une peinture dont je ne vois que le bord, mais je sais qu'il s'agit de Judy Ann Dull d'après le talon haut à son pied et sa cheville attachée à une planche par du fil de fer. Une masse bien vivante et solide se matérialise à côté de moi, et je hume une légère odeur de laine chaude. Soulagée, je me tourne vers Kevin.

— Je croyais que les natures mortes, c'étaient des grappes de raisin, des lièvres abattus et ce genre de trucs, s'étonne-t-il. Celles-là ne sont pas des portraits ?

— Pas selon l'artiste, dis-je. D'après elle, ces peintures sont des natures mortes parce que les sujets décrits sont inanimés et disposés de manière à transmettre une signification.

— Kim Lord est inanimée ?

— Ses photos d'elle le sont. Et les victimes le sont. – Devant son air sceptique, je continue : Et puis, parce que les natures mortes constituaient souvent une image d'opulence et de luxe. Un quelconque personnage riche étalait ainsi à la vue de tous les plaisirs dont il profitait. Et donc, si la femme libérée représentait un des luxes de notre société ? Et si elle était chassée et tuée, elle aussi ?

J'ai du mal à maîtriser l'agacement qui gagne ma voix. Je n'arrive pas à m'ôter de l'esprit les gros titres sur Roseann Quinn, ou le regard figé de Kitty Genovese. Je ne peux oublier la gêne visible de Jayme quittant une de nos réunions préparatoires pour *Natures mortes* ; ou Evie confessant qu'elle n'avait pas pu fermer l'œil après avoir vérifié toutes les légendes des photos du catalogue. Je suppose que nous nous doutions de ce qui allait arriver avec cette exposition : elle allait nous mettre en avant, et mettre en avant l'anxiété oppressante de la plupart des femmes due à notre vulnérabilité fondamentale, une peur aussi rationnelle qu'irrationnelle, comme celle née de pas qu'on entend derrière soi en pleine nuit, et qui les amplifie cent fois. Mais nous avons caché notre inquiétude sous l'excitation d'une expo à succès.

Kevin ne me demande pas d'en dire plus. Il écrit dans son calepin. J'ai la sensation malsaine que quelqu'un nous observe, et je scrute la foule grossissante à la recherche de Greg. Les visages de dizaines d'inconnus défilent devant mes yeux avant que je repère l'homme avec la veste moutarde. Il traîne dans la galerie, le regard fixé sur moi. Mon malaise resurgit. Et si c'était l'admirateur obsessionnel dont Jayme a parlé, le harceleur ? Ce serait logique, il s'est glissé dans la foule à la dernière minute, manifestement, et il n'est pas à sa place au sein d'un tel événement. Il ne converse avec personne. Il ne fait qu'observer.

Soudain j'ai envie plus que tout d'être chez moi, en sécurité au fond de mon lit.

— Vous n'avez pas dit que le personnel organisait une petite fête quelque part ? demande Kevin. Peut-être que Kim se trouve là-bas. Quelqu'un a vérifié ?

Je lui réponds que j'en doute, mais un rai d'espoir tranche dans la grisaille de mes craintes. Ce serait tout Kim Lord de préférer le personnel, d'être perchée sur le toit du bâtiment où se déroule sa fête pendant que le reste d'entre nous parade dans les grottes sombres et sanglantes qu'elle a créées.

Il faut que je prenne mes distances avec les peintures, aussi j'emprunte le badge de Yegina et, avec Kevin, nous prenons l'ascenseur jusqu'au dernier étage de bureaux qui comprend la salle de réunion réservée au conseil d'administration et le patio du toit. Nous percevons la fête avant que la porte s'ouvre, un murmure bas de bavardages dominé par le timbre de Brent qui clame d'une voix pâteuse que c'est la meilleure foutue expo que le

Rocque ait jamais organisée, et que le personnel n'y est pour rien.

— Tout ça, c'était grâce à elle, dit-il d'un ton imbibé de stupéfaction et d'alcool. C'était tout elle. C'était tout elle !

Enfin notre cabine s'arrête, ses portes s'ouvrent sur une petite foule en tee-shirts et jeans éparpillée entre les murets. Durant la journée, ce carré de ciment n'offre aucun coin d'ombre et devient une fournaise si intense que personne ne le fréquente, mais la nuit et sa fraîcheur le transforment en un lieu prisé des piliers de bar, et certains seraient prêts à faire la queue pour y accéder. Il est situé juste assez haut pour offrir une vue panoramique de l'avenue, mais ridiculement bas comparé aux gratte-ciel, de sorte que vous vous sentez tout à la fois élevé vers le ciel californien et abrité de son vide immense. Des bureaux éparpillés et des chambres d'hôtel brillent dans les façades des structures géantes, au-delà, révélant des scènes étrangement intimes, mais anonymes : un rideau ouvert, une simple lampe allumée à un étage autrement enténébré. Plus encore qu'en plein jour, vous prenez conscience que des milliers de personnes occupent ce même kilomètre carré.

Mais peu de membres du personnel profitent du paysage, ce soir. En grande majorité, ils s'accrochent à leur gobelet en plastique empli de bière pression et ils ne quittent pas du regard Brent, avec de plus en plus d'inquiétude. Brent est le dieu de cette assistance : partout où il va dans le Rocque, une certaine coterie de débraillés diplômés des beaux-arts le suit, de ce pas cauteleux du suiveur espérant que personne ne remarquera ses efforts pour s'imprégner de l'aura du maître. Il les récompense par des déclarations énigmatiques, ou en les ignorant complètement. Ce soir c'est différent. L'excès de boisson pourrait l'expliquer, mais j'ai vu Brent s'enivrer à chaque vernissage. L'alcool tend à accentuer son penchant taciturne jusqu'à ce que celui-ci se répande autour de lui et infecte quiconque le côtoie.

Ce soir, il a ôté son veston, retroussé les manches de sa chemise sous ses biceps impressionnants, et il communique bruyamment ses réflexions à nos jumeaux décorateurs, Phil et Spike. Penchés en arrière et accoudés au muret, ils ont le front luisant. Ils approuvent les dires de Brent par des hochements de tête. *C'était tout elle*. C'était tout Kim. Bien que je n'aie jamais vu Phil et Spike s'extirper de leur torpeur nonchalante pour admirer quelqu'un, ils ont passé une nuit blanche à concevoir les flyers de *Natures mortes*. Je le sais, parce que j'ai dû m'asseoir dans le halo de leurs corps non lavés le lendemain matin, quand ils ont présenté leur travail préparatoire à l'équipe de l'expo.

Kevin me suit hors de l'ascenseur. Je balaie du regard la petite foule. Pas de Kim Lord ici. Et peu de gens que je reconnais.

Mis à part l'emportement de Brent, un calme morose imprègne cette scène. Evie, la secrétaire, fume dans un coin, en compagnie d'un membre du personnel, en essayant absurdement de se rapetisser dans un blazer bleu assorti à ses chaussures. Avec sa frange fixée par un brushing et sa désinvolture forcée, elle a des airs de guichetière de banque égarée dans une fête d'étudiants. Je lui fais signe, mais toute son attention est concentrée sur Brent, et elle lutte pour ne pas grimacer. Elle le vénère tout autant que ceux qui l'entourent maintenant, mais elle ne doit pas apprécier de voir son idole se désagréger ainsi. Elle laisse tomber sa cigarette sur le sol, l'écrase du pied, en allume une autre aussitôt.

Spike m'aperçoit et me lance un sourire qui ne découvre que sa dentition supérieure, mais Kevin appuie déjà sur le bouton de l'ascenseur pour redescendre.

— Il faut que je retourne dans la galerie. Devant ces peintures, dit-il alors que les panneaux coulissent. Vous êtes sûre que tout va bien ? Je vous trouve un peu pâle.

Je lui réponds que je vais très bien, mais que je vais retourner chez moi, si cela ne le dérange pas. Nous entrons dans la cabine et elle plonge en bourdonnant vers la terre ferme.

Il sort son calepin et y griffonne quelque chose.

— Je peux vous inviter à déjeuner demain ? demande-t-il. Tout ça devient une histoire plus ample que je le pensais.

Ce n'est pas une histoire pour nous, ai-je envie de lui faire remarquer. Mais je suis prête à dire n'importe quoi pour être enfin seule, et je lui donne mon numéro professionnel, puis je reste silencieuse à côté de lui, pendant qu'il continue à prendre des notes.

Quand j'avais vingt-deux ans, alors que je me démenais pour décrocher mes premiers articles dans des journaux de rien du tout, un professeur d'université adorable m'a obtenu un entretien d'embauche auprès de Jay Eastman. Ce dernier, journaliste de New York ayant remporté le prix Pulitzer, avait déménagé dans le Vermont afin de travailler sur des éléments qui deviendraient un livre traitant du trafic de drogues dans les campagnes du Nord-Est. Il avait une tignasse grise et un regard féroce capable de vous peler jusqu'à la moelle, de la même manière qu'un décapant dilue des couches superposées de peinture. Il n'était pas méchant, mais il avait toujours raison. Il cherchait une assistante de recherche qui comprendrait la culture locale mais n'insisterait pas pour s'arroger tout le crédit du travail accompli. Lorsqu'il m'a confié la mission de parler à une adolescente ex-petite amie du fils d'un important dealer, c'était parce que Nikki se confierait à moi, il le savait : j'étais une autre fille du cru, d'à peu près le même âge, et je représentais simplement quelqu'un devant qui elle pourrait vider son sac. Et moi, jeune, inexpérimentée et désireuse de plaire, je lui rapporterais tout ce qu'elle m'aurait révélé.

Deux jours avant que la première histoire d'Eastman soit publiée et que Nikki disparaisse, je suis rentrée chez moi, à Burlington, après mon deuxième emploi de serveuse. Le soleil printanier s'était couché, le lac dégelait, les pelouses étaient détrempées, et les crocus se poussaient du col à côté des porches et des vérandas. En de discrètes vibrations de jaune, leurs boutons promettaient des jours plus doux. À leur vue, je m'étais mise à rêver de mon installation à New York. Encore deux mois et j'aurais économisé assez pour louer une chambre à Brooklyn pendant que je trouvais un boulot au bas de l'échelle dans un journal. Je bénéficierais d'une lettre d'Eastman, de mon expérience après l'avoir aidé dans ses recherches, et de mon nom au dos de son livre. Je trouverais mes propres histoires à raconter, une à une.

Ce scénario ne présentait qu'un problème : Nikki. Dans deux jours, tous les gens qu'elle connaissait seraient métamorphosés par l'article d'Eastman décrivant les trous perdus par lesquels passait l'acheminement de la drogue en hiver, et la façon dont les revendeurs locaux opéraient dans ces bourgades. Eastman avait promis de protéger son anonymat, malgré le fait que les autorités locales pouvaient le citer à comparaître en qualité de témoin. Il s'était enfermé avec Nikki dans son bureau encombré, et lui avait déclaré que jamais il ne la trahirait, ce qui ne signifiait nullement qu'elle ne devait pas se montrer prudente.

En sa présence, Nikki avait adopté une attitude intrépide puis, intimidée, elle avait rougi. Elle avait tiraillé la pointe de sa queue de cheval blonde, avant d'enfoncer les mains dans les poches de son jean jusqu'à ce que la toile en soit aussi tendue qu'une voile au vent, et elle avait lâché : "Je suis prête." Mais dans quelques mois nous serions repartis, Eastman et moi, et avec nous s'en irait sa certitude que ce qu'elle avait fait était utile et justifié. Alors que je me hâtais de rentrer entre les demeures victoriennes décaties du centre de Burlington, j'avais imaginé Nikki dans un an ou dans cinq ans, vivant avec sa trahison. Si la police sévissait, cela n'aiderait pas nécessairement les toxicomanes. Cela n'entraînerait peut-être qu'un séjour en prison pour les gens qu'elle connaissait, pendant que d'autres prendraient leur place.

Eastman m'avait fait jurer de ne pas contacter Nikki, mais à ce moment-là j'aurais voulu pouvoir lui offrir un endroit où se réfugier si elle prenait peur. Le soleil fragile autour de moi s'estompait, et le froid me brûlait les joues. Il était douloureux, cet air, mais ce n'était pas un vent, seulement le froid qui s'insinuait en toute chose : les arbres bourgeonnants, les bandes d'herbe jaunie entre moi et la rue humide et ouverte. Le froid a rendu plus sonore le claquement d'une double porte d'entrée, et le murmure à l'eau de rose au passage des véhicules. Il vieillissait les imposantes maisons à tourelles, donnait l'impression que leurs fenêtres décorées étaient fragiles dans leurs cadres. Il se glissait sous mon manteau et m'emprisonnait. Le temps que j'arrive chez moi, je ne pouvais plus cesser de frissonner.

Quelque chose ne va pas, ce soir. Je le sais avec une certitude si forte que j'en ai des picotements sur toute la peau, comme le froid mordant de cet après-midi de printemps, dans le Vermont. Ici la lumière a baissé pour atteindre des teintes orange sombre. Les nappes tachées, les gobelets vides, les biscuits à apéritif écrasés en ronds émiettés – tout ce qui a été préparé deux heures plus tôt pour nous ravir a été violenté au contact des humains. Les traiteurs ont remballé les tables pour dégager une piste de danse, mais presque personne n'est ici pour se trémousser en rythme. Les autres sont toujours là-haut, s'ils ne sont pas déjà partis, déconcertés par une soirée à laquelle manque toujours son invitée d'honneur.

Le DJ accentue peu à peu le rythme des morceaux. La musique paraît anémiée, angoissante.

Jayme et J. Ro discutent avec animation près de l'estrade et jettent des coups d'œil fréquents en direction de l'énorme gâteau blanc à l'aspect duveteux et la pile d'assiettes que quelqu'un a apportés sur un chariot au centre de la tente. La pièce de pâtisserie porte le nom de l'artiste et de l'exposition en lettres capitales rouges et noires :

KIM LORD
NATURES MORTES

Avec un petit mouvement de tête vers Jayme, Janis fait signe à une petite brune employée du traiteur, et la jeune femme peine à éloigner le chariot. Celui-ci cogne contre un trottoir, et sous le choc le glaçage s'affaisse, une assiette tombe du haut de la pile et explose sur le goudron du sol, juste à côté de Bas, directeur de musée accablé qui vient à peine d'émerger de l'aire de chargement. L'employée s'active avec l'empressement de la culpabilité, ramasse les morceaux d'assiette à mains nues, et après une courte hésitation Bas se baisse vers elle et la stoppe d'un bras. Elle décampe en trottinant, sans doute pour aller chercher un balai. Bas ne bouge pas. Il enfouit les mains dans les poches de son pantalon, ce qui froisse l'avant de sa veste blanche. Il semble regarder exactement nulle part, ni l'assiette brisée, ni le gâteau, ni les invités, ni même Jayme et J. Ro qui approchent à grands pas. Il paraît anéanti, exténué, mais pas étonné.

Ce détail me frappe : de toute la journée, il n'a trahi aucun étonnement.

VENDREDI

7

Le toussotement de mon voisin me réveille. Chaque matin, il sort pour parcourir le gazon humide de sa pelouse, active son arrosage, tousse encore, et médite sur sa mortalité. C'est du moins ce que j'imagine. Mais peut-être qu'il médite sur la poésie ou sur ses impôts fonciers. Je n'ai jamais parlé à mon voisin. Je ne l'ai jamais vu, pas plus que son système d'arrosage. Sa pelouse détrempée, je l'imagine. Son muret de séparation est trop haut ? Blanc, pelé, il court de l'allée d'accès à la cour de nos appartements, et au-delà. C'est un ensemble d'habitations important, pour Hollywood.

La toux de mon voisin se décompose en trois phases : la respiration sifflante d'abord, puis l'inspiration sous forme de hoquet, et pour finir le grognement de l'expiration. La séquence se manifeste de façon irrégulière mais toujours dans le même ordre, quoique ce matin la toux soit prononcée, profonde, et le souffle final plus long. Les sons de cette gêne enlaidissent les objets qui m'entourent : ma commode dépourvue de photos, la robe et le foulard de Jayme, entortillés sur le sol ; ses bottes avachies l'une contre l'autre tels des ivrognes. L'unique papillon d'une boucle d'oreille sur ma table de chevet. J'ai perdu l'autre hier soir. Je les avais depuis le jour du décès de ma grand-mère. Elles ont visité la Thaïlande à mes oreilles, elles ont piqué mon maxillaire quand Greg a pris mon menton dans sa main, à l'occasion de notre premier baiser.

Je tiens le papillon survivant dans ma main pendant un moment, en pressant le clou d'oreille contre le gras de mon pouce jusqu'à ce que la douleur me réveille. Alors je descends au rez-de-chaussée afin de préparer mon thé du matin. J'emplis la bouilloire d'eau et j'allume une plaque.

Je consulte l'ordinateur que j'ai laissé en veille hier : il y a deux nouveaux articles des médias locaux sur la disparition de Kim Lord. Pas de mise à jour, simplement une déclaration de Bas affirmant que le musée coopère avec la police de L.A. et que l'exposition sera ouverte au public dès aujourd'hui, comme prévu. Dans la lumière tendre qui baigne le matin à Hollywood et les sifflements doux des écureuils dans mon avocatier, devant chez moi, il semble que tous ces problèmes trouveront une solution. Kim Lord refera surface bientôt avec un quelconque message provocant pour nous tous, et une nouvelle vague d'articles attirera encore plus de visiteurs au Rocque.

Pourtant je me demande combien de temps Bas a pu dormir la nuit dernière, tourmenté qu'il doit être par l'absence de son invitée d'honneur et l'éventualité de son licenciement. Pourquoi ai-je discerné une résignation lasse sur ses traits, hier soir, alors que tout le monde paraissait choqué ? Peut-être envisage-t-il de démissionner. Peut-être est-il prêt à renoncer au sauvetage du musée. Quand j'y repense, j'ai eu avec lui une conversation singulière lundi, dans l'ascenseur qui nous menait au troisième étage.

C'était une journée de tension, avec l'imminence d'une exposition majeure, et le musée prenait des allures de ruche bourdonnante, les gens entrant et sortant des pièces, les bras chargés de dossiers, de colis et d'outils. J'ai été heureuse de me glisser seule dans la cabine vide.

— Attendez, a dit une voix alors que les portes se refermaient, et Bas s'est engouffré dans l'ascenseur avec un sourire trop aimable me suggérant qu'il avait oublié mon nom une fois de plus.

Alors que nous nous tenions côte à côte il n'a cessé de se frotter les bras et de se dandiner d'une jambe sur l'autre. Il avait l'air en très mauvais point, comme s'il souffrait de tout son corps. J'étais mal à l'aise en sa présence, et pour meubler le silence je lui ai demandé combien d'invités la soirée compterait.

— Je n'en connais pas le nombre exact, mais c'est complet. Pour la première fois depuis des années, a-t-il ajouté avec un rictus peiné. Tout ce que Kim Lord touche se transforme en or.

Les portes de l'ascenseur se sont ouvertes de nouveau, et il s'est presque précipité dans le bureau de Juanita, son assistante, pour lui demander d'appeler Nelson de Wilde.

Je me souviens avoir failli lui dire : “Ce n'est pas une bonne nouvelle ?” Mais, à bien y réfléchir, cela ne semblait pas du tout une bonne nouvelle.

Ma bouilloire se met à siffler. Je verse l'eau fumante sur un sachet d'herbes vertes et roses acheté dans un magasin à la mode, et je retourne devant mon ordinateur. Mais je n'ai pas le temps de lire les dernières nouvelles, parce que ma mère m'appelle : l'annonce de la disparition de Kim Lord fait la une des réseaux nationaux.

— Comment va Greg ?

— Je ne sais pas, lui dis-je.

À présent, mon thé a le même goût que le souci des jardins. J'y ajoute un peu de sirop d'érable, et il en devient aussi agréable qu'une tisane anti-allergène.

— Et toi, comment vas-tu ? demande-t-elle.

— Bien. Merci de t'en inquiéter.

— Je peux prendre l'avion et venir, si tu as besoin de moi.

— Pourquoi ? Ce n'est pas comme si je sortais avec elle.

— Je voulais juste…

Dans son silence, je perçois sa tristesse que je ne sois pas mariée avec Greg, installée sur la Côte est, et sur le point de lui donner un petit-enfant. Elle a été soulagée quand je suis revenue à la maison après l'affaire Bolio, mais ensuite j'ai obtenu mon emploi à l'étranger et j'ai "erré de par le monde". Le sérieux de ma relation avec Greg avait constitué une nouvelle page, et elle avait espéré que je me poserais dans un État voisin, voire que je m'engagerais dans une carrière à long terme dans l'éducation, comme elle et mon père.

À l'inverse, Greg et moi sommes allés nous installer à L.A., attirés par les sirènes de la Californie, son climat doux, sa décontraction générale et ses opportunités infinies.

En conséquence, ma mère professe pour cette ville un mépris qu'elle réserve d'habitude à Karl Rove et aux magnats de la tomate. Elle prononce toujours L.A. en appuyant avec une forme de dégoût sur la seconde lettre : "Tu vas t'installer à L-Ay ? Mais qu'est-ce que tu crois réussir à faire, à L-Ay ?" La seule fois où mon père et elle nous ont rendu visite, elle a scruté les palmiers et les rues inondées de soleil avec une répugnance froissée et a déclaré "plutôt miteux" notre voisinage hollywoodien accablé de stars de cinéma. Pour Noël et les anniversaires, elle m'a toujours envoyé des chopes, des tee-shirts et des blocs de papier à lettres décorés de vues du Vermont, histoire de me remémorer mon cadre de vie naturel.

— C'est juste que… ça a l'air dangereux pour toi, dit-elle.

Avec un petit rire, je lui réponds que personne ne me prête jamais attention ici. Je la remercie de se soucier de moi et j'ajoute que je dois écourter notre conversation car je tiens à devancer l'heure de pointe.

Dès que je débouche de la bretelle d'accès à l'autoroute, la circulation devient aussi dense que du cambouis, et je roule au pas en changeant de file dès que possible, mais je n'ai pas l'impression de me rapprocher du centre. Quand j'y arrive enfin, il est tout juste 9:30, l'heure fixée par Bas pour la réunion d'urgence.

La salle du Rocque est une grande pièce froide située à l'arrière de l'entrepôt, couronnée de lucarnes. Quelles que soient l'époque de l'année ou l'importance de l'événement, l'endroit écrase ses visiteurs de la même pénombre capricieuse. La texture de la peinture choisie pour les murs et le sol demeure perpétuellement moite, et les sièges en bois pliants semblent conçus pour vous pincer et s'écrouler sous votre poids en même temps. L'estrade basse donne l'impression d'avoir été volée dans un lycée après le spectacle de fin d'année. C'est un lieu atroce pour n'importe quel spectacle ou concert. Les sons s'empilent les uns sur les autres, ce qui étire les voix et les superpose. Alors que nous nous installons sur nos fauteuils grinçants, je saisis les mots *expo complète*, *la police*, *disparitions* et le murmure d'un malaise profond, pareil à une ligne de basse.

Un Bas fraîchement rasé présente les deux inspecteurs de la police de Los Angeles qui enquêteront sur l'affaire, DeLong et Ruiz, un homme et une femme, respectivement, tous deux bruns et vêtus de gris.

— Nous ne sommes même pas sûrs qu'il y ait là matière à enquêter, dit notre directeur qui multiplie les clignements de paupière. Mais nous tenons à être prudents. Kim Lord a été vue pour la dernière fois mercredi et, après un texto remontant à jeudi soir, elle n'a plus donné aucune nouvelle.

Janis Rocque se tient derrière lui, vêtue d'un ensemble aux rayures bleues et blanches éclatantes. Mains sur les hanches, elle ressemble à un parent venant de rentrer pour découvrir son salon vandalisé et qui va exiger de savoir qui est responsable.

À côté de moi, Yegina s'agite sur son siège.

— Est-ce que c'est la peine d'avoir notre séance du Club artistique aujourd'hui ? me chuchote-t-elle. Mon frère a eu un autre refus, de son côté. Je n'ai pas le cœur à tricoter.

— Tu préfères mettre de l'ordre dans ta boîte mail ? lui dis-je sur le même ton. Allons, nous avons toutes besoin de décompresser.

C'est au Club artistique que nous échangeons les principaux ragots concernant le musée. Notre cercle se compose de neuf femmes, chacune appartenant à un service différent, et nous nous voyons tous les vendredis pour tricoter, broder des tee-shirts, ronchonner, partager recettes de cuisine et rumeurs diverses. Aujourd'hui, j'en ai vraiment besoin.

— Je vous prie instamment de collaborer avec ces officiers, déclare Bas. Ils passeront interroger un grand nombre d'entre vous. Tout indice, tout détail en relation avec la destination de Kim Lord quand elle est partie mercredi, toute conversation que vous avez eue avec elle : parlez-en à la police, pas aux médias.

Kim Lord se dirigeait vers Pershing Square. Il me semble l'avoir vue. Mais si ce n'était pas elle ? Je n'ai pas envie d'être entraînée dans une enquête de police, et je suis sûre que je ne suis pas la seule. Je surveille les gens autour de moi et je me rends compte que nos regards ne font que se croiser furtivement. La plupart de mes collègues ont l'air effrayés, ou perdus. Tous les membres de l'équipe pédagogique, toutes les femmes se tiennent bras croisés. Lynne a une expression si sévère que ses lèvres sombres disparaissent presque. Jayme arbore un masque figé. Si une mouche se posait sur son visage, pas un de ses muscles ne tressaillirait.

Les jumeaux Phil et Spike, mes plus proches collaborateurs dans le service, sont enfoncés au creux de leurs sièges comme s'ils se trouvaient à la première rangée d'une salle de cinéma et qu'ils voulaient éviter d'avoir mal à la nuque. Je me demande quand leurs dossiers vont céder sous la pression, et aussi comment ils prennent les dernières nouvelles. Il y a des gens rugueux, il y a des gens lisses, et les jumeaux sont lisses. Peut-être les personnes les plus lisses que j'ai rencontrées. À croire que deux décennies d'interaction constante avec un humain identique ont poncé chacun jusqu'à ses contours essentiels. Comme des galets patinés par l'eau, ils glissent sans effort sur la pente de chaque journée, sans jamais rire trop fort ni se plaindre trop bruyamment, et ils ne manquent jamais de rappeler à tous les autres qu'ils considèrent tout le projet Rocque comme un jeu d'enfants. Mais un enlèvement ? La police ? C'est trop brutal, trop sombre pour être pris à la légère.

Bas explique maintenant la nouvelle politique de confidentialité imposée à tout le personnel du musée : personne ne doit s'adresser aux médias, sauf à travers le filtre de Jayme. Les jumeaux se tassent un peu plus, et j'imagine le flux d'une marée invisible, sous leurs sièges, qui les aspirerait vers le fond. Ils admirent Kim, mais sont-ils amis avec elle ? Qui d'autre dans le musée est intime avec elle ?

Au troisième rang, je reconnais une silhouette à la chevelure ébouriffée.

Le sang gèle dans mes veines. Là, lui aussi affalé dans son siège, est assis le rôdeur de l'autre nuit.

Je donne un léger coup de coude à Yegina et lui glisse :

— C'est lui.

— Qui ?

Je lui parle de l'inconnu en veste moutarde qui traînait dans les salles de la galerie.

— Il est revenu. Il est entré comment, à ton avis ?

Elle suit la direction de mon regard.

— Il n'est pas du genre "rôdeur". Il est venu avec J. Ro. Peut-être qu'il est de la police, lui aussi.

Pour moi, il ne ressemble pas à un policier. Il n'en a pas la raideur, la réserve. Pour moi, une fois de plus, il a l'air de quelqu'un qui préférerait faire la sieste.

— Le côté positif, c'est que nous avons déjà atteint le quota d'entrées réservées pour les trois premières semaines de *Natures mortes*, dit Bas d'un ton presque enjoué.

Janis Rocque laisse échapper un son évoquant un aboiement assourdi. Elle pousse Bas de côté pour prendre le micro.

— Nous savons que vous avez tous des emplois du temps chargés, lance-t-elle. La réunion est terminée. Reprenez le travail. Nous vous tiendrons au courant autant qu'il nous sera possible.

Le personnel du Rocque n'a jamais très bien réagi à un ordre, mais aujourd'hui nous sortons en file indienne sans parler, la mine sombre, à l'exception de Yegina qui est déjà occupée à envoyer un texto et me bouscule légèrement. Je pousse un petit cri. Ma voix résonne dans la salle, et subitement cent personnes me dévisagent avec une curiosité et une crainte visibles. Dans la pénombre ambiante, j'imagine des hommes des cavernes réveillés en sursaut.

— Tout va bien, dis-je d'une voix trop forte, et je me hâte vers la sortie.

De l'autre côté du rang de sièges, j'aperçois Evie et je lui adresse un petit signe. Elle secoue la tête tristement, comme pour demander *Mais qu'est-ce qui nous arrive ?* Pense-t-elle que Kim a été kidnappée, ou a choisi de disparaître ? Elle m'a confié un jour avoir elle-même fugué à dix-huit ans, pour échapper à son beau-père.

— Mademoiselle, prononce une voix masculine derrière moi.

Je trébuche contre un siège en tentant de faire un écart. Un autre vacarme.

— Excusez-moi, mademoiselle.

Une main effleure mon coude. Je tourne la tête. C'est le rôdeur de l'autre nuit. Je sursaute presque. Ses yeux bleus contemplent paisiblement mes traits.

— Hendricks ! le hèle Janis Rocque.

— Désolée, dis-je, sans savoir pourquoi.

Il lui fait signe avant de me dire :

— Vous avez perdu ça, hier soir.

Il me tend ma boucle d'oreille en forme de papillon.

8

De retour dans mon bureau, je range soigneusement la boucle d'oreille. Je suis à la fois irritée de l'avoir égarée et soulagée de l'avoir récupérée. Ma grand-mère maternelle adorait les papillons. Elle n'a jamais appris leurs noms, pas plus qu'elle ne s'est intéressée à leur histoire naturelle, mais elle voyait en eux un signe de chance, où qu'elle les aperçoive. Depuis qu'elle était une fille de riche à New York, l'optimisme aveugle a toujours été un trait de caractère chez Grand-mère Margie, même avec un père faisant faillite durant la Dépression, même après que son frère eut perdu l'esprit pendant la Seconde Guerre mondiale.

Quand je suis devenue sa petite-fille, Grand-mère Margie était une beauté éternelle aux cheveux d'un noir de jais, qui aimait porter des ensembles vert menthe et des chaussures "avec des talonnettes à l'intérieur". Elle détestait les mauvaises postures. Lorsque nous regardions un film à la télévision, elle marmonnait sans cesse s'il l'ennuyait ou la dérangeait, et cela arrivait souvent chez nous, car ma mère adorait déjà les programmes éducatifs semi-payants.

"Oh, tu as vu, il y a une Mercedes", a murmuré un jour ma grand-mère lors d'une scène de foule, dans le film *Gandhi*. "Pour moi, tu ne ressembles pas à un singe", m'a-t-elle dit alors que je regardais *Procès de singe*. Même quand nous étions petits, mes frères et moi la traitions avec cette sorte de vénération protectrice habituellement réservée à une enfant. Pourtant nous ressentions tous le désir et le besoin qu'elle soit fière de nous.

Je porte son prénom : Margaret. On l'appelait Margie, on m'appelle Maggie. Ma grand-mère est constamment à mes côtés, et cependant, comme avec mes boucles d'oreilles, je ne sens sa présence que si je les touche. La nuit dernière, c'est Margie qui m'a empêchée d'entrer dans la troisième salle, qui a senti que j'en avais vu assez. Il y a six ans, c'est Margie qui a refusé de croire ce qui arriverait à mon informatrice, Nikki Bolio.

Mais c'est moi, Maggie, qui ai décidé de traverser les mers par la suite, et de ne jamais reprendre le cours de la carrière dont j'avais rêvé, d'enregistrer l'histoire des gens, de coucher sur le papier leurs vérités douloureuses. J'ignore ce que ma grand-mère aurait décidé si elle s'était trouvée à ma place. Elle était d'une génération différente, avec des idées plus étriquées sur ce qu'une femme pouvait faire.

Une silhouette s'encadre à l'entrée de mon bureau. Une grande femme, aux sourcils épais et dont le naturel de la coiffure semble un peu trop délibéré. L'inspectrice du LAPD.

— Vous avez une minute ? demande-t-elle, et elle se présente : Alicia Ruiz.

Elle a un calepin à la main, mais elle n'ôte pas le capuchon de son stylo quand elle s'assied.

— Il paraît que vous connaissez Greg Shaw Ferguson ?

— Nous avons été en couple.

Je hais les accents trop aigus dans ma voix.

— Quand l'avez-vous vu pour la dernière fois ?

— Pendant la soirée de gala.

Elle fronce les sourcils.

— Et avant ça ?

— Vers la fin février.

Greg est venu chercher quelques cartons qu'il avait laissés dans notre garage. Des vêtements d'été, des livres. Je le dis à Ruiz. Elle ne l'écrit pas. Après avoir jeté un coup d'œil par-dessus son épaule, elle se penche vers moi. Son regard brun est chaleureux. Elle veut obtenir ma confiance.

— Vous est-il arrivé de vous sentir menacée par lui ?

— Non, bien sûr.

Elle ouvre son calepin, retire le capuchon du stylo et griffonne quelques mots. Même quand elle ne me regarde pas, il émane d'elle ce pouvoir d'absorption qui s'infiltre en moi. Moi, l'ex revancharde. L'ex revancharde ? J'étais l'ex paillasson…

— Où pensez-vous que soit Kim Lord ?

Cela ne me plaît pas. C'est une question spéculative. Jay Eastman m'a appris à poser des questions spéculatives si je pensais que ma source mentait. Écouter l'histoire, puis demander quelque chose afin de soutirer une opinion au témoin. Les opinions nécessitent des justifications. Et les justifications ramènent aux faits.

— Je n'en ai aucune idée. Je suis supposée formuler une supposition ? La dernière fois que je l'ai vue, elle quittait le musée, mercredi.

Elle le note.

— Quelle heure ?

— Fin de matinée ? Je l'ai aperçue de l'escalier, alors que je descendais au service du courrier.

Je désigne cette direction, mais Ruiz reste concentrée sur moi. Je cherche mes mots pour décrire au mieux ce petit sursaut qu'a eu Kim, comme si quelque chose l'avait piquée, et j'ajoute :

— Elle avait l'air pressée.

L'inspectrice hoche la tête, attend. Que veut-elle que je lui dise de plus ?

— Elle marchait vite.

Je commence à transpirer.

Un claquement soudain retentit dans la kitchenette voisine de mon bureau.

Le bruit interrompt l'attention de la policière. Elle tapote le calepin avec le stylo, et se lève.

— Merci pour le temps que vous m'avez accordé, mademoiselle.

— J'espère vraiment que vous la retrouverez.

C'est seulement après son départ que je me rends compte à quel point j'ai le visage crispé d'avoir conservé tout ce temps la même expression d'inquiétude feinte.

Mon téléphone sonne. Le poste de Yegina.

— Ce type que tu prenais pour un rôdeur pervers, tu te souviens ? dit-elle. C'est un détective privé qui travaille pour J. Ro.

— Quoi ? Et comment l'as-tu appris aussi vite ?

— Il veut m'interroger.

Elle semble intriguée, sans trop aimer pour autant cette perspective. Pourquoi suis-je étonnée ?

— Toi ? Je viens d'être cuisinée par la police.

— À quel sujet ?

Le voyant de double appel clignote sur mon téléphone.

— Rien de précis. Je te rappelle.

Je bascule sur l'autre ligne.

— Combien de temps pouvez-vous vous absenter pour déjeuner ? demande une voix grave.

Kevin, le journaliste du gala, l'autre soir. La sensation étrange au creux de mon ventre me surprend.

— Impossible, dis-je.

Le service Développement a besoin de moi pour l'édition d'un manuel sur la collecte de fonds.

— Une demi-heure ? insiste-t-il. J'aimerais vous montrer quelque chose.

— On ne peut se rendre nulle part à L.A. en seulement trente minutes.

Il me demande si je sais dans quel ordre les peintures de Kim Lord ont été réalisées. Et laquelle est la dernière en date.

— La grande nature morte. Pourquoi ?

— Ça pourrait aider à la retrouver.

— Vous devriez en parler à la police, alors.

— Ils n'ont pas le temps d'écouter les spéculations. Ce n'est encore qu'une théorie, mais j'ai besoin de votre aide. Je vous en prie. J'apporterai des burritos.

Je ne suis pas tellement différente de vous, dis-je à l'inspectrice Ruiz partie et à sa curiosité qui recouvre mon bureau comme de la poudre à empreintes digitales et qui fait luire des preuves potentielles jusqu'à mes catalogues empilés, mon sac de gym usé et le petit jardin zen sur le rebord de la fenêtre. Si la policière soupçonne Greg, alors elle me soupçonne, au moins en tant que second couteau dans un drame qui a arraché Kim Lord à sa vie jusque-là pleine de succès. L'inspectrice Ruiz soupçonne, alors elle observe et elle attend.

Moi aussi, je sais observer, me dis-je en tournant les pages du nouveau répertoire des membres du Rocque, et je laisse les fautes m'apparaître, comme elles le font toujours, sous la forme de petites failles dans la ponctuation, une phrase, une tournure. La préparation de copie ennuie mortellement la plupart des gens. Voilà pourquoi – mais ils ne m'avaient pas encore embauchée – le Rocque a fait imprimer deux mille exemplaires d'un catalogue d'expo avant que quelqu'un remarque le *s* manquant dans le *Offres* de son titre, *Offres publiques*. Voilà aussi pourquoi le Rocque m'a engagée, bien que je n'aie aucune expérience dans le domaine des musées. J'ai été la seule candidate à réussir leur test de correction sans aucune omission.

L'inspectrice Ruiz m'observe, moi, Maggie Richter, ex-petite amie connue, mais une partie d'elle-même m'écarte parce que je suis une femme. Dans leur grande majorité, les auteurs de crimes violents sont des hommes. Les tueurs de femmes sont en général des membres de la famille ou des partenaires intimes. La police s'est d'abord intéressée à l'ancien petit ami de Nikki Bolio, mais il avait un alibi en béton, et il n'existait pas assez de preuves pour arrêter qui que ce soit. Les témoins éventuels sont restés muets. Jay Eastman et moi aurions pu aider dans l'enquête, mais il a détruit les enregistrements de Nikki, en prétendant agir ainsi par principe. Il n'aimait pas la façon dont les lois en vigueur dans le Vermont contraignent les journalistes à témoigner lors d'affaires criminelles. Quand il a parlé aux flics, il n'a pas cité mon nom. "Tu es mon assistante, m'a-t-il expliqué. C'est la seule responsabilité que tu as dans tout ça. C'est clair ?" Non, ce n'était pas clair. J'ai perdu le sommeil par peur qu'on s'introduise de force chez moi, ensuite j'ai déménagé chez mes parents, et finalement je suis partie à l'autre bout du monde.

Nikki apparaît souvent dans mes rêves. Elle est assise sur un banc, au bord du lac Champlain, bras croisés, jambes écartées dans son jean bleu pâle moulant. Elle me voit approcher et se plie un peu en avant, comme si quelqu'un venait de lui donner un coup de poing peu appuyé dans le ventre. L'instant suivant je suis juste à côté d'elle, et elle me regarde, l'air endormi, la mâchoire forte, le visage piqueté d'acné, l'expression solennelle. C'est le genre de fille qui reste en arrière, ne se mêle pas aux fêtards, avec ses cheveux blonds, fins et raides retenus par une barrette parce qu'elle croit que cette coiffure contribue à parer d'exotisme son regard. Elle ose un trait d'eye-liner sombre. Elle garde un maigre assortiment de bijoux bon marché mais les porte rarement, parce qu'elle est gênée par son désir d'être belle. Le long hiver du Vermont lui donne un teint lunaire et lui fait mal aux os, mais elle ne croit pas possible d'aller ailleurs. Seules les femmes à la recherche de leur propre importance quittent le cercle familial et amical. Elle n'est personne jusqu'à ce qu'elle rencontre Keith. Alors elle est à lui, quelqu'un qui compte au centre d'un cercle de voitures neuves, de télés à écran géant, et elle reçoit un blouson en cuir de quatre cents dollars pour son anniversaire, ce qui lui donne l'impression d'être forte et aussi sexy que dans un film hollywoodien. Et puis elle se fait larguer par Keith, et elle n'est personne, à nouveau… jusqu'au jour où je la trouve et lui demande de me raconter son histoire.

Dans mes rêves, nous sommes assises côte à côte, et nous contemplons le lac et ses îles. Nikki ouvre la bouche et dit : "Maggie, attends…"

Mais elle ne va jamais plus loin.

À midi je me tiens à l'extérieur du Rocque lorsque Kevin arrive au volant d'une décapotable bleue. Bien qu'il ait troqué son tweed et sa pipe contre un jean et un tee-shirt noir, il conserve le sérieux d'un étudiant ayant vieilli trop vite. Après plusieurs tentatives, il réussit à se glisser sur une place interdite à côté d'une bouche d'incendie et me fait un grand signe. C'est le seul endroit libre dans toute l'artère. La file d'attente pour *Natures mortes* n'a pas diminué de toute la journée, composée aussi bien d'hommes d'âge mûr en blouson de motard que de banquiers fringants dans leur costume impeccable, qui sacrifient l'heure du déjeuner. Tous vérifient leur reflet vague dans l'entrée vitrée du musée, en guettant l'heure à laquelle ils seront autorisés à la franchir.

Je hume l'odeur du cuir frais quand je monte dans la voiture.

— Vous vivez le rêve hollywoodien, dis-je.

— Je sais, je sais. J'ai peut-être un peu forcé la note avec la location de ce carrosse. Mais aujourd'hui, à New York, il gèle.

Il se glisse dans la circulation derrière un car de tournée. Nous passons devant la nouvelle salle de concert dont les volutes argentées renvoient la lumière, et sous les jacarandas qui perdent leurs fleurs violettes gommées.

Je m'étonne qu'il passe au-dessus de l'autoroute pour continuer vers la fin de l'avenue, là où elle rejoint le début de Sunset Boulevard :

— On va loin ?

— Qu'est-ce que vous connaissez de l'histoire de L.A. ?

— Il fut un temps où il n'y avait que des orangeraies, dis-je. Et quelques autres petites choses.

J'ai envie de lui dire que si nous descendons Sunset nous atteindrons le *Short Stop Bar* où les flics du Rampart fêtaient leurs équipées sanglantes. Nous verrons les fausses arches égyptiennes du centre commercial où se trouvaient jadis les studios de D. W. Griffith. Nous passerons devant le parking qui a été le *Jardin d'Allah*, ce complexe destiné aux riches et aux célébrités, avec ses pavillons à toits de tuile et sa piscine ayant la forme de la mer Noire, là où F. Scott Fitzgerald a noyé dans l'alcool toute possibilité de succès à Hollywood. Nous longerons les vitrines haut de gamme où s'alignaient les clubs de jitterbug comme le *Trocadero* et le *Sherry's*, un établissement où le gin coulait à flots et sous le long auvent froissé duquel on tentera d'assassiner Mickey Cohen en 1949. Glamour, corruption, violence, poussière – cette artère est un itinéraire fait de rêves tordus en espoirs déçus. C'est le L.A. mythique que les gens du monde entier viennent découvrir, et où quelques-uns ont passé leur vie. Mais il existe aussi un autre Los Angeles, une ville qui ne s'est pas dévoilée à moi avant que je travaille sur le catalogue de *Natures mortes*. C'est la cité où les meurtriers viennent se cacher – celle où le tueur du Dahlia Noir lui a découpé la bouche jusqu'aux oreilles avant de disparaître, pour n'être jamais identifié ; celle où un personnage surnommé "le Tueur du Sud" s'est révélé être plusieurs assassins en série qui ont assassiné de pauvres femmes afro-américaines dans South Central, pendant des dizaines d'années.

Mais il y aurait trop à raconter, aussi je me contente de répondre :

— Oui, j'ai lu quelques ouvrages sur le sujet.

Kevin semble déçu, mais il hoche la tête et nous nous réfugions dans un silence singulier tout en regardant les centres commerciaux qui défilent. Il finit par quitter Sunset, continue sur deux blocs et ralentit devant un vaste édifice notable pour ses courbes et sa masse impressionnante.

— Vous le reconnaissez ? demande-t-il.

— C'est une église ? dis-je d'un air de doute.

Celles que j'ai connues en Nouvelle-Angleterre pendant mon enfance sont des bâtiments de brique et de bois, étroits, qui s'élancent vers le ciel et qui ne peuvent contenir qu'une assistance limitée. Ce monument occupe tout un pâté d'immeubles et il a une allure vaguement gouvernementale. Entrées et arcades frangent les premiers niveaux. Les drapeaux de maintes nations flottent au-dessus, à l'extrémité de leur mât. Puis viennent des alignements de fenêtres plus étroites. Une petite croix surmonte un globe lunaire, et elle paraît avoir été ajoutée après coup.

— L'Angelus Temple, dit-il, comme si j'aurais dû connaître ce nom.

— Nous allons y entrer ?

— Vous n'avez pas vu la troisième salle de *Natures mortes*, n'est-ce pas ? demande-t-il. À moins que vous y soyez retournée plus tard ?

— Je n'y suis pas retournée.

Je ne sais pourquoi cette question me met sur la défensive. J'avais le droit de décider que j'en avais assez.

Kevin ne remarque pas ma réaction.

— Bon, vous connaissez le tableau "Disparitions" ?

— Non.

Une semaine plus tôt, j'ai vérifié toutes les légendes murales de *Natures mortes*. Chaque peinture portait le nom de sa victime, à l'exception de la dernière, la grande nature morte estampillée "Anonyme". Ce que je dis à Kevin.

Il se rembrunit.

— Eh bien, hier soir elle était intitulée "Disparitions", et elle était pleine d'objets. C'est ce qui provoque toutes ces rumeurs. On pense que Kim a laissé des indices en rapport avec sa propre disparition.

Pas étonnant que Lynne ait semblé aussi furieuse lors de la conférence de presse. Elle déteste ce genre d'énigme à la *Da Vinci Code* – toutes ces conspirations et ces quêtes dissimulées dans les tableaux.

— Kim Lord n'est absente que depuis quarante-huit heures, fais-je remarquer. Ce n'est même pas encore une affaire policière.

— C'est une personne célèbre, et elle ne s'est pas présentée à son propre vernissage. De quoi rendre les gens très curieux.

Il sort son carnet et le consulte.

— "La nature morte classique offre à l'artiste plus de liberté dans la composition que les paysages ou les portraits." Liberté de composition. Des indices.

— Houla. Le critique de rock a obtenu son diplôme de journaliste d'investigation… dis-je avec une pointe de scepticisme.

Il se contorsionne, prend un sac en papier brun taché de graisse sur la banquette arrière, et m'offre un burrito enveloppé dans une feuille de papier aluminium.

— Et pourquoi pas ? réplique-t-il. Je sais suivre une piste. Mais il me serait utile de connaître votre interprétation. Vous en savez beaucoup plus que moi dans ce domaine.

J'accepte le burrito, mais ses paroles me troublent. Suivre des pistes. Comme si cela suffisait. Rassembler les déclarations et les faits. "Ne recherche jamais le « quoi », m'a dit Jay Eastman. Trouve le « qui ». Qui y perd. Qui y gagne. Quelle vie ne sera plus jamais la même."

Je serre le petit paquet tiède et un peu mou dans ma paume.

— Mon interprétation, la voilà : il y a deux ans, un artiste a barricadé les entrées de sa galerie, le soir du vernissage. Il voulait que tous les invités et intrus connus expérimentent l'exclusion du monde de l'art. C'est le genre de truc théâtral qu'ils font, de nos jours. Ils ne tracent pas de cartes au trésor.

Kevin me montre son calepin, qui est empli de croquis.

— Peut-être pas, dit-il. Mais j'ai compté vingt-sept objets dans "Disparitions". Pour la plupart, c'est de la nourriture : des pommes, des citrons, ce genre de choses. Mais elle a aussi inclus ça.

Il choisit une page où figure le dessin d'un objet circulaire avec des cercles plus petits dessus.

— Vous le reconnaissez ?

Je lui réponds par la négative.

— C'est un microphone ancien modèle, du genre qu'utilisait Aimee Semple McPherson. Il figure sur beaucoup de photos d'elle. L'artiste a même peint une ébauche de croix sur celui-ci.

De la tête il désigne le temple, et j'établis enfin le lien entre ce nom et la femme évangéliste qui, grâce à ses sermons ici, a rassemblé des foules de fidèles, dans les années 1920 et 1930.

Je scrute la façade de l'édifice. Les petites fenêtres du haut me mettent mal à l'aise. Ce pourraient être celles d'une prison. Je ne me rappelle pas tout de la vie de McPherson, seulement qu'elle s'est mal terminée.

— Elle a été assassinée, elle aussi ?

— Kidnappée, rectifie-t-il. Mangez un morceau, et je vous dirai le reste.

Le burrito est délicieux, relevé comme il faut, et Kevin me raconte toute l'histoire sordide. On est en 1926 et Aimee Semple McPherson – âgée alors d'environ vingt-cinq ans, débordée de travail et en plein combat politique – va se baigner à Venice Beach et disparaît. Ses fidèles envahissent la côte, ils veulent retrouver son corps. L'un d'eux se noie. Un plongeur meurt de froid. Le cirque des médias s'emballe et le *Los Angeles Times* loue un avion et un parachutiste pour survoler l'océan. Un peu plus d'un mois plus tard, McPherson réapparaît dans une petite ville mexicaine. En surgissant du désert, elle affirme qu'elle a été droguée et enlevée par un couple de hors-la-loi, Steve et Mexicali Rose. Non seulement son histoire est truffée d'incohérences, mais on découvre aussi qu'une femme ressemblant beaucoup à l'évangéliste a passé plusieurs semaines dans un hôtel de Carmel avec l'ingénieur du son de McPherson, Kenneth Ormiston, qui de son côté est marié.

— Mais son kidnapping n'a jamais été prouvé, souligne Kevin.

— Donc la dernière peinture a pour sujet les enlèvements, dis-je. Mais où résiderait son intérêt de feindre son propre enlèvement ?

— Quand a eu lieu sa dernière grande expo ?

— Il y a dix ans.

— Et ça ne constitue pas un intervalle un peu long entre deux expos ? Est-ce qu'elle n'aurait pas besoin que celle-ci fasse grand bruit, pour remonter sa cote ?

J'aimerais anéantir sa théorie en lui parlant du communiqué de presse que Jayme m'a montré, mais je ne peux pas le faire. C'est un secret trop important pour le partager avec un journaliste, surtout un journaliste que je connais à peine.

— Qu'est-ce que votre rédac chef pense de votre point de vue ?

Il se caresse la barbe d'une main et lève les yeux vers le temple.

— Elle n'en sait rien : je ne lui en ai pas encore parlé. Il me faut passer plus de temps ici.

Il tend la main pour prendre l'enveloppe froissée de mon burrito.

— Et oui, je détecte un sarcasme subtil dans votre voix, ajoute-t-il. C'est ma fiancée. Depuis cinq ans.

— Plus la curiosité que le sarcasme, dis-je. Cinq ans ?

— C'est une longue histoire, dit-il en me lançant un

regard furtif. Comme votre histoire est longue aussi, je pense.

— Était.

C'est à mon tour de détourner les yeux. Nous restons silencieux un moment.

— Il faudrait que je retourne au travail, dis-je en chassant les miettes de burrito qui parsèment ma jupe.

Avec un soupir, il tapote le volant, comme s'il marquait le tempo d'une chanson qui lui est revenue en tête, puis il redémarre.

— Il faudrait qu'elle ait trompé tous les gens qu'elle connaît, et qu'elle accepte de risquer le retour de bâton quand elle réapparaîtra, dis-je. Ce serait un prix énorme à payer.

Une femme en robe blanche entre dans le temple, tête inclinée, l'air déjà en prière. Derrière le bâtiment, le parc et le lac créent une oasis de calme dans la ville, sans la pollution des panneaux publicitaires pour jeans et le défilé des véhicules. J'aimerais pouvoir m'attarder dans cette bulle de tranquillité.

— Mais c'est une théorie suffisante pour votre histoire, dis-je. Vous devriez l'écrire.

Kevin semble heureux de revenir sur le sujet. Il acquiesce.

— Oui, il y a encore des blancs, j'admets. Comment présenteriez-vous le sujet à un rédac chef, vous ?

La voiture s'infiltre dans la circulation.

— Je ne saurais même pas par où commencer, dis-je avant que le silence devienne gênant.

Mon portable tinte et j'ouvre le clapet pour lire le message. C'est Greg. *Il faut que je te parle.*

Je referme l'appareil et je laisse la brise me caresser le visage.

— Si elle a réellement disparu, votre gars risque d'avoir besoin d'un avocat, dit-il tandis que nous passons alternativement par des portions ensoleillées et ombreuses. Cherie, ma sœur, est allée à l'université de droit de Loyola. Elle pourrait vous être utile.

L'échec : je ne m'en suis jamais souciée avant de m'installer à Los Angeles. Pourtant, après le déménagement de Greg, je l'ai décelé partout, pareil à une matière noire qui assurerait la cohésion de toute la ville. Sur cent personnes qui débarquent à L.A., quatre-vingt-dix-neuf finissent par échouer : en tant qu'acteur, scénariste, mannequin, peintre, surfeur, skater, patron d'un nouveau restaurant à la mode, d'une galerie, d'un bar, écrivain, à trouver l'amour.

Pendant un temps après le départ de Greg, j'ai cessé de lire par plaisir. J'ai regardé la télé, je suis allée au cinéma. J'ai écouté la radio. Je me suis couchée tôt. Mais j'ai laissé de côté mes romans et mes biographies, fermés et les pages bien serrées.

C'est seulement au Rocque que je me suis remise à la lecture, et parce que j'essayais de tenir le délai pour le catalogue de *Natures mortes*. J'ai englouti des semaines entières à vérifier les faits en relation avec les homicides de femmes que les critiques et les conservateurs mentionnaient dans leurs publications. La tâche a été lugubre, et j'ai été heureuse qu'Evie prenne la suite pour vérifier les légendes des photos. Mais il m'est arrivé quelque chose durant cette période, quand je ne nourrissais mon esprit que d'un assemblage horrifique de vérités sur ces assassins de femmes. J'ai décidé que je ne tomberais plus jamais amoureuse. Cela n'a pas été dû seulement au rejet de Greg, mais à la conjonction de cet événement avec le meurtre sauvage de Nikki et les pages innombrables relatant comment ces femmes avaient été battues, torturées, et leur cadavre abandonné dans des sépultures indignes de ce nom. J'ai eu le sentiment que plus jamais je ne trouverais un homme que je pourrais désirer et en qui j'aurais confiance. Si j'osais prendre ce risque de nouveau, j'étais certaine de courir à l'échec.

Quand je suis enfin revenue à mes livres, j'avais tout oublié de ce que j'avais lu auparavant. J'ai eu l'impression étrange qu'un inconnu avait ouvert les volumes au hasard pour y glisser un marque-page. Désormais les romans m'ennuyaient : un excès d'inventivité dans la narration me faisait le même effet qu'un repas trop sucré. Dans la biographie de Fitzgerald, j'ai dû revenir au moment où Scott rencontre Zelda, et repartir de là. Cette fois, pourtant, leur fascination mutuelle des premiers temps – leurs soirées tardives et leurs sauts dans les fontaines – ne m'a pas paru étourdissante et romantique, mais vaine et stupide, comme s'ils refusaient de voir le désastre de leur vie future. Aussi je suis passé aux années de déclin de Fitzgerald à Los Angeles, quand il s'est rendu à une réunion de jeunes acteurs en compagnie de sa maîtresse, Sheila Graham, et que les fêtards ont été aussi ravis que stupéfaits de le rencontrer. L'auteur de *L'Envers du paradis* ! La superstar de l'ère du jazz ! Eux qui le croyaient déjà mort !

Pendant que mon chauffeur continue de conduire et que nous dépassons la longue file d'attente pour *Natures mortes*, je songe à ce moment. Ce que Fitzgerald a pu éprouver quand il a été accueilli comme un spectre, et le désespoir avec lequel l'écrivain s'est plus tard investi dans son ultime roman, *Le Dernier Nabab*, ce livre grâce auquel il pensait rétablir sa réputation littéraire. Kevin a raison sur un point : avec une dernière exposition d'envergure qui remonte à dix ans, Kim Lord commence elle aussi à disparaître du paysage culturel. Elle doit avoir conscience qu'une grande partie de sa carrière future dépend de *Natures mortes*. À quoi serait-elle prête pour assurer son succès ? Renoncer à sa santé mentale afin de s'immerger dans l'histoire des victimes tourmentées ? Abandonner Greg pour privilégier une relation avec une figure plus en vue dans le monde de l'art ? Simuler son propre kidnapping ? Mais se soucie-t-elle seulement de sa propre réussite, elle qui, par principe, veut faire don de peintures valant potentiellement des millions de dollars ?

Je reporte mon attention sur la foule qui déborde du trottoir devant notre voisin architectural, la tour monstrueuse d'une compagnie d'assurances dominant la colline avant que celle-ci redescende vers Pershing Square. La queue est maintenant longue de trente personnes, nombre d'entre elles abritées derrière des lunettes de soleil dans la chaleur d'avril, vêtues de jeans ou de pantalons de ville, de bottes ou de talons hauts. Ici et là, un short en treillis et des sandales trahissent un touriste. Ils sont plus nombreux qu'à l'accoutumée. Même les visiteurs de passage à L.A. ont entendu parler de l'exposition, donc. Peut-être que les efforts de Bas pour les attirer ont été payés de retour, à moins qu'ils aient simplement lu les nouvelles.

Ils forment la multitude que nous avons tous espérée. Tous ces gens qui vont sauver le Rocque. Et malgré leur présence, je n'ai devant les yeux que ma dernière vision de Kim : sa silhouette sanglée dans un trench-coat, qui se hâte le long de ce même trottoir. Qui fuit.

9

— J'en appelle solennellement au Club artistique pour répondre à une question, déclare Yegina, l'écharpe pourpre qu'elle tricote dans les mains. Qui d'autre souhaite exclure Kim Lord de toute conversation ?

Un silence suit cette annonce. Nous sommes dans la salle de réunion chic située au dernier étage, avec ses lambris sombres et ses fenêtres qui éclairent en oblique nos aiguilles et nos fils de laine. Jayme tourne une page du livre de cuisine qu'elle lit, Evie hausse les épaules, plongée dans une broderie, et Lisa et MeiMei piquent le dessus-de-lit qu'elles cousent ensemble. Dee, une membre maigrichonne du groupe qui porte toujours des tee-shirts et des jeans unisexes, met en forme les petits chats qu'elle emplit avec les peluches ramassées dans le séchoir.

— C'est tellement triste, lâche enfin Lisa en tirant sur un fil. Je veux dire, s'il lui est réellement arrivé quelque chose.

— Il lui est arrivé quelque chose, affirme Jayme.

— Parce que je viens de passer *une heure* avec cette enquêtrice, renchérit Yegina. Et je me doute que je ne suis pas la seule qu'on interroge sur le sujet ; pas vrai, Maggie ?

Une heure entière ?

— Sûrement, dis-je.

Au sein du Club artistique, il nous arrive d'outrepasser les limites des papotages de bureau et d'aborder des sujets plus personnels. Le mois dernier, le thème de nos amies trentenaires devenant mères a déclenché une discussion enflammée et la révélation de quelques anecdotes caustiques. Une fois, nous avons longuement débattu des mérites pour les artistes d'une maîtrise en beaux-arts et d'études poussées. Après le 11 Septembre, nous avons pleuré ensemble et réfléchi au meilleur itinéraire pour fuir L.A. Yegina est toujours la meneuse de jeu amusante ; Lisa et MeiMei débordent d'une empathie naïve ; les ragots sur Hollywood passionnent Evie ; Jayme freine avec tact nos excès de rosserie ; Dee est la spécialiste des remarques éthérées, parfois irréfléchies ; et moi… Quelle est ma place dans le groupe ? Au tout début, c'était celui de la nouvelle venue qui s'étonne de tout, mais j'ai appris à mieux dissimuler mes réactions.

— Qu'est-ce que l'inspecteur t'a posé, comme questions ? demande Dee à Yegina. J'ai tout raté, moi. J'étais malade mercredi et jeudi.

Elle a l'air bizarre quand elle s'exprime de la sorte, et pas seulement parce qu'elle a un adorable accent britannique en parfait accord avec ses peluches de chatons et son aisance à manier vigoureusement les outils de menuiserie. Dee est la meilleure amie charismatique de Brent, et la participante la plus ancienne d'une équipe souvent changeante. Sans sa fougue optimiste, les idées du chef décorateur ne prendraient pas forme aussi facilement. Mais elle doit se sentir un peu mal. Mercredi et jeudi ont été les deux derniers jours de l'installation de l'expo, et qu'elle les ait ratés la mine certainement.

— Il m'a demandé de ne rien en dire, répond Yegina qui fait une boucle avec son fil et commence à tricoter.

— Oh, allez… insiste Dee.

— Ce n'était rien, rétorque mon amie d'un ton affecté.

Je réussis à ne pas froncer les sourcils. Je sais qu'elle s'efforce de me protéger. Après le départ de Greg, j'ai campé chez elle – dans un lit qu'elle a improvisé pour moi, entre ses paquets de Pocky et sa collection de disques de hard –, le temps que je supporte de rentrer chez moi. Si quelqu'un prononce le mot *gentillesse*, j'ai aussitôt l'image d'une silhouette très féminine comme celle de Yegina qui apporte du valium et des gâteaux secs sur un plateau. Néanmoins, elle se montre protectrice en contrôlant la situation, et même les sentiments d'autrui. L'autre nuit, dans la galerie, elle m'a vue me figer, et elle ne veut pas revivre cet instant.

— Nous pourrions parler de la soirée "J'ai survécu au cancer" à laquelle je t'ai invitée demain, dis-je. À cheval.

Je sens le regard rapide qu'Evie me lance. C'est elle que j'aurais dû inviter. Probablement.

— Tu as survécu à un cancer ? dit Lisa. Je suis vraiment désolée. Enfin, non : j'en suis très heureuse.

Penchée sur son aiguille à coudre, elle est au bord des larmes. Je me dois de lui expliquer : mon amie Kaye a réchappé d'un cancer de la gorge et elle donne une petite fête en cet honneur. *J'ai survécu au cancer. Joignez-vous à moi pour retrouver la santé au galop.*

— Ce sont ses propres mots, dis-je. Elle va faire ça dans un ranch, quelque part à Griffith Park. Il est prévu que nous chevauchions au coucher du soleil pour aller dîner mexicain, et ensuite retour de la même façon.

J'ai réfléchi à une excuse pour ne pas y aller, parce que Kaye est aussi amie avec Greg et qu'il lui a répondu positivement pour nous deux, il y a quelques semaines. Je n'ai connu la date fixée qu'après avoir tarabusté Yegina avec succès.

— Le Griffith Ranch ? dit MeiMei. J'ai déjà fait cette balade à cheval. Assure-toi d'avoir une monture bien calme.

— Sinon quoi ? s'enquiert mon amie, sourcils froncés.

— Ils ont certainement des chevaux dociles, dis-je. Sinon ils courraient à la faillite.

MeiMei nous dévisage toutes deux avant de poursuivre :

— Il faut effectuer un long trajet dans l'obscurité.

Un silence embarrassé s'installe. Je le sais, Yegina aimerait que je la relève de sa promesse, mais j'ai besoin d'elle demain. Je ne veux pas me retrouver seule sur ces chemins sinueux.

— Ce détective privé a observé la zone de chargement tout l'après-midi, dit enfin Evie de sa voix douce. Il reste assis là, sans rien faire. Il pense peut-être que le harceleur va se montrer.

Nous reprenons alors le fil de la conversation que nous avons eue toute la journée, sur le musée et le reste. Sur les rumeurs concernant ce harceleur. Sur le côté théâtral de Kim Lord, et son habitude d'incorporer des éléments spectaculaires dans ses expositions. Sur la grande nature morte que je n'ai pas vue l'autre nuit, celle appelée “Disparitions”. (“Elle a changé le titre lundi, me dévoile Yegina. Je n'ai pas voulu te déranger pour une seule légende.”) Nous nous mettons à parler plus bas, et nous nous rapprochons les unes des autres en nous courbant, telles des conspiratrices conscientes qu'au-delà de ces murs la presse et le monde attendent de savoir ce qui va se passer ici, dans notre musée.

Après un temps, je me rends compte que mes compagnes se divisent en deux camps. Alors que Jayme et Yegina pensent qu'il est arrivé quelque chose de terrible à Kim, les autres espèrent que cette disparition n'est qu'un coup de pub. Je ne suis pas surprise de cette scission, étant donné le cynisme habituel de Yegina, l'inquiétude que Jayme nourrit pour l'expo, et la tendance des autres à idolâtrer les artistes et les investir de desseins et de dons bien supérieurs à ceux d'un simple mortel. Je suis la seule à ne pas me prononcer. La disparition de Kim Lord ne remonte même pas à quarante-huit heures, et au vu de ses méthodes outrancières et de son goût pour le scandale, je pencherais plutôt du côté de mes amies et de Kevin : il pourrait bien s'agir d'un simple coup de pub. Mais j'ai du mal à oublier la peur glacée qui m'a submergée l'autre nuit, à l'expo, ou le ton adopté par l'artiste dans ses déclarations à la presse. Elle ne m'a pas donné l'impression qu'elle avait l'intention de disparaître.

Pour Evie, Kim Lord cherche peut-être à nous aiguiller vers une autre série de tableaux, quelque part à l'extérieur du musée, avec pour sujets toutes les femmes assassinées sans que les médias en parlent. “Pour toutes les victimes anonymes”, dit-elle avec un petit sourire. Parfois sa manière de contribuer à la conversation me rappelle Nikki Bolio : elle s'adresse au vide devant elle, l'air timide, comme si ses paroles étaient destinées à un tiers invisible et critique. Peut-être apprend-on à s'exprimer de la sorte après avoir grandi dans un environnement effrayant – dans le cas d'Evie, une série de foyers où régnait la brutalité, dans de petites villes du Nord de la Californie. Les quelques confidences qu'elle m'a faites m'ont rendue à la fois triste et impressionnée par son emploi actuel, son loft de l'autre côté du fleuve, ses tenues vert olive impeccables et ses grosses perles.

— Je l'ai aperçue qui quittait le musée précipitamment, mercredi, dis-je.

Et je raconte ce que j'ai vu de l'escalier.

— Je me demande bien pourquoi, commente Mei-Mei.

— Elle n'est jamais entrée dans les salles d'expo, confirme Evie. Quelque chose l'a mise dans un tel état qu'elle est partie.

— Franchement, je ne sais pas comment elle a supporté ça, dit Jayme, et elle a l'air surprise de sa propre remarque.

— Supporté quoi ? demande Yegina.

Jayme tourne une page de son livre de cuisine mexicaine, pose un regard irrité à une recette sans doute inédite, et lâche :

— D'avoir conçu toute cette exposition.

Personne ne sait comment répondre à ce commentaire, surtout pas venant de Jayme que nous admirons toutes et qui est si réservée qu'elle fréquente une autre salle de gym que nous et ne reste jamais pour un apéritif ensemble plus que le temps d'avaler un gin au jus de citron. Plus délicat encore, nous savons tous ce qu'elle sous-entend – ce qu'il en a coûté à Kim Lord pour habiter ces meurtres –, et pourtant le seul fait d'exposer la chose par des mots nous dépouille de l'armure douillette de notre propre intellectualisation, cette même armure qui nous protégeait lors de l'exécution de Jason Rains par injection létale, quand nous nous sommes autorisées à nous asseoir pour regarder les seringues s'abaisser vers le corps du condamné. *Natures mortes* est de l'art. L'art doit nous choquer. Nous travaillons au Rocque.

Le silence retombe autour de la table, mais nous continuons de tricoter et de coudre, et les aiguilles produisent d'infimes cliquetis.

— Je parie que la police découvrira bientôt quelque chose, déclare Lisa.

— La motivation, lâche Yegina. C'est la première chose qui me vient à l'esprit : Pourquoi quelqu'un voudrait qu'elle disparaisse ?

Les motivations sont trompeuses, me dis-je. C'est seulement quand la preuve est découverte, après que vous avez déniché un tas de "comment", que vous pouvez essayer de reconstruire le grand "pourquoi".

Je suis sur le point d'exprimer ces pensées quand Dee déclare que les petits amis sont les suspects les plus probables, et que Shaw Ferguson avait l'air choqué et déprimé l'autre soir.

Nous y voilà.

Je sens les regards converger sur moi. Elles savent toutes qu'il m'a larguée. Pour elle. Leur sympathie collective est ce qu'il y a de plus dur à supporter. Je tricote plus nerveusement, et le fil râpe mes doigts.

— Moi aussi, je lui ai trouvé une sale mine, ajoute Evie. Comme s'il n'avait pas dormi de la nuit.

C'est vrai, il avait mauvaise mine.

— Greg Shaw Ferguson est trop narcissique pour tuer quelqu'un, affirme Yegina.

Il m'avait aussi paru très effrayé.

— Oh, très bien. Alors ça nous laisse Maggie, pas vrai ? glisse Dee. L'ex jalouse.

Elle l'entendait comme un trait d'humour, dans le but de détendre l'atmosphère, c'est évident. Je devrais lancer une réplique spirituelle, mais je reste muette. J'ai la bouche sèche, vide de tout mot. L'angoisse qui m'a saisie à l'exposition remonte en moi. Je baisse les yeux sur mes mains, je pousse l'aiguille, je brutalise une autre maille.

— Coup bas, Dee, remarque Jayme.

— C'est ce que j'essayais d'éviter, marmonne Yegina.

C'était par une belle journée d'hiver, lors de notre première année à Los Angeles. Je roulais sur la 101, avec les gratte-ciel qui défilaient sur ma droite, les collines sur ma gauche, quand j'ai ressenti la ville – réellement ressentie – pour la première fois.

J'étais sur le chemin du Rocque, avec la radio calée sur une station d'indie-rock nasillard, ma jupe serrée sur les cuisses, les lunettes de soleil pesant sur mon nez, et je commençais tout juste à oublier la transpiration quand c'est arrivé – la sensation de la *métropole* –, et cela a dilaté mon être comme un ballon.

Je suis passée devant un parking à étages en construction. Du coin de l'œil j'ai noté les poutres d'acier géantes, les rampes d'accès, les différents niveaux. *Quand ce sera terminé*, ai-je pensé, *deux cents personnes viendront chaque jour garer leur voiture à leur emplacement réservé, et je ne connaîtrai jamais aucune d'elles par son nom, j'ignorerai tout de leurs soucis, et elles ne me connaîtront pas, et si deux cents autres les remplacent, je ne le saurai pas non plus.*

Moi qui ai grandi dans un village du Vermont où je peux identifier toutes les familles résidentes par leur nom ou leurs habitudes, j'étais maintenant entourée de tant de milliers, de millions de gens qu'il aurait pu s'agir de simples fantômes. À jamais anonymes pour moi, et moi pour eux. Cette sensation m'a presque asphyxiée.

Cette phase a constitué la partie douloureuse de mon éveil.

Ensuite, l'exaltation. La route s'est ouverte comme une mer. Je pouvais être n'importe qui fonçant sur elle, pas la fille de mes parents, la sœur de mes frères. Pas la gamine qui était éliminée à la batte durant toute sa première année en ligue mineure. Pas l'adolescente massacrant a cappella et avec ferveur une version tortueuse de *This Land Is Your Land* à la fête de l'école. Pas la novice au Rocque qui achetait des muffins au sirop d'érable pour un apéritif dînatoire. Et certainement pas la jeune femme inconnue assise dans sa voiture, à l'écart de l'enterrement de Nikki Bolio, qui sanglotait sans retenue.

Toutes ces anciennes versions encombrantes s'éloignaient de moi et me laissaient avec l'impression d'être exposée, mais également légère, comme s'il m'était soudain possible de flotter dans l'air.

Quand je suis arrivée au bureau, j'ai appelé Greg.

— Quelque chose ne va pas ? a-t-il demandé en entendant ma voix enrouée. Tu as un problème au boulot ?

— Non, c'est juste que…

Je me suis interrompue. Comment expliquer ce même fourmillement dans mon crâne que si je venais à l'instant d'éclore de ma coquille ?

— Je pourrais être n'importe qui, ici. Je viens juste de m'en rendre compte. Et ça me terrifie.

— Pourquoi ?

— Parce que c'est tellement énorme… cette ville…

— Ce n'est pas la ville. C'est la vie. La vie est énorme. Ce n'est pas ce que tu voulais ?

Greg a semblé sérieux, et impatient.

J'ai approuvé docilement, mais quelque chose en moi n'était pas d'accord. Les choses ont peut-être commencé à se dégrader à partir de ce moment-là. Peut-être aussi qu'à ce moment j'ai senti à quel point j'avais été naïve au sujet de Los Angeles. J'étais venue ici avec l'idée que la métropole ensoleillée serait pour moi le catalyseur d'un nouveau départ, au lieu de quoi les possibilités vertigineuses qu'elle offrait me tétanisaient.

Plus tard ce même après-midi, je suis descendue dans les salles d'exposition pour vérifier une légende murale, et j'ai rencontré Yegina, notre directrice des expos, qui se tenait au centre d'une salle emplie de photographies cousues main réalisées par un artiste cubain. Sa tête brune était inclinée, ses lèvres entrouvertes tandis que son regard suivait les lignes de fil rouge utilisées pour terminer les bâtiments de La Havane que le régime castriste n'avait construits qu'à moitié. Elle donnait plus l'impression d'écouter que d'observer. Écouter une mélodie sublime.

J'avais entendu dire que la conservatrice et Yegina n'avaient pas ménagé leurs efforts pour obtenir que ces œuvres d'art ne soient pas soumises à l'embargo qu'imposait le gouvernement américain.

— Ça valait la peine, ai-je dit en m'approchant d'elle.

Nous ne nous connaissions pas très bien encore. Je savais qu'elle venait de se marier, rien de plus.

— Je l'espère.

Il y avait une note de nostalgie dans sa voix. Bien que le musée ait ouvert ses portes deux heures plus tôt, les salles étaient presque désertes.

— Cette expo va récolter d'excellentes critiques. Jayme vous l'a dit, n'est-ce pas ?

Yegina a contemplé de nouveau les photos, ces clichés en noir et blanc de bâtiments à moitié construits, les fils délicatement cousus qui suggéraient leurs façades finales, leurs arches et leurs toits.

— Richard s'en va, a-t-elle déclaré, en allusion à notre ancien directeur qui avait été à la tête du musée pendant quinze ans. Il donne sa démission demain. Les comptes annuels sont tombés hier, et nous avons dépassé le budget de six millions. De nouveau. Hier soir, Janis a prévenu le conseil d'administration qu'elle renflouait le Rocque pour la toute dernière fois… – Elle m'a décoché un petit coup de coude complice. – Vous devriez peut-être chercher un autre emploi.

À la façon dont elle l'a dit, j'ai saisi qu'elle ne m'avertissait pas de mon propre licenciement, même s'il était certain que des postes allaient sauter. Tous les membres du personnel savaient que le musée était en difficulté – divers membres du conseil d'administration s'étaient impliqués au fil des ans en apportant des contributions importantes –, mais nous ne parvenions jamais à couvrir le coût de nos expositions avec les revenus.

— Vous aussi, ai-je répondu, tout en essayant d'imaginer le musée en l'absence de notre directeur de toujours.

Elle m'a gratifiée d'un bref sourire attristé.

— Je ne peux pas partir d'ici. Je ne veux aller nulle part ailleurs. Il faudra que ce soit cet endroit qui me laisse.

Peut-être que les amitiés les plus précieuses naissent avec l'admiration. C'est vrai en ce qui concerne mes sentiments envers Yegina. Ce même jour où j'ai été prise de panique quand j'ai pensé à mon avenir insondable dans cette ville, elle m'a rappelé toute la valeur qu'il y a d'appartenir à quelque chose de plus grand que soi-même. Elle avait également un sens de l'humour délicieusement subversif, et elle connaissait les meilleurs petits restaurants dans tout le centre. Nous nous sommes mises à passer de plus en plus de temps ensemble, en occultant le chômage technique qui approchait et l'engagement de Bas Terrant grâce à nos déjeuners dans des cafés français du quartier chic et nos apéritifs du soir au Luster's Steakhouse, avant de rentrer chez nous en titubant pour retrouver chacune notre partenaire, et plus tard avant de rentrer en titubant pour ne retrouver personne.

Et durant tous ces moments en commun, je n'ai jamais parlé de Nikki Bolio à Yegina. Je n'ai jamais pu aborder le sujet, parce qu'elle aurait voulu tout décortiquer, analyser cet endroit où elle n'était jamais allée et ces gens qu'elle n'avait jamais rencontrés. Elle aurait voulu briser mon énorme chagrin, l'émietter en chagrins plus petits, puis les réduire en poussière, pour que je sois capable de ne plus traîner ce poids avec moi. Mais je tenais à la traîner avec moi, cette histoire tout en maladresses : le témoignage de Nikki, notre échec à la protéger, sa mort mystérieuse, et la triste vérité attachée aux petites villes et à la manière dont elles peuvent écraser quelqu'un qui ose relever la tête.

Par ailleurs, il y a toujours eu nombre d'autres sujets de conversation entre Yegina et moi et, pour une fois aujourd'hui, elle demande mon avis.

— Qu'est-ce que je devrais mettre pour cette balade à cheval ? dit-elle avant de nous séparer dans mon bureau, après la séance du Club artistique.

Je lui conseille des bottes, un jean, et d'afficher une attitude inébranlablement positive.

— Beurk, dit-elle. Est-ce que tu l'aimes bien, au moins, cette Kaye ?

Je lui réponds en toute sincérité :

— Oui, je l'aime bien. Mais tu verras.

SAMEDI

10

De toutes les créatures du Griffith Ranch, Oncle Bud est la plus attirante. Grand hongre noir aux naseaux grisonnants, avec le temps il est devenu une sorte de croisement entre la faune et la flore : une lenteur pesante a envahi ses membres : ses pattes sont pareilles à des piquets de clôture, et il a l'allure d'un Ent, du *Seigneur des anneaux*. Monter Oncle Bud pour gravir les pentes abruptes des collines ne sera pas plus difficile que de rester en selle sur un chevalet pour scier du bois. Sur les dix-neuf personnes participant à la virée de Kaye, seize n'ont jamais enfourché un cheval hors d'une expo d'animaux pour enfants. Oncle Bud est donc la monture idéale. Hélas, il est bien le seul dans ce cas, tous les autres chevaux ayant leurs défauts particuliers : une a tendance à caracoler, des dents jaunies, les oreilles trop en arrière, un poids excessif. Mais le soleil plonge au ralenti vers la mer au-delà de Malibu, et nous devons choisir. Ou être choisies.

La deuxième créature la plus attachante du Griffith Ranch est Rick, l'employé de l'établissement qui nous mène à l'enclos pour chercher nos montures. Il a la vivacité gracieuse et la peau tannée d'un homme qui passe le plus clair de son temps au grand air. Sous sa tignasse blonde, son sourire fugace est timide. Il sait supporter les regards admiratifs que les femmes lui lancent de toutes parts et qui volent vers lui telles des plumes avant de se détourner. Jusqu'à maintenant, Yegina lui en a adressé l'équivalent d'une roue de paon, mais ce n'est pas la seule. Notre groupe est principalement féminin, avec seulement deux maris à l'air soucieux et Greg que je m'ingénie à éviter parce qu'il n'a jamais répondu à mon appel. Ni à mon texto comportant le nom et le numéro de la sœur de Kevin. Ni aux dizaines de messages de relance que je lui ai envoyés en pensée, et dans lesquels je l'implorais de réagir, quand je ne le réprimandais pas.

Rick nous fait passer le portail de l'enclos et nous invite à le rejoindre sur la petite plateforme. Les quelque soixante-quinze centimètres d'élévation nous offrent une vue étendue du ranch : une grange rouge bâtie entre des collines d'un brun roux, ses murs entourés de barrières en acier et d'une trentaine de chevaux qui sont massés là. C'est une vision que j'imaginerais plutôt dans les zones rurales du Wyoming ou du Montana mais, à quelques centaines de mètres, sur cette pente douce, on aperçoit des propriétés au toit en tuiles, à côté de piscines et de jardins verdoyants. Au-delà se dressent les gigantesques immeubles d'appartements qui bordent les rues de Los Angeles sur une ligne est-ouest, et plus loin encore, il y a le centre. Ses gratte-ciel surgissent en blocs conquérants, mais la cité ne finit pas avec eux. Elle se poursuit loin dans la brume qui nimbe l'arrière-plan : des centaines, des milliers de rues. Pour l'instant elles ressemblent à une mosaïque chaotique, mais à la nuit venue elles se mueront en une tapisserie infinie de lumières.

Une femme en jean et jambières de cuir balance des selles sur l'échine des chevaux qui passent devant elle, puis s'en approche pour attacher les sangles sans les serrer. Derrière elle, une autre femme les bride, en enfonçant vivement le mors. Ensuite elle fixe les selles et d'une tape envoie les chevaux vers le portail. Tout et tout le monde est couvert de taches de rousseur et de poussière. Tout et tout le monde fait du bruit – les femmes qui émettent des claquements de langue et des exclamations, les chevaux qui hennissent, leurs sabots qui martèlent le sol déjà sec et craquelé, même en avril. Je trouve ce tapage aussi réconfortant qu'un cocon sonore : il me rappelle les fermes de mes amis, dans mon enfance. Puis je perçois, très faible, le chevrotement des klaxons très loin, plus bas, et je regarde de nouveau les milliers de bâtiments sous moi, avec leurs façades ouest embrasées.

— Débutante ou intermédiaire ? demande Rick à chaque personne, avant de lui indiquer du pouce une des deux lignes au bout de la plateforme.

Pour le moment, Greg est le seul “intermédiaire”. Quand vient le tour de Yegina, Rick décrète “débutante” sans même lui poser la question.

— Et elle ? dit-elle en me poussant du coude. Vous pouvez dire qu'elle a possédé son propre cheval ?

— Vous venez juste de me le révéler, répond Rick.

Il pointe le doigt vers Greg.

— Derrière lui, alors, m'ordonne-t-il.

J'essaie de protester :

— Je n'ai pas monté depuis quinze ans !

Mais Rick s'occupe déjà de la personne suivante.

Yegina me presse brièvement le bras d'une main.

— Je serai juste à côté de toi, veut-elle me rassurer. Dans le groupe.

— On dit “la troupe”. Et tu sais que tu m'as pris les rênes des mains, là ?

Elle contourne déjà Rick pour rejoindre sa ligne, et il semble d'abord interdit, puis espiègle, et passe une langue rapide sur ses lèvres.

Une prise de vue en accéléré ne parviendrait pas à capturer la vitesse négative à laquelle je me dirige vers Greg, qui m'adresse un petit salut désinvolte. Il porte des vêtements que je connais bien : un vieux jean, un tee-shirt d'un festival de reggae donné dans le Vermont ; et il affiche l'expression penaude qu'il a quand il se sent dépassé par le nombre de femmes autour de lui. Alors que j'approche, j'ai l'impression de marcher dans mon passé, dans cette zone de temps où nous étions encore ensemble. Je réponds à son signe, en affectant la nonchalance, même si j'ai plutôt l'air de chasser des moucherons de la main.

Kaye, rescapée du cancer et héroïne du jour, enfourche Oncle Bud et pousse un cri de joie.

Greg s'incline vers moi.

— Tu pourras me ramener chez moi, ce soir ? Il faut qu'on parle.

— Mais je dois déjà raccompagner Yegina…

— Elle ne peut pas trouver quelqu'un d'autre ?

— Peut-être ; je ne sais pas.

Je retombe déjà dans mes vieux travers : je ne peux presque rien lui refuser.

— Désolé de ne pas avoir pu te rappeler, dit-il.

Sa voix est chargée d'une émotion que je n'arrive pas à définir.

— Mes amis angelenos, et les autres, qui n'ont pas le cancer ! clame Kaye coiffée de sa bombe, sur la selle d'Oncle Bud, et le cheval baisse la tête comme pour éloigner ses oreilles de la voix de la cavalière, mais sans autre réaction. Je suis réellement très touchée et honorée que vous ayez bien voulu m'accompagner aujourd'hui.

Quelques acclamations s'élèvent, de même que deux cavaliers qui se dressent maladroitement sur leur monture. Une femme chaussée de tongs roses entame une conversation animée avec Rick avant de pousser son cheval vers sa voiture. Kaye observe l'échange d'un air étonné, puis elle reprend son petit speech. Elle est très douée pour parler seule. C'est la jolie fille classique du Midwest, venue à Los Angeles pour percer à la télévision, qui a fini assistante personnelle d'une célébrité – dans son cas particulier, du célèbre duo d'actrice-collectionneur qui a jadis engagé Greg.

En général, la vue de Kaye m'emplit à la fois d'admiration et de désespoir, mais aujourd'hui je n'ai pour elle qu'admiration. Ce soir j'ai besoin de me réchauffer aux feux de son optimisme insouciant. Ravissante brune aux yeux bleus, aux jambes incroyablement longues et à la taille de guêpe, elle pourrait profiter de la vie sans aucune amie femme, mais au contraire elle recherche leur compagnie. Je n'ai jamais rencontré une personne aussi chaleureuse et appréciée qu'elle. Pareillement, je ne connais personne qui s'aime autant et avec une telle bonne humeur naturelle. Quand elle a appris son cancer de la gorge, elle s'est transformée d'être humain en campagne vivante contre la maladie : elle a créé un blog et un fonds pour la recherche sur la maladie, lancé une ligne de thés et de gâteaux (les "Gâteaux Anti-Cancer de Kaye") et tenu un journal quotidien relatant ses séances de rayons, son opération et ses expériences des traitements holistiques. "Ne laissez pas les Mexicanos dicter votre vie, a-t-elle écrit. Vous avez toujours les rênes en main" (l'argot d'école primaire et les métaphores en rapport avec l'équitation abondent dans sa prose). À la façon dont elle parle de sa maladie, vous pourriez croire que le cancer est de sa part une invention ayant pour seul but son propre perfectionnement.

Et, en l'espace de huit mois, Kaye a vaincu sa tumeur. Elle est radieuse, à présent.

— En selle, me dit-elle ainsi qu'à ses amies et coachs personnelles Sara et Nelia, et à une nouvelle connaissance qu'elle a présentée comme étant l'"acupunctrice qui l'a sauvée". La première tournée de Margaritas est pour moi.

Je boucle la sangle de la bombe sous mon menton, comme les autres. Si je ne sentais pas le regard amusé de Greg sur moi, je pourrais apprécier pleinement de compter parmi les amies proches de Kaye. Au lieu de réagir à son attention, je me concentre sur les montures que Rick mène vers nous : un hongre pie blanc et brun et une jument noire fine qui tire sur sa longe en secouant la tête sans cesse. Je n'y connais pas grand-chose en chevaux, mais il me semble évident que quelque chose énerve cet animal.

— Belle, la câline Rick, et il lui murmure autre chose. Tout doux, Belle…

La jument incline la tête, et ses naseaux se dilatent. Rick tend la bride du hongre à Greg.

— C'est Cheyenne, dit-il. Vous devrez peut-être le pousser dans les montées, mais il est facile.

Puis Rick me jauge du regard, la bride de Belle toujours en main.

— Elle se tiendra bien. Elle n'est jamais sortie de nuit, alors restez près de moi et des autres, déclare-t-il. Ça va aller ?

Elle n'est jamais sortie de nuit ? Non, ça ne va pas aller. Sous les regards de Rick et de Greg, cependant, mon amour-propre de petite fille prend le dessus : je voudrais une autre monture, mais il n'est pas question que je le reconnaisse devant les garçons.

— Rick ! appelle la propriétaire du ranch de l'autre côté du tourbillon de montures et de cavaliers. Il nous faut six chevaux de plus par ici.

— Ça va aller ? me répète Rick.

— Je vais échanger avec elle, lance Greg derrière le garrot puissant de Cheyenne.

— C'est bon, dis-je, et je prends les rênes de Belle.

Greg est sorti un temps avec une jeune fille riche qui jouait au polo, mais je doute qu'il ait jamais effectué une véritable balade à cheval.

Je monte en selle. L'odeur forte et tiède de l'animal, la façon dont l'échine de Belle tressaute sous mon poids font déferler en moi des souvenirs de mon enfance dans le Vermont. Nous avions un cheval, à l'époque, une bête âgée qui détestait descendre les pentes, si bien que la plupart du temps je me contentais de l'étriller dans la grange jusqu'à ce que les poils roux de sa robe brillent dans l'air.

Belle frappe le sol de son sabot et tire sur son mors, mais je la retiens en attendant que les autres soient en selle. Nous finissons par nous mettre en mouvement derrière Rick, et je porte toute mon attention sur la conduite d'une créature massive. Greg se penche de côté et me demande si je suis bien sûre que tout va bien. C'est alors, durant cet instant étrange et mouvant où Belle fait un écart pour éviter Cheyenne, que je dévisage vraiment Greg et remarque derrière son masque de politesse les ombres sous ses yeux et ses pommettes. Il a le teint grisâtre.

— Il faut que tu manges, lui dis-je. Tu ne manges pas assez.

La remarque lui arrache un sourire marqué par le remords.

— Maggie… murmure-t-il.

Rick siffle alors pour nous inciter à tous franchir le portail du ranch, et le mouvement des chevaux mobilise à nouveau toutes mes pensées. Quand nous atteignons la piste poussiéreuse qui mène au sommet de la colline, le soleil darde ses derniers rayons. Je n'aperçois pas encore l'océan, que les hauteurs suivantes cachent toujours, mais le soleil doit être proche de la surface du Pacifique. Nos visages baignent dans la lumière, et les ombres montent jusqu'à nos étriers. Les buissons sur la pente disparaissent eux aussi dans la pénombre, et les cailloux descellés par les sabots roulent sous la végétation basse. Une part de moi-même n'arrive pas à croire que je monte un cheval ici, dans ce chaparral d'un vert poussiéreux qui s'étend au-dessus de Los Angeles, que cette ville et cette zone sauvage puissent coexister, que je sois juchée sur cet animal massif et arrogant qui me porte. D'après Kaye, nous allons parcourir neuf kilomètres au total à travers ces collines sans arbre avant de redescendre de l'autre côté, où nous dînerons, puis nous entamerons le trajet de retour.

— Il fera nuit quand vous reviendrez, crie la propriétaire du ranch en refermant le portail derrière nous. Mais ne vous en faites pas parce que tous les chevaux voudront rentrer. Veillez simplement à les garder loin de vos Margaritas.

Quelques faibles rires fusent dans notre groupe, et nous partons. Bien que la chaleur du soleil imprègne encore le sol, une fraîcheur humide commence à se répandre. Je regrette de ne pas avoir apporté un blouson.

— Tirez sur la droite pour aller à droite, récite Rick, et sur la gauche pour aller à gauche. Donnez-leur un petit coup de talon s'ils ralentissent. Sinon, laissez-les faire, ils connaissent le chemin.

Je pousse Belle derrière Rick, mais soudain celui-ci fait volte-face pour récupérer Yegina dont la jument aux yeux marron terne semble vouloir à tout prix regagner son enclos.

— Non, non, implore mon amie à l'adresse de son cheval. Pas par là.

— Susie, Susie, chuchote Rick qui prend les rênes à Yegina et oblige sa monture à pivoter. Tu dois faire la balade une fois de plus.

Le demi-tour à peine amorcé de Susie suffit à Belle pour avoir la même idée, et je dois la forcer à suivre les autres. Ses oreilles se rabattent en arrière et son allure passe à un trot nerveux qui laisse Rick et Yegina dans la poussière. Cette balade ne se passe pas si bien que cela. Devant moi, Kaye pousse de nouveau une exclamation de joie et fait tournoyer un lasso invisible au-dessus de sa tête. Sous elle, Oncle Bud continue d'avancer de la même allure tranquille. Le soleil baisse encore un peu, et du coin de l'œil je repère le cheval de Greg qui revient à ma hauteur. Je me prépare à ce qu'il va dire lorsque quelqu'un d'autre parle :

— Tu as eu une semaine difficile.

C'est Nelia ou Sara, de l'autre côté de Greg. J'ai du mal à distinguer l'une de l'autre, surtout dans la lumière déclinante. Ce sont toutes deux des coachs personnelles rousses et séduisantes, et elles ont écrit ensemble un livre constitué uniquement d'énumérations.

Il hoche la tête.

— Ouais. On peut dire ça.

— Est-ce que la police a une piste ?

— Apparemment c'est moi, leur piste, répond-il d'une voix tendue.

— Oh, Shaw. Comme si… commence Sara/Nelia sans terminer sa phrase. Tu as un avocat ?

— Maggie m'a communiqué un nom, et je lui parle.

Il me glisse un coup d'œil. Cheyenne fait un pas dansant de côté, surprenant Belle qui se laisse dépasser avant que je puisse réagir. J'entends Greg ajouter :

— J'aimerais seulement qu'ils ne perdent pas leur temps avec moi et qu'ils la retrouvent, *elle*.

La piste se réduit à une sente qui fait une boucle vers la crête. Je tire sur les rênes pour empêcher Belle de percuter les chevaux devant nous. Un par un, ils gravissent le passage de poussière et de pierres. Ma jument caracole d'un côté et de l'autre, les oreilles en arrière. Un vent frais se met à souffler, qui sent la tombée de la nuit.

— Ce n'est qu'une petite colline, Belle, dis-je à ma monture dans un glapissement.

Elle tourne la tête et lance un regard de regret en direction de la grange illuminée d'un rouge fade, maintenant loin en contrebas.

— Ça va, Maggie ? s'enquiert Greg, mais Cheyenne l'emporte déjà plus haut.

La poussière envahit ma bouche quand Rick surgit devant nous. Il tient toujours les rênes de Yegina, et celle-ci se cramponne au pommeau de sa selle. Elle me décoche un sourire crispé.

— Doucement, lui dit Rick, et à moi : Éperonnez un peu Belle, maintenant.

J'enfonce les talons dans les flancs de la jument. Elle monte rapidement quelques mètres de la sente. Derrière moi, la ville est tout en oranges veloutés et scintillements. Devant moi, les silhouettes des cavaliers et de leurs montures se métamorphosent en des créatures massives gravissant toutes la pente vers le ciel, à l'exception de Belle qui fait halte de nouveau et s'ébroue. Je me demande si c'est parce que j'ai une mauvaise assiette sur la selle. Je penche le torse vers son encolure, mais mon bassin glisse en arrière, ce qui force la jument à se baisser.

— Poussez-la encore, me crie Rick en se retournant. Elle suivra le mouvement.

Je l'éperonne donc. Quand Belle tourne la tête une nouvelle fois, je prends peur et je tire sur les rênes. Ses pattes avant se soulèvent, et ses pattes arrière décrivent une série de petits pas précipités. Nous restons ainsi un instant, nos quelque cinq cents kilos prêts à basculer en arrière, moi d'abord, puis la jument qui m'écrasera au sol. Et subitement, l'animal retrouve son équilibre et ses pattes avant se mettent à redescendre.

La voix de Greg fend l'obscurité :

— Saute, Maggie ! Elle va te tomber dessus ! Saute !

Je m'exécute en m'éjectant de la selle, et je me reçois rudement sur la hanche droite avant de rouler hors de la sente et dans un buisson épineux.

Je ne ressens la douleur qu'après avoir vu les sabots de Belle marteler le chemin. Elle frémit de tout son corps puis s'élance vers le sommet. Rick saute à bas de sa propre monture, saisit les rênes de Belle au passage et les noue à sa selle.

— Tout va bien ? me crie-t-il. Vous pouvez remonter ?

L'élancement transperce ma hanche, mais je me sens plus ridicule et soulagée qu'endolorie. Le cheval ne serait pas tombé sur moi. Mais sans l'accent de panique dans la voix de Greg, je me serais sans doute cramponnée, je serais retombée avec Belle et j'aurais subi son galop vers le sommet. Je ne sais pas trop quoi penser de tout cela. Je n'arrive pas à distinguer Greg des autres. Ce n'est qu'une silhouette sombre de plus.

— J'arrive, dis-je.

Il me faut me relever et boitiller en glissant sur les pierres jusqu'à ce que j'atteigne le flanc tiède de Belle. Elle secoue la tête, mais Rick la retient. Je cale ma botte dans l'étrier et je me remets en selle.

11

En 1935, F. Scott Fitzgerald a prononcé un discours pendant un banquet donné en l'honneur de l'œuvre de Mark Twain. "Huckleberry Finn a accompli le premier voyage *de retour*, a-t-il déclaré. Il a été le premier à se regarder en arrière pour considérer la république depuis la perspective de l'ouest… Et parce qu'il a regardé en arrière, il est avec nous pour toujours."

J'ai lu ce passage à Greg lorsque je suis tombée dessus pour la première fois dans la biographie de l'écrivain. On arrivait fin décembre, deux mois après le décès de la mère de Greg. Il avait retenu une place sur un vol afin de se rendre à l'Art Miami où il devait jouer son rôle de consultant pour ses employeurs, deux collectionneurs.

— Tu n'aimes pas cette dernière phrase : "Et parce qu'il a regardé en arrière, il est avec nous pour toujours" ?

— Encore du Fitzgerald, hein ? a raillé Greg en oubliant un instant son ordinateur. Tu devrais lire James Ellroy, ou d'autres.

— J'y compte bien, ai-je dit, même si j'avais déjà proféré cette promesse. Mais je veux me représenter Hollywood dans les années 1930, à la même époque que la construction de ce bungalow. Tu imagines à quel point tout était différent ?

D'un geste j'ai désigné le plafond de notre salon, avec sa moulure centrale craquelée, en forme de couronne.

Greg a eu un reniflement dubitatif.

— C'est triste, mais non. Je doute qu'ils aient modernisé quoi que ce soit.

— Je parlais de la ville.

Il a reporté son attention sur l'écran.

— La nostalgie est une préoccupation d'Occidentaux. Fitzgerald en parle comme s'il s'agissait d'une vertu. Elle n'a pas à l'être.

— Tout regard en arrière n'est pas nostalgique, ai-je remarqué. Parfois ça permet un examen de conscience.

Pas de réponse. Des panneaux rouges et pourpres défilaient sur l'écran de son ordinateur.

— Ceux qui oublient le passé sont condamnés à le revivre.

C'était un cliché stupide. Mais nous n'avions plus de discussions. Plus assez. Pas sur ce que nous pensions, ou ce que nous ressentions.

Greg a soupiré. Son siège a craqué lorsqu'il l'a fait pivoter de nouveau vers moi. Il m'a dévisagée.

— Tu ne te sens pas plus libre ici ? Je ne m'étais jamais rendu compte de l'oppression dans laquelle je grandissais, en Europe et à New York. Tous les gens importants avaient déjà vécu ; toutes les choses importantes avaient déjà été faites.

Je me suis revue en voiture, sur la 101, quand j'avais dépassé le garage à étages et que la métropole m'avait submergée. Était-ce cette liberté ou cette révélation que j'éprouvais ? Ou les deux ?

— J'ai trouvé belle cette citation, c'est tout.

Greg a continué de m'observer avec intensité.

— Je déménage, a-t-il déclaré, très calmement.

Je n'étais pas sûre d'avoir bien entendu, mais je n'ai pas réussi à poser la question. Je suis restée là, face à lui.

— J'ai trouvé un endroit pour installer une galerie, a-t-il ajouté, et ses yeux ont quitté les miens en une lente glissade. Je vais aller y vivre un bout de temps, pendant que j'arrange tout. Ça va exiger beaucoup de travail.

Sa mère lui avait laissé un héritage. Quelques semaines auparavant, Greg et moi avions envisagé de l'investir dans l'achat d'une maison. Avec une chambre de plus, pour nos enfants, un jour.

— Je suis désolé, a-t-il ajouté.

— Tu peux toujours dormir ici.

— Je suis vraiment désolé.

Cette nuit-là, il a dormi sur le canapé, et il est parti le lendemain avec ses premiers sacs emplis d'affaires. J'ai pensé, mais c'était par pur réflexe d'autoprotection, que le chagrin l'assommait. Qu'il avait besoin de compenser la perte de sa mère en se lançant dans sa nouvelle carrière. La semaine suivante, il m'a offert un double des clés ouvrant sa galerie et son nouvel appartement. "Au cas où tu en aurais besoin, quelle que soit la raison", m'a-t-il dit, et il a gardé son propre jeu de notre bungalow, même s'il n'y a plus jamais passé une nuit. Quand nous nous parlions au téléphone, c'était sur le mode d'anciens amis qui prétendent avoir toujours les mêmes affinités. J'avais envie de hurler après lui, de pleurer ; mais, tout simplement, je ne m'y sentais pas autorisée. La permission de souffrir ne pouvait être donnée que par le plus gravement blessé. Aussi ai-je tu ce chagrin, et celui-ci s'est envenimé en moi, s'y est propagé jusqu'à ce que j'aie l'impression d'être deux personnes distinctes : la Maggie Richter que tout le monde connaissait au Rocque, sereine, travailleuse, et celle, secrète, qui se retenait pour ne pas donner des coups de pied aux couples s'embrassant au coin de la rue, ou pour ne pas mettre le feu et calciner la petite pancarte accrochée à l'extérieur de la nouvelle galerie de Greg, ce signe affirmant son évolution, la fusion de l'homme et du lieu : SHAW.

Après tout, c'était moi qui me retrouvais seule. Réellement seule. La solitude, pour Greg, signifiait inviter Kim Lord à s'installer avec lui quelques semaines plus tard. Apparemment, elle "avait besoin" d'un atelier dans le coin afin de peaufiner son exposition pour le Rocque. Apparemment, elle était restée tard un soir de février, et ils n'avaient pu que tomber amoureux, c'était inévitable.

Et, apparemment, je n'ai pas réussi à digérer la honte qui baigne tout cela parce que, des mois plus tard, je me retrouve à me saouler dans ce restaurant mexicain à l'ambiance turquoise où les coins de table agressifs me poignardent chaque fois que je titube vers les toilettes. J'ai une prise de bec avec Greg, puis avec Yegina, puis avec Greg *et* Yegina *et* Kaye quand il s'agit de décider qui me raccompagnera chez moi. Greg s'est proposé parce qu'il veut toujours me parler… mais de quoi ? De ses inquiétudes concernant sa célèbre et superbe petite amie qui a disparu ? Qu'elle aille se faire foutre, elle et ses obsessions morbides ! Toutes les femmes n'ont pas le fantasme d'être une esclave sexuelle, une starlette ou la victime d'un meurtre ! Certaines d'entre nous désirent juste être passionnées par un bon roman et faire pousser leurs propres tomates, un jour, quand elles disposeront d'un peu plus de temps. Lorsque Rick me demande si je ne préférerais pas qu'on appelle un taxi au lieu de chevaucher Belle dans les collines à nouveau, je réponds avec une très grande dignité que j'adore cette jument parce que c'est une créature qui regarde toujours en arrière et que, moi aussi, j'aime le passé, ce passé qui nous définit, et que l'ignorer c'est comme planter ses racines dans une cité qui un jour sombrera dans la mer et qu'est-ce qu'il y a de mauvais avec les mots de toute façon et pourquoi tout le monde ici est tellement obsédé par les images tiens j'ai une image pour vous quel genre de personne porte des tongs lors d'une balade à cheval ?

La voix de Greg résonne loin au-dessus de moi, tournoyante. Elle est bien plus éloignée que le sol horriblement proche et éclaboussé de morceaux humides, à l'odeur aigre. Au loin j'entends le martèlement de sabots, des hennissements. Je n'ai pas voulu vomir dans le taxi, alors je me suis retenue. Maintenant, sur le parking du ranch, tout sort.

— Ça va mieux.

J'ai un nouveau haut-le-cœur, et deux mains enserrent ma chevelure.

— Non, dis-je en m'essuyant la bouche.

Il y a une descente floue à travers les collines, à bord d'un break. Et puis Greg me soutient pour entrer dans notre bungalow. Nous traversons notre bonne vieille cuisine, avec ses tasses et ses assiettes toujours dépareillées, le couteau que sa mère nous a donné, nous sortons par la porte arrière, dans le patio, et il m'assoit sur une de nos vieilles chaises inconfortables. Je n'ai pas balayé les feuilles mortes depuis longtemps, et elles craquent sous mes pas. Pourquoi est-il là ? Je suis trop lasse pour comprendre. La soirée me revient par séquences : le visage de Kaye, ridé par l'inquiétude alors que je lui explique pour la énième fois que oui, j'ai mal aux hanches mais ça va quand même, je sais comment faire un roulé-boulé (comme si sauter d'un cheval était un de mes passe-temps favoris). Et Rick, l'aide du ranch, qui dit : "Il va peut-être falloir que j'attache son cheval."

Et il y a Yegina qui tente de m'empêcher de me resservir un verre et qui se prend un grand jet de Margarita sur le chemisier. "Elle est tout à toi, Greg", lâche-t-elle en levant les deux mains.

Je ne suis à personne mais nous voilà, Greg et moi, assis côte à côte au centre de notre vieux patio, dans l'obscurité. C'est un petit rectangle de béton et de brique, coincé entre notre maison et le bungalow voisin, où ont été plantés il y a bien longtemps un avocatier, un goyavier et un buisson aux feuilles vert sombre, dentelées et luisantes. Une barrière en bois bloque la vue sur le reste de la cour. Son bois est tellement vieux qu'il a pris une patine gris clair et que les clous ne sont plus que des cercles rouillés. Un enfant pourrait abattre cet obstacle.

Greg bouge un peu sur son siège, mais il ne parle pas. Dans l'air frais, j'ai l'impression que mes joues moites le sont encore plus.

Si nous formions toujours un couple, notre silence aurait le vernis apaisé de deux personnes qui sont tellement habituées l'une à l'autre qu'elles n'éprouvent pas le besoin de parler.

Ce silence est différent. Urticant, hésitant. Pourquoi Greg ne s'en va pas, tout simplement ? Nous contemplons l'avocatier, moi en buvant à petites gorgées l'eau pétillante qu'il m'a apportée. J'imagine qu'il attend de voir si je vais être malade à nouveau. J'essaie de me lever, mais l'effort me donne le vertige et je retombe comme une masse sur mon siège.

— Comment tu es arrivé là, au fait ? dis-je.

Ma gorge est emplie d'acide, et à vif.

— Où donc ?

— Je veux dire, pourquoi tu n'es pas venu au ranch en voiture ?

— J'avais envie de marcher.

— Tu as marché. Depuis Echo Park.

— Je marche beaucoup, en ce moment, dit-il.

— Tu espérais la croiser ?

C'est sorti avec plus d'agressivité que de dérision.

— Plus ou moins. Je n'arrive pas à rester en place, ni à dormir.

Les avocats sont mûrs, maintenant, et ils pendent tels des joyaux sombres aux branches hautes. Par ici, les écureuils sont aussi gras que des vaches. Et très malins. On les avait surnommés les écureuils de Nimh. La semaine passée, j'en ai vu un qui se servait d'un poteau de palissade pour y frotter et découper une épluchure.

— Je suis désolé de t'avoir blessée, Maggie, me dit Greg avec calme. Tu n'as jamais rien fait pour mériter ça.

Une sensation d'immobilité descend sur moi. Ma hanche m'élance, mais à part ce détail j'ai l'impression de ne rien éprouver, d'être sans poids. Greg lui-même me paraît distant, alors que je pourrais lui toucher le bras. Sa voix semble elle aussi séparée de sa personne.

— Après la mort de ma mère, c'est devenu d'une clarté effrayante pour moi : tu voulais te ranger, et pas moi, continue-t-il sur le même ton. Tu étais prête à avoir des enfants, avec un père qui serait là pour eux. Je désirais faire quelque chose qui… qui apporte du changement. Dans la culture. Je n'avais pas envie d'être déjà père, et je refusais l'idée que mon fils ou ma fille grandisse sans moi.

La silhouette de Greg remue, et sa chaise grince.

— Alors j'ai déménagé. Je me suis dit que c'était pour te protéger, mais en réalité c'était pour me protéger, m'éviter de te voir souffrir.

J'ai souffert quand même, me dis-je, mais je ne le formule pas. Je me refuse à laisser cette voix s'exprimer haut et fort, parce qu'elle va se confondre en excuses et ensuite elle me dira que Greg veut se remettre avec moi, qu'il désire quelqu'un dont il a tenu les épaules nues, dans la mer de Chine méridionale, et a balbutié, émerveillé : "Mon Dieu, elles correspondent exactement à mes paumes."

— Et puis, quand je t'ai vue à la soirée de gala, ça m'a frappé, déclare-t-il. Tu es la seule personne…

La voix s'interrompt.

Je l'entends dire *que j'ai jamais réellement aimée.*

— … à Los Angeles en qui j'ai une confiance absolue. Même ma mère l'a dit, que je pourrais toujours te faire confiance.

Sa mère. Ce spectre de force, d'amertume et de douleur.

Greg parle toujours :

— Mais comment pourrais-je te demander de m'aider, maintenant ?

— T'aider ?

Mon esprit revient en chancelant à la réalité.

De toutes les excuses et les réconciliations sur lesquelles j'ai pu fantasmer, je n'ai jamais imaginé celle-là.

— Aux yeux de la police, je suis le suspect principal. Je n'ai pas d'alibi pour mercredi soir. Cette nuit-là aussi, je suis sorti pour marcher.

Je décèle une hésitation dans sa voix.

Je lui lance un coup d'œil, mais la pénombre m'empêche de distinguer son visage.

— Je leur ai dit que Kim avait aperçu Bas avec un type qui était sûrement son harceleur, d'après elle. Mais j'ai bien vu qu'ils ne me croyaient pas. Franchement, je n'ai pas cru Kim.

— Elle a vu Bas avec son *harceleur* ?

Mon ventre se noue subitement, et je bois une gorgée d'eau pétillante.

— Lundi. Quelque part dans le West Side.

— Mais c'était un harceleur de quel genre ? Il la suivait ? Il lui envoyait des messages ? Il la menaçait ?

— Elle a refusé de me le préciser, répond Greg et il a l'air blessé, sur la défensive. D'après elle, c'était compliqué à expliquer.

— Mais elle le connaissait ?

— Elle pensait le connaître, mais elle ne m'en a pas dit plus.

— Et qu'est-ce que Bas pouvait bien fabriquer avec ce type ?

— Je n'en sais rien. Elle pensait qu'il cherchait à l'atteindre au travers de son art. Je ne sais pas. L'expo la rendait hystérique. Elle ne dormait presque plus, et elle ne… prenait plus soin d'elle.

Un fait m'apparaît d'un coup : pourquoi il ne l'a pas revue depuis mardi.

— Vous vous êtes disputés à cause de ça, et elle est partie. Et tu ne sais pas où elle a pu aller.

— Oui.

— Ça a dû être une sacrée dispute.

Je bois encore un peu d'eau.

— En effet. Mais je n'aurais jamais pensé…

Je perçois la même angoisse dans sa voix que plus tôt, quand Belle s'est cabrée et que nous avons failli basculer à la renverse. Je ne veux plus l'entendre.

— C'était lundi, tu en es absolument sûr ? dis-je pour l'interrompre.

Greg m'affirme qu'il en est certain. Je lui révèle le comportement singulier de Bas dans l'ascenseur, le vote du conseil d'administration concernant sa direction, et le communiqué de presse que Jayme m'a aidée à préparer.

Il bondit presque de son siège.

— C'est impossible. Kim a besoin de cet argent autant que n'importe qui. Nelson aussi.

— Autant que Bas a besoin de son travail ? Le don lui donnerait une aura évidente. En particulier s'il était annoncé au public. Après ça, il pourrait être difficile de le licencier.

Au moment même où je prononce ces mots, je ne vois toujours pas comment le don aurait incité Bas à faire disparaître Kim Lord.

— Offrir des millions de dollars n'a aucun sens pour elle, dit Greg.

Il passe nerveusement une main dans ses cheveux, comme s'il essayait d'en extraire une explication au don supposé de Kim.

Il se réfère à elle au présent. Je note ce détail avec toujours cette vague crispation au ventre.

— Tu veux un peu plus d'eau ? Je vais t'en chercher.

Il disparaît dans la maison, et la porte métallique claque derrière lui.

Je me courbe sur mon siège, et je m'efforce d'ordonner les informations qu'il m'a dévoilées. Leur dispute. Le départ de Kim. Sa présence avec son harceleur face à Bas. Les pièces du puzzle me semblent trop découpées, j'ai l'impression que jamais elles ne s'assembleront. La tequila a brouillé ma perception du temps, et je suis incapable de définir s'il s'est écoulé plusieurs minutes ou seulement un instant quand je redresse la tête et vois Greg qui m'observe par la fenêtre, son visage contorsionné par la fureur. Je tressaille, nos regards s'aimantent, et l'expression disparaît. Il fait un petit signe de la main et brandit un verre d'eau.

— Tiens. Il faudrait que tu en avales au moins dix, dit-il avec son amabilité habituelle quand il revient auprès de moi.

Je décide que ma vision de la fenêtre du vieux bungalow a été une illusion d'optique, un reflet déformé. Je ne décèle aucune trace de colère sur ses traits.

— Je vais essayer d'apprendre où Bas est allé lundi, dis-je.

— Bon sang, si tu pouvais… commence-t-il.

— Mais ta nouvelle avocate, elle fait quoi ?

— D'après elle, la police va obtenir un mandat pour fouiller mes propriétés. Ils ne trouveront rien.

Il se rassied avec un soupir, et sort de sa poche un objet qui ressemble à un minuscule doigt plat et noir.

— À part ça… J'ai un autre service à te demander.

Je secoue la tête, mais quand il fait glisser l'objet vers moi, je le prends dans ma paume. C'est une clé USB.

— Les photos de Kim, explique-t-il. Des études pour *Natures mortes*. Elle les a effacées de son ordinateur, de son appareil photo aussi, et elle allait détruire cette clé après l'ouverture de l'expo.

Je me souviens d'avoir corrigé les pages dans le catalogue de *Natures mortes* concernant le processus caractéristique de Kim Lord, le même que j'ai d'abord cherché à comprendre il y a si longtemps, en Thaïlande : en premier lieu son étude de ses sujets, ensuite les photos d'elle-même habillée et fardée comme ces sujets, et puis les peintures de ses photos et, enfin, la destruction des photos. L'anéantissement de la clé USB est son ultime rituel. J'aurais parié qu'elle l'avait déjà effectué. Elle a livré sa dernière toile au Rocque mardi.

— Pourquoi tu ne le fais pas toi-même, avec un marteau ?

— Je ne peux pas, dit-il. J'en suis incapable, voilà tout. Je t'en prie, tu veux bien t'en charger pour moi ?

— Ce ne serait pas faire obstruction à une enquête en cours ?

— Ce n'est pas du tout ça, je te le jure. Il n'y a rien là-dessus qui aidera la police.

Il replie mes doigts sur la clé USB. Je frémis au contact de sa main. *Tu ne devrais pas me faire confiance*, dis-je en pensée, et il demande *Pourquoi ?* et je réponds *Tu ne devrais pas parce que je suis toujours et à tort idiotement, désespérément amoureuse de toi*. Mais je ne prononce pas un mot, et mes doigts restent refermés.

Greg se redresse. Je sens une pression à mon épaule et un baiser furtif sur le sommet de mon crâne.

— Je vous souhaite de bien dormir, toi et les écureuils de Nimh, dit-il.

Toujours sans voix, je me mets debout et j'allume la lampe du patio afin que Greg trouve plus aisément la sortie. L'éclairage révèle une branche basse dans un buisson proche et ce qui ressemble à un bout de tuyau blanc noué autour. Alors que je me penche plus près, le tuyau bouge et dans ses replis une face allongée plonge son regard dans le mien. Il a un gros entonnoir en guise de museau et des yeux profondément enfoncés. On dirait une caricature tordue de cœur. Je recule précipitamment, avec un petit cri, et il y a un bruit de course effrénée quand la créature disparaît dans les profondeurs du buisson.

— Un opossum, dit Greg d'un ton rêveur. Ils se sont transformés en opossums.

Kim a disparu et Greg ne connaît pas la raison de son absence. Il ne la connaît pas, elle. Il l'aime, mais il ne la connaît pas. Après qu'il a quitté le patio, je monte dans ma chambre, je m'étends sur le lit et je laisse ce paradoxe macérer dans mon esprit aigri. Greg ne connaît pas Kim, il n'aime pas Kim, mais il le croit. Il pense connaître Kim parce que c'est sa mère. Pas sa mère, qui est morte, mais la mère de son enfance. La superbe Theresa Ferguson, qui était aussi une héritière, une fugueuse. Et un génie. Theresa était tout le contraire de moi, raison pour laquelle Greg m'a aimée jusqu'au jour où sa mère est morte.

Theresa Ferguson est née en 1932 dans une famille aisée de New York, et elle a fugué à Paris à l'âge de dix-huit ans. Elle s'est inscrite à la Sorbonne, a dérivé d'amour en amour dans toute l'Europe de l'après-guerre, a appris cinq langues et ne s'est jamais mariée. "Une proto-féministe", selon l'expression de Greg. On peut admirer ses sculptures dans huit musées secondaires.

Lorsqu'elle a donné naissance à Greg, elle avait quarante ans et vivait dans une ville suisse où les artistes étaient légion. Le père de Greg n'a été qu'une des nombreuses aventures de sa mère, un Irlandais qui n'a jamais connu son fils. Cela n'a jamais paru beaucoup troubler Greg qui a reporté tout son dévouement filial sur sa mère. Laquelle, selon les périodes, l'a adoré ou ignoré. Il a grandi aux marges des nuits de fête de Theresa. Il se réveillait au matin pour découvrir des inconnus dans les autres chambres, et une fois toute une troupe de cirque français endormie, qui cuvait, dont les acrobates portaient encore leurs collants cendrés.

Pendant l'adolescence de Greg, sa mère a déménagé dans la banlieue de New York. Lui et moi avons passé une nuit dans sa maison somptueuse, décorée d'œuvres d'art, juste avant notre départ pour Los Angeles. À mon avis, si elle ne désapprouvait pas notre déménagement, elle voyait déjà d'un mauvais œil l'intérêt que son fils portait à une jeune femme venue de la campagne et dépourvue de toute ambition précise.

Ce soir-là, Theresa a cuisiné un repas français pour nous trois. Elle a émincé, haché, assaisonné, s'affairant dans tous les coins de la cuisine, ses cheveux noirs empilés vaille que vaille sur la tête. Quand elle a enfin daigné me regarder, ses yeux gris m'ont transpercée.

— Vous avez soif, Maggie ? a-t-elle demandé.

Je me suis rendu compte que c'était le cas.

— Oh non, ça va, merci, ai-je répondu.

Elle a quand même rempli d'eau un verre qu'elle m'a tendu du bout de ses doigts osseux.

— Vous avez l'air d'avoir soif, a-t-elle décrété.

J'ai proposé à plusieurs reprises de l'aider. Elle a fini par me donner un couteau de cuisine et m'a dit de couper des poivrons rouges. J'en avais déjà accumulé un petit tas en lamelles quand elle s'est approchée et a contemplé fixement mon œuvre.

— Greg, tu peux lui montrer comment on prépare une julienne ? a-t-elle dit d'un ton froid.

Sans un mot, il est venu se placer juste derrière moi, contre mon dos, a glissé les bras autour de ma taille et m'a chuchoté à l'oreille comment diriger mes gestes pendant que nous découpions ensemble le restant de poivrons. La présence de Theresa s'est estompée à l'extérieur de la forteresse que dressaient notre intimité et les mouvements légers du couteau. Cette nuit-là il s'est aussi introduit sans bruit dans ma chambre, et nous avons fait l'amour d'une façon encore plus éblouissante que lors de nos premiers mois en Thaïlande ; nous nous sommes caressés en silence, avec une fébrilité d'adolescents, tandis que les horloges anciennes égrenaient leur respiration sifflante dans le couloir.

Lorsque j'ai ouvert ma valise, dans un hôtel de l'Ohio, j'y ai trouvé le couteau de cuisine, soigneusement enveloppé dans du papier sulfurisé. Sans un mot.

Je l'ai montré à Greg. Il a haussé un sourcil.

— C'est sa forme d'humour, a-t-il commenté. Elle a

donné à ma précédente petite amie un séchoir qu'elle n'utilisait plus. Elle aime bien se débarrasser des choses.

Le couteau de Theresa est d'un modèle onéreux. Après le départ de Greg, je l'ai conservé. Je m'en sers toujours, en faisant fi du petit serrement au cœur que j'éprouve chaque fois, parce que je n'apprendrai peut-être jamais la bonne manière de couper certaines choses.

Kim Lord connaissait l'identité de son harceleur. Elle savait qui il était, mais elle a choisi de ne le révéler à personne qui aurait pu la protéger. Ni à Greg ni à la police. Pourquoi ? Croyait-elle que rien ne pouvait lui arriver, elle qui avait passé des années immergée dans les récits de tueurs hantant des ruelles et des jardins publics, des appartements anodins, et jusqu'au foyer et au lit des femmes qu'ils assassinaient ? Pensait-elle ne rien risquer, elle qui posait puis se peignait de façon très expressive en Dahlia Noir dans sa dernière posture : bras tendus, jambes écartées, éventrée, avec ses intestins coincés sous elle ? Se pensait-elle capable d'en réchapper, quand Gwen, Chandra et Nicole ne l'avaient pas pu ?

Ou avait-elle une bonne raison de ne pas donner le nom de son harceleur ? Que pouvait-elle dissimuler ? Devant la fenêtre de ma chambre, les branches de l'avocatier frémissent et s'agitent. La créature doit s'élever. J'enfonce un peu plus ma tête douloureuse dans la fraîcheur de l'oreiller, pour effacer ce bruit. La pression me donne envie de vomir, à nouveau. Je ferme les yeux très fort, et j'attends avec impatience le sommeil, même si je sais qu'il s'abattra sur moi comme une masse, et qu'au réveil je me sentirai plus mal encore.

DIMANCHE

12

Ma matinée se déroule dans un brouillard de nausée et de mal de tête. Une suite de décisions suivies par une immobilité hébétée. J'enfile un jean. Je vais vomir dans les toilettes. Je retourne au lit. Un verre d'eau. La clé USB de Kim Lord qui tombe de la table de chevet. Récupérée. Sa forme de projectile aplati dans ma main. Pourquoi Greg l'avait-il ? Un peu plus de sommeil troublé par les haut-le-cœur et l'inquiétude. Je repousse les draps humides et je descends l'escalier d'un pas incertain. Les sièges sont restés écartés de la table, là où nous étions assis, Greg et moi. Mon sac ouvert. Le téléphone allumé, qui clignote pour annoncer des messages. J'avale encore un peu d'eau. Je chausse mes sandales, je mets mes lunettes de soleil. Besoin subit de thé thaï glacé. D'un curry au lait de coco. Je connais un restaurant au fond du Hollywood and Highland Center. Je connais des artistes qui ont détruit leurs œuvres tout le temps. Claude Monet, Francis Bacon. Des destructeurs de peintures. John Baldessari a brûlé toutes ses créations couvrant une période de treize ans : cent vingt-trois ont fini dans un crématorium, et dix boîtes pleines de cendres en sont ressorties. Il a ensuite confectionné des cookies avec les résidus, et les a mangés. Qu'a fait Kim Lord des fragments de ses clés USB pulvérisées ? Elle les a mis à la poubelle ? Éparpillés dans la mer ? Je suis arrivée au restaurant thaï, et j'avance d'une démarche mollassonne dans la buée de la sauce de poisson. Une spatule métallique claque contre le métal d'un wok. Je commande des rouleaux de printemps, aussi. Et un thé glacé grand modèle. Je rentre à la maison en vacillant sur les étoiles de marbre rose, et en aspirant à la paille le liquide douceâtre qui irrite mes dents.

Le temps que je dépasse le Grauman's Chinese Theatre, mes idées commencent enfin à redevenir claires. Le toit de pagode aux arêtes aiguës et les colonnades rouges attirent mon regard jusqu'à l'imposant dragon en relief, et j'ai la tête qui tourne, alors qu'au sol les empreintes de mains et de pieds des stars d'Hollywood paraissent ridiculement petites. Dans le ciment, leurs signatures et leurs vœux décrivent des boucles que l'épaisseur du trait rend enfantines. Joan Crawford, Clark Gable, Nicolas Cage, Myrna Loy. Ce sont les noms de ceux qui ont décroché la timbale à L.A., et ils y sont parvenus en tombant amoureux et en se tirant les uns sur les autres, en dansant et en mourant sur les écrans géants que tout le monde regardait. Ils ont touché le jackpot en étant une tout autre personne mais ils ont conservé leur propre identité écrite en gros, par ce même phénomène de transfert surpuissant que j'ai vu dans la galerie : Kim étant Nicole Brown Simpson étant Kim. Kim étant Roseann Quinn étant Kim.

À côté de moi, un éclair bleu et rouge. Un Superman manifestement malingre bande ses muscles pour une photo avec une famille au teint terreux du Midwest portant des shorts en jean. Derrière lui rôde Batman, grand escogriffe moulé dans ses collants, un autre aspirant acteur qui attend d'être découvert, mais ce ne sera par personne car personne ne vient à Hollywood dans la journée, à part les touristes. J'ignore si une agence de travail temporaire recrute ces super-héros, où s'ils viennent ici d'eux-mêmes. Quoi qu'il en soit, la seule vue de leur fausse grimace figée met un terme à mon bref répit dû au sucre et me fait retomber dans ma gueule de bois. J'ai mal à la hanche après mon saut inutile pour descendre de cheval, la nuit dernière.

À l'ouest de la longue bande d'empreintes de célébrités se tient le Spider-Man-au-rabais, avec son costume déchiré et son masque maintenu en place à l'aide d'un ruban adhésif. C'est un des personnages qu'on voit souvent de ce côté du Walk of Fame. Avec ses gestes saccadés, cet ersatz mal attifé de personnage connu aurait plutôt tendance à effrayer le touriste, et les autres super-héros restent à bonne distance, en lui tournant le dos, comme s'il appartenait à un autre univers parallèle minable. Il ne récolte très probablement pas une seule pièce, mais cela ne l'empêche pas de se montrer. Je préfère ne pas penser à l'obsession particulière qui l'incite à glisser bras et jambes dans sa tenue de nylon bleu taché, jour après jour.

Une fois, Greg lui a proposé à déjeuner. Greg adore le faire avec les mendiants et les fauchés de rencontre. "Un vrai déjeuner", précise-t-il toujours.

— Ne le prends pas mal, mec, mais j'en ai fini avec ça, a répondu l'autre.

Plus tard, Greg n'a cessé de me demander, en secouant la tête :

— J'en ai fini avec ça. *J'en ai fini* avec ça. Qu'est-ce qu'il a voulu dire par là ?

L'expression signifie exactement ce qu'elle décrit. *J'en ai fini.* Alors que je passe devant le Spider-Man-au-rabais, je me remémore comment il a répliqué, l'air bravache et sans reproche, comme si c'était Greg qui ne comprenait pas. Celui-ci demande à son ex-petite amie de le croire quand il prétend ne rien savoir concernant la disparition soudaine de sa petite amie actuelle. Et ensuite il lui donne une preuve cruciale – une clé USB qu'il ne devrait pas détenir, en premier lieu – pour qu'elle la cache. Il est soit stupide, soit trop confiant, soit rusé, soit détraqué. Je me refuse à choisir entre ces réponses.

J'en ai fini, moi aussi.

Je vais lui renvoyer la clé. Et pas question que j'espionne Bas. Je ne répondrai pas à Greg s'il tente de me joindre. Je ne peux pas l'aider, et dans le même temps je ne veux pas commencer à le soupçonner. Que les professionnels entrent dans la danse et s'occupent de cette histoire. Il me reste cinq blocs à parcourir dans cette lumière d'un jaune citronné blafard, cinq blocs dans le vacarme de la circulation, des badauds et des acheteurs de souvenirs, puis je quitterai Hollywood Boulevard pour remonter ma rue bordée de palmiers, et je dépasserai le dernier bloc avant d'entrer dans la solitude de mon propre bungalow. Je mangerai mon plat à emporter bien relevé, et dans la foulée j'irai sous la douche. Ensuite je me pelotonnerai sur mon canapé jaune pour bouquiner jusqu'à ce que le sommeil vienne. Et Kim Lord sera bientôt retrouvée par la police. Une Kim Lord bien vivante, indemne, qui deviendra la plus grande affaire de l'année dans le monde de l'art : l'artiste qui a disparu et a réapparu pour se débarrasser de toutes ses peintures.

Mon portable sonne alors que j'attends de traverser La Brea. Je n'identifie pas le numéro, mais le feu reste bloqué une éternité, et je finis par répondre.

— C'est bien Maggie ? s'enquiert un alto féminin qui enchaîne aussitôt, sans me laisser le temps de réagir : Ici Cherie Rhys, l'avocate de Greg Shaw Ferguson.

J'ai à peine dit "Bonjour" qu'elle m'annonce la découverte du téléphone de Kim Lord et une perquisition générale chez Greg ayant mené à la saisie d'un vêtement ensanglanté dans un de ses sous-sols.

Un vêtement ensanglanté. Mon esprit bute sur l'expression.

— Pour le moment, Shaw est simplement en état d'arrestation, mais il sera probablement mis en examen et placé en garde à vue sans possibilité de libération sous caution. Je travaille à la question de la caution… Sur mon conseil, il ne répond à personne, mais il tenait à ce que vous sachiez.

— Il tenait à ce que je sache…

J'ignore par où commencer. Il tenait à ce que *je* sache ? S'est-il passé quelque chose dans son sous-sol ? Qui a trouvé le portable ?

— Si vous désirez communiquer avec lui à propos de quoi que ce soit, dorénavant il vous faudra passer par moi, précise l'avocate.

Ma curiosité déborde.

— C'est lui qui a trouvé son téléphone ? Est-ce qu'il sait pour le… le sang ?

— Je crains de ne pouvoir divulguer aucun détail à l'heure qu'il est, déclare mécaniquement Cherie, puis : Mais non, les enquêteurs ont découvert le portable dans Echo Park.

— Vous ne croyez pas que Greg, enfin Shaw, lui ait fait le moindre mal, n'est-ce pas ?

— Non, bien sûr, répond-elle immédiatement, sans hésiter, et je comprends qu'elle doit avoir la même attitude pour chacun de ses clients. Vous souhaitez que je transmette un message à Shaw ?

Je traverse La Brea, et ma bouche est plus sèche à chaque seconde. Veut-il que je parle de la clé USB ? De Bas et du harceleur ?

— Euh… vous avez des questions à me poser ?

— Pas pour l'instant, réplique-t-elle. On reste en contact.

— Il va bien ?

Elle a déjà coupé.

— Contacte le critique de rock, me conseille Yegina d'une voix pâteuse.

Il est midi passé, mais c'est la reine de la grasse matinée.

— Il sait forcément quelque chose, ajoute-t-elle.

J'ai réintégré le calme de ma cuisine, j'ai exhumé de son emballage mon plat à emporter, et je mâchonne de petits morceaux de pâté impérial.

— Je l'ai fait, dis-je. Il n'a pas pris l'appel. À ton avis, je retente le coup auprès de Cherie ? J'ai l'impression d'avoir raté l'occasion d'obtenir d'elle le moindre détail consistant.

Yegina émet un son chuintant de froissement, comme quelqu'un qui enfonce un peu plus la tête dans l'oreiller. Elle fait partie de ces gens dont le lit est toujours moelleux, doux, avec un parfum floral, quand le mien ressemble invariablement à un matelas de gymnastique.

— Elle ne te dira rien, déclare-t-elle. Rappelle Kevin.

— Je ne veux pas qu'il se sente sous pression.

— Il en pince pour toi.

Je repose mon rouleau de printemps.

— Quoi ?

— Lors de notre entrevue, je lui ai demandé si tu lui plaisais…

Je voudrais l'interrompre, mais elle s'impose :

— … et selon lui, tu as des airs de Marlene Dietrich jeune. Mais ça n'a aucune importance, parce qu'il est fiancé depuis cinq ans à une fille de famille riche rencontrée en Tanzanie, quand il faisait ses études à l'étranger. Elle était dans le Corps de la paix. Mindy est plus âgée que lui. Elle n'a pas parlé à ses parents de sa liaison avec lui tant qu'il n'avait pas décroché son diplôme, et maintenant il a besoin d'une grosse avancée professionnelle s'il veut éviter de lui faire honte.

— Et je suppose que tu lui as parlé de ce qu'il y a eu entre Greg et moi ?

— Pourquoi as-tu si peur de ce que les gens pensent ? demande-t-elle.

Son exaspération me fait de la peine. J'ôte le couvercle du récipient en plastique contenant le riz et j'en nappe la surface avec le curry. Je m'accorde une cuillerée du mélange. L'arôme tiède de la noix de coco envahit ma bouche.

— Appelle-le, c'est tout, répète Yegina.

— D'accord, dis-je avant d'avaler. Mais…

— Bien, coupe-t-elle, et j'entends le son d'un bâillement énorme accompagné de ce froissement d'oreiller, à nouveau. Je suis vraiment fatiguée.

— Est-ce que ce gars du ranch, Rick, est resté ?

Dès que la question franchit mes lèvres, je la regrette.

Il y a un bref silence, puis elle répond, à voix lente :

— Si tu n'avais pas été aussi bourrée hier, tu le saurais peut-être.

Contre ma joue, le contact du portable est subitement douloureux.

— Rick, l'employé du ranch, a une femme et une fille, précise Yegina. Et c'est Hiro que je drague. Le grand écrivain en devenir. Il est très stylé, et il ne m'a pas encore proposé de sortir avec lui, mais je sens son intérêt à l'accroissement subtil de ses bégaiements… Qu'est-ce qui s'est passé entre toi et Greg, au fait ? Vous avez terminé la nuit ensemble ?

— Non.

— Il y a eu quelque chose.

— Il n'y a rien eu.

Je mens. Je ne peux pas lui parler de la clé USB qu'il m'a confiée. Je ne veux pas la mêler à quoi que ce soit de dangereux, or depuis l'appel de Cherie la disparition de Kim me semble un sujet de plus en plus dangereux. Mais je ne mens jamais à Yegina, et j'en ai un petit serrement à la gorge.

— Et c'était comment ? murmure-t-elle. Le "rien" ?

— Greg m'a dit qu'il est le suspect principal, pour la police. C'est tout. Il était plutôt énervé.

S'impose alors à moi l'image de la fenêtre de ma cuisine, hier soir, et derrière elle le visage contorsionné de Greg, qui me regarde. Que voyait-il, à cet instant ?

Elle bâille une fois de plus.

— Il n'est pas coupable, dis-je.

Ma voix chevrote un peu, parce que je ne sais pas ce que je dois croire.

Elle étouffe mal un grognement.

— Pas de meurtre, mais il n'est pas innocent non plus. Et maintenant, s'il te plaît, finis de manger tranquillement ton déjeuner croustillant et laisse-moi me rendormir.

13

De toutes les nouvelles stupéfiantes dont j'ai pris connaissance ces dernières vingt-quatre heures, les réflexions et le comportement de Greg constituent les éléments qui me tracassent le plus. J'essaie de saisir à quel sujet Kim et lui se sont affrontés, pourquoi il était en possession de la clé USB, et qui ou quelle chose a déversé du sang dans le sous-sol de son studio. Je devrais réfléchir à ce qu'il convient de faire. Envoyer la clé à Cherie ? Me servir d'elle pour faire passer un message à Greg ? De quelle façon a-t-il besoin de moi maintenant, et pourquoi ? En mon for intérieur, est-ce que je le crois toujours innocent ?

Pourtant, et alors que je vais à la dérive sur mon canapé jaune, en écoutant un hélicoptère qui cisaille le ciel au sud, mes pensées reviennent sans cesse à une question différente : pour quelle raison Kim a-t-elle subitement décidé d'offrir l'intégralité de son expo à la collection permanente du Rocque ? Et aussi : pourquoi n'en a-t-elle rien dit à Greg ? La perte de millions de dollars devait l'obséder, non ? Elle ne m'a pas semblé particulièrement fortunée. Pas plus que Greg, et il est très possible qu'elle lui ait été redevable, pour ses dépenses journalières. On imagine aussi facilement qu'il soit perclus de dettes, à l'heure actuelle. Est-ce pour cela qu'ils se sont disputés ? L'argent ?

Toutefois il m'a paru sincèrement ignorer tout du projet de Kim, avant que je lui en parle, et sa réaction a été caractéristique d'un galeriste. Sur le plan des affaires, le don est terrible, à court et à long terme. Même si Kim est capable d'absorber l'impact financier, elle sacrifiera un moment crucial dans l'établissement de sa réputation auprès des collectionneurs avides d'acheter ses œuvres. Elle a mis des années à parachever cette exposition. La Kim Lord que je connais est dévorée d'ambition. Et son cadeau au musée est un défi à l'objectif principal de tout artiste et de tout galeriste : le développement d'une œuvre toujours plus précieuse de par sa provenance, dans tous les sens du terme.

La provenance signe la chronologie de la détention. À qui appartient quoi. Les antécédents d'une possession exclusive. Le propriétaire est cité sur chaque cartel, et figure dans un suivi écrit qui accompagne chaque création quand elle est vendue. Si un collectionneur réputé achète une sculpture, celle-ci se vendra plus cher la prochaine fois qu'elle apparaîtra sur le marché, parfois avec un gain de plusieurs centaines de milliers de dollars. Les vendeurs le savent. Ils tiennent des listes d'attente à longue échéance d'acheteurs afin de pouvoir contrôler qui obtient quoi, et quelles ventes auront des répercussions dans la presse. En Grande-Bretagne, le collectionneur Charles Saatchi a pratiquement fait la carrière de Damien Hirst quand il a acquis sa première installation animale majeure, une boîte en verre contenant des vers vivants qui se nourrissaient d'une tête de vache en décomposition. Plus tard, Saatchi a payé Hirst pour que celui-ci imagine son célèbre requin dans un bain de formaldéhyde. L'exhibition publique des œuvres les a tous deux propulsés vers le succès. Et certains pourraient dire que Hirst a fait la renommée de Saatchi, parce que si ce dernier vend le requin, il ramassera sans aucun doute des millions. La triade artiste-vendeur-collectionneur est une relation qui tient de la symbiose et qu'imprègne l'argent liquide. La plupart du temps, les transactions se déroulent derrière des portes closes.

Qui possède l'œuvre de Kim Lord ? Qui veut la posséder ? Se pourrait-il qu'un collectionneur l'ait paniquée avec ses exigences, ses obsessions, au point qu'elle ait décidé de ne vendre aucune toile de sa série des *Natures mortes* ? Il n'est pas facile de dénicher le renseignement juste qui éclairerait la situation. Nelson de Wilde, le galeriste, le sait peut-être, mais jamais il ne partagera cette information au sujet de ses clients. Par ailleurs, et en particulier quand la cote d'un artiste décline, divers galeristes et collectionneurs peuvent vendre une pièce à plusieurs reprises et dans un laps de temps restreint, de sorte qu'il est compliqué de suivre le parcours de ses possesseurs successifs.

Mon portable se met à bourdonner. Il gît sur le sol, là où je l'ai laissé tomber après ma conversation avec Yegina, et il me faut m'étirer au maximum pour le ramasser. Le numéro sur l'écran commence par le code de New York. Kevin. À regret, je réponds.

— Je ne peux rien vous dire, commence-t-il. Nada. Cherie n'enfreint pas l'intimité de ses clients. Mais on peut se retrouver dans un endroit cool ? Je prends l'avion ce soir, et j'ai quelque chose que je veux vous donner.

Comme réceptacle des rêves, le puits à souhaits de Chinatown est une sculpture étonnamment pansue : un amas de grottes pleines de bosses, de bouddhas en or souriants et de symboles de chance tracés en bleu. Le puits a l'aspect d'un autel plutôt que d'un trou, et bien qu'il soit supposé reproduire une caverne très connue en Chine, il ressemble plus à un autel destiné à un public du passé, alors que Chinatown vibre du frémissement de ses occupants asiatiques du présent. Des piécettes et des déjections de pigeons constellent les coupes en fer-blanc disposées en face de RICHESSE, AMOUR et VACANCES. Juste à côté, des échoppes vendent des plants de bambou, des coupelles de thé et, à pleins tonneaux, des racines brunes aux vertus surfaites depuis longtemps. Dans le lointain, les autoroutes transportent leur flot constant de véhicules vers le centre. Pourtant ici, près du puits, tout est perpétuellement assourdi, et immobile. Chaque fois qu'avec Yegina nous passons près de ce lieu pour nous rendre à notre boutique préférée de boulettes, j'ai la sensation que nous marchons en crabe à travers le temps, sans être plus connectées au passé qu'au futur.

Le regard fixé sur la pancarte LOTO, je me demande quel endroit je choisirai pour la rencontre, quand une petite pièce vole au-dessus de ma tête et va cliqueter dans une coupelle métallique.

— Elle a atterri dans celle marquée SUERTE, dit une voix derrière moi. Qu'est-ce que c'est, *suerte* ?

Kevin porte de nouveau sa veste en tweed, mais ce soir elle convient parce que le temps s'est rafraîchi, et qu'il retourne à New York.

— Chance, j'imagine.

— Pourquoi il n'y a que SUERTE en espagnol ? s'étonne-t-il.

— *Suerte* doit mieux sonner à l'oreille.

Je sors quelques pièces de monnaie et vise la coupe RICHESSE, que je manque largement.

— Vous êtes en état de choc ? dit-il.

— Oui. Enfin, c'est que, hier soir encore, j'ai vu Greg, et maintenant il est en prison.

Je lui explique pour le ranch, la balade, ma chute. J'omets de mentionner mes écarts dus à la boisson.

— Il n'est pas coupable. Il s'en fichait même qu'ils fouillent sa galerie et ses ateliers.

Nous passons en revue les détails connus de la disparition de Kim Lord, même si je me garde toujours de lui parler du communiqué de presse et du don au Roque. En secret, je pense qu'il sait quelque chose, à propos de Greg, qu'il me tait.

— Votre sœur vous a dit s'il y aura une mise en accusation aujourd'hui ?

Je comprends un peu comment fonctionne la procédure policière grâce à Jay Eastman, qui suivait les arrestations des vendeurs de drogue, dans le Vermont, et les poursuites judiciaires qui en découlaient. Le fait qu'on soit dimanche change un peu la donne et offre aux enquêteurs quelques heures de plus avec Greg, mais pas beaucoup. Ils peuvent le garder pour la nuit, mais s'ils ne le mettent pas en examen lundi après-midi, ils devront le relâcher.

— Aucune idée. Ma sœur est une tombe, répond-il, mais sa voix a très légèrement grimpé dans les aigus.

Il ment. J'attends, pleine d'espoir.

— Vous avez laissé tomber votre théorie sur Aimee Semple McPherson, dis-je.

Il prend un air sombre.

— Complètement. À mon avis, la boîte-casque dans "Disparitions" est celle de Colleen Stan. Un instrument de torture bricolé par le type qui l'a enlevée.

La boîte-casque ? Un instrument de torture bricolé ? Il y a seulement deux jours, Kevin était à fond dans sa théorie de Kim Lord mettant habilement en scène sa disparition. À présent il a décidé d'une autre histoire concernant la même peinture, la nature morte géante que je n'ai pas encore vue. Cela me fait douter qu'il y ait quoi que ce soit à trouver dans l'œuvre.

Je lui demande ce qui l'a fait changer d'avis.

— Vous saisirez quand vous contemplerez cette toile. Plus on l'étudie et plus elle ressemble à une forme de prédiction qui porterait sur quelque chose de très, très mauvais.

Il pêche dans une de ses poches une petite liasse de papiers, qu'il me tend.

— Il faut que je prenne mon avion. Je vous laisse mes notes sur "Disparitions". J'aurais aimé en tirer quelque chose moi-même, mais… je n'y arrive pas.

Je prends les papiers et lui dis, en m'efforçant de masquer ma déception :

— C'est ce que vous vouliez me donner ?

— Vous avez l'air d'être douée pour ce genre de choses. Je me trompe ?

Ses notes se résument à quelques feuilles volantes serrées dans des bandes élastiques, ce qui les rend plus lourdes qu'elles ne sont en réalité. Dans le paquet j'entrevois son écriture : un tracé sautillant, hâtif. Je hausse les épaules.

— Vous savez que c'est vrai, insiste-t-il.

— Pourquoi rentrer aussi tôt ? Je croyais que c'était un reportage important, pour vous.

Il fait courir une main sur le revers de sa veste, et son regard glisse vers l'autoroute.

— Je peux toujours me concentrer sur le gala. Ce premier soir.

— Ça me paraît un peu léger pour alimenter un article annoncé pour figurer en couv, fais-je remarquer.

Ses yeux continuent de s'égarer au loin.

— J'ai rencontré des complications imprévues, grommelle-t-il. Ma sœur ne veut pas que j'écrive sur son client… Elle n'aime pas ce que je vois.

Il doit sous-entendre que pour lui Greg semble coupable. C'est certainement ce qu'il sous-entend, sinon pourquoi sa position gênerait-elle Cherie, qui assure la défense de Greg ? Mon estomac se noue, mais je ne dis rien et j'étudie le visage barbu de Kevin, son front large, franc. Le bord de ses notes chatouille mes paumes. Des lanternes d'un rouge terne se balancent derrière nous dans une brise piquante venue de l'est.

Le silence s'étirant un peu trop longtemps, Kevin me confie qu'il doit également participer "en immersion totale" à une opération qui sonne comme *"secret rows"*, et qu'il lui faut effectuer certains préparatifs.

Je retrouve ma voix :

— Vous allez en Irak ?

Il s'esclaffe et répète le nom.

— C'est un groupe islandais qui commence une grande tournée en Amérique. Ils sont en train d'exploser, et je vais les accompagner dans leur propre autocar.

D'un hochement de tête, il désigne ses notes.

— Mais cette affaire-là, c'est du lourd. Et vous savez que vous êtes dans la position idéale pour la raconter.

C'est moi qui détourne le regard, à présent. En direction du puits à souhaits où s'amassent maintenant les ombres de cette fin d'après-midi.

Kevin vise RICHESSE, et la piécette ricoche sur le bord de la coupelle avec un tintement.

— Je ne l'atteindrai jamais, peste-t-il.

Je lui offre une autre pièce de monnaie.

— Essayez SAGESSE.

— Celle-là, je ne l'aurai jamais non plus. De toute façon, il faut que j'y aille…

Il me couve d'un long regard que je sens peser sur mon visage.

— Je vous souhaite de réussir, Maggie Richter.

Il me surprend en saisissant ma main. Il y dépose un baiser.

— S'il vous plaît, soyez prudente, dit-il encore.

Et il s'éloigne.

Arrivée à la maison, je fourre les notes de Kevin dans mon sac de travail, avec la clé USB, j'appelle mes parents et je leur relate l'arrestation de Greg. Ensuite je joins mes deux frères, John et Mark, et j'ai la même conversation avec eux. Pendant que je répète ces faits horribles, mon inquiétude et mon incrédulité s'additionnent à leur inquiétude et leur incrédulité, et ces informations deviennent pareilles à une pluie qui me cingle. À la fin de mon échange avec Mark, c'est une averse drue, et tout est détrempé.

Et puis Yegina appelle.

— Ça te tente, une sortie à quatre, avec Hiro et moi, pour un show de Jon Byron au Bootleg ? C'est mardi soir.

Je détecte une note de réticence dans sa voix.

— Qui est la quatrième personne ?

— Eh bien, ce n'est pas réellement quelqu'un d'envisageable pour toi, soupire-t-elle. En plus, il est fan de Jon Byron… En fait je nous ai simplement invitées toutes les deux à une sortie entre hommes…

— Avec qui ?

— … durant laquelle il va falloir qu'on prétende adorer Jon Byron, même si je pense qu'il est sans intérêt et que tu ne sais rien de rien sur lui. Avec Brent.

— Je sais qui est Jon Byron. Il compose toutes les bandes originales des films pendant lesquels je m'endors. Et de quoi je vais parler, moi, avec un type marié et aigri ?

— En général il y a trop de bruit pour bavarder, tu te souviens ?

La dernière fois que nous sommes allées au Bootleg, le son était réglé si fort qu'il a provoqué un tremblement de terre mineur à Altadena, et ensuite les pâtes du dîner donnaient l'impression d'avoir été déversées d'une boîte de conserve avant qu'on crache dedans et qu'on mélange doucement le tout. Je me rappelle avoir suggéré qu'on se les enfonce dans les oreilles plutôt que les manger.

Ce soir-là, Yegina et Chad étaient toujours ensemble, Greg encore avec moi, et Kim Lord une inconnue célèbre qui nous faisait l'aumône de ses communiqués pleins de vivacité, de temps à autre. Par la suite j'ai tenu la main de Greg dans la mienne pendant tout le trajet jusqu'à notre voiture, et cela semblait ordinaire, la fin de soirée au bar, nos rires et notre joie, mais aujourd'hui tout cela me paraît d'un prix insupportable.

— Mon frère a reçu un refus de la dernière fac de médecine hier, m'annonce Yegina. Je l'ai appris il y a une heure. Ma mère est effondrée.

— Oh, non… Je suis vraiment désolée.

Bien que Yegina minimise la pression que ses parents imposent à leurs enfants pour qu'ils réussissent, sa mère à moitié blanche a grandi dans la faim et le rejet au Viêtnam, puis a été snobée par les proches américains de son père. Elle tient à ce qu'ils s'en sortent tous.

— Qu'est-ce que Don va faire ?

— Peut-être une formation pour devenir infirmier, répond-elle, manifestement sceptique. Ou ostéopathe. Mais il a cessé de sortir. Il passe son temps dans sa chambre, devant son ordinateur.

— Compte sur moi pour tout soutien que je pourrais lui apporter, dis-je. Et pour le Bootleg. Mais je peux te poser une question ? Tu penses qu'on devrait travailler sur ce qui est arrivé à Kim Lord, de notre côté ? Je veux dire, on connaît bien le Rocque. On réussirait peut-être à trouver un élément qui a échappé à la police.

— Certainement pas, tranche-t-elle. On n'est pas qualifiées pour ça, et puis, si elle a été assassinée, et si Greg est le tueur, ton jugement est trop faussé pour que tu voies…

— *Si* Greg est le tueur !

— Et si le tueur est quelqu'un d'autre, cette personne est toujours en liberté, dehors, et tu te mets en danger rien qu'en fouinant ici et là. Donc : non. Ne t'implique pas là-dedans.

— Tu préférerais qu'un innocent se fasse piéger ?

Elle laisse échapper un son indistinct de frustration. J'insiste :

— Tu te fiches de la vérité ?

— Maggie, tu n'es pas issue d'un peuple hanté par le passé, déclare-t-elle d'une voix plus grave. Moi, si. Tu ne peux pas entrer dans ce gouffre et en ressortir, juste comme ça.

Elle a raison. Je suis déjà dans le gouffre. J'y suis depuis que Nikki Bolio a été assassinée, et un temps j'ai cru que je l'avais quitté, mais *Natures mortes* a tout fait ressurgir : la peur que tout chemin emprunté soit le mauvais, que toute surface sous mes pieds se dérobe et me précipite dans des ténèbres sans fond.

Yegina parle toujours. Son ton est passé à un ronronnement doux et chaleureux, qui semble me dire *Je sais que tu es blessée et déroutée, mais tu guériras, avec le temps.*

— On n'est que des profanes. Des ploucs, conclut-elle.

— Très bien. Il faut que j'y aille.

Elle ne proteste pas, et nous coupons toutes les deux la communication.

Peut-être que je suis une plouc. Peut-être que j'en serai toujours une. J'observe mon salon et ce qu'il recèle : des murs nus, à l'exception d'une reproduction représentant des bateaux de pêche, que j'ai rapportée du delta du Mékong. Le canapé couleur or terni, la table basse en verre bon marché, les étagères plaquées érable. Les seules choses de valeur, ce sont mes livres. Leurs titres attirent naturellement mon regard : *De sang-froid. La nuit je mens. Kaputt. Le Dernier Nabab.* Seuls les livres sont bien rangés, bichonnés. Sans eux, la pièce n'exprimerait aucune personnalité, seulement la négligence. Sans eux, un visiteur pourrait penser que l'occupante vient juste de s'installer, qu'elle va partir bientôt, ou qu'elle n'a pas cru devoir faire preuve de goût. Ou, peut-être, qu'elle n'a même pas remarqué ce qui manquait.

Trois jours avant le vernissage pour la presse d'*Exécutés*, l'exposition de Jason Rains ayant pour sujet l'exécution capitale, Lynne Feldman a invité l'équipe à la tester. Une vingtaine d'entre nous a répondu à l'appel, petite foule bavarde et nerveuse. Quoique Lynne nous ait accueillis, c'est Brent Patrick, le scénographe de l'exposition, qui nous a très vite pris en mains. Et tandis qu'il se tenait devant l'entrée enténébrée, la fierté possessive sur ses traits m'a frappée. Cette expo portait le nom de Jason Rains, mais c'était la vision de Brent, sa mise en scène qui allaient nous marquer.

— Éteignez vos portables, a-t-il dit. Ne touchez à rien tant que nous ne vous enjoignons pas à le faire.

Nous sommes entrés dans la salle obscure, et chacun a pris un ticket numéroté à une machine. Puis nous nous sommes assis sur des bancs en bois qui grinçaient, et nous avons regardé à travers le grand miroir sans tain la pièce de l'autre côté, où Brent et Dee se sont campés à côté du siège d'injection en cuir brun.

Le chiffre 1 s'est allumé en rouge au-dessus de la porte de communication, et Jayme, ensemble bleu ciel jupe-blazer, son ticket à la main, est passée de l'autre côté. En silence, nous avons vu Brent et Dee l'attacher. Cela a pris longtemps, et la silhouette habituellement élégante de Jayme s'est aplatie et étrécie dans le fauteuil ; ses mains ont griffé l'air quand Brent a resserré les sangles. Ensuite nous avons encore attendu que Dee apporte les seringues sur un petit chariot. Elles étaient remplies de produits chimiques létaux, leurs capsules toujours scellées mais les aiguilles pointées vers Jayme. C'était comme assister à un croisement entre une visite chez le dentiste et une sorte de séance de torture macabre. Notre collègue s'est mise à gigoter dans ses liens.

Brent a tiré sur un levier, et le siège a basculé en arrière. Les genoux et le menton brun de Jayme ont pointé vers le plafond. Elle avait les jambes serrées l'une contre l'autre, mais si elle les ouvrait on verrait ses dessous. Ses chevilles paraissaient sans défense, nues. Brent et Dee pouvaient maintenant lui faire n'importe quoi, et elle serait dans l'incapacité d'y échapper. Ensuite j'ai vu Dee froncer les sourcils et effleurer l'épaule de Jayme. Celle-ci avait sans doute poussé un gémissement.

Je me suis un peu agitée sur mon banc. J'allais devoir endurer dix de ces lentes humiliations avant de m'asseoir à mon tour dans le siège.

Dans un coin de l'autre salle, un écran de télévision a affiché un message :

LA PEINE CAPITALE EST LA RECONNAISSANCE
PAR NOTRE SOCIÉTÉ DU CARACTÈRE
SACRÉ DE LA VIE HUMAINE.

ORRIN HATCH

Les deux pièces ont alors été plongées dans le noir absolu, à l'exception du téléviseur. Quelqu'un a laissé échapper un cri aigu. Assis dans l'obscurité, nous avons lu les mots scintillants de Hatch. Nous avons plaisanté en murmurant sur notre frayeur commune, et puis, les ténèbres persistant, chacun est tombé dans ses rêveries personnelles. J'ai ressenti le dépouillement de la pièce, la chaleur de mon propre corps, ma manche qui frottait très légèrement contre celle de Yegina. J'étais heureuse de ne pas me trouver à la place de Jayme, mais j'avais quand même l'impression d'être prisonnière. Bientôt, j'allais devenir elle.

Quand les lumières sont revenues, le siège d'injection était vide, à nouveau. Le chiffre 2 s'est allumé en rouge au-dessus de la porte.

Exécutés. Cette mise en scène allait faire un carton, et cela m'ennuyait que Jason Rains s'attribue tout le mérite du génie de Brent. L'artiste s'était présenté au Rocque avec son croquis du siège et ses assistants pour le confectionner. Il était venu avec sa chevelure rousse adorablement ébouriffée et son aventure malheureuse avec un sculpteur britannique en vogue. Mais il n'avait pas pensé au temps de latence entre deux visiteurs pour occuper le fauteuil, ni même si des visiteurs refuseraient d'essayer ledit fauteuil. Un peu dépassé, il avait assisté à notre réunion destinée à fixer le planning de l'expo, pendant que Brent s'emparait du croquis et d'un stylo et entreprenait d'emplir la salle des spectateurs, en décrivant les nombres que les gens tireraient pour attendre leur tour, et comment régler l'éclairage. Une lumière très crue et une obscurité totale devaient alterner pendant la séquence, comme cela se faisait lors des interrogatoires criminels, afin que les spectateurs se sentent isolés, et gagnés par la tension.

— Vous ne pouvez tout simplement pas tuer les gens dans votre fauteuil, a-t-il dit. Cette partie, c'est du "comme si", de toute façon. Il faut que vous les intégriez au système qui tue. C'est réel.

Quand le 12 s'est allumé en rouge au-dessus de la porte, j'étais presque soulagée de passer dans la chambre d'exécution. Qu'on me dise où m'asseoir et où placer les mains. Les sangles ne faisaient pas mal. J'ai adressé un signe au grand miroir noir. Dee a apporté les seringues sur le petit chariot, et mon siège a basculé en arrière. Ce renversement a tout changé. Ma tête a plongé comme une ancre, en tirant derrière elle tout mon corps. Le blanc du plafond dégageait un reflet écœurant, glissant. Je savais que des gens me regardaient derrière le miroir sans tain. *Tout le monde m'observe*, ai-je pensé. J'ai senti leurs yeux braqués sur moi. J'ai entendu leur silence. Ils étaient déjà immunisés contre toute pitié. Je me suis crispée de tout mon corps contre les liens. Et puis l'obscurité, totale.

Un second écran de télévision a affiché l'identité des centaines de personnes exécutées en Californie depuis 1778.

— C'était réellement déstabilisant, ai-je raconté à Brent quelques moments plus tard, quand il m'a aidée à quitter le siège.

J'avais envie de le complimenter, mais ma voix sonnait faux, elle me paraissait trop enjouée.

— Vos mises en scène valaient sûrement le détour, ai-je ajouté.

Il a incliné sa tête brune.

— On devrait créer un spectacle inspiré de vos spectacles.

J'ai enfin accroché son regard. Dans ses yeux est passée une lueur fugitive, pareille à une braise attisée par un souffle. Il vous transperce jusqu'aux tréfonds, ce regard, et j'ai compris pourquoi tout le monde adore Brent, tout en le redoutant. À cet instant, il paraissait capable de réduire quelqu'un en cendres. Et maintenant que l'état de santé de sa femme empirait, il agissait comme s'il cherchait une cible, en provoquant toujours plus de conflits avec les conservateurs, en s'adressant aux femmes de son équipe d'une manière tellement corrosive et enjôleuse à la fois que cela a incité l'une d'entre elles à démissionner.

— La prochaine personne s'est levée, a-t-il lâché, en forme de congé à mon endroit.

Ébranlée par l'expérience, je n'ai pas pu retourner à mon bureau. J'ai descendu l'artère sous le soleil, jusqu'à Grand Central Market, et en chemin j'ai acheté un grand Coca à la pression agrémenté d'un tas de glaçons. Sa douceur froide avait un goût exquis. Le stand de *pupusas*, avec son comptoir blanc et ses pains ronds, m'a presque réconfortée. Devant le vendeur de glaces, j'ai fait un arrêt rêveur en contemplant les monticules rose, vert, marron et moucheté. J'ai observé deux femmes penchées sur des bols de *caldo de camarón*, qui de leurs doigts délicats séparaient de leur armure translucide les crevettes qu'elles entassaient sur le côté. Pour la première fois, je me suis attardée devant une petite boutique de bijoux, j'ai laissé courir mes doigts sur les bagues nichées dans le velours, les colliers d'or nominatifs bon marché avec cloutage diamanté, pendus à un présentoir. *Isabella. Tracy. Samuel.* J'ai écouté la radio mexicaine et le débit rapide en vietnamien. La lumière affluait à l'intérieur du bâtiment depuis ses deux extrémités, et le béton du sol était décoré d'étoiles en sciure de bois. Ma paille a couiné au fond de mon gobelet géant en polystyrène expansé.

En rentrant, j'ai fait halte à un distributeur d'eau fraîche, et j'ai rempli mon gobelet grand format. Ensuite j'ai savouré le mélange légèrement sucré. J'ai fait sauter le couvercle et j'ai mâchonné les petits morceaux de glaçons jusqu'à ce qu'il n'y ait plus rien. Et puis je suis retournée à mon bureau. J'ai accompli ma tâche comme je le devais, mais toute la journée j'ai été poursuivie par le sentiment diffus que j'avais perdu quelque chose d'important, sans pouvoir mettre le doigt sur ce que c'était.

Après avoir raccroché avec Yegina, je monte à l'étage et m'efforce de faire une sieste, mais je reste à contempler fixement le plafond. Je redescends, je fouille les placards de la cuisine et je déniche une boîte de minestrone. Je la réchauffe, j'arrange la table bien proprement, avec serviette pliée et verre d'eau. Mais je ne peux rien avaler. J'ouvre le rabat de mon portable et je contemple le clavier, sans composer aucun numéro.

Yegina a raison, me dis-je encore et encore. *Je ne peux pas mettre un pied dans ce truc et en ressortir.* Mais je ne peux pas me faire à l'idée que Greg soit coupable d'un meurtre.

Il fait nuit depuis longtemps à l'extérieur du bungalow quand je déplie sur la petite table de ma cuisine les feuilles de notes que Kevin a prises et sur lesquelles je me penche, en secouant la tête.

Je n'ai toujours pas vu "Disparitions" de près, mais je sais que cela ressemble à une véritable nature morte, plus qu'aucune des autres toiles. L'œuvre regorge de détails, et ceux-ci sont agencés, donc pourquoi ne contiendraient-ils pas une signification ? La vraie question est : Quelle signification, et comment le savoir ? "Elle n'aime pas ce que je vois", m'a dit Kevin. Moi non plus. À la lecture de sa transcription des symboles présents dans “Disparitions”, j’ai la chair de poule. Selon lui, la description faite par Kim Lord d’objets tels qu’une bouteille, un carnet de notes et un tournevis ensanglanté constitue une référence multiple à des crimes horribles commis sur des femmes.

Pendant que je replie les feuillets et que je relève la tête, je peux entendre ma propre respiration, percevoir son humidité. J’ai tout le corps noué et parcouru de démangeaisons latentes, à force d’être restée assise aussi longtemps. Mais j’ai l’impression que si je me lève de ma chaise, si j’ose le moindre mouvement, une créature sombre qui rôde au-dehors et m’observe saura que je suis seule et fera irruption à l’intérieur. J’éteins le plafonnier. C’est mieux. J’éteins toutes les lumières dans le bungalow, jusqu’à ce que le seul éclairage soit le halo orangé émanant du reste de Los Angeles qui s’étend jusqu’au désert et à la mer. Cette lueur persistante est aussi réconfortante. Elle perdurera jusqu’à l’aube.

Je fouille dans mon sac à la recherche de la clé USB, je la trouve, la sors…

Pour quelqu’un d’ordinaire comme moi, il n’existe aucune manière de retrouver dans toute cette ville une femme portée disparue. De la secourir si elle a besoin de l’être. De laver l’honneur d’un homme innocent. Il faut des équipes d’officiers de police, des laboratoires, des experts, des cours de justice. Les impossibilités qui se dressent autour de moi sont élevées, à pic. Mais je pense à Monroe Stahr, le héros du dernier roman de Fitzgerald, quand, survolant les plus hauts sommets, il parle à son pilote des anciens ouvriers de la ligne de chemin de fer et comment ils devaient poser la voie, quoi qu’il en coûte. *Vous ne pouvez pas connaître la meilleure façon de faire, sauf en l’essayant. Alors vous l’essayez… Vous choisissez une façon de faire, sans aucune raison.*

J'introduis la clé dans le lecteur de l'ordinateur et j'ouvre les fichiers. Je les parcours rapidement. Dix. Vingt. Cinquante. Cent. Kim y figure dans tous les cadrages, toutes les positions, penchée en avant, écroulée sur le sol, souriante, dénudée, ligotée.

Mon téléphone sonne. Yegina. Elle sait. Elle sait toujours.

Je continue à dérouler le contenu de la clé, en grimaçant devant ce que je découvre, mais sans en être surprise. Ce sont toutes des études préparatoires pour les tableaux de *Natures mortes*.

Quatre sonneries. Yegina ne laisse pas de message. Elle rappelle, coupe lorsque je ne réponds pas.

À la toute fin de ce défilé d'images, il y a cinq photos que je n'identifie pas. Elles n'ont aucun lien avec l'exposition.

Troisième tentative téléphonique. Les sonneries sont pareilles à des hurlements pour moi. Je lâche la souris et je réponds.

— Tu ne dors pas ? dit Yegina.

Elle m'explique qu'elle me contacte pour s'excuser, pour dire qu'elle comprend combien ça peut être dur, et sa gentillesse est comme une couverture tiède qu'elle déploie sur moi.

Je ferme les yeux, les oreilles.

— Je ne suis pas folle, dis-je à voix basse afin de conserver une diction ferme pour proférer ce mensonge : Et tu as raison. C'est ridicule de jouer à l'enquêtrice.

— Pfff… maugrée Yegina. Difficile de laisser tomber certaines choses, mais c'est pour ça que les salles de gym existent. Tu en es, pour demain ?

— J'en suis, dis-je, et mon calme apparent me surprend.

LUNDI

14

Sur les deux cent trente et une photos de Kim Lord que la clé USB contient, deux cent vingt-six sont des études pour l'exposition de *Natures mortes*. Ce matin je les passe en revue une troisième fois avant de partir au travail. La nuit dernière, dans l'obscurité, toute l'opération prenait les allures d'une violation d'intimité. J'avais le cœur dans la gorge en regardant chaque portrait, mais à présent je commence à m'y habituer, et ce soulagement est accompagné du sentiment de plus en plus prégnant que Greg avait raison et qu'il n'y a rien à trouver là-dedans.

En grand format et visionnées dans la lumière joyeuse du matin à L.A., les photos ne font en rien écho à l'ambiance obsédante de l'exposition. À l'inverse, l'ensemble paraît affecté, exagéré. Kim Lord essayant ses perruques, suspendue à bout de bras, couchée sur le ventre. Une fille qui se déguise. Une fille qui joue avec la boue, des roses et du sang. Les clichés préparatoires pour "Kitty Genovese" et "Le Dahlia Noir" semblent particulièrement outrés. Toutes ces éclaboussures luisantes et cette débauche de rouge. Enfin, j'en arrive à l'artiste affalée sur une table encombrée d'objets – une étude pour "Disparitions" –, la tête dans une sorte de caisse en bois. On dirait qu'elle a trébuché et s'est effondrée dans l'étalage d'un vide-grenier.

Ensuite viennent les cinq dernières photographies, celles qui ne cadrent pas avec le reste. La quatrième montre un chien qui erre en bâillant et en remuant la queue. Le chien de qui ? Je ne le reconnais pas.

L'ultime cliché luit sur mon écran. La nuit dernière j'ai pensé qu'il s'agissait de Kim, sous ce lourd maquillage, mais ce matin je décide que c'est une autre. Une femme qui lui ressemble, simplement affaissée, hagarde, morose. Une suspecte potentielle ? Elle ne semble pas capable de se redresser, encore moins d'agresser quelqu'un.

Je m'oblige à revoir une dernière fois toutes les études pour *Natures mortes*, et je ne trouve rien, mis à part cet écart entre des esquisses brutes et une œuvre majeure achevée.

Néanmoins, n'importe quoi pourrait constituer une partie de cette histoire. Aujourd'hui je vais découvrir un autre morceau du puzzle : où Bas s'est rendu lundi. Je pars tôt pour précéder l'heure de pointe, mais le temps que j'arrive au Rocque une nuée de journalistes fait déjà le siège du musée, avec les camionnettes blanches des chaînes de télévision en arrière-plan. Leurs regards ouvertement curieux me suivent, tels des gardes en escorte vers un poste de contrôle. Je sens leur avidité à trouver un nouvel angle d'attaque, un élément inconnu de tous. Je baisse le menton et je hâte le pas, en serrant contre moi le sac qui contient la clé USB et les notes de Kevin.

— Mademoiselle… Mademoiselle… me lance un des reporters. Vous travaillez ici ? Un commentaire sur l'arrestation de Greg Shaw Ferguson ?

Tous les gens des infos l'appellent Greg Shaw Ferguson, avec ce crescendo à trois temps qui évoque le nom d'autres tueurs célèbres.

Je secoue la tête.

— Quand avez-vous vu Kim Lord pour la dernière fois ?

Je sens une main sur mon épaule, et la voix de Jayme tonne :

— Le directeur prépare une conférence de presse pour dix heures. En attendant, merci de laisser nos employés accéder à leur poste de travail.

Elle se fraye un chemin en m'accompagnant.

— Ne les regardez même pas, me glisse-t-elle.

— Hé, Jayme ! s'écrie une autre voix. J'ai entendu dire que Kim Lord était suivie par un harceleur, quand elle venait au musée et quand elle en repartait. Un commentaire ?

Un silence s'instaure brusquement, pendant lequel je peux sentir le souffle chaud des vents de Santa Ana sur nous tous. D'évidence c'est là une information nouvelle, qui trouble tout le monde. Jayme se crispe et fait halte. Je continue à avancer.

— Conférence de presse à dix heures, répète-t-elle derrière moi.

Dans la façade vitrée du Rocque j'aperçois l'éclair pâle de deux jambes nues, et je me rends compte que ce sont les miennes. Ce sont mes épaules voûtées, c'est mon expression féroce d'animal traqué.

— Vous donnez l'impression d'avoir dormi cinq secondes cette nuit, commente Jayme tandis que nous prenons l'ascenseur pour rejoindre notre étage.

De nouveau elle a discipliné sa chevelure, de coutume drue, par un brushing strict, comme pour le gala. On dirait presque qu'elle porte un casque.

— Vous avez parlé à Shaw ?

— À son avocate. Je parierais que c'est elle qui a diffusé l'idée du harceleur dans les médias.

Elle pose sur moi un regard interrogateur.

— Si ça jette suffisamment le doute sur le cas Shaw, la police pourrait repousser sa mise en accusation, jusqu'à ce qu'ils aient plus de preuves, dis-je. Elle essaie de le sortir de là.

La cabine ralentit son ascension, est secouée d'un cahot. J'ai le sentiment que Jayme s'apprête à dire quelque chose. À tort : elle appuie de nouveau sur le bouton de notre étage.

— Vous voulez que je vous aide, pour la conférence de presse ?

Elle refuse d'un mouvement de tête, et je remarque le tremblement dans ses épaules.

— Vous êtes sûre ?

Un très court silence, puis elle se tourne vivement vers moi.

— Je veux que vous restiez loin d'eux, ordonne-t-elle avec une telle intensité que je recule contre la cloison de la cabine, et elle poursuit : Ils vous dévoreront toute crue s'ils vous relient à Shaw. Ils cherchent désespérément quelque chose de nouveau, maintenant, parce que les flics restent muets. Les inspecteurs ne seront même pas présents, tout à l'heure. Il y aura juste Bas, qui parlera pendant dix minutes, et ensuite je répondrai aux questions.

Elle se redresse de toute sa taille.

— Vous n'êtes pas invitée. Compris ?

— Compris, dis-je, matée.

En temps ordinaire je me présenterais quand même, pour l'aider, mais cette fois je pense *Ce sera peut-être le seul moment de la journée où l'assistante de Bas quittera son poste*. Je serre un peu plus fort mon sac contre moi, et je puise mon courage dans celui de Jayme. Quoi qu'il lui soit arrivé, elle ne se laisse pas dominer par l'épreuve. Dans un frémissement, l'ascenseur se fige et ses portes coulissent.

— C'est un moment terrible pour vous, me dit-elle avec douceur. Si vous voulez un arrêt maladie d'un jour, je vous l'accorde.

— Je tiens à être présente.

Je sors de la cabine d'un pas décidé, et je sens son regard qui pèse sur moi.

Conférence de presse à dix heures. Il me reste une heure quarante-cinq avant que Bas et Juanita, son assistante, quittent leurs bureaux. Mon estomac n'est plus qu'une poche d'acide. Je suis sur les nerfs, mais je me dis que fouiner de la sorte équivaut à une autre étape de la préparation de copie. Je vais traquer les détails qui ne devraient pas être là. Je passe en revue tout ce qui est arrivé la semaine passée, comme si je le lisais sur une page.

Lundi
Bas et le harceleur aperçus ensemble par Kim Lord.

Lundi ou mardi ?
Kim Lord fait un cadeau énorme au musée, en renonçant à des millions de dollars.

Mardi
Greg voit Kim Lord pour la dernière fois.

Mercredi
Ma dernière vision de Kim Lord, quand elle sort du Rocque.

Jeudi
Les textes continuent de provenir du téléphone de Kim Lord (mais il peut s'agir de quelqu'un d'autre qui usurpe son identité). Elle est absente lors de son vernissage.

La police est tellement occupée à coincer le petit ami revanchard qu'elle a peut-être négligé de s'intéresser à la réunion du lundi et au don de Kim. Et s'ils n'envisageaient pas la possibilité d'une intelligence froide, calculatrice, qui couvre ses traces ? Un collectionneur devenu obsédé par l'artiste, et qui panique quand elle menace de le démasquer…

Je branche la clé USB et, avec la souris, je parcours une fois encore les fichiers. Je m'attarde sur les cinq dernières photographies.

Le chien se tient sur un morceau de pelouse et de trottoir. Ce pourrait être n'importe où.

La femme sur le dernier cliché est assise et adossée contre un mur blanc. Sa chemise est bleue, avec un col haut, sans rien de particulier. Sa chevelure méchée de gris est brossée, du rouge à lèvres assombrit sa bouche, mais il se dégage de ces améliorations quelque chose de profanatoire : elles ne servent qu'à souligner la pâleur et l'épuisement de la femme. La photo est datée d'une semaine avant la soirée de gala.

Une amie ? Un nouveau sujet ? Les images ne portent aucune légende. La femme regarde non pas l'objectif mais quelque chose ou quelqu'un se trouvant au-delà.

Dois-je appeler Cherie ? Si je le fais, elle réquisitionnera la clé USB. Et si Greg avait voulu que son avocate récupère la clé, il lui aurait dit de me la demander. Je suis supposée considérer ces images comme de l'art, pas une preuve.

Pour le moment.

Je retire la clé USB et je la range au fond de mon tiroir.

Quand j'atteins l'entrée de *Natures mortes*, j'évite de tourner les yeux vers les murs. Le musée n'a pas encore ouvert. Les salles restent aussi ténébreuses que des cryptes, et les peintures sont difficiles à distinguer. Je me rends sans traîner dans la troisième salle, mais au passage je sens le regard des mortes qui me suit.

À la différence de Kevin, je ne crois pas que Kim peignait des messages secrets, mais sa nature morte monumentale, "Disparitions", est une des dernières choses qu'elle a touchées avant de s'évanouir. Elle l'a livrée mardi, avec sa peinture encore en train de sécher, des heures après que Brent s'est rendu en personne à son atelier pour exiger le tableau, au nom de l'équipe de l'expo qui avait les nerfs à vif.

Selon ce que racontent ces mêmes membres du personnel, lorsque Lynne les a vus accrocher "Disparitions" au mur, elle a contemplé la toile pendant dix minutes – avec dégoût ? admiration ? –, puis elle est sortie en trombe de la salle.

Natures mortes n'a jamais été un des événements préférés de Lynne. La façon dont il est entré dans le planning du Rocque demeure floue. Yegina pense que Janis Rocque est derrière tout cela, parce qu'il n'a jamais été proposé par nos conservateurs. La plupart de nos expos découlent de leurs choix universitaires. Ils aiment décider qui sont les artistes importants.

Au sujet de *Natures mortes*, Lynne a été très claire quant à sa position. Dans sa première mouture du catalogue, elle a proclamé une certaine admiration pour la carrière tellement encensée de Kim Lord, sa préoccupation première pour le contenu et le fait que l'artiste affirme se détourner du portrait. "La nature morte est, depuis longtemps, vue comme une forme d'art mineur, décorative et féminine, a écrit Lynne. Plutôt que de porter le regard vers l'extérieur, les scènes et les personnages épiques, la nature morte s'intéresse au domaine intérieur, aux possessions d'une famille." Des pêches et des fleurs sur une table. Des oiseaux morts. Un verre de vin à moitié bu. "Dans *Natures mortes*, Kim Lord a inversé la forme, afin d'examiner la marchandisation et la consommation actuelles des images de femmes victimes d'homicide." Lynne a toutefois refusé de louer cette attitude : à mon avis, elle a estimé que tout ce sang et cet étalage mortifère dépassaient les limites du bon goût, quel que soit le processus artistique utilisé.

La version définitive du texte a été arrêtée des mois avant les images. Lynne a demandé à Yegina d'approuver toutes les corrections, ce qui, pour une fanatique du contrôle telle que notre conservatrice en chef, revenait à se laver les mains des retombées.

À présent les visages des femmes mortes suivent ma progression à travers l'exposition. Quand j'arrive au seuil de la troisième salle, je me rends compte que je retiens mon souffle. Je ne vois pas dans ces représentations des cartes au trésor mais, à contrecœur, je les trouve obsédantes. Et à l'instar de Lynne, je ne sais pas encore pourquoi.

Pourquoi ici ? Pourquoi nous soumettre à ces scènes dans un musée d'art, alors que nous les avons vues quasiment partout ailleurs ? Pendant des décennies, le spectacle de femmes assassinées a englouti les infos sous des flots d'hémoglobine. Il y a quelques semaines, une ex-actrice a été retrouvée morte au domicile d'un ponte de l'industrie discographique. Son joli visage a illuminé tous les recoins des médias. Une autre blonde souriante. Une autre horreur sanglante sur le plancher de quelqu'un. Nous l'avons vue, vue et revue. Nous avons été témoins de l'existence de toutes ces victimes féminines, des plus jeunes aux plus âgées. La gamine lauréate d'un concours de beauté, son rouge à lèvres sexy, bâillonnée avec du ruban adhésif et garrottée. L'adolescente kidnappée dans sa chambre de banlieue. La femme mûre violée puis étranglée par un inconnu qu'elle a laissé entrer chez elle. Ce que nous n'avons pas vu, nous l'avons lu, nous en avons entendu parler. Comment les descriptions de Kim Lord pourraient-elles nous propulser au-delà du dégoût et d'une peur viscérale, pour atteindre une émotion plus profonde et plus riche, chargée du chagrin envers l'humanité ? Il n'y a que des peintures autour de moi, maintenant. Des formes, des textures. Pourtant il y a plus, aussi. Jusqu'alors, j'ai évité le portrait qu'a fait Kim de Judy Ann Dull, victime du Tueur de Starlettes. C'est la pièce principale de la troisième salle : Kim-en-tant-que-Judy ne porte que sa culotte, des gants et des bas. Elle est attachée à un × de bois, sa tête blonde retombant mollement en avant, la poitrine nue. Sujet grandeur nature, la peinture est accrochée bas sur le mur, de sorte qu'on peut regarder en face le visage exsangue et fermé de la victime, ses yeux clos, sa peau satinée sur le fond noir. “Je suis incapable de dire si elle est morte ou encore en vie”, m'a déclaré Evie à propos de cette image quand elle m'a rendu les épreuves du catalogue, et je me suis posé la même question, de temps à autre, en étudiant la description de Kim. Il est impossible de définir si Kim-en-tant-que-Judy est déjà morte ou a simplement perdu toute volonté de réagir à une autre torture. Elle est simplement affaissée là, suspendue par les poignets.

Je déteste cette œuvre d'art. Je déteste le sentiment abject d'impuissance qu'elle projette. Je la déteste parce qu'elle me rappelle qu'il existe pour les femmes une fin pire que la mort. Plus jamais je ne la regarderai.

Je vide mes poumons et tourne mon attention vers la toile monumentale accrochée au fond de la salle.

Dans la faible lumière filtrant par les lucarnes, la peinture ressemble à une table de buffet surchargée d'objets et de fruits. Les couleurs dispensent un éclat velouté, absent du reste de l'expo, mais ici aussi le rouge est plus présent que n'importe quelle autre teinte. J'arrive au milieu de la salle quand je discerne enfin la forme d'une femme dans tout ce chaos. De la même façon que sur la photo dans la clé USB, elle gît face tournée vers le bas, comme si on l'avait jetée sur la table. Elle est tout en contours, son corps recouvert d'un vêtement au gris brut, la tête enfoncée dans une boîte en bois sombre. La seule portion de peau nue se situe au niveau de son cou pâle. Ce détail aimante mon regard, encore et encore, alors même que j'essaie de dresser la liste de ce que Kim Lord me montre :

Une couverture dorée.

Un livre étiqueté 5 cents.

Un tournevis ensanglanté.

Une bouteille d'absinthe vide, renversée.

Un morceau de tissu pendant derrière le personnage, un rideau de couleur crème, décoré alternativement d'une série de cruches et de fruits.

Un tas de pommes, l'une d'elles coupée en deux, avec ses moitiés exposant sa chair pâle et ses pépins.

Le microphone ancien modèle, décoré d'une croix.

Une bicyclette d'enfant, sa plaque minéralogique étonnante reposant dans un coin.

Le cou blanc.

Une horloge.

Ce cou.

Je reprends les notes de Kevin et je lis ce qu'il a écrit au sujet de ce carnet de notes à cinq cents que Florence Sally Horner, âgée de onze ans, a volé dans une boutique de Camden, New Jersey, ce qui a permis au pervers témoin du larcin de l'approcher en se prétendant agent du FBI : si elle ne l'avait pas suivi, il l'aurait arrêtée. Il l'a ensuite transformée en son esclave sexuelle tandis qu'il traversait les États en se faisant passer pour son père. *Pourrait avoir inspiré la* Lolita *de Nabokov*, a écrit Kevin.

La bouteille d'absinthe et le vêtement : *La boisson préférée du ravisseur d'Elizabeth Smart, qui l'habillait d'une burka lorsqu'il la sortait en public.*

L'horloge : *L'écoulement du temps. La signification de l'absence d'aiguilles ? Quand on est mort, on est en dehors du temps ?*

La pomme : *Symbole de la sexualité féminine. Moitié de pomme exposée = organes reproducteurs féminins. Aussi : violence implicite.*

Le tournevis : *Pourrait être l'arme utilisée pour tuer Carol Jenkins, une jeune femme noire poignardée à la poitrine alors qu'elle vendait des encyclopédies dans un quartier à majorité blanche de l'Indiana (1968).*

Je replie les notes et je reste simplement là, à contempler la toile : elle contient à la fois des éléments signant l'opulence, mais aussi la douleur, et l'avilissement.

Je ne vois pas trop ce que peut donner le décodage qu'a effectué Kevin. Je me rapproche pour étudier une dernière fois le tableau, et c'est alors que je remarque quelque chose de singulier.

Il n'y avait pas de drapé derrière le personnage, sur les photographies de la clé USB. Kim n'avait disposé aucune tenture, aucun fond en tissu. Au contraire, l'espace derrière son corps n'était occupé que par un mur nu. Cette séquence de l'œuvre ne reflète pas l'exactitude habituelle de l'artiste. Le rideau derrière le sujet est brouillé, les coups de pinceau moins précis que dans le reste de la toile. Des oranges, des pommes et des cruches décorent le tissu, mais là encore le tout semble avoir été appliqué dans l'urgence. Des oranges, des pommes et des cruches ? Qu'est-ce que tout cela peut bien signifier ? Et pourquoi l'ensemble donne-t-il l'impression d'avoir été peint à la hâte ?

Evie est seule dans le bureau du conservateur, et du pouce elle caresse les ongles de ses autres doigts tout en regardant fixement l'écran de son ordinateur. Dans l'éclairage artificiel qui baigne le sous-sol, elle garde une attitude fade, stoïque, comme quelqu'un surveillant un bunker. Elle a beaucoup changé depuis notre premier jour ensemble au Rocque. Nous nous sommes rencontrées à la réunion d'orientation. Nous offrions alors l'image de la quintessence du duo provincial : moi dans une robe d'été à motif floral, chaussée de sandales grossières, et Evie dans son tailleur-pantalon gris bon marché et son chemisier blanc de sous-directrice de supermarché. Aucune de nous ne semblait coller à l'ambiance du musée, où la moitié des employés évoluaient par éclipses autour de nous en silhouettes noires et sveltes, l'autre moitié en tenues steampunks ou de marque.

Alors que nous patientions à l'extérieur du bureau des Relations humaines, ce jour-là, j'ai lissé ma robe fripée, et j'ai eu un échange bizarre avec elle sur ces films qui sortent en été et qui décrivent jusqu'à plus soif la fin du monde, avec force météores impossibles à stopper, extraterrestres et autres épidémies mondiales.

— Vous êtes d'un tel calme ! s'est exclamée Evie après un temps, et je n'ai pu dire si elle parlait de ma placidité face à la fin du monde ou de nos nouveaux emplois.

— Pas intérieurement, non, ai-je répondu avant de lui demander d'où elle venait.

Elle a haussé les épaules.

— La petite ville californienne classique. Avec ma mère, on a beaucoup déménagé. On a suivi les types qu'elle fréquentait.

Elle a ponctué cette réponse d'un petit rire tendu que je n'ai pas décrypté avant qu'elle me raconte, un peu plus tard, comment l'intérêt plus que paternel de Al, son beau-père, l'avait décidée à s'enfuir.

Evie aimait glisser dans son discours des allusions sur elle et le tragique de son passé, et de mon côté j'appréciais de suggérer mes raisons secrètes de quitter l'Est, mais c'était une sorte de jeu dans lequel aucune de nous deux n'expliquait totalement la réalité. Parfois, dans les premiers temps où nous travaillions au Rocque, il nous est arrivé de partager un café près d'une des nombreuses fontaines à eau, à l'extérieur, tout en grillant quelques cigarettes. Nous contemplions avec pitié les employés de banque naviguant autour de nous, et nous nous autorisions des remarques acides sur le caractère prévisible de leur vie. Mais nous ne nous sommes jamais appesanties sur ce qui rendait la nôtre différente. C'était comme si nous évoluions dans un roman de Raymond Chandler, et qu'un aveu personnel sincère nous aurait rendues moins intéressantes, trop exubérantes, trop féminines. Nous ressentions toutes deux l'envie de jouer aux reines de l'attitude cool, pour avoir l'impression que nous faisions partie de L.A. Je n'avais jamais connu ce genre d'amitié, et cela me fascinait, d'autant qu'Evie s'habillait comme si elle voulait être agente d'assurances, corps et âme. Et puis Yegina est entrée dans le tableau, et je me suis retrouvée avec une amie véritable, quelqu'un qui avait besoin de moi et qui, plus tard, m'a extraite de ma propre tristesse.

Les goûts vestimentaires d'Evie sont restés simples, mais son apparence exsude maintenant l'affectation et le besoin de paraître. L'étoffe de sa veste de marine a un lustre soyeux. Ses cheveux blonds lui arrivent toujours juste au niveau de la mâchoire, et jamais plus bas. Ses sourcils sont aussi droits que s'ils avaient été tracés à l'encre. L'année dernière, elle a obtenu un prêt pour acheter un loft près de Boyle Heights, dans un quartier d'entrepôts désaffectés, de l'autre côté de L.A. River. L'endroit est aussi austère et mignon que le reste de sa personne : le soleil cascade sur les angles géométriques épars de son mobilier moderniste. Je n'ai pas aimé la sensation de vide que je ressentais dans ce lieu, la nuit venue, mais Yegina s'est extasiée et a approuvé l'investissement. "Dans cinq ans, tu pourrais arrêter de travailler, avec ce que tu en retireras."

J'espère qu'Evie ne démissionnera pas. Elle remplit parfaitement son rôle, qui consiste à prendre soin de nos collections et de nos prêts à d'autres institutions.

Sur le seuil de son bureau, je frappe à la porte ouverte. Elle tressaille, relève la tête et pose sur moi un regard vague.

— Excuse, dis-je, un peu nerveuse. Je voulais juste savoir si tu veux venir au cours de gym, avec Yegina et moi.

Une expression amicale glisse sur ses traits.

— Merci, je vais essayer. J'ai tellement de boulot que c'en est ridicule.

J'acquiesce, tout en cherchant comment enchaîner. Sur son bureau je repère une revue, ouverte à la page d'une interview de Janis Rocque. J'entre et je prends le magazine.

— Qu'est-ce que J. Ro raconte ?

— Elle parle de son jardin de sculptures. Dee a effectué quelques installations là-bas. Elle a dit qu'elle pourrait me le faire visiter.

— Oh, tu as de la chance.

L'illustration principale montre une ellipse en acier de Richard Serra, aussi énorme qu'une grange et qui semble s'écouler vers le sol, telle une vague. La propriété de Janis Rocque, à Bel Air, recèle plus d'œuvres d'art que bien des musées, le nôtre compris, et son jardin de sculptures est légendaire.

— Tu veux y aller ? demande Evie en me lançant un coup d'œil. Tu devrais en parler à Dee.

Elle reporte son attention sur son ordinateur et se remet à pianoter.

Je survole les pages avec des photos de sculptures signées Goldsworthy et Di Suvero, en poussant des "oohh" et des "aahh" discrets, tandis qu'Evie garde le silence. Je remarque une citation de Janis Rocque : "J'aime que mon art jette une grande ombre. Mais ne vous méprenez pas, je n'achète pas quelque chose parce que son créateur est célèbre. Je l'achète parce que c'est un chef-d'œuvre." J. Ro apparaît aussi péremptoire et madame-je-sais-tout qu'à son habitude, mais elle offre à l'objectif un visage timide, stressé, celui qu'elle aurait préféré si elle n'avait pas souhaité être photographiée.

Je ne peux me contenir plus longtemps :

— Tu sais que Shaw Ferguson a été arrêté ?

— Ah oui ? répond-elle sans se retourner. Tu es soulagée ?

— Quoi ?

— Je veux dire, il aurait pu s'en prendre à toi aussi, non ?

Le contour de sa tête se découpe sur le halo grisâtre qui émane de l'écran.

Tout joue contre Greg. Pour les gens, son arrestation est logique. C'est le petit ami de la victime. Il ne dispose d'aucun alibi. Il a grimpé l'échelle si vite, passant de l'assistant inconnu à l'homme qui a ouvert une galerie et s'est mis à sortir avec une artiste célèbre… Celui qui n'était pas invité au repas de gala annuel du Rocque et qui maintenant a sa place à la table principale. Il se peut que son ascension ait été trop rapide.

Je me perche sur le bord du bureau d'Evie.

— Écoute, dis-je posément. Je pense qu'ils ont arrêté la mauvaise personne. On sait que Kim était victime d'un harceleur, et je crois qu'on pourrait le trouver. Si tu avais le temps de m'aider.

— Tu sais qui est son harceleur ?

Pour la première fois depuis le début de notre conversation, elle a l'air intéressée. Elle se tourne vers moi et scrute mon visage.

— Pas encore. Mais j'ai une bonne idée…

Mensonge. J'hésite encore, parce que je rechigne à demander un service.

Evie continue de m'observer.

— Tu es vraiment inquiète pour lui, dit-elle à mi-voix. Pour Shaw.

J'essaie de répondre "oui", mais le mot ne veut pas sortir ; alors je hoche la tête.

Elle fronce les sourcils.

— Bien sûr, je vais t'aider.

— Super, dis-je en réussissant à avaler la boule dans ma gorge.

Il me faut quelqu'un capable de trouver la provenance des peintures de Kim Lord. De toutes ses peintures. Toutes celles qu'elle a jamais faites.

En sortant du service administratif, et alors que je déborde de sentiments chaleureux envers Evie qui m'a juré de garder le secret, je passe devant une petite note scotchée au mur. Le mot *Batcave* a été rayé et remplacé par *Lascaux*, avec une flèche en direction de la caverne au plafond voûté qui donne sur les réserves de la collection permanente, la menuiserie et l'aire de chargement. Je suis heureuse de ne pas être la seule à trouver que cet espace souterrain baigné de pénombre est le véritable temple du musée, précieux et éloigné du brouhaha de la surface. Parce qu'on ne peut tout simplement pas offrir à la vue du public ne serait-ce qu'une fraction des milliers d'œuvres que le Rocque possède. Il y a plus d'art et d'histoire entreposés dans notre réserve que dans la majeure partie de Los Angeles : des Pollock rangés à côté de Krasner, des Krasner à côté de Kline, une sculpture métallique de Chamberlain près d'un dessin à rubans de Ruscha. Lorsque notre ancien directeur a démissionné, l'espace a été submergé par les cadeaux faits à la collection. Evie recherche actuellement un second site de stockage, hors du musée. "Tu n'imagines pas combien ça coûte au Rocque pour seulement posséder tout ça", m'a-t-elle dit un jour, avant de se lancer dans une description détaillée des excellentes possibilités de contrôle de l'atmosphère d'un nouvel endroit, dans Van Nuys.

Un son grinçant déchire l'air, en provenance de la menuiserie. Je passe la tête à l'entrée de la salle et salue d'un signe de la main Dee, lunettes de protection sur le nez, qui découpe des planches avec une scie circulaire. Je dois crier pour me faire entendre dans le vacarme :

— Ça tourne bien, aujourd'hui ?

Elle acquiesce avec un sourire digne d'une grenouille, et se concentre de nouveau sur la scie. Parfois je suis jalouse d'elle et de son emploi sous-payé. Je suis jalouse de cette pièce envahie par la poussière de bois, avec ses empilements de contreplaqués, les bâches pour la peinture. Les outils sont suspendus aux planches hérissées de clous : maillets, ciseaux, marteaux – manches lustrés par l'usage, lames huilées, le tout soigneusement rangé. Ici, Dee conçoit des objets concrets, cadres, piédestaux, caisses, échafaudages, et le tout sent le bois brut, la colle et le métal. À la fin de la journée, elle peut toucher son travail de ses mains.

Je l'envie aussi parce que tout le monde l'aime. Avec ses biceps, son léger accent britannique et ses airs de garçon manqué, elle personnifie la cool attitude des Blancs, comme les musiciens sur les pochettes d'albums punks dans les années 1970. Elle navigue avec la même aisance entre les bureaux et les ateliers. Lorsque Brent a appris son début de diabète l'année dernière, il s'est débrouillé pour qu'elle obtienne un statut à temps complet, accompagné d'une assurance santé, afin qu'elle puisse rester au Rocque.

— Parce que tu es tellement douée, lui ai-je dit.

Elle s'est esclaffée.

— Parce que je sais la fermer.

— À quel sujet ?

— Ah ah. Je viens de te le dire : je sais la fermer.

Une addiction ? Une histoire d'amour ? J'ai pensé à l'alcool, ou la drogue. Yegina penchait pour une relation amoureuse, peut-être incluant la femme de l'équipe qui a démissionné.

Pourquoi Dee était-elle absente mercredi et jeudi derniers ? La maladie semble une excuse un peu faible. Elle m'a l'air en pleine forme, aujourd'hui.

Un grincement s'élève quand sa scie patine, et je perçois un mouvement au fond de la menuiserie, derrière les établis. Le bureau de Brent. C'est la seule pièce équipée d'une porte, au sous-sol, et pendant que l'équipe chargée de la mise en place accrochait les tableaux de l'expo, il l'a proposée à Kim Lord en guise de vestiaire, afin qu'elle puisse troquer son déguisement contre un jean et un tee-shirt. Elle ne s'est sans doute pas changée mercredi, parce qu'elle portait son trench-coat et sa perruque quand je l'ai vue se diriger vers Pershing Square. Elle a dû être interceptée presque immédiatement après son arrivée au Rocque. Un appel sur son portable ? Une rencontre ici ? Peut-être a-t-elle aperçu son harceleur à l'extérieur du musée ?

Par l'entrebâillement de la porte, je repère Brent qui est concentré sur un tas de papiers. Je me demande combien de temps il restera encore au Rocque, s'il partira de lui-même ou s'il sera mis dehors à cause de son attitude hostile, peut-être même pour harcèlement. De toute façon il n'a pas sa place parmi nous qui ne sommes pas grand-chose, juste une bande de has been. Au temps de sa splendeur dans Broadway, pendant les années 1990, il a apporté au monde les expos *Rent*, *Chicago*, *Angels in America*, *Hedwig and the Angry Inch*. Il s'est spécialisé dans le délabrement urbain flamboyant, une sorte de croisement entre le Gotham de Batman et la Rome antique. Son bureau a des allures d'autel, avec toutes ces photos en noir et blanc de sites industriels affichées : poutrelles d'acier, toits à moitié terminés, piliers de pont effondrés. Les lampes orientables enveloppent d'une lumière lunaire l'homme lui-même, qui à cet instant griffonne furieusement, tête penchée en avant. Il ressemble à un enfant fébrile pris dans un monde imaginaire. Quand il relève les yeux, c'est pour les braquer directement sur moi, et j'ai la certitude que pour lui je suis totalement invisible. Il paraît tourné vers l'intérieur, pétrifié.

Dee éteint la scie et détache la planche d'une saccade.

— Besoin d'autre chose ? demande-t-elle en brandissant le morceau de bois.

J'aperçois l'horloge au-dessus de sa tête. Il est 9:31. Presque l'heure de la conférence de presse.

Je lui réponds par la négative, et je bats en retraite aussitôt.

Au fond du hangar, la porte qui protège la collection permanente est ouverte, dévoilant le trésor caché du musée, un monceau de cadres inclinés, de toiles montées sur roulettes et de sculptures recouvertes de films plastiques, accroupies sur des étagères ou debout sur le sol. Le tout ressemble autant à un labyrinthe qu'à une vente de charité très haut de gamme. J'aperçois notre conservatrice en chef à l'intérieur, qui discute avec quelqu'un restant anonyme dans l'ombre d'un grand Giacometti enveloppé de papier à bulles. Lynne saurait-elle quelque chose en relation avec l'étoffe derrière le personnage, dans le tableau "Disparitions" ?

Alors que j'hésite en retrait du seuil, cachée à la vue de tous, j'entends Lynne dire, d'une voix enrouée par l'émotion :

— Je veux que vous compreniez quelque chose : je ne souhaitais pas plus organiser cette expo que Janis. Bien sûr, Kim était la petite protégée de Nelson de Wilde, au début des années 1990, mais j'ai toujours pensé qu'elle était très surestimée. Jusqu'à ce que je voie ces peintures. Et puis…

La scie dans la menuiserie noie les propos suivants de Lynne, ce qui donne le temps à ma perplexité de s'enraciner. Janis Rocque ne voulait pas mettre Kim Lord sur la liste des expos, elle non plus ? Alors qui l'a voulu ? Bas, évidemment. Un directeur peut peser de tout son poids pour qu'une exposition particulière soit montée. Mais pourquoi celle-là ?

Je me rapproche discrètement de la collection, en restant cachée derrière une sculpture bâchée de la taille d'un cheval. Une voix masculine déclare :

— … à la recherche du miraculeux. Il faut que je voie ça.

Le timbre me semble familier, avec cette façon traînante de prononcer le “je”, mais je ne parviens pas à le situer. Un artiste, probablement. Lynne déteste être interrompue quand elle s'entretient avec un artiste ; pour elle, c'est aussi inacceptable que si quelqu'un faisait irruption en pleine messe solennelle, pour une nonne. Je tourne donc les talons et vais m'éloigner lorsque le détective privé de J. Ro contourne le Giacometti enveloppé. Il porte un jean et un sweat-shirt à capuche, aujourd'hui, ce qui le rajeunit. Il ne dit rien, mais il se mordille la lèvre inférieure une seconde, comme s'il était aussi surpris que moi de notre rencontre.

— Je ne faisais que passer, dis-je.

— Qui est-ce ? s'enquiert Lynne, qui apparaît à côté de lui.

Elle ne m'accorde qu'un coup d'œil instantanément dépourvu d'intérêt, mais je suis étonnée par le changement dans son apparence. Ses cheveux et son ensemble sont parfaitement noirs et lisses, comme toujours, mais son col est redressé, et elle a un air moite, indisposé.

— Vous connaissez le détective Hendricks ? me demande-t-elle avant de se retourner vers lui. Quelqu'un a effectué un documentaire sur Ader, dans les années 1990, mais il passe sous silence certaines choses. Il faut vraiment que vous lisiez le catalogue.

Je les considère d'un regard vide, en m'efforçant de maîtriser mon pouls qui s'emballe. Je n'aime pas la manière qu'a cet homme de me regarder, depuis la soirée de gala. À présent il m'étudie sans vergogne, alors je lui rends la pareille, mais il pourrait aussi bien être doté de ces paupières à membrane nictitante des faucons, un voile presque imperceptible qui glisse sur ses yeux bleus et m'interdit de voir au-delà.

Ils ont fait silence. Tous les deux.

— Ader ? dis-je.

— Bas Jan Ader, rectifie Lynne d'un ton impatient, et je me souviens.

Un artiste conceptuel hollandais, qui se filmait chutant de différents supports. Pour son dernier projet, il a mis le cap à la voile depuis Cape Cod, avec l'intention de traverser l'Atlantique. Son bateau vide est revenu s'échouer un an plus tard sur nos côtes.

— Il a disparu, lui aussi, dis-je.

— Absolument, répond Lynne.

Son visage est aussi crispé que si elle s'était soudain approchée de la chaleur d'un feu.

— Après qu'il a disparu, tout le monde a pensé qu'il voulait mourir. Mais non. Il préparait un autre travail, et il s'y consacrait entièrement…

Elle se tait un moment, se détourne, bouscule presque une grande toile de Mondrian, et bégaie :

— Excusez-moi.

Elle longe un alignement de toiles suspendues à un présentoir surdimensionné qui fait penser aux portants où on accroche les vêtements, dans les magasins d'habillement.

Je n'avais vu qu'une seule fois notre conservatrice incapable d'exprimer ses sentiments, et c'était lors de la première d'une expo consacrée à un photographe ayant centré son travail sur les rassemblements de suprémacistes blancs : sa mère a survécu au camp de concentration de Bergen-Belsen. À présent elle s'éloigne entre les rangées d'étagères surchargées de sculptures de petite taille. Ce n'est plus qu'une silhouette sanglée de soie, avec ses cheveux noirs noués. Un vacillement dans sa démarche, qui pourrait laisser penser qu'elle a du mal à marcher. Elle a dû changer d'avis au sujet de Kim Lord. Et surtout, elle semble terrifiée pour elle.

— Ces journalistes ne vont pas la lâcher, me murmure le détective privé Hendricks.

Son intonation laisse entendre qu'il n'apprécie pas du tout cette profession.

— Vous aidez la police ? lui dis-je. Parce que Greg n'aurait jamais fait de mal à Kim.

Il ne répond rien, mais je sens son regard insistant sur moi.

— Et moi non plus, dois-je devoir ajouter. Donc vous pouvez cesser de gaspiller votre temps à nous espionner, et commencer à chercher quelqu'un d'autre.

— Vous avez une personne en tête ? demande-t-il.

— Non, dis-je très vite.

— Je suis toujours disponible pour une discussion, glisse-t-il, alors que Lynne nous rejoint.

Elle croise les bras. Elle est plus pâle que d'habitude, toutefois son regard a retrouvé tout son éclat clair et dur.

— Pourquoi pas demain matin ? dis-je en me rendant compte de l'heure. On a la conférence de presse…

— Vous pouvez sûrement lui accorder quelques minutes, intervient Lynne d'une voix sifflante.

Mais le détective Hendricks l'interrompt net en levant la main.

— Demain matin, ce sera très bien, affirme-t-il.

Cet accent traînant, de nouveau… Est-il du Sud ?

— Je vous donne mes coordonnées, au cas où il y aurait un changement.

Il me tend une carte sur laquelle ne figurent que son nom, RAY HENDRICKS, et son numéro, en caractères luisants.

Je l'empoche vivement, et je lâche ma question à l'adresse de Lynne :

— Vous savez quelque chose concernant cette étoffe derrière le personnage, dans "Disparitions" ?

Elle se rembrunit.

— L'étoffe ? Qu'est-ce qu'elle a ?

Son interrogation est teintée de méfiance.

Comme il était prévisible, je sens le rouge me monter aux joues.

— On dirait qu'elle a été peinte dans l'urgence.

— Ce qui est sans doute le cas. Elle m'a dit qu'elle n'avait pas terminé.

Et, se tournant vers Hendricks :

— Elle voulait l'achever, dit-elle d'une voix qui se délite. Elle n'était pas suicidaire.

— Non, je ne le crois pas non plus, répond-il avant de poser sur moi un regard empreint de gravité. Du moins, pas dans le sens conventionnel du terme.

— Je vous demande pardon ? dit Lynne.

Il se tourne vers elle.

— Peut-être qu'elle ne s'est pas enfuie, même si elle savait que quelqu'un voulait sa mort.

Il hausse les épaules et tend les bras, paumes ouvertes, vers une toile totalement obscure dressée à côté d'elle, comme s'il y voyait quelque chose de caché.

— Ou peut-être que si.

— Je suis désolée, mais vous ne pouvez pas toucher à ça, lance Lynne d'un ton sec. C'est un Stella.

Toujours absorbé dans la contemplation de la peinture, Hendricks recule d'un pas.

— Non, je ne l'aurais pas fait, dit-il d'un ton doux et respectueux. Ce truc a l'air assez moche comme ça.

Je les laisse avant d'être incapable de dissimuler un sourire moqueur.

15

Dans l'heure qui suit, je mens à trois reprises.

Tout d'abord à Jayme, qui veut savoir quels ragots de coulisse j'ai collectés au sujet de notre rapport annuel :

— J'ai fait quelques interviews. Et j'ai déjà terminé la critique d'Evie.

Ensuite je mens à Kaye, qui m'interpelle avec des intonations de vengeance dans la voix dues sans doute à mon comportement d'ivrogne lors de sa soirée post-cancer. Elle n'arrive pas à croire qu'ils ont arrêté Shaw, et elle cherche à savoir comment j'encaisse le coup, c'est tellement dingue, il y a donc vraiment un tueur en liberté et, oh, mon Dieu, elle ne peut pas obtenir de ticket pour l'expo avant trois semaines, est-ce qu'il n'y aurait pas moyen que je les fasse entrer en douce, elle et deux de ses amies, aussi survivantes ?

— J'aimerais bien, dis-je, et je bredouille une excuse en rapport avec l'officier des pompiers qui compte les gens dans les salles. La semaine prochaine ?

Puis je mens à la vérificatrice d'infos d'*ArtNoise* qui me contacte à propos de l'article de Kevin :

— Je suis en réunion, là, mais faxez-moi l'article et j'y jetterai un œil.

Je raccroche alors qu'elle proteste encore.

Enfin je dis la vérité à Phil et Spike, parce qu'il est impossible de raconter des histoires à deux hommes adultes qui portent des pulls marins, se coiffent de perruques à la Andy Warhol et se promènent avec des sitars.

— On a joué dans la rue aujourd'hui, annonce Phil. Devine combien on a ramassé ?

— Honnêtement ? Rien.

— On a eu nos quinze cents de gloire, corrige-t-il. Hé, tu pourrais mettre une perruque blonde et faire partie de notre groupe. On s'appellerait Edie Sedgwick and the Andies…

— Maggie est déjà blonde, remarque Spike.

— Ouais, mais pas de la bonne teinte, rétorque Phil.

Je les informe que je ne sais pas jouer du sitar, de toute façon.

— Nous non plus, avoue Spike. Chad nous a donné trois leçons en échange de la conception de ses flyers. Mais il est nul, comme prof.

Chad, comme l'ex-mari de Yegina.

— Affreux, surenchérit Phil en repoussant sa grande mèche warholienne pour dégager son large front. Pas de bon augure pour ses nouvelles affaires.

— Quelles affaires ? dis-je.

— Enseigner la musique à des gosses de riches de Silver Lake. Comme nous, répond Spike.

Il lève une main, son bras fait un moulinet à la Pete Townshend et il frappe les cordes de son instrument.

— Il a débuté un blog musical aussi, explique Phil. Très populaire. Auprès de sa mère.

Il est presque dix heures et je ne me sens pas d'écouter plus longtemps le bavardage des jumeaux. Aussi je feins d'apporter une concentration extrême à mes corrections, jusqu'à ce qu'ils s'éloignent lentement, les instruments battant leur hanche. Quelques secondes plus tard, la chance me sourit : Juanita T. Filippa, le bras droit du directeur, escorte Bas vers l'ascenseur. Elle a son habituel ensemble bleu marine strict et son regard alerte mais dépourvu d'expression, et je me demande ce qu'elle pense des événements récents. C'est une des plus anciennes employées du Rocque, et ses manières semblent appartenir à une autre époque, lorsque la légitimité culturelle était dispensée par une classe dirigeante plutôt qu'héritée des masses. Un fin bracelet en or glisse sur son avant-bras quand elle presse le bouton pour descendre.

J'attends que les portes de la cabine se soient refermées, puis deux minutes encore afin d'être certaine que Juanita et Bas ont atteint le rez-de-chaussée. Le temps qu'il me faut pour contourner les box marron jusqu'à celui de Juanita, mon cœur s'est mis à battre si vite que j'ai l'impression d'un *flash mob* qui se rassemblerait dans ma poitrine.

Juanita T. Filippa a été l'assistante de tous les directeurs que le Rocque a connus. C'est une femme plantureuse sans être grassouillette, aux cheveux bruns qu'elle fait bouffer en une coupe au carré lisse au-dessus de petits anneaux d'or brillant sempiternellement à ses oreilles. Son siège est à vingt pas de ma porte, mais je ne l'ai jamais entendue au téléphone. Elle ne s'absente pas pour déjeuner, et quoi qu'elle mange elle doit le faire avec la méticulosité d'un chat car son bureau luit, sans une seule miette, sous les piles nettes de dossiers. Elle signe tous ses mails de son nom et de son titre en entier. Si elle nourrit le moindre sentiment désobligeant envers la congrégation d'ego déchaînés qui peuple ce service, elle n'en montre rien. Et si elle possède un quelconque sens de l'humour, celui-ci doit être enfoui quelque part en elle, plus profondément que les puits de goudron sous La Brea.

Je sais que Juanita tient deux agendas, l'un dans un épais carnet à couverture en cuir bleu qu'elle apporte aux réunions, l'autre sur son ordinateur.

J'imagine qu'il me sera plus facile de consulter l'exemplaire écrit à la main, puisque je n'aurai pas besoin d'un mot de passe. Je fais halte à l'entrée de son box impeccable, et je cherche une tache de bleu. Un dossier dressé sur la tranche, marqué À FAIRE. Un autre posé à plat, empli de factures et de bons d'expédition. Un casque pour les appels téléphoniques. Une bougie de la Vierge Marie, du genre qu'on trouve dans les échoppes d'herboristerie. La photographie encadrée d'un garçon souriant, dont la décoloration m'indique que le sujet est beaucoup plus âgé aujourd'hui, sans doute adulte. Pas d'agenda bleu. L'écran de l'ordinateur est sombre. Je prends une grande inspiration et je m'avance dans le box.

— Je peux vous aider ?

Juanita se tient derrière moi. Elle est si petite que je vois son cuir chevelu sur la raie de sa coiffure, et pourtant j'ai l'impression qu'elle me toise d'un regard plongeant.

— C'est votre fils ? dis-je, en priant pour qu'elle change de place, ce qui me permettrait de ne pas rester plus longtemps à l'intérieur de son espace personnel. Il vous ressemble beaucoup.

— Neveu, corrige-t-elle, et ses yeux parcourent mon corps comme si elle me soupçonnait de cacher quelque chose sous mes vêtements. De quoi avez-vous besoin ?

— Le Développement a dit que vous auriez peut-être un dossier sur Bas, avec sa bio, son parcours et ce genre de trucs, dis-je. Ils veulent que je rédige une sorte de "À la rencontre du directeur" pour une campagne de levée de fonds.

Elle répète ma dernière phrase d'un ton particulièrement suspicieux.

— Qui, au Développement ? interroge-t-elle.

— Hiro Isami. Il est nouveau.

Incroyable : ces mensonges me viennent facilement aux lèvres, moi, Maggie aux boucles d'oreilles en forme de papillon, alors que je trébuche toujours sur la moindre contre-vérité.

Juanita met un temps à digérer l'information, puis elle s'écarte enfin d'un pas. Je sors aussitôt de son box.

— Je vous prépare quelque chose aujourd'hui, déclare-t-elle en tirant son fauteuil en arrière et en s'asseyant.

Je la remercie dans un souffle et je n'ose pas la regarder quand je quitte son royaume. Du coin de l'œil, cependant, je vois qu'elle attend, immobile, mains figées sur son clavier, l'écran toujours éteint, que je me sois éloignée. C'est seulement alors que j'entends le bip et le ronronnement de son ordinateur qui s'allume.

16

Deux heures plus tard, et alors que je me rends au cours de gym avec Yegina, Evie et Dee, je grimace toujours à la pensée du regard de Juanita. Heureusement Yegina disserte sur les derniers efforts de la commission pour débarquer notre patron. Des artistes locaux renommés ont commencé à exprimer leurs craintes de voir le programme des expos se transformer en exhibitions de camelote. Comment un musée fondé pour prédire le futur de l'art peut-il défendre une expo à la gloire de la voiture ? "Le chemin de la médiocrité est pavé de placements de produits, a dit un des membres. Quand aura lieu l'expo *L'Art du cola* ? L'année prochaine ?"

— Je ne vais pas tarder à me sentir désolée pour Bas, admet Yegina. Il est entré dans mon bureau, ce matin, et il m'a demandé s'il serait dur de lancer la préparation de *L'Art de la course automobile*.

Dee et moi saluons ces nouvelles avec joie, tandis qu'Evie semble étourdie par tout le travail qu'elle aurait à défaire. Nous louvoyons entre les gratte-ciel jusqu'à une petite volée de marches menant plus bas. La descente me soulève les côtes.

— Mais tu sais pourquoi ? dis-je. Ce brusque changement chez lui ?

— Parce que c'est une mauvaise idée, répond Yegina avec une note inédite de fierté dans la voix.

— Il ne tiendra pas longtemps devant toi.

Elle me jette un regard en biais.

— L'Art de Yegina, souffle-t-elle avec reconnaissance.

Nos chaussures claquent, pilonnent et cinglent les briques du sol : moi en Mary Janes, Yegina avec ses semelles compensées, Dee dans ses bottes d'ouvrier du bâtiment, et Evie avec ses tennis. Nous rejetons en arrière nos cheveux longs, nous tirons sur nos mèches courtes, nous clignons des yeux dans nos visages parfaitement maquillés, sauf le rouge à lèvres, peut-être. Nous sommes tellement différentes, parfois je me demande ce qui nous unit. Est-ce seulement ce moment de jeunesse prolongée ? Parce que nous ne savons pas comment vieillir ? Ou pourquoi nous le devrions ? Aucune de nous n'est mariée, ni mère, aucune n'a grimpé assez haut dans sa carrière, aucune n'a moins de trente ans. À cet âge, nos propres mères élevaient déjà leurs enfants, et leurs amies encore célibataires choisissaient pour la plupart dans une liste assez courte d'occupations : enseignante, infirmière, secrétaire ou religieuse. Notre génération sait – nous le savons depuis l'enfance – que nous pourrions être n'importe qui. Nous sommes des pionnières dans cette nouvelle ère que le féminisme et le contrôle des naissances ont ouverte : libres sexuellement, sans le fardeau des enfants, capables de payer nous-mêmes. Nous n'avons pas exactement besoin des hommes, ils le comprennent et, qui sait, comptent dessus, d'une façon qui était inconcevable pour leurs pères. Nous nous soutenons mutuellement lors de leurs départs, et nous observons notre âge qui progresse. Certaines d'entre nous se marient à leur travail. Certaines d'entre nous préfèrent sortir avec d'autres femmes. Certaines disent qu'elles attendront simplement d'avoir trente-huit ans pour trouver un donneur de sperme et élever leur enfant elles-mêmes. Nous lisons sur des femmes extraordinaires, des femmes de notre âge qui dirigent des entreprises et soignent la malaria, et nous nous rappelons que nous devrions travailler plus dur, être plus malignes, ne pas perdre de temps. Nous envisageons d'obtenir un second diplôme, dans un domaine concret. Nous nous essayons à la capoeira et au tricot. Nous prenons soin de nos corps minces. Nous pouvons nous montrer fascinantes dans les conversations, et sans tabou au lit. Nous sommes capables de tout. Alors pourquoi ai-je le sentiment que nous sommes également figées, en exposition jusqu'à ce que quelqu'un nous réarrange ? Des natures mortes.

J'interroge Yegina pour savoir si elle est au courant de l'école de sitar que son ex-mari a créée. Elle n'a pas l'air particulièrement intéressée, ce qui me surprend.

— Grand bien lui fasse, soupire-t-elle. Los Angeles manquait réellement d'entreprises lancées par des musiciens en fin de carrière.

— En parlant d'ex, tu as des nouvelles de Shaw ? me demande Dee.

Je secoue la tête, en espérant qu'Evie restera silencieuse. Elle fixe d'un regard vide un homme en chemise matelassée crasseuse qui fouille dans une poubelle, et ne pipe pas mot.

— Les parents de Kim sont passés aux infos, tout à l'heure, déclare Dee. Ils ressemblent à un couple de Canadiens quelconque. Fous d'angoisse, évidemment, mais ils n'ont pas du tout accusé Shaw. – Elle frotte son avant-bras droit tatoué de roses. – Je suis seulement choquée que personne n'ait mentionné sa sœur.

— La sœur de qui ? dis-je à l'unisson avec Yegina.

Nous nous agglutinons ensemble, en nous cognant les coudes, et Dee nous raconte que Kim Lord a passé un après-midi entier dans le bureau du personnel, il y a deux semaines, parce qu'elle se faisait du souci pour l'éclairage d'une des salles. Puis elle s'est mise à parler avec Dee des sources lumineuses – apparemment, c'est de cela que discutent les artistes –, et Kim a dit qu'elle avait grandi avec les longs hivers sombres de Toronto, raison pour laquelle elle était aussi sensible à la lumière éclatante de L.A. Et aussi qu'elle associait la lumière blanche à la peur, parce que sa sœur aînée avait pour habitude de la réveiller chaque nuit en lui braquant une lampe torche dans les yeux.

— Elle m'a dit, littéralement : "Des voix lui annonçaient que j'étais morte", relate Dee.

Kim lui a également raconté que sa sœur a disparu de sa clinique de désintoxication un mois plus tôt.

— La police est au courant ? s'enquiert Evie.

— Sûrement, affirme Dee.

Kim Lord a une sœur tourmentée. Est-ce la femme plus âgée dans la clé USB ? Est-elle dangereuse ? Les révélations de Dee sont pareilles à un accord mineur qui altère la tonalité de tout ce qui nous entoure : le flot des fontaines en marbre devient une cascade plus violente ; le soleil dur et les ombres de la mi-journée paraissent soudés dans le combat. Il est assez étrange que Dee nous rapporte ces faits maintenant. Elle aurait pu en parler lors du Club artistique, or elle a mentionné Greg aussi. Elle montre toujours un tel intérêt pour lui. Ou un tel désir de l'incriminer ? Nous sommes presque arrivées à la salle de gym. Nous faisons halte en un groupe compact à un croisement très fréquenté près du sommet de Bunker Hill et des marches qui descendent vers la bibliothèque municipale, et nous attendons que le feu passe au rouge.

— Comment se fait-il que tu ne nous en aies pas encore parlé ? questionne Yegina. Maggie ici présente s'est lancée dans une quête afin de prouver la théorie du harceleur.

— J'adore les théories impliquant des harceleurs, déclare Dee avant de se tourner vers moi. Mais, allons, tu ne soupçonnes pas Shaw, même un tout petit peu ?

— Non. Il était sorti marcher la nuit où elle a disparu.

— Marcher, répète Dee. À Los Angeles. Toute la nuit ?

Je déteste les conclusions que je lis dans les yeux clairs de Dee, au cœur de cette ville qui fait du sensationnel avec n'importe quoi.

— Pourquoi tu n'as pas mentionné sa sœur avant ? dis-je.

Elle observe une nuée de pigeons qui s'envolent, après avoir picoré des miettes de pain éparpillées au sol.

— Kim ne m'a pas paru avoir peur de sa sœur, glisse-t-elle lentement. Mais je l'ai bel et bien entendue se plaindre de Shaw…

— Quand s'est-elle plainte ?

— Dans le bureau du personnel. Son portable n'arrêtait pas de sonner. Elle a dit qu'il ne voulait pas la laisser tranquille.

J'insiste :

— Mais quand ?

— Je ne sais pas. Mardi ? répond-elle en me lançant un regard apitoyé. Je suis désolée, ma grande. Ça doit être horrible à entendre.

— Écoute. Greg m'a dit qu'il était innocent. Il… Il ne parle d'elle qu'au présent. Je le connais bien. Il a le cœur brisé.

Ma voix s'enroue sur ces derniers mots.

Toutes mes amies tournent la tête vers moi.

— Oh, ma chérie… murmure Yegina.

Elle est toute de noire vêtue, aujourd'hui. Cela rehausse le contraste avec sa pâleur de teint, et la transforme en une gravure sur bois de la désapprobation. Elle ne me croit pas, elle non plus.

Aucune d'elles ne me croit.

Il faut vraiment que je change de sujet.

Je donne un petit coup de coude à Dee.

— Hé, il paraît que tu vas emmener Evie visiter le célèbre jardin de sculptures de Janis Rocque. On peut toutes venir ?

Par chance cette idée fait quasiment exploser Yegina en commentaires divers, et ce sujet nous accompagne jusqu'au club de gym, dans le vestiaire et pendant que nous gravissons l'escalier vers la salle.

Notre prof est un Français affligé d'un amour sans bornes pour son corps sculptural : il l'observe avec un désir contagieux tandis qu'il escalade des collines inexistantes. Denis a un grand nombre de fidèles, et les gens se massent à chacun de ses cours. Mes amies et moi devons nous hâter de trouver un vélo et de nous y installer. L'éclairage se tamise. Les morceaux de techno qu'a choisis Denis rythment le ronronnement de nos roues. Assises sur nos selles trop dures, nous nous efforçons de garder le rythme. Un mur de miroirs nous renvoie nos reflets en plein effort, visage contracté, mais Denis est plus rapide. Ses jambes se brouillent tant il pédale rapidement. Sa sueur coule et tombe en grosses gouttes sur le sol.

— Trouvez une partenaire et rattrapez-moi ! Formez une équipe ! crie-t-il alors que nous bouclons notre treizième minute.

C'est un de ses trucs : d'abord nous entrons en compétition, ensuite nous continuons la compétition en prétendant qu'il s'agit d'une collaboration.

Je me retourne vers Evie qui se donne tellement que ses roues se muent en nuages circulaires bourdonnants. Son visage est luisant de transpiration. Ses cuisses et la partie supérieure de ses bras saillent de tous leurs muscles bandés. Personne ne travaille aussi dur dans ce cours, ou dans n'importe quel autre. Je ne la rattrape jamais, et c'est pourquoi elle m'est utile.

— Quelqu'un de très effffrraayyant vous poursuit toutes les deux ! Il gagne du terrain. Il vous rattrape. Allez plus vite !

Je cherche le visage brillant de Yegina dans les miroirs. Nous n'apprécions pas quand Denis recourt à sa tactique de l'inconnu menaçant, mais nous le supportons parce que la séance est vraiment dure. Et parce que notre coach est tellement ravi de cette idée idiote et de son accent sexy que c'en est devenu une sorte de plaisanterie.

— Il vous rattrape ! Plus vite !

Aujourd'hui la menace sonne différemment à mes oreilles, et j'aimerais que Yegina croise mon regard dans le miroir, acquiesce en silence. Nous n'avons pas besoin de ça. Ce qu'il nous faut, ce sont de fausses montagnes à escalader, de faux vents dans nos visages, de fausses victoires en franchissant de fausses lignes d'arrivée, mais pas de faux individus dangereux. *Regarde par ici*, dis-je muettement au reflet de Yegina. *Arrêtons de pédaler. Arrêtons toutes les deux.* Mais elle a les yeux dans le vide, lèvres entrouvertes, inatteignable.

— Il se rapproche ! s'égosille Denis. Plus vite !

Il se rapproche. Je m'imagine le harceleur de Kim Lord : un homme à la calvitie naissante et au teint maladif. Non. Un type presque séduisant, mis à part un menton fuyant dont il essaie de dissimuler la faiblesse sous un collier de barbe. Non. Un homme d'affaires, en costume gris, la peau cuivrée, d'une élégance glaçante. Son image ne reste pas fixe dans mon esprit, à l'exception de son regard insistant, calculateur, possessif. Des années durant, il a été patient. Des années durant, il a acheté tout ce qu'elle créait, mais il ne peut attendre plus longtemps. Il veut posséder toute son œuvre ; il veut la posséder, elle. Elle sera le trésor ultime dans sa collection.

— N'arrêtez pas maintenant ! me crie Denis en désignant mes roues.

Je baisse le regard sur mes pieds qui ralentissent, et je me remets à pédaler de plus belle, jusqu'à ce qu'ils redeviennent flous. Un autre visage s'immisce dans mon esprit : celui de la femme sur la clé USB, avec ses jolis yeux hagards, sa bouche aux commissures abaissées, un col-bleu. Qui est-ce ? Puis un autre visage : Kim Lord en tant que Roseann Quinn, avec son sourire vague et hanté dirigé vers Grand Avenue, Fairfax Avenue, Western et Sunset, toute cette cité immense. Où est-elle ?

Je pédale si fort que je halète.

Sur mon bureau, à mon retour : un classeur vert sur lequel est collé un mot qui dit *Pour vos recherches* dans l'écriture cursive de copiste qui est celle de Juanita. À l'intérieur, des articles de presse découpés, certains jaunis, d'autres récents, avec le nom de Bas surligné dans chacun. La plupart datent de 2001, quand le Rocque l'a engagé, et ils récapitulent la même biographie : diplômé de Yates, un long passage à la salle des ventes Catesby, suivi d'un tas de postes administratifs et de développement dans des musées de la Côte est.

L'article le plus ancien, issu du magazine des anciens étudiants de Yale, est la transcription d'une interview de Bas quand il travaillait encore chez Catesby comme spécialiste des ventes. Sur la photo d'illustration, il affiche un sourire de gamin satisfait. Il pose en compagnie de deux camarades de sa promotion, et c'est manifestement le plus séduisant, l'étoile montante, ses bras entourant les épaules des autres.

Je survole le texte et je vais passer au suivant quand quelque chose que dit Bas accroche mon regard :

> Les salles des ventes changent le contexte pour les artistes contemporains. Certains d'entre eux, tels que Chris Branson et Kim Lord, ont démontré qu'ils n'ont pas besoin d'intermédiaires pour déterminer leur valeur. Ils contournent les galeristes et vendent directement aux collectionneurs. Des collectionneurs importants. Je sais que cela pourra paraître sacrilège à certains, mais des maisons comme Catesby pourraient devenir aussi importantes que des musées dans la détermination des Vieux Maîtres, pour les générations futures.

L'article date de 1996. Kim Lord venait tout juste d'avoir sa première exposition, *La Chair*. Bas a dû voir les peintures se vendre à Catesby pour des sommes impressionnantes, en surfant sur la vague du talent et de l'audace de l'artiste. Quelle étrangeté il doit ressentir alors que la boucle de sa carrière se complète, quand il travaille dans un musée et se voit offrir un don sans prix mais momentanément inutile de la part de la même artiste. Et ensuite d'assister à sa disparition. Mon regard se porte sur un autre passage :

> Tout évolue à cause de l'argent international. Tout d'abord ce sont les Japonais qui sont entrés dans le jeu, et maintenant les Russes. Et la provenance de cette manne peut différer grandement. Certains voient dans cette possession un investissement privé et non une affirmation publique, comme c'est le cas chez la plupart

des collectionneurs américains. J'ai un ami qui gagne beaucoup d'argent en achetant des œuvres d'artistes vivants, pour des collectionneurs d'Asie qui ne veulent pas que leur nom soit rendu public. Tout se déroule sous un nom d'emprunt. Et il doit acheter des œuvres du XXe siècle parce que les Rembrandt et les Monet sont tous partis. Ce qui rend le marché de l'art contemporain encore plus fou. Attendez seulement dix, quinze ans, et vous verrez comment les prix se seront envolés.

Je parcours le restant du dossier. Rien de remarquable, sinon la sensation troublante que Bas n'a pas changé depuis cette interview. Pas dans le fond. Il a toujours été ébloui par l'argent, en particulier par la façon dont ce paramètre façonne le monde de l'art. Cela a pu l'aveugler, ou lui lier les mains, si un collectionneur obsessionnel a voulu acheter toutes les œuvres jamais produites par un ou une artiste.

J'appelle Cherie.

— La mise en accusation est prévue pour la fin de cet après-midi, dit-elle d'une voix toujours aussi sèche, mais j'y détecte une note de défaite. Il y a suffisamment d'éléments concordants.

Je lui parle de cette histoire racontée par Dee, au sujet de la sœur de Kim qui aurait quitté la clinique de désintoxication.

— Rachel Lord, portée disparue depuis mars. J'ai suivi cette piste, mais… C'est pour cette raison que vous m'appelez, ou vous souhaitez que je transmette un message à Shaw ?

— Comment va-t-il ?

— Il fait preuve d'un stoïcisme surprenant, répond-elle. Les nuits là-bas peuvent être très rudes.

Et le chagrin est très rude. Greg en cellule, c'est une image qui refuse de se matérialiser dans mon esprit. À la place je le revois durant les semaines qui ont suivi le décès de sa mère, avec son visage amaigri et mal rasé, ses vêtements qui pendaient sur lui comme des feuilles fripées. À dire vrai, je ne savais pas ce que je devais éprouver pour lui, à l'époque : il était tellement replié sur lui-même qu'il m'était devenu étranger. Assis à la table de la cuisine, il regardait fixement dans le vide, ou bien il sortait marcher seul. Parfois il prenait des livres, qu'il ne lisait pas. Je patrouillais dans sa périphérie, en préparant sans succès des soupes et des toasts, et je me demandais si je devais allumer la radio ou laisser le silence nous envelopper. C'était le début de la fin : je ne pouvais pas être Theresa pour Greg, et je ne pouvais pas non plus être moi-même, parce que je lui rappelais trop comment il avait résisté à son influence toute sa vie. Comment il s'était contenté d'une jolie fille ordinaire, de la campagne, alors qu'il était fils de reine.

— Vous avez un message pour Shaw ? répète Cherie.

Je ne peux pas lui demander de l'interroger au sujet de la clé USB.

— Pas vraiment. Dites-lui que je pense à lui.

— Je peux vous poser une question ? dit-elle. Il a essayé de vous parler, pendant le gala, mais vous l'avez évité. Pourquoi ?

Pendant un moment de stupéfaction, je ne sais pas si Greg ne tente pas de m'impliquer.

— J'étais embarrassée. "Humiliée" serait peut-être un terme plus approprié. On ne s'était pas revus depuis notre séparation.

— Vous étiez humiliée par Shaw Ferguson, fait-elle en écho.

Je sais où elle veut en venir. Où l'inspectrice Ruiz veut en venir. L'ex furieuse. Excellent mobile, n'est-ce pas ?

Je réponds froidement :

— Oui, humiliée. D'une façon ordinaire, comme quand on s'est fait plaquer.

— Je vois... Et pourquoi l'avoir appelé, la nuit du gala ?

Je me souviens de mon portable dans les mains de Yegina, ce soir-là.

— Ma collègue m'a demandé de le faire, pour savoir où était Kim.

— Mais vous avez coupé avant qu'il réponde. Vous étiez en colère après lui ?

Et nous continuons ainsi, pendant plusieurs minutes gaspillées à fureter, avant que j'en aie assez et lui annonce que j'ai à faire.

Si j'écourte notre communication, je passe la demi-heure suivante à rechercher sur Google combien d'affaires Cherie Rhys a réellement gagnées. Il se trouve qu'il y en a quelques-unes. Je déroule page après page illustrée de son joli visage respirant l'intelligence, une version plus fine et plus acérée de celui de Kevin. Cela m'ennuie de penser qu'ils ont discuté de moi tous les deux. Est-ce lui qui lui a donné l'idée que je pouvais être suspecte ? Puis je me remémore l'article de Kevin, l'appel d'*ArtNoise*, sa copie faxée que j'étais censée réviser.

En bas, le service du courrier avec son éclairage fluorescent est proprement rempli au maximum de boîtes d'enveloppes à en-tête du musée, de matériel d'envoi et d'une photocopieuse paresseuse. Une étiquette collée au mur auprès de la machine spécifie :

Copieur, 1998
150 cm × 90 cm × 120 cm
Métal, lumières, toner, bourrage de papier exaspérant

Je vérifie ma boîte aux lettres. Vide. Les autres, autour. Vides aussi. Je vérifie le fax. Rien. Je n'arrive pas à croire que Cherie Rhys ou n'importe qui d'autre puisse me penser capable de nuire à Kim Lord. Mais alors, qui l'a fait ? Je me demande si Evie a eu la moindre chance avec la question de la provenance. Bien que je ne l'aie sollicitée que ce matin, il me semble que cela date d'une éternité.

Quand je remonte, Yegina sort du bureau de Jayme avec dans les mains un gros classeur. Elle a les joues encore colorées par notre séance de gym.

— *L'Art de la course automobile* est quasiment éjecté du planning, dit-elle. Il me reste juste à convaincre le Développement. Ils vont certainement sauter au plafond, quand même.

— L'Art de Yegina.

Elle roule les yeux, mais la roseur à ses pommettes s'accentue.

— L'Art de J. Ro, plutôt, rectifie-t-elle en me suivant dans mon bureau. Happy hour ce soir, ça te tente ? Mini-burgers et frites à moitié prix, au Luster.

L'établissement est notre lieu de rendez-vous par défaut, après le travail, un grill-room juste de l'autre côté de la rue, aux tarifs imbattables si vous arrivez avant dix-neuf heures.

— Je garde mon énergie pour demain et le Bootleg.

Je m'assieds et je prends le dossier de Juanita. Après son départ ce soir, j'ai l'intention de me glisser à nouveau dans le box de celle-ci et de vérifier son agenda.

— Ouais, le Bootleg. Mais c'est avec *eux*, renâcle Yegina, comme si elle redoutait un peu notre projet avec Hiro et Brent. Allez. On devrait rattraper le temps perdu, juste toutes les deux.

Je m'esclaffe.

— On se parle quinze fois par jour depuis 2002.

J'ouvre la chemise. Yegina reste plantée là, son classeur calé contre la hanche, et de sa main libre elle coince une mèche rebelle derrière son oreille.

Elle ne supplie jamais de la sorte. J'ai envie de dire oui, mais si j'accepte cela ruinera mon plan de fouille dans le box de Juanita.

— On videra quelques verres tôt demain soir ; juste toi et moi. Promis.

Je cherche dans les articles découpés et je lui montre celui avec la photo de Yates.

— Regarde ça.

Elle examine le Bas âgé d'un peu plus de vingt ans sur le cliché.

— Avant le lifting, dis-je en plaisantant, et je range la coupure avec les autres.

Elle grimace.

— Je m'inquiète pour mon frère. Il ne répond pas à mes appels.

— Peut-être que tu devrais l'inviter lui aussi à boire un verre demain, dis-je en me tournant vers le clavier. Il est grand temps que Don s'immunise contre l'échec, comme nous autres.

— Oui, tu as raison, m'accorde-t-elle à mi-voix.

La lumière dans mon bureau gagne en vigueur quand Yegina en sort, et je me lève pour fermer la porte derrière elle, sachant qu'elle entendra le déclic.

J'ai rencontré son frère à quelques reprises. Impossible de concevoir un opposé aussi radical à mon amie : Don est grand et maigre, et il cligne tout le temps des yeux. Ses goûts musicaux se sont arrêtés quelque part après Barney ; des références pop obscures flottent dans sa tête, et il aime les pantalons de treillis, les Honda, la sincérité et les vacances à Disneyland. Étudiante, Yegina a pris son sac à dos et a voyagé seule à travers l'Europe. Elle est allée jusqu'en Chine, par le train Moscou-Beijing. Don n'a jamais quitté la Californie. Sa sœur a appris à peindre des graffitis à la bombe ; il a soigneusement coloré tout l'album illustré de *Grey's Anatomy*, page après page, sans jamais déborder des contours tracés. Ils ont passé leur enfance ensemble, Yegina décevant systématiquement leurs parents, tandis que Don emportait toujours leur approbation, et je pense parfois que leur résistance l'un à l'autre est le seul point commun qu'ils avaient.

Mais quand leurs parents ont eu les sangs retournés par le divorce de leur fille, Don a soutenu sa sœur. Sans une once de sarcasme, il lui a dit qu'elle était la meilleure personne qu'il connaisse au monde, et qu'elle ne devait pas se contenter de quelqu'un qui ne pensait pas la même chose. Elle en a été profondément touchée, et cela les a fait entrer dans une nouvelle ère de proximité très intrigante. "En fait, j'aime beaucoup Don, maintenant, m'a-t-elle confié après qu'ils sont allés au bowling ensemble. C'est un sentiment très bizarre."

Je pense à John, qui m'avait proposé de partir en avion. Les frères et sœurs ont besoin de se secourir mutuellement. Je vais dans ma boîte mail et j'écris à Yegina :

Désolée d'avoir eu l'air aussi désinvolte, tout à l'heure. Continue de dire à Don que tu te soucies de lui. S'il ne répond pas, dis-lui que tu viendras le kidnapper demain. Je m'assurerai qu'il s'amuse bien.

Je clique sur ENVOI. Quelques minutes plus tard :

Tu ne connais pas mon frère, mais d'accord, je vais essayer ça.

La même pénombre qu'à l'accoutumée baigne le garage, mais ce soir tous les véhicules devant lesquels je passe sont nets et luisants, alignés telles des bouteilles dans un distributeur automatique. Voilà le petit coupé de Phil, la Vespa de Spike, la berline beige immaculée d'Evie. Les rangées de pare-chocs brillants s'étirent sur la moitié de la longueur d'un terrain de football, et ils semblent aussi neufs et intacts que s'ils sortaient de l'usine. Je pourrais finir aveuglée par tous ces reflets. Ma jupe bruisse doucement sur mes genoux nus. Mes sandales effleurent le béton. Même les traînées de crasse sur les murs paraissent préméditées, décoratives. Ma petite enquête personnelle me donne des picotements.

J'ai déniché l'agenda de Juanita et je l'ai lu sans être prise la main dans le sac. Bas a bien rencontré quelqu'un, lundi dernier. J'ai un nom pour lui.

— Vous avez l'air plus réjouie, dit une voix.

Je me retourne et découvre Jayme, immobile auprès de sa voiture blanche. Elle a des lignes de tristesse autour de la bouche. Les cheveux au-dessus de ses oreilles ont commencé à boucler en petits gribouillis. Bien que je la sache plus âgée que moi, j'ignore de combien d'années. Trop pour désirer se marier, ou avoir des enfants ? D'ordinaire je ne m'inquiète pas pour sa vitalité, elle est tellement ravissante, et si compétente dans sa vie, mais ce soir quelque chose a démasqué son âge.

— Juste contente de rentrer à la maison, dis-je. Alors, il paraît que la conférence de presse s'est bien passée ?

Un autre mensonge, mais quelle importance ? J'ai trouvé un indice. Je le sens. Jusqu'à mes vêtements qui tombent différemment, plus amples, comme si je venais de perdre trois kilos. Ma robe effleure à peine ma taille.

— Ça a été. C'est tout ce que je peux en dire, répond Jayme. Vous êtes prête pour demain ?

Je fais de mon mieux pour ne pas paraître déroutée.

— La grande réunion sur le rapport annuel, ajoute-t-elle en scrutant mes traits. On en a parlé ce matin, vous vous rappelez ? Vous avez dit que vous rassembliez quelques histoires.

Je m'empresse de réagir :

— C'est le cas. Je viens de dégotter quelques bonnes infos pour Bas.

— Eh bien, voilà qui est parfait.

Elle plonge la main dans son grand sac rouge et actionne le bip coupant l'alarme de son véhicule.

Tout a été tellement facile que j'ai encore du mal à croire que c'est arrivé de la sorte. J'ai attendu le départ de Juanita, et ensuite je me suis glissée dans son box. J'ai trouvé son agenda bleu juste là, sur le bureau. Il s'est quasiment ouvert de lui-même à la semaine dernière. J'ai lu les notes. Pas de réunions lundi pour Bas, à une exception, avec un certain Steve Curtain. Un nom curieux. Et peu commun. Combien de Steve Curtain peut-il y avoir ? Je le découvrirai ce soir, à l'abri des regards indiscrets, dans mon propre appartement.

— Quoique, vous savez, Bas risque d'être viré, dit Jayme sans se détourner. La commission vote mercredi.

J'hésite à jouer la surprise, et pendant un instant je ne réagis pas.

— S'il est viré, ça grouillera de journalistes, ici, et ils chercheront à relier son licenciement à la disparition de Kim, enchaîne-t-elle, la colère affleurant dans sa voix. Les télés, aussi. Les journaux à scandale. Je donnerai ma démission avant de devoir affronter ça.

Elle ouvre sa portière. L'intérieur de la voiture est aussi sombre qu'un coffre-fort.

— Et s'ils ne me croient pas capable de démissionner, c'est qu'ils sont idiots, grommelle-t-elle.

Je ne l'ai jamais entendu parler avec une telle fureur contenue.

— Ne démissionnez pas, lui dis-je. Le Rocque ne tiendrait pas, sans vous.

— Mouais.

Au bout de la rangée, un minivan négocie dans un crissement de pneus la spirale ascendante de la rampe qui mène à la rue.

J'ai la gorge serrée quand je dis :

— Je déteste l'expo de Kim, moi aussi.

Au lieu de répondre, Jayme se laisse couler au ralenti sur son siège et regarde par-dessus le volant, à travers le pare-brise, le mur de béton en face d'elle. Mais elle ne referme pas la portière.

Je reste là, près d'elle, à essayer d'expliquer ce que j'ai ressenti quand j'ai contemplé le portrait de Judy Ann Dull, plus tôt dans la journée. Cela me vient maladroitement, mais je le dis quand même :

— Enfin, je ne déteste pas ce que c'est. Je déteste ce que ça exprime.

Elle continue de regarder le mur, son visage de profil figé dans une expression de tristesse et d'abattement. Puis elle baisse les yeux sur ses mains posées, le volant, ses doigts bronzés et déliés, et elle les replie jusqu'à ce que les articulations blanchissent.

— Ça ne m'ennuierait pas autant, mais il est sorti, dit-elle enfin du même ton posé que si elle discutait d'un sujet fastidieux au bureau. Il a fait vingt-trois ans pour l'enlèvement d'une autre gamine de treize ans. Mais il est sorti en novembre.

Je ne sais à quel homme elle fait allusion. Pourtant j'ai peur de l'interrompre.

— J'ai toujours pensé que j'étais une de celles qui avaient eu de la chance, dit-elle, toujours agrippée au volant. La police n'a rien fait, alors qu'il me suivait, mais ma mère nous a fait déménager ici, et elle m'a laissée changer de nom. Elle savait qu'elle devait me sauver, et elle a tenu parole.

Jayme tourne brusquement le torse, fouille dans son sac, et je crois qu'elle cherche quelque chose qu'elle veut me montrer. Elle cherche, encore et encore, sort ses mains vides, les replonge. Et pendant tout ce temps son regard ne croise jamais le mien. Enfin elle tire du sac sa clé et la glisse dans le contact.

— Il est libre, maintenant ? dis-je à mi-voix. Ici ? En Californie ?

Elle a un petit hoquet de dérision.

— Qui sait… Peut-être. J'imagine que je me crois en sécurité, maintenant, quand même, une vieille fille comme moi.

— Jayme, je suis vraiment désolée…

Ses yeux noisette aimantent enfin les miens. Ils débordent d'une amertume très ancienne, nimbée du halo de sa beauté.

— Soyez prudente, me recommande-t-elle. Ne prenez aucun risque pour Shaw. Ce n'est pas votre boulot.

Puis elle claque la portière et démarre. L'air entre nous s'emplit d'abord du rugissement du moteur, puis de l'odeur d'essence et de gaz d'échappement.

17

Il n'y a pas de Steve Curtain à Los Angeles. Il y a bien une douzaine de Stephen Curtins – une variation de la prononciation – dans tous les États-Unis, mais surtout dans le Massachusetts. Un médecin nommé Stephen Curtin à Pleasanton, en Californie, et un autre médecin homonyme en Arizona semblent être la même personne. Un Stephen Curtin est juge fédéral dans l'Idaho. Un autre est un surveillant des commerces en ligne, et son expression de plaisir tellement fausse et lisse qu'il me fait penser à ces sushis en plastique qu'on voit dans les vitrines de Little Tokyo.

Juanita peut avoir seulement entendu le nom, et l'avoir couché sur le papier d'après sa prononciation. Ou bien elle a pris cette note en abrégé, pour signifier un nom et un lieu, mais je ne trouve rien pour Curtain – ni restaurant, ni café, ni galerie. Rien à l'exception d'une usine de rideaux à El Monte.

Mon écran luit d'un éclat froid. Internet se déroule sous la vitre, au gré des clics de ma souris.

Greg Shaw Ferguson a été mis en examen tard hier soir, en corrélation avec la disparition de Kim Lord. Il n'a accordé aucun commentaire à la presse. Les photos prises à la sortie du tribunal le montrent, le visage creusé, ses cheveux raides pendant sur ses yeux. Pour la plupart, les articles détaillent les quatre mêmes points le concernant : c'était le petit ami de Kim Lord ; c'est un "jeune homme d'affaires" dont la galerie et les ateliers étaient "à la mode", "avant-gardistes" et "sur la pente ascendante" ; un morceau de tissu taché d'un sang correspondant au groupe de Kim Lord, AB, a été retrouvé dans le sous-sol de sa galerie ; et il serait l'auteur de plus de soixante-dix appels téléphoniques ou SMS à destination de Kim Lord le jour de la disparition de celle-ci, dans lesquels il exigeait de la voir.

Soixante-dix. Chaque fois que je vois ce nombre, c'est un choc renouvelé pour moi.

Une déclaration de l'inspectrice Ruiz est régulièrement citée : "Greg Shaw Ferguson est à l'heure présente notre unique suspect." On a retrouvé le portable de Kim Lord dans les buissons d'Echo Park, à moins d'un kilomètre et demi de la galerie de Greg. Les messages qu'elle a envoyés l'implorent de la laisser tranquille.

Quelques articles fouillent plus profond : Greg Shaw Ferguson est diplômé du Williams College, et il a travaillé en qualité d'adjoint administratif pour un festival d'art de New York, avant d'aller enseigner l'anglais en Thaïlande. On bondit dans le temps et on le retrouve à Los Angeles, où il travaille pour les Bean, la célèbre star de cinéma et son épouse collectionneuse d'art. Ils ont déclaré : "Nous ne pouvons pas imaginer qu'il s'agit du même Greg Ferguson que nous avons employé. Il s'est montré exemplaire à tout point de vue. Un véritable gentleman." Une photo montre Sandahlia Bean, soixante-dix ans, chevelure neigeuse, en compagnie de Greg lors d'un événement artistique. Elle passe son bras frêle enrobé de crêpe autour du sien et sourit. Ces articles mentionnent aussi le goût du suspect pour la salade de papaye ; sa voix chaude et éraillée ; le décès de sa mère ;

son admiration pour le jeu de guitare de Jack White ; le philosophe qu'il n'a jamais lu (Nietzsche) ; et sa récente balade nocturne à cheval dans les collines d'Hollywood.

Personne dans les médias ne devrait avoir accès aux textes qu'il a envoyés à Kim Lord, et pourtant deux d'entre eux sont souvent cités : *Il faut qu'on se voie. Si tu ne me rencontres pas, je viendrai te trouver.* Et *TU n'as pas le droit de me faire ça.* Je repense à ce que Jayme m'a dit dans le garage, et à ce qu'elle ne m'a pas dit. Il semblait que quelqu'un la harcelait, peut-être un homme qu'elle connaissait. Elle s'est échappée, mais en même temps elle ne s'est pas échappée. Elle est bien vivante, et selon les critères externes généraux elle a même très bien réussi, pourtant je ne peux l'imaginer sans ce contrôle d'elle-même rigide, son sens de l'intimité qui l'isole. Je ne vois pas qui elle pourrait être, sans eux.

Je consulte les statistiques sur le harcèlement : une femme sur six en a été victime, et pour plus de la moitié avant l'âge de vingt-cinq ans. La durée moyenne du harcèlement est de presque deux ans. Les harceleurs partenaires intimes ou domestiques sont plus susceptibles de recourir à la violence que les étrangers. L'homicide ne survient que dans deux pour cent des cas de harcèlement, mais quand il se produit le coupable est généralement un proche, mari ou petit ami.

À mesure que je lis toutes ces données, la tête me tourne de plus en plus, comme si l'oxygène s'épuisait dans la pièce.

Je parcours les mails de mes parents et de mes frères qui me demandent de leur répondre. Ma mère m'a écrit trois fois. D'abord sur un ton badin, en m'expliquant qu'elle a mis du grillage autour du pommier que j'ai planté jadis, pour empêcher les daims de manger les bourgeons ; ensuite avec inquiétude, parce qu'elle ne voudrait pas que je me laisse accabler par les nouvelles ; enfin plus sèchement, pour me rappeler qu'elle est *ma mère* et qu'elle a *le droit* de savoir si je suis *en sécurité.* En esprit, je la vois sourcils froncés, ses cheveux blonds entortillés sur des rouleaux, ses doigts soignés mais non manucurés pianotant sur les touches. Je me rappelle d'elle, le jour où j'ai découvert la mort de Nikki Bolio. Je suis cachée au fond de mon lit, dans mon appartement exigu de Burlington, quand elle fait irruption. Ses bottes de mi-saison font vibrer le plancher. "Tu es en danger, toi aussi ? exige-t-elle de savoir. Parce que si oui, je te prends dans mes bras et je te ramène à la maison." Et c'est ce qu'elle fait, sans attendre ma réponse.

J'écris maintenant *Je suis en sécurité. Je vais bien. Vraiment.*

John m'envoie également un exemple d'itinéraire. *Je peux prendre l'avion vendredi, si tu as besoin de moi.* Je lui réponds par la négative. J'adore John, mais je ne peux pas transférer ma vie à ma famille, pour l'instant. J'ai seulement besoin de m'y immerger plus profondément.

Je prends connaissance des causes de refus lors d'une demande d'inscription dans les écoles de médecine : pas d'expérience clinique, études ternes, documents mal rédigés. Je proposerai à Don de corriger sa demande, s'il essaie de nouveau l'année prochaine.

Je fais des recherches sur Rachel Lord, Toronto. Il y a bien une Rachel Lord arrêtée pour s'être comportée en fléau public, mais rien d'autre.

J'essaie Bas Jas Ader, et je tombe sur la photo d'un jeune homme en pleurs, la tête entre les mains. *Je suis trop triste pour vous dire* est écrit en travers du cliché, d'une main délicate.

Je reçois un mail de Ray Hendricks qui souhaite m'interviewer demain matin, à neuf heures. Un de ses homonymes a été un musicien presque célèbre, dans les années 1930 et 1940, à Los Angeles, qui a joué avec le Benny Goodman Orchestra. Un autre a réussi un *no-hitter* pour une équipe de baseball de la ligue mineure. Un troisième est mentionné dans une notice nécrologique d'un journal d'Asheville, en Caroline du Nord, comme étant le demi-frère survivant d'un certain Calvin Teicher, jeune enseignant en histoire de l'art qui a été retrouvé mort dans une chambre d'hôtel, à Los Angeles. Il semble qu'il ait fait une chute dans la salle de bains et qu'il se soit cogné la tête. Teicher a aussi laissé derrière lui sa mère, Willow Teicher, soixante-deux ans, son fils Nathaniel, quatre ans, et son ex-femme qui vit en Floride. Je cherche "Ray Hendricks Californie du Nord" et trouve une autre mention de lui, dans un article sur la police d'État qui a détruit des labos de fabrication de méthamphétamine dans les Smoky Mountains. L'agent spécial Ray Hendricks, natif de Boone et travaillant maintenant pour le FBI de Caroline du Nord, qualifie la méth de "fléau dans nos comtés ruraux". Aucune photo n'accompagne l'un ou l'autre des articles, mais je ne peux m'empêcher de le penser : c'est le même Ray Hendricks que Janis Rocque a engagé comme détective privé.

Agent spécial, voilà qui paraît impressionnant. Une grande carrière pour un type venu d'une petite ville perdue dans les montagnes, nommée Boone. Est-il ici pour son travail ou pour son demi-frère ? Quoi qu'il en soit, je ne tombe pas dans le piège de son masque somnolent et laconique. Il y a en sous-main autre chose à l'œuvre, qu'il rumine, une peine ou un désespoir énorme. *Je suis trop triste pour vous dire.*

Il fait de plus en plus froid et j'ai envie d'aller au lit, mais mon esprit n'est pas fatigué, et puis je n'arriverai pas à dormir. Assise dans le noir, je regarde fixement un écran de brouillard lumineux, et j'espère le miracle pour la vie de Kim Lord, qu'elle se cache ou qu'elle soit enfermée, attendant d'être découverte, plutôt que le fait banal de sa mort.

Un dernier coup d'œil à ma boîte de réception.

Un mot de Yegina : *Don a dit qu'il viendrait. (!)*

Un message d'Evie, qui annonce qu'elle a déniché un schéma déroutant dans le travail de Kim : *Je n'ai jamais rien vu de tel. Je te montrerai la liste demain.*

MARDI

18

— Ça ne vous dérange pas si je la referme ? demande Ray Hendricks, et il attend que je l'y autorise d'un hochement de tête.

J'occupe un petit local. En fermer la porte le réduit à la taille d'une cabine téléphonique, avec son atmosphère confinée et ouatée. Dans cet espace, Hendricks paraît plus imposant que je l'aurais cru. Il se coince tout juste de l'autre côté de mon bureau, et pourtant il n'a pas l'air mal à l'aise quand il s'assied. Il possède une décontraction naturelle. Ses yeux balaient mes étagères, survolent la tranche des catalogues et des préparations de copie, puis passent sur la fenêtre et mon ficus en plein flétrissement. Ils effleurent tout et n'importe quoi, mais ils m'évitent.

La vigilance de cet homme est quelque chose qui me perturbe depuis la première nuit où je l'ai vu, au gala, vêtu de cette affreuse veste couleur moutarde. La plupart des gens regardent le monde, mais ils ne l'observent pas. Ils n'essaient pas de voir ce qui vient vers eux. Hendricks n'aurait pas pu savoir que la boucle d'oreille tombée au sol était à moi si elle n'avait été presque défaite à mon lobe cette nuit-là. Il ne l'aurait pas rapportée le lendemain s'il n'avait pas deviné que je travaille au Rocque. Je l'ai intrigué. Et sachant qu'il vient peut-être de la même chaîne de montagnes situées dans l'Est du pays, tout comme moi, qu'il est détective privé, que son demi-frère est mort ici, à L.A., je suis intriguée par lui. Et il me rend nerveuse. À cause de tout le temps passé avec Jay Eastman à interroger des sources, et parce qu'Hendricks et moi devons être sensiblement du même âge, je me sens l'âme amateure, presque précaire. C'est comme si en moi une assiette oscillait au bord d'une table, que le moindre faux mouvement risquerait de faire tomber.

— Joli nid, lâche-t-il d'un ton indéchiffrable.

— J'ai de la chance d'avoir une pièce pour moi seule, dis-je en cherchant un sujet de conversation. Ils ont failli me mettre dans un box.

Son regard vagabond s'arrête enfin sur le petit jardin japonais qui prend la poussière, sur le rebord de la fenêtre. Le bâti carré en bois contient du sable et des galets ; un petit râteau noir est posé en travers d'un coin.

— À vous ? demande-t-il.

Je fais "oui" de la tête. Mon frère John m'a offert ce jardin zen en forme de plaisanterie, quand je lui ai annoncé que je déménageais en Californie.

— Si vous ratissez le sable, c'est censé vous emplir de paix, dis-je. Je le garde parce que ces cailloux sont les seules choses à L.A. qui me rappellent la crique de ma jeunesse.

Après une seconde d'hésitation, j'ajoute :

— J'ai grandi dans les montagnes.

Moi aussi. J'ai grandi dans les montagnes, moi aussi.

Hendricks écoute tout cela, la tête légèrement inclinée de côté, comme s'il ne comprenait pas très bien ma diction, et il acquiesce.

— Vous pouvez essayer, si vous voulez…

À ma grande surprise, il prend le jardin zen qu'il dépose sur mon bureau, et se met à en peigner la surface.

— J'ai déjà dit tout ce que je savais à l'inspectrice Ruiz.

Le râteau produit un crissement doux.

— Je ne travaille pas pour la police. Je travaille pour Janis Rocque.

Il entasse tous les galets dans un coin, à l'exception d'un seul. Puis il ratisse le sable de sorte que les sillons tracés irradient depuis les cailloux, à la manière d'ondes concentriques sur un plan d'eau. Enfin il place le galet isolé de l'autre côté et l'enfonce jusqu'à ce que le sable le recouvre presque complètement.

— C'est une femme pleine de curiosité, précise-t-il.

Je contemple son œuvre et je suis étonnée de la façon avec laquelle il a rendu ces matériaux bruts aussi expressifs.

— J'aime bien la représentation de l'éclaboussure.

Il pose le râteau sur un coin du cadre.

— Qu'est-ce que Janis Rocque veut savoir sur moi ? dis-je.

— Elle ne veut rien savoir sur vous.

Il redresse la tête, et pour la première fois sa réserve somnolente disparaît. Je découvre alors un autre homme qui me dévisage en clignant des yeux, à la manière d'un nageur qui émerge de l'eau. C'est un tel choc de le voir me regarder franchement que j'en ai le souffle coupé un instant.

— Des affaires comme celle-là… commence-t-il avant de s'interrompre.

Il semble se forcer pour prononcer la suite, et son regard bleu harponne le mien :

— Il y a souvent des dommages collatéraux. Parfois, des personnes qui ne devraient pas en souffrir sont touchées. Des personnes telles que vous… Je veux juste que vous le sachiez : vous pouvez m'appeler n'importe quand, de jour comme de nuit. Si vous avez besoin d'aide.

— D'accord, dis-je avec un petit rire involontaire. J'ai votre carte de visite.

Il semble presque timide.

— Bien, fait-il.

Une ombre passe devant ma porte : Yegina. Elle trimballe encore ce dossier de *L'Art de la course automobile*. Elle me fait signe de la main et sourit brièvement au moment où Hendricks se tourne vers elle. Je lui réponds pareillement, sans grand entrain.

Le détective privé repose mon jardin zen sur le bord de la fenêtre.

— On se revoit bientôt, déclare-t-il.

— C'est tout ? Tout ce que vous aviez à me dire ?

Avant d'ouvrir la porte, il fait halte.

— Non. J'avais une question à vous poser : vous saviez que Kim Lord était enceinte ?

19

La porte à bascule de la baie de chargement se relève de quelques centimètres. La lumière matinale inonde la caverne où les caisses sont entreposées. Fritz, notre garde de la sécurité, se tient dans ce déferlement éblouissant, la tête penchée de côté pour surveiller l'accès. Un gros camion approche en marche arrière au rythme de bips sonores qui se répercutent contre les murs et le sol. Les lumières rouges clignotent au-dessus du pare-chocs géant. Leur éclat me paraît aveuglant, menaçant, mais je ne peux pas accorder trop de crédit à mes sens, à cet instant. Tout scintille, comme si quelqu'un m'avait frappée entre les deux yeux.

Evie émerge du bureau d'enregistrement, une écritoire à pince dans les mains. La lumière provenant du passage souterrain dessine ses traits avec dureté. Un jour, elle m'a confié qu'elle était venue à L.A. dans l'espoir de devenir actrice, mais je vois maintenant pourquoi elle n'a pas réussi. Elle est séduisante, c'est indéniable, cependant sa beauté a un côté impénétrable. Même alors qu'elle m'adresse un signe amical, son visage paraît aussi sculpté et figé qu'un masque.

— Laisse-moi juste m'occuper de ça, me lance-t-elle. Tu peux attendre une minute ?

Je serais capable de patienter toute la journée. Je ne suis pas en état de travailler, alors qu'en esprit je ressasse la fin de mon échange avec Hendricks. Comment a-t-il su que Kim Lord était enceinte ?

— Elle me l'a dit, a-t-il répondu, et son intonation a changé, s'est faite interrogative.

Je ne savais pas ? Non.

Quelqu'un d'autre savait ? Personne ici, en tout cas. La chose n'a même pas été évoquée dans les bruits de couloirs qui peuplent le Rocque. Ce n'était vraiment pas de notoriété publique. J'ai refusé avec un tel entêtement cette idée – celle du ventre de Kim Lord s'arrondissant, d'une future mère peignant sa propre tête emprisonnée dans la boîte de torture d'un pervers – que je n'ai pas pu demander à Hendricks pourquoi cela importait que je sois au courant ou pas. Une seule pensée m'a obsédée, Kim dans quelques mois, qui se déplace au ralenti, porteuse de l'enfant de Greg, passant une main absente sur son ventre rebondi pendant qu'il reste auprès d'elle et surveille chacun de ses pas. Je me suis pris la tête dans les mains et j'ai probablement – non, assurément – poussé un gémissement. Hendricks est alors sorti de mon bureau aussi vite que si un chien à l'intérieur menaçait de le mordre.

Je m'efforce de me concentrer sur le moment présent.

— Qu'est-ce qui rentre ? dis-je à Evie.

— Qu'est-ce qui sort, pointe-t-elle en même temps qu'elle désigne deux grandes caisses. Deux Rothko.

Le camion s'immobilise, et son conducteur en descend pour ouvrir le hayon arrière. Rien à l'intérieur. Opération de ramassage. Il étale des couvertures sur le plancher, pour l'emballage.

— Un prêt important, dis-je.

— Il y a une expo sur l'expressionnisme abstrait, au Hirshhorn. Je devrais les accompagner, au lieu de les confier à un transporteur. Ces œuvres sont fragiles.

Elle a une façon de dire "fragiles" qui donne l'impression qu'elle est protectrice, presque maternelle. Je voudrais aimer les objets comme Evie, les investir d'une présence précieuse, pour ressentir mieux les choses. Ou ressentir moins ma propre personne.

— Pourquoi tu ne peux pas les accompagner ? dis-je.

Une ombre passe sur son visage.

— Un conflit, murmure-t-elle. Je suis supposée accompagner quatre sculptures de Judd à Amsterdam, samedi. Je ne peux pas faire les deux.

Elle me laisse accueillir le chauffeur. Après quelques phrases échangées, je retombe dans le brouillard. Je serre et desserre les poings, et j'ai envie de prendre ma voiture pour filer vers le nord jusqu'à la panne d'essence, et continuer plus loin ensuite.

Brent Patrick surgit de la menuiserie. Il fronce les sourcils mais n'a pas l'air de méchante humeur, seulement dans cet état coutumier chez lui, quand il réduit un sujet à son concentré. Je lui adresse un signe, et je l'interpelle :

— Il paraît qu'on va au Bootleg, ce soir ?

Il tourne son attention vers la porte ouverte avant d'acquiescer sans paraître comprendre. Je précise :

— Le show de Jon Byron ?

Il ne s'approche pas, et c'est moi qui le rejoins, en plissant les yeux lorsque j'entre dans le halo de sa présence hypermasculine. Je jacasse bêtement à propos des plats horribles qu'on sert là-bas, du volume assourdissant de la musique. Avec Brent, je n'ai jamais eu de conversation ne touchant pas au travail, et j'ai du mal à en initier une.

— On raconte que le patron monte le son si on proteste, dis-je en guise de conclusion.

Il me dévisage un moment, mais il ne semble pas réellement me voir.

— Excusez-moi, Maggie, bougonne-t-il.

Et il repart à grands pas, contourne le camion et sort de la zone de chargement.

— Excuses acceptées, Bôgosse, dis-je dans un souffle.

J'aimerais sincèrement que Don me remplace au Bootleg. Je ne suis pas d'humeur à jouer la troisième roue du carrosse avec un homme des cavernes, ce soir. Si je prenais la voiture tout de suite, je pourrais être à San Francisco vers la tombée de la nuit. Ou à Vegas. Ou à Baja. Ou dans la Vallée de la Mort. N'y aurait-il pas une ironie larmoyante dans cela ? Ne serait-il pas agréable de contempler l'austérité et l'épanouissement d'un printemps dans le désert ? Le problème, c'est que je déteste conduire en solitaire. Je me demande si mon frère John accepterait de venir en avion et de se mettre au volant pendant que je regarde défiler le paysage au fil des kilomètres.

— Qu'est-ce que tu voulais à Brent ?

Evie est de retour auprès de moi, et je distingue à peine sa voix dans le grondement du camion qui démarre.

— Oh, on est censés aller à un concert, ce soir. Avec Yegina et Hiro, et le petit frère de Yegina. Tu veux venir ? C'est au Bootleg.

— Le Bootleg, répète-t-elle d'un ton aussi soupçonneux que si c'était un nom inconnu. Non, merci.

— Sage décision.

Elle me dévisage.

— La cuisine qu'ils servent là-bas est vraiment atroce, dis-je.

Pourquoi ai-je tant de mal à communiquer ? Peut-être parce que mes intestins se dissolvent dans le lac le plus triste du monde.

Elle secoue la tête.

— Ça t'intéresse de voir ce que j'ai trouvé ? demande-t-elle.

— Bien sûr.

Je la suis dans son bureau, et je note au passage qu'elle réussit aussi méticuleusement son brushing à l'arrière qu'à l'avant. Les mèches blondes se recourbent vers le cou et effleurent les tendons saillants. Elle pose soigneusement son écritoire, en libère trois formulaires qu'elle range dans un classeur.

— Dommage que tu n'aies pas pu accompagner les Rothko, dis-je. Mais ça a l'air plus sympa d'aller à Amsterdam.

Elle approuve d'un petit bruit de bouche.

Un mouvement, derrière moi : Brent qui entre en trombe dans son bureau, quelques papiers en main, et qui claque la porte derrière lui. Evie s'est figée pour le regarder. Dans la menuiserie, la scie circulaire émet une longue plainte aiguë.

— Qu'est-ce qu'il y a dans l'air ici, aujourd'hui ? dis-je.

Evie ouvre à nouveau le classeur, égrène les feuillets d'un doigt, pour les compter. Un, deux, trois. Puis elle le referme ; il y a dans ce geste une mesure qui me rappelle l'époque où je travaillais à la caisse, dans une épicerie. J'y voyais des mères débordées piloter leurs chariots de courses avec des mouvements lents et précis, en ignorant les hurlements de leurs enfants.

Je dois avoir l'air glaciale.

— Je suis désolée, dis-je. Tout le monde ici est sûrement flippé à cause de Kim Lord. Tu penses qu'elle est où, toi ?

Evie ramasse un bloc-notes à couverture jaune et le tient lâchement, comme si elle évaluait son poids.

— Beaucoup de gens pensent que Shaw y est pour quelque chose. Mais je te crois. Voilà la provenance de toutes les œuvres que j'ai pu trouver.

Elle me tend le bloc-notes.

Je lis d'abord le titre des œuvres de Kim. Il y en a une cinquantaine, issues de ses deux premières expositions, toutes des peintures à l'huile de dimensions variables. À l'exception de quelques-unes, toutes portent un nom féminin : les prostituées Candi, Tonya et CiCi, et les stars de films Barbara, Rita, Jane. Mentalement j'ajoute la liste de *Natures mortes* : Nicole, Elizabeth, Roseann.

Puis je remarque les collectionneurs. Aucun nom américain ou anglo-saxon, sauf Janis Rocque qui possède une des toiles de Kim ayant figuré dans la première expo, et Nelson de Wilde qui en a trois. Les autres paraissent japonais, ou russes : Akira Naoki… Sanjugo Ishibashi… Vladimir Daniloff… Tanaka Ikuta…

Je lis toute la liste deux fois, dans l'espoir de trouver un *Steve* ou un *Curtain*.

— Tu remarques quelque chose ?

Je sens le regard d'Evie sur moi, et je relève la tête. Elle a ressuscité son habituelle froideur extérieure, mais j'y décèle une pincée de fierté.

— Qui sont-ils ? dis-je.

— Je l'ignore, répond-elle, triomphante. Ce ne sont pas des collectionneurs reconnus. Une artiste du calibre de Kim Lord, on s'attendrait à ce qu'elle figure dans la collection d'un Peter Benedek ou d'un Eli Broad : eh bien, non.

— Donc elle est très suivie à l'étranger, mais pas aux États-Unis, à part Nelson et Janis ?

Evie hésite.

— Ou bien tu crois que ces noms sont faux ? dis-je.

— Je pense qu'ils sont faux, reconnaît-elle. Je pense que quelqu'un ou, peut-être, quelques personnes utilisent des pseudonymes pour acheter tout ce qu'elle a fait jusqu'à présent.

Cette déclaration reste suspendue dans l'air. Evie et moi nous tenons toutes deux dans une petite pièce terne, en sous-sol, mais j'ai soudain l'impression que nous nous sommes élevées loin au-dessus de la surface. Peut-être que moi non plus je ne croyais pas complètement à ma propre théorie. Peut-être que je ne pensais pas trouver de preuves solides, mais cette liste ressemble à une sorte de preuve, particulièrement après qu'Evie m'a montré les acheteurs enregistrés pour l'achat d'œuvres appartenant à la première exposition de Kim Lord, *La Chair*, épuisées à la vente. Ce n'est pas la même que la liste dans le bloc-notes jaune, pas du tout. Le seul nom que je reconnais est celui de Janis Rocque, mais d'après Evie tous les autres collectionneurs ont dû revendre leurs œuvres en privé, ultérieurement.

— Et ce n'est pas normal ? dis-je.

— Absolument pas ! Si tu regardes la provenance d'un Chris Ofili ou d'un Mike Kelley, tu tomberas peut-être sur un ou deux collectionneurs insatiables, mais c'est bien réparti entre une douzaine de personnes et d'institutions.

Elle tapote le nom de Nelson de Wilde et ajoute que le galeriste devait être de mèche avec le méga-collectionneur, sinon un tel monopole sur l'œuvre d'un artiste ne serait jamais possible.

— Et Kim Lord ne serait pas au courant ?

— Pas nécessairement. Si les œuvres sont revendues par l'intermédiaire de quelqu'un d'autre que Nelson.

— Je n'arrive pas à croire qu'on soit les premières qui pensent à ça, dis-je.

Evie arque un sourcil.

— Peut-être qu'on n'est pas les premières.

Elle me parle alors d'un collectionneur qui fait un procès à une galerie d'Harlem parce que celle-ci ne lui a pas réservé les droits pour l'achat d'une peinture de Julie Mehretu, bien qu'il ait soutenu la même galerie par un prêt de soixante-quinze mille dollars en échange de la possibilité de s'attribuer les œuvres d'artistes en vue.

— Il a vu rouge, et il les a traînés en justice.

Je ne saisis pas le rapport.

— Et ?

— Et si Janis Rocque voulait acquérir un autre Kim Lord et qu'elle n'y parvenait pas ? Sinon, pourquoi engagerait-elle ce type louche qui fourre son nez partout ?

Il n'est pas si louche que ça, me dis-je. Mais ce que raconte Evie a du sens. Janis Rocque invite son détective privé au gala afin qu'il découvre qui accumule les Lord. Ensuite Kim ne se montre pas, et J. Ro garde le privé parce qu'elle soupçonne quelque chose de plus sinistre. Janis a beaucoup d'avance sur moi, et depuis le début : elle a craint que quelqu'un manipule les œuvres de Kim Lord sur le marché. Je suis frappée une fois encore par le plaisir trouble que j'éprouve à voir mes convictions confirmées.

— Seigneur, comment as-tu fait pour découvrir tout ça aussi vite ? dis-je. Tu es incroyable dans ton boulot. Je te suis vraiment très reconnaissante.

Evie a une petite mimique, comme si elle était navrée que je ne le remarque que maintenant. Elle désigne le bloc-notes jaune dans mes mains.

— Qu'est-ce que tu vas faire ? Ça pourrait aider Shaw ?

Le chagrin me submerge à nouveau. J'évite de la regarder en face.

— Je l'espère.

À l'extérieur retentit un roulement grave et puissant quand la porte de la baie de chargement rebascule à la verticale. Derrière moi, la lumière se dissipe. Evie dit quelque chose à propos de mardi. La visite du jardin de sculptures de J. Ro, mardi.

Je réussis à lui promettre que je serai présente, et je m'éloigne en la saluant d'un geste, quand bien même mardi me paraît aussi éloigné que l'océan Atlantique. Je sens peser sur ma nuque son regard tandis que je traverse le vaste sous-sol en direction de l'ascenseur. Fritz, le gardien de la sécurité, entre dans mon champ de vision. Les verres réactifs de ses lunettes sont encore assombris par la récente cascade de lumière. Il brandit quelque chose de mince et de marron.

— Pour vous, annonce-t-il d'un ton enjoué. UPS a laissé ça. Un passage au service du courrier en moins pour vous !

Je prends l'enveloppe, le remercie, et me remets en marche.

Une fois, en Thaïlande, j'ai eu la certitude d'être enceinte. J'avais du retard, et je ne savais pas où acheter un test de grossesse. Alors que je suais à grosses gouttes, que je voyageais sur la longue banquette arrière d'un taxi couvert, que je sillonnais un marché infesté de mouches où les têtes de porc étaient alignées sur un lit de glace, j'ai senti que je me dilatais, que je devenais plus que moi-même. J'ai écrit une lettre à Greg, qui enseignait alors à deux provinces de distance de moi, mais je ne l'ai pas envoyée. Si je le faisais, cela pouvait être vrai. Si j'attendais, c'était simplement un secret, une menace. Et, aussi, un souhait.

Les règles sont venues la semaine avant que je rende visite à Greg chez lui. Alors que nous étions étendus dans des hamacs sous son patio couvert, je lui ai parlé de la peur que j'avais eue. Il m'a semblé soulagé, et cela m'a mise en colère.

— C'est un procès ? a-t-il rétorqué, avant d'ajouter,

d'une voix radoucie : Tu veux vraiment avoir un bébé ? Si c'est le cas, il faudrait qu'on en discute.

J'ai nié ce désir, mais j'ai boudé parce que je ne pouvais pas exprimer ce que je voulais réellement. Pas un bébé. Certainement pas les couches et les envahisseurs de lit qui squattaient la vie de mon frère Mark. Mais la sensation de notre avenir en moi, notre avenir à tous les deux, avec Greg ? J'aimais cela. C'était un point d'ancrage.

J'appuie sur le bouton de l'ascenseur et les portes coulissent immédiatement. Par chance, personne à l'intérieur. Après que la cabine GSF s'est refermée, je déchire un côté de l'enveloppe, qui m'est adressée en lettres capitales.

Elle contient une page de bloc-notes arrachée, et un morceau de papier plus petit, plié. Je lis la page de bloc-notes d'abord. L'écriture est celle, hâtive et griffonnée, de Greg :

M – Je n'ai que quelques minutes pour t'écrire ça, parce que la police est ici, et il semble qu'ils aient trouvé quelque chose qui m'incriminerait, en bas, mais une de mes assistantes m'a promis de te poster ce courrier. (1) Je ne suis PAS *coupable. Je sais que tu me crois. (2) Je t'en prie, n'essaie pas de m'aider, comme je te l'ai demandé l'autre soir. Laisse la police faire son travail. J'ai trouvé ça glissé sous la porte de mon atelier, ce matin, et ça me terrorise. Prends garde. Reste en dehors de tout ça. Je t'aime, mon amie.*

GSF

Je déplie l'autre papier, de dimensions plus réduites. Six mots, tracés au marqueur noir :

VOUS DEVRIEZ FAIRE ATTENTION À MAGGIE.

20

— Le mur des donateurs, dit Hiro.

Il se tient à l'entrée de mon bureau, dans son tee-shirt vert pâle frappé du logo d'une firme commercialisant les bonsaïs. Il brandit deux feuilles de papier.

— Vous pouvez les relire vraiment vite fait ? demande-t-il, et ma grimace de déplaisir le fait reculer. On est sûrs à quatre-vingt-dix-neuf pour cent que c'est correct, mais il faut avoir votre signature sur tous les documents, pas vrai ? Pour les coquilles et fautes de frappe éventuelles ?

VOUS DEVRIEZ FAIRE ATTENTION À MAGGIE. Les mots sur le bout de papier m'obsèdent. Je comprends les soupçons de Cherie, à présent. Greg a pensé que quelqu'un lui conseillait de me protéger ; elle a interprété le message dans le sens contraire. *Vous devriez faire attention à Maggie*, comme pour dire *Maggie est dangereuse.*

Qui au monde pourrait me croire dangereuse ? Nikki Bolio l'a peut-être pensé, à un certain moment, quand je lui ai demandé de dénoncer les gens qu'elle connaissait. Pourtant, dans une ville aussi impitoyable que Los Angeles, je suis aussi inoffensive qu'un agneau. Je confectionne des cartes d'anniversaire faites maison pour mes amis. Je ne porte que des chaussures fonctionnelles. J'apporte des muffins au sirop d'érable aux cocktails.

Mais une fois encore, si l'interprétation de Greg est la bonne, qui me veut du mal, là, dehors ?

Sans un mot, j'ouvre grande la porte et je jette l'enveloppe de Greg sur mon bureau.

Hiro me suit à l'intérieur et déploie la liste des personnes qui toutes auront droit à une plaque en chrome brillant gravée à leur nom, sur le mur extérieur. Il dépose les deux feuilles avec autant de soin que si c'étaient des objets très fragiles, et recule.

— Tout va bien ? demande-t-il.

VOUS DEVRIEZ FAIRE ATTENTION À MAGGIE. Il y a quelque chose de provocateur dans ce message. Il entretient délibérément le flou. À l'instar d'une œuvre d'art, il vous incite à l'interprétation.

— Maggie ?

— Je vais bien.

J'essaie de me concentrer. Les stylos noirs et bleus du Développement ont rayé quelques noms, en ont corrigé d'autres. Il convient de toujours se montrer très vigilant sur ce genre de détails, parce que les gens riches entrent dans une colère folle si leur nom n'est pas cité correctement.

— Je ne vais pas m'attarder, déclare Hiro. Mais… est-ce que je peux repasser dans une heure ?

Je constate que le nom de Thalia Thalberg a été corrigé et est devenu Thalia Thalberg-Talbert.

— Vous n'êtes pas sérieux, dis-je sans desserrer les dents.

— Deux heures ? propose-t-il poliment.

— Thalia Thalberg a épousé quelqu'un nommé Talbert, et ils accolent leurs noms ?

— Elle va se marier, dit Hiro. En juillet, je crois. La période de l'année la moins coûteuse quand on veut vider Paris pour remplir la ville de ses invités.

J'en reste bouche bée.

Hiro lève les deux mains ouvertes devant lui.

— Je plaisante. Elle veut que le mariage ait lieu en France avant que sa remplaçante soit trop visiblement enceinte pour voyager.

— Vous continuez à plaisanter.

Il me gratifie d'un grand sourire rêveur.

— En fait : non.

Pour la première fois aujourd'hui, je me surprends à sourire, moi aussi, et pas d'une manière sarcastique mais plutôt abasourdie par la capacité qu'ont Thalia Thalberg-Talbert et son supérieur à contrôler aussi parfaitement chaque moment de l'existence. Cela semble tellement incroyable que je ne peux que sourire benoîtement. Je fais glisser la liste vers moi sur le bureau.

— Revenez dans un quart d'heure, dis-je.

Il acquiesce et se retire. Toutefois il marque un temps d'arrêt en haut des marches, pour englober du regard mon panorama préféré de la ville. La plupart des gens se contentent de descendre l'escalier d'un pas mécanique, concentrés qu'ils sont sur leurs tâches quotidiennes. Hiro s'imprègne réellement de ce spectacle, et ses yeux marron brillent. Yegina m'a dit que son appartement est plein de bonsaïs, et qu'il espère vivre de leur commerce, un jour. Lors de la plus longue conversation qu'il ait eue avec moi, il a disserté sur la croissance des branches, comment les arbres cherchent toujours à s'étendre, et que tout dépend du tronc et de ses ramifications, si bien que l'art de l'amateur en bonsaï est aussi dans la continuation naturelle des choses, quoique sa matière première soit une chose vivante.

— C'est très lent, et très imprévisible, a-t-il spécifié à Yegina.

Elle m'a rapporté sa formule avec un sourire désabusé.

Et, portée par une vague radieuse d'espoir, je souhaite que ces deux-là tombent amoureux. D'un amour pur et vrai. Le frère de Yegina a raison. Elle a besoin de quelqu'un qui soit digne d'elle, quelqu'un de sincère, d'attentionné, et qui ne la laissera pas tomber. Peut-être que tout cela peut commencer cette nuit. Peut-être que je devrais avertir discrètement Brent et Don, de façon à ce que nous nous éclipsions.

Mon regard tombe sur l'enveloppe envoyée par Greg. Dois-je en parler à Yegina ? Elle va me mettre sous surveillance constante. Vingt-quatre heures sur vingt-quatre.

Hiro commence à descendre l'escalier. Juanita traverse mon champ de vision. Son regard passe très vite d'Hiro à moi, et je baisse la tête. En pensée, je l'implore : *Je vous en prie, ne l'interrogez pas au sujet de l'article sur Bas*, et elle ne dit rien. Elle continue d'avancer, mais je pense qu'elle sait que je suis une menteuse.

Le stylo serré entre les doigts, je consulte la liste des donneurs jusqu'à ce que je sois sûre que Juanita est partie. Les Membres Fondateurs – Victor, Hilda et Janis Rocque – ont droit à une place d'honneur parmi eux, au sommet. Ensuite viennent ceux qui ont contribué à hauteur d'un demi-million à un million de dollars. Parmi eux, les Bean, employeurs de Greg qui ont donné une interview publique ce matin dans laquelle ils le défendent tout en se déclarant "perplexes" quant aux indices que la police a découverts. Ils se sont exprimés avec des voix choquées, vieillottes.

James et Marie Terrant, les parents de Bas, font également partie des Donateurs Fondateurs. On raconte qu'ils ont vendu leur propriété de Palm Springs et qu'ils ont versé la somme récupérée au Rocque, en guise de cadeau de bienvenue. Ils ont été rejoints par des collectionneurs et des personnalités politiques dont j'ai lu le nom si souvent que je les sais corrects, sans avoir besoin de vérifier. Mais quand j'arrive aux catégories de donateurs "moindres", il me faut vérifier chaque personne et entreprise, parce que l'année dernière quelqu'un a introduit le nom Sparkle Jollypants dans la liste, et personne ne l'a remarqué avant que la plaque soit accrochée depuis six mois. Parmi les donateurs de la catégorie "Or", un nom plus long a été inscrit et remplacé par *Galerie CJ*. Je l'étudie, ne trouve rien et prends note d'en parler avec Hiro.

— Toc-toc, dit quelqu'un à voix basse.

C'est Jayme, resplendissante dans sa tunique cuivrée et son jean blanc, ses cheveux noués par une écharpe. Son visage ne trahit rien de l'angoisse qu'elle a montrée la nuit précédente. En réalité, il exprime plutôt la défiance. Quoi qu'elle m'ait dit, elle ne le répétera pas.

— Vous êtes sur quoi ? demande-t-elle d'un ton proche de la sommation.

Je lui montre la liste de donateurs.

— Je cherche juste Sparkle Jollypants.

Du coin de l'œil, je vois le haut de ma boîte de réception s'assombrir d'un nouveau mail de Yegina, avec pour titre *Don*. Jayme veut savoir si je suis prête pour la réunion du rapport annuel, et je lui affirme que c'est le cas : je vais consacrer ma pause déjeuner à développer quelques autres idées d'histoires piochées dans mes dossiers. Jayme entre dans mon bureau et me glisse *sotto voce* que *L'Art de la course automobile* est complètement rejeté du planning et, du moins ce matin, qu'on va le remplacer par un hommage à la collection personnelle d'un membre de la commission.

— Bien joué, dis-je, en me demandant si cette nouvelle expo est une idée de Yegina. Quel soulagement.

Jayme ne fait aucun commentaire. La tête penchée, elle étudie mon dessin de Cy Twombly comme si elle ne l'avait jamais vu.

— Et si ce n'était qu'un gribouillis ? dis-je. Vous vous êtes déjà posé la question ?

— Vous avez vu le rapport sur la famille de Kim Lord ? On a retrouvé sa sœur. Elle n'a jamais quitté Toronto. Elle a contacté ses parents et elle est de retour en désintoxication.

La sœur de Kim n'a jamais quitté Toronto. Ce qui signifie qu'elle ne peut pas être la femme sur la clé USB.

— Dieu merci elle n'a rien, dis-je. Je n'imagine même pas ce que ses parents peuvent ressentir, en ce moment.

Jayme a un petit haussement d'épaules convulsif. J'essaie de me rattraper :

— Je suis désolée, je…

— J'ai toujours pensé qu'il s'agissait d'un gribouillis, coupe-t-elle sèchement en désignant le Twombly. Excusez-moi.

Elle sort son portable d'une poche et compose un numéro.

Hiro apparaît derrière elle.

— Deux minutes, lui dis-je.

Jayme s'en va main à l'oreille, déjà plongée dans sa conversation. Son aptitude à compartimenter les sujets me stupéfie. Je devrais m'y entraîner. Je fais signe à Hiro de s'asseoir pendant que j'examine les quelques derniers noms. Il se laisse choir sur une chaise et croise les mains. Je parle du Bootleg, et nous plaisantons sur leur cuisine infecte et l'idée de s'enivrer avant. Même à mes oreilles, ma voix semble enjouée. Peut-être que le compartimentage représente la seule manière de supporter cette semaine. La sœur de Kim n'a rien. Une bonne nouvelle, a priori. Mais alors, qui est la femme sur les photos de la clé USB ?

— Et… Galerie CJ, c'est ce que ça signifie ? dis-je en tapotant la liste.

Il la consulte, fronce les sourcils.

— Non, CJF, corrige-t-il. C'est MeiMei qui l'a écrit. Je pense qu'avant c'était Curtain, Jug and Fruit, mais ils ont changé de nom avant d'ouvrir.

Je comprends qu'ils aient raccourci le tout…

— Curtain, Jug *and* Fruit ? Laissez-moi vérifier la ponctuation, quand même.

J'ouvre un moteur de recherche, m'assure que les initiales ne sont pas suivies de points, et je donne toute la liste à Hiro qui me remercie abondamment et s'en va. Je m'apprête à cliquer sur le message de Yegina quand un picotement envahit ma nuque. Je reviens aux résultats de ma recherche.

CJF est une toute nouvelle galerie de Santa Monica que dirige son propriétaire, Steve Goetz. J'ai déjà vu ce nom, mais je n'arrive pas à me rappeler où. Une autre liste de donateurs ?

Curtain, Jug and Fruit, autrement dit *Rideau, Cruchon et Compotier* est une peinture de Paul Cézanne qui s'est vendue soixante millions de dollars, ce qui en a fait une des natures mortes les plus chères au monde.

Steve Curtain est la notation de Juanita dans son agenda. Steve *au* Curtain ?

L'arrière-plan que Kim Lord a peint en hâte dans "Disparitions" contient un pan de tissu orné d'oranges, de pommes et de cruchons. Rideau, cruchons et fruit. *Curtain, jugs and fruit.*

Kim Lord le mettait en garde. Ou nous mettait tous en garde. Mais contre quoi ?

Steve Goetz, propriétaire de la galerie CJF, collectionneur d'art, ancien consultant chez Catesby, diplômé de Yates, est un homme à la forte carrure et au visage plat. Il a les cheveux bruns et épais, et les joues aussi roses que s'il venait d'avaler un grog brûlant. Sur la photo illustrant un article d'infos, il se tient debout, jambes écartées et mains dans les poches de son costume indigo, devant le Guggenheim de Bilbao. Le texte traite de la philanthropie dans le milieu artistique. Steve Goetz a lancé une organisation baptisée Patron Foundation afin d'associer individuellement de riches collectionneurs internationaux avec les artistes qui montent. "Comme le mouvement du micro-crédit, mais destiné aux Nouveaux Maîtres", dit-il.

Un appel au contact que j'ai gardé à la bibliothèque de Yates me révèle que sa thèse défendue en 1993 avait pour titre "Le Supercollectionneur et l'Artiste artificiel", mots-clés : marché de l'art, économie, Damien Hirst, Tracey Emin, Charles Saatchi, YBA.

La bibliothécaire me précise qu'elle a un résumé. Doit-elle me le faxer ?

Je la prie de me le lire sans attendre.

> Dans notre nouveau marché de l'art contemporain international, la valeur de l'artiste n'est plus basée principalement sur le travail de l'artiste : elle découle plutôt d'autres facteurs tels que les riches collectionneurs, l'écho médiatique et la tendance croissante à collectionner les œuvres "encore humides". Cette thèse développe l'idée que des individus-clés et non artistes (par exemple les collectionneurs, les critiques, les conservateurs) ont une plus grande influence sur les mouvements artistiques que les artistes eux-mêmes, et que le futur est prêt à accueillir un nouvel acteur, le

"supercollectionneur", qui modèlera un nouveau canon d'"artistes artificiels".

— Répétez ça : un "supercollectionneur"…

— "Qui modèlera un nouveau canon d'« artistes artificiels »." Seigneur. Je veux bien être une artiste artificielle, si quelqu'un accepte de me lancer. Dommage que je ne sache pas dessiner.

— C'est d'un cynisme révoltant, dis-je en pensant à tous les artistes connus de moi qui seraient mortifiés d'être qualifiés d'*artificiels*.

Comme si le processus artistique et son appréciation n'existaient pas, et qu'il n'y avait que sa valeur sur le marché, qu'on peut influencer à volonté.

La bibliothécaire émet un son qui vaut approbation.

— Oui. Mais ça n'arrivera jamais. Quel bénéfice y a-t-il à être un prétendu supercollectionneur ? Faire savoir à tout le monde que vous êtes réellement un type méprisable ?

— Ça pourrait arriver, dis-je. Ça aurait pu arriver.

S'ensuit un mutisme attentif, et je précise :

— C'est tout ce que je dis.

— Vraiment, fait-elle, pensive. Vous savez, vous êtes la deuxième personne à demander cette thèse, ce mois-ci.

— Qui a été la première ?

— Je ne peux pas vous le dire, répond-elle à regret.

Elle copiera la thèse et me la faxera dès demain matin.

Je regarde par la fenêtre, puis le sable de mon jardin zen, tout en échafaudant un plan. La concentration m'est difficile tant la bile ne cesse de monter dans ma gorge à l'idée que quelqu'un puisse manipuler une carrière artistique de cette façon. La supériorité satisfaite de la thèse avancée par Steve Goetz ne prend pas en compte des dizaines – non, des centaines – de générations d'artistes qui ont voué leur vie entière à créer des images et des sculptures qui nous émeuvent, nous font réfléchir, façonnent notre compréhension du monde. Transformer cet effort en une opération économique pour personne fortunée, faire de Kim Lord un produit que seuls les riches peuvent acheter et revendre… Rien d'étonnant à ce qu'elle ait voulu faire don de toutes ses toiles. Et pourtant. Elle aussi a renoncé à des millions de dollars. C'était un choix courageux. Ou désespéré.

J'envoie un mot lapidaire à Jayme pour l'informer que je ne me sens pas bien, et je ferme ma boîte mail sans ouvrir le message de Yegina, de crainte qu'une nouvelle inquiétude concernant son frère me ralentisse dans mon élan. Je n'ai jamais quitté le Rocque dans une telle précipitation. Je balance la clé USB dans mon sac à main, celui-ci sur mon épaule, je sors mes clés de voiture et je les tiens à la main pendant plusieurs blocs d'immeubles avant d'avoir atteint le garage. Là, je m'installe au volant, claque la portière, mets le contact et, dans le rugissement du moteur, je fonce à l'assaut de la rampe d'accès jusqu'à la surface, en espérant que personne du musée ne m'a vue.

On ne m'a pas vue. À présent les feux passent au rouge et je prends ma place dans la file sur Beverly, abandonnant les couloirs encaissés et lumineux du centre pour l'étendue de bâtisses hautes de deux étages qui constitue le reste de la ville. J'aime rouler sur les boulevards de L.A. qui vont d'est en ouest. Ils m'éblouissent toujours : chacune de ces larges avenues a son propre parfum, modelé par les poches immigrées – Thai Town, Koreatown, Little Tehran –, et chacune vise l'océan. Chaque fois qu'une chanson du *Sea Change* de Beck est diffusée à la radio, je songe que je pourrais passer le restant de ma vie à flotter au-dessus de ces passages vers le Pacifique.

Le calme est descendu sur moi depuis que je suis entrée dans la voiture. À moins que ce soit du détachement. Je me déplace dans l'espace, mais je ne me sens pas entièrement connectée à lui, comme si j'avais pénétré dans une brume océane où tout est scintillant et indistinct. C'est Fairfax que je traverse, et si je regardais sur ma droite j'apercevrais les murs rouges et brun sombre du Bootleg, où nous sommes censés nous retrouver ce soir pour écouter de la musique. Tout cela semble si loin de moi.

Je glisse une main dans mon sac et referme les doigts sur la clé USB. Je n'en aurai peut-être pas l'utilité, mais l'avoir avec moi me donne l'impression que Kim m'accompagne, avec toutes les heures de chagrin qu'elle a dû déverser dans ses peintures – Kim l'ambitieuse, Kim enceinte, Kim la future mère, effrayée, en colère. Kim consciente, durant ces derniers jours avant l'ouverture de l'exposition *Natures mortes*, des enjeux de son sacrifice : renoncer à tout ce qu'elle a fait. Kim la disparue. Qui a dû terriblement sous-estimer ce qui pouvait lui arriver. Je dois me montrer très prudente. Je dois paraître enthousiaste mais candide. Il me faut poser les bonnes questions. Je n'ai pas besoin de savoir, juste en faire assez pour donner une direction que les autres pourront suivre. Juste être un élément du tableau. Avant qu'il ne soit trop tard.

Santa Monica résume tout ce que je m'imaginais jadis être Los Angeles : les palmiers, les restaurants couverts ou en terrasse, les vues sur l'océan, les parcs verdoyants soigneusement entretenus. La température oscille entre chaude et fraîche, et l'air est soit flou, soit miroitant. Des gens séduisants promènent leur braque de Weimar au bout de sa laisse en cuir. *Si vous méritez une vie agréable, pourquoi choisir un autre endroit ?* semble demander la ville dès que vous passez sous ses grands panneaux indicateurs bleus qui vous invitent à les lire.

Au lieu de ce paradis, Greg et moi avons connu l'agitation et la poussière d'Hollywood, dans une petite rue située à mi-chemin entre les vieux cinémas qui renaissent et les panneaux d'affichage géants de Sunset Strip. Chaque jour, si nous prenions à l'est, nous roulions devant les édifices chics d'une autre époque qui se délabraient au-dessus de boutiques ringardes de brocanteurs ; si nous allions vers l'ouest, nous rencontrions les mirages de la commercialisation et de la beauté, avec ces modèles hauts de quinze mètres, aux jambes impossibles, qui sourient dans leur jean et leur pull blanc. Les deux directions ressemblaient à des routes qui m'éloignaient au lieu de me rapprocher de chez moi. À L.A., je ne me sens chez moi nulle part.

Je n'ai pas été élevée pour mériter autre chose que ma propre existence passée à tirer le diable par la queue. J'ai grandi au bout d'un chemin de terre, à côté d'une famille de bouseux dont le sport préféré consistait à boire des Budweiser et s'empiffrer de beignets dans leur bout de jardin, derrière la maison. À douze ans, j'ai fait du baby-sitting pour eux. J'ai essuyé le nez et le postérieur de leurs gamins pour cinq dollars de l'heure et le bombardement quotidien de blagues sur les blondes dont m'abreuvait leur oncle Larry. Il m'appelait Faggie Maggie, comme dans "Hé, Faggie Maggie, une blonde aime ses œufs comment, le matin ? Fertilisés !". À quatorze ans je mettais les courses des clients dans des sacs en papier, aux caisses de l'A & P ; à quinze je nettoyais la cafétéria de la station de ski toute proche. Je sais la douleur des crampes aux mains d'avoir trop travaillé. Je connais les visages hagards et minés par la lassitude de mes patrons qui surveillaient le même paysage lugubre de caisses enregistreuses et de tables sales à quarante ans, parce qu'il n'y avait pas d'autre emploi pour eux. Je suis consciente d'avoir eu la chance d'y échapper.

Mon break à la carrosserie constellée de points de rouille vient occuper en grondant une place de stationnement libre. La galerie CJF scintille de l'autre côté de l'artère, juste en face. C'est une rangée entière de fenêtres, avec une *gallerina* assise derrière un bureau et un escalier menant au loft qui occupe l'étage supérieur. La *gallerina* ressemble à la plupart des *gallerinas* : jeune, brune, la mise impeccable, les yeux rivés à des papiers posés devant elle. La salle derrière est pareille à la plupart des galeries, neutre et aussi glaciale qu'un réfrigérateur vide, à l'exception de quelques peintures accrochées ici et là. Et pourtant. L'éclairage intérieur est d'une blancheur si intense que tout le local paraît sinistre et contrefait.

Je prends mon magnétophone à cassette dans la boîte à gants. C'est un appareil noir ridiculement encombrant, prompt à émettre des claquements et à dévorer les bandes. Jay Eastman s'en est moqué ("Trouvé à la décharge municipale ?"), et il m'a obligée à adopter son propre appareil numérique miniature quand j'ai interviewé Nikki. J'ai gardé cette grosse antiquité parce que mon père me l'a achetée pour Noël, alors que je travaillais au journal du lycée. À l'époque, c'était le nec plus ultra. Avec trois enfants et leur revenu modique d'enseignants en école élémentaire, mes parents avaient tendance à faire des cadeaux bon marché ou bricolés à la maison. Mon père pensait que je pouvais devenir une grande journaliste, un jour. Je ne sais pas ce qu'il imagine pour moi, aujourd'hui.

Je mets l'appareil sur enregistrement et je le glisse dans mon sac, mais je ne parviens pas à trouver l'allant pour quitter la voiture. Je ne devrais pas faire cela seule.

Comme si elle sentait ma présence, la *gallerina* jette un coup d'œil par la fenêtre. Ses yeux passent sur moi, évaluant et rejetant mon véhicule, puis la personne à l'intérieur. La froideur de son regard me démoralise. Ma main papillonne dans mon sac à la recherche du rouge à lèvres acheté au drugstore. Ma bouche devient rouge dans le rétroviseur, comme si quelqu'un venait d'y injecter du sang. J'ai l'air d'une gamine et en même temps d'une femme approchant la cinquantaine.

Kim veut-elle garder le bébé ? Elle a trente-huit ans, tout près de la limite.

Steve Goetz l'a-t-il effrayée ? Disons qu'il a en effet passé quinze ans à collectionner froidement, à planifier et préparer sa grande déclaration selon laquelle la carrière de Kim est sa propre œuvre d'art. Que ferait-il si elle découvrait son projet et s'évertuait à le torpiller ? L'en empêcherait-il par n'importe quel moyen ? Tirerait-il un bénéfice supplémentaire de la mort de l'artiste ?

Je n'entrerai pas dans la galerie sans savoir qu'il y a quelqu'un qui m'attend de l'autre côté. J'essaie de joindre Yegina, mais son portable est éteint. Je tente Evie, et tombe sur son répondeur.

— Je crois que j'ai trouvé autre chose ; rappelle-moi, dis-je, et je coupe.

J'ai besoin d'entendre une voix réelle, de définir une heure à laquelle je devrai arriver quelque part. Sans entrain, je prends la carte de Ray Hendricks, la contemple fixement pendant un moment, le cœur battant. Enfin je compose le numéro.

— Oui, fait-il dans ce qui est presque un murmure.

— Euh, désolée, je vous ai réveillé ?

— Maggie. Un instant. Je suis en plein film.

J'entends le craquement d'un siège, le vacarme d'une bande sonore qui baisse soudain de volume. Puis un bruit de circulation.

— Il est arrivé quelque chose ? Vous allez bien ?

D'après le ton de sa voix, il est sincèrement inquiet. Mais je ne peux pas lui révéler où je me trouve ; pas encore.

— Je voulais juste… Vous avez dit… Si jamais j'étais… Je me fais du souci pour quelqu'un du Rocque.

— Oui, dit-il.

Son sérieux m'alarme.

— Qu'est-ce que vous regardiez, au fait ?

Hendricks marmonne quelque chose.

— Vous venez bien de dire *Porcinet* ?

— *Les Aventures de Porcinet*, avoue-t-il d'une voix résignée. J'ai mis ça pour quelqu'un d'autre.

Ainsi donc tu as un enfant, toi aussi. Tout le monde a un enfant ces derniers temps, apparemment.

— Mon neveu, ajoute-t-il.

Son neveu. Le fils de son demi-frère décédé ?

Comment c'était ? ai-je envie de lui demander à propos du film, mais je dis :

— Comment va-t-il ? – Je tousse, me reprends : Enfin, vous pensez qu'il aimera ce film ?

— Même au tendre âge de cinq ans, il se peut qu'il trouve ça en dessous de son niveau.

— Moi, j'ai toujours aimé Porcinet, dis-je pour gagner du temps.

Il émet un son indéfinissable.

— La raison ?

— Quoi ?

— Pour quelle raison m'appelez-vous ?

— Vous pouvez me retrouver au grill-room Luster, à cinq heures ? C'est à quelques blocs du musée. Je ne peux pas vous parler, là.

Il ne répond pas immédiatement.

— J'y serai.

Sa voix s'éloigne du téléphone tandis qu'il écrit quelque chose. Nous prenons congé de façon un peu embarrassée. Je bondis hors de la voiture et fonce vers la galerie, avant d'avoir eu le temps de changer d'avis.

À l'intérieur, l'air est si frais et incisif que mon nez souffre de le respirer. Tout ici a un éclat dur, les cadres sous verre, une sculpture constituée de tubes à essai brisés, les ongles rouges de la *gallerina* qui s'est mise à pianoter sur un clavier. Je m'approche de deux peintures au ralenti, et je fais semblant de m'absorber dans la contemplation de leurs lignes brutes, simplistes, pendant que je rassemble tout mon courage. Puis je glisse une main dans mon sac et vérifie que le magnétophone est enclenché, avant de me diriger vers le bureau.

— Je viens voir Steve Goetz, dis-je à la *gallerina* qui m'ignore avec beaucoup d'application.

Elle tape quelques mots de plus avant de se tourner vers moi.

— Votre nom ?

— Sheila Graham.

Elle recommence à écrire sur son clavier.

— Je viens du Rocque.

Elle remet en place un unique cheveu brun, se lève, murmure "Excusez-moi", et va gravir sans hâte l'escalier du loft. Son ensemble sombre s'élevant dans cet espace blanc me fait penser à un insecte sur un mur. Quand elle disparaît par une porte à l'étage supérieur, le silence s'épaissit. Je l'enregistre à travers le filtre que constitue le cuir de mon sac à main et je sais que, lorsque je l'écouterai plus tard, il n'y aura aucun son, seulement une plage de temps muette. Mais à ce moment précis la sensation de ce silence sur moi est oppressante et presque palpable, comme du sable.

Un bref échange de voix. La porte s'ouvre à nouveau, et il se tient là, en haut des marches, qui baisse les yeux vers moi, plus bronzé encore que sur ses photographies. Il a de larges sourcils élevés, l'ombre d'une barbe naissante, le regard perplexe. La *gallerina* redescend et retourne à son poste.

— Oui ?

— Je suis ici pour le profil, dis-je d'un ton léger. Pour le magazine des membres du Rocque.

Il se rembrunit.

— C'est sur mon agenda ? lance-t-il à son assistante.

Elle consulte son ordinateur.

— Je n'en ai aucune mention, déclare-t-elle d'une voix sèche en lui coulant un regard nerveux.

— Juanita m'a assuré qu'elle l'avait fixé à trois heures aujourd'hui, dis-je, et je fais de mon mieux pour paraître très jeune et très déconfite. Je suis désolée. Il n'y a vraiment pas moyen ? J'ai une date butoir à respecter et…

Il pousse un soupir exaspéré et me fait signe d'escalader les marches hautes et sans rambarde, chacune m'éloignant un peu plus de la sécurité de la porte d'entrée. J'ai l'impression de me hisser dans une ruche.

Quand j'atteins le palier, Goetz appelle son assistante :

— Apportez-nous un peu de café, vous voulez bien ?

— Oh, ça ira… dis-je.

— Non, non. Du café frais, s'il vous plaît.

Je retiens une grimace quand je vois la *gallerina* prendre son sac et se lever pour sortir.

Goetz m'ouvre la porte, et j'entre la première dans la pièce. Il referme derrière moi et reste un instant contre la porte, à me dévisager, avant de me contourner et de passer de l'autre côté de son bureau. L'endroit est empli d'étagères surchargées de catalogues d'art. J'identifie leurs formes rebondies et surdimensionnées, ainsi que les ouvrages de poche qui sont des catalogues de ventes aux enchères. En temps normal, une telle collection me rassurerait. Les gens qui réfléchissent lisent. J'aime les gens qui réfléchissent. J'aime les gens qui aiment l'art. Mais ici l'air est lourd, il sent le renfermé, et il y a plusieurs cartons sur le sol, eux aussi pleins de livres, sans aucune place où les ranger.

— Alors, Sheila, lâche-t-il affablement, parlez-moi donc de ce profil.

Il prend un siège derrière son bureau et, au lieu d'attendre ma réponse, il se met à écrire sur son ordinateur. Je ne peux en voir l'écran.

— Eh bien, je suis horriblement désolée que ce soit une surprise pour vous, dis-je avec gravité. Le service Développement voulait que nous fassions un profil dans chaque numéro de nos plus gros donateurs, et nous vous sommes réellement reconnaissants de votre soutien. Ça nous a énormément aidés pour des expos comme *Natures mortes*.

Il cesse de taper sur son clavier. Il se laisse aller au fond de son siège, le faisant grincer. Il est plus lourd qu'il ne le semble sur les photos. Il a des mains imposantes. Mais le plus effrayant chez lui, c'est la gentillesse impérieuse qui imprègne ses traits, comme s'il cherchait à m'ensevelir sous son charme, comme s'il voulait m'engluer dedans.

— C'est très gentil, commente-t-il avec un sourire.

— J'ai donc rassemblé beaucoup d'informations fiables vous concernant sur le Net, dis-je.

Et je lui décris ce que je sais de ses actes philanthropiques et ses études à Yates.

La crispation de ses épaules s'amoindrit quand il commence à devenir clair pour lui que j'ai déjà effectué beaucoup de recherches, et il ne me corrige que sur la date d'obtention de son diplôme. Pendant tout ce temps, j'essaie de glaner ce que je peux des titres d'ouvrages qui m'entourent. Tous sont en relation avec l'art contemporain. Je n'en vois aucun ayant un rapport avec Kim Lord. Qu'y a-t-il d'autre ici ? Un grand bureau moderne, un ordinateur, un fauteuil en cuir. Un vase vide, à la base large et au col resserré – japonais, peut-être ? Dans un coin, une cage à oiseaux est accrochée à sa propre suspension, sa petite porte ouverte. Dans le coin opposé, des piles de tissus brodés, aux couleurs trop vives pour être américaines. Les souvenirs d'un voyageur qui a sillonné le monde.

Tandis que Goetz me parle des derniers bénéficiaires de sa fondation, mon regard revient sur la cage, avec ses barreaux fins reliés une seule fois, à mi-hauteur, et ce qui a l'aspect d'une sculpture ailée, à l'intérieur. Le support est blanc. Même les maillons de la chaîne à laquelle la cage pend sont blancs. D'un blanc brillant, presque crème, aussi lisse que l'os.

La cage, son oiseau captif… Tout est taillé dans l'ivoire.

Donc, peut-être a-t-il acheté quelque chose d'illégal, ou peut-être collectionne-t-il des objets d'art anciens. C'est une pièce singulière, mais il n'y a rien d'inhabituel à ce qu'un homme riche possède une telle rareté aussi travaillée.

Pourtant, alors que je regarde la porte ouverte de la cage, tous les titres des livres que j'ai parcourus un moment plus tôt se mettent à jouer le rôle d'indicateurs : Marlene Dumas, Barbara Kruger, Cindy Sherman, Kiki Smith. Tous les catalogues, tous ces artistes proprement alignés sur ses étagères : ce sont tous des femmes.

— Promettez-moi de ne pas faire figurer mon bureau en désordre dans votre profil, dit Goetz en capturant mon regard. Je n'ai pas encore fini de m'installer.

— Non, bien sûr.

Nous rions tous deux.

Il se penche vers son écran et clique plusieurs fois avec sa souris avant de s'enquérir :

— Autre chose ?

Il m'en faut plus. J'engage la deuxième séquence de ma stratégie :

— Il y a une dernière chose. J'aimerais avoir une citation ou deux, pour pimenter un peu l'ensemble. Vous êtes d'accord pour jouer à un petit jeu sur les mots ?

— Un petit jeu, répète-t-il, et il clique de nouveau. Ce qui signifie ?

— Ça a l'air un peu idiot, mais c'est une façon amusante d'apprendre à mieux connaître quelqu'un. Et nos membres adorent lire les réponses données. Voilà comment on procède : je vous donne un mot, et vous dites la première chose qui vous passe par la tête. Par exemple, si je vous dis *coucher de soleil*, vous pouvez répondre *plage*, *magnifique*, ou *Sunset Boulevard*.

— Pourquoi pas. J'aime les jeux.

— Très bien. Le premier mot est *musée*.

— Trésor.

— *Art*.

— Nécessaire, répond-il.

— *Artiste*.

— Concepteur.

— *Collectionneur*, dis-je.

— Créateur.

Je manque d'hésiter.

— *Andy Warhol*.

— La Factory.

— *Agnes Martin*.

— Passée.

— *Kim Lord*.

— Disparue, dit-il sur un ton indéchiffrable.

Le sourire feint est toujours imprimé sur ses traits, mais il m'observe avec attention.

— Désolée.

Je toussote, parce que je ne peux penser à aucun autre mot. Je ne peux penser à rien. Je veux seulement m'enfuir d'ici.

— Vous n'apparaissez pas sur la liste des contacts du Rocque, Sheila, déclare-t-il.

— Je suis nouvelle.

Il y a un blanc. Son sourire en plastique se mue en une grimace peinée.

— C'est Kim qui vous a envoyée ? interroge-t-il d'une voix épaisse.

— Non, dis-je, éberluée.

— Où est-elle ?

Son regard me transperce et, bien qu'il ne fasse pas un mouvement, ses paroles sont empreintes d'une émotion réelle.

— Pourquoi ne pas me le dire, avant que j'appelle la police ? insiste-t-il.

J'atteins la porte avant lui. Je dévale les marches au moment où la *gallerina* les monte, avec dans les mains son plateau en carton moulé et les deux cafés, et je la repousse pour passer. Déséquilibrée, elle lâche un cri quand les cafés vont gicler sur tout l'escalier. Je lui crie "Désolée !" et je me rue vers ma voiture sans prendre le temps d'une respiration.

Il aurait pu me rattraper facilement. Il aurait même pu me retenir prisonnière. Mais il ne l'a pas fait. Je jette un coup d'œil à la galerie. Steve Goetz se tient immobile derrière le mur vitré, et ce n'est qu'une silhouette qui observe ma fuite. Il ne m'a pas arrêtée. Il n'a pas peur de moi. Ou, plutôt, il n'a pas peur d'être pris à son propre jeu. "J'aime les jeux", a-t-il dit. Je n'ai aucune envie de découvrir à quels autres jeux il s'adonne, mais je ne pense pas qu'il sache où Kim Lord se trouve. À mon avis, il espérait sincèrement que je le lui apprenne.

21

La mélodie du piano adoucit le cliquetis des verres qui s'entrechoquent au Luster. Solitaire, penchée sur mon Manhattan au comptoir que nimbe une pénombre veloutée, je contemple les carcasses de bœufs exposées dans une énorme glacière vitrée juste derrière la salle. De la viande rouge, persillée de blanc, suspendue à des crochets. Les carcasses sont immobiles, mais leurs formes excoriées paraissent tellement nues qu'on croirait presque qu'elles tournent lentement sur elles-mêmes, pour montrer chacune de leurs facettes. De temps à autre des taches de buée recouvrent le verre et brouillent le carnage, jusqu'à une brume écarlate.

Tout mon corps est en sueur, et je dois tirer sur mon chemisier pour qu'il ne colle pas à mon torse. Chaque fois que je le fais, la brise soufflée par la climatisation effleure mes seins et je frissonne en me souvenant de la galerie CJF, de son espace désert quand je me suis précipitée loin de Steve Goetz.

J'ai appelé Yegina à trois reprises déjà. Pas de réponse.

Je lui laisse un message : “Salut. J'ai quitté le bureau en vitesse. Je craignais d'avoir une grippe intestinale, mais je crois que c'est juste une petite intoxication alimentaire. On se retrouve bien au Luster ? Je suis en route en ce moment même. J'espère que tout va bien.”

Je suis étonnée qu'elle ne réponde pas. J'ai un mauvais pressentiment concernant son frère, mais je ne peux pas consulter mes mails sans un ordinateur.

Quelqu'un passe derrière moi, et Hendricks s'assied au comptoir, deux tabourets plus loin. Il porte un tee-shirt noir délavé orné d'une tête de mort hérissée au centre d'une hélice d'avion, barrée des mots CORROSION DE LA CONFORMITÉ. L'expression de son visage a changé : elle est passée d'endormie à vigilante. De façon inexplicable, il me semble aussi plus grand, avec des membres plus longs, pareil à un animal qui s'étire pour s'extirper de son trou.

— Vous paraissez surprise de me voir.

— Je ne suis pas sûre que c'est là que nous devrions être.

Je pensais à ma rencontre avec Yegina prévue pour plus tard, mais Hendricks acquiesce et scrute la chambre froide.

— Moi non plus.

Un silence embarrassé s'établit. Par où dois-je commencer ?

— Vous m'avez appelé parce que vous vous inquiétez pour quelqu'un, dit-il. Qui ?

— C'est devenu plus compliqué que je le croyais…

— Essayez de m'expliquer.

Je prends une grande inspiration. Je suis incapable de le regarder en face.

— Est-ce que Janis Rocque a déjà essayé d'acheter une des toiles de Kim Lord ? Je veux dire, une de ses dernières toiles ?

Il ne répond pas immédiatement. Je risque un coup d'œil en biais vers lui. Son expression est un mélange de curiosité et de regret.

— C'est sur ça que vous enquêtiez ? dis-je.

D'un mouvement de tête, il indique les carcasses géantes derrière la vitre.

— On pourrait poursuivre cette conversation quelque part dehors ? demande-t-il.

Nous quittons nos sièges et la salle climatisée, avec son éclairage tamisé, pour la fraîcheur de la nuit et les gratte-ciel autour de nous. Au-dessus de chaque table de la cour, les lampes chauffantes sont allumées et leur éclat rougeoie discrètement. Au-delà, j'aperçois la ligne de mâts des bannières depuis lesquelles Kim-en-tant-que-Roseann-Quinn nous sourit. Hendricks savait quelle question j'allais poser. Je suis prise d'un sentiment de triomphe mâtiné de peur. Si je suis dans le vrai concernant Steve Goetz, si Ray Hendricks le sait, lui aussi, pourquoi le collectionneur n'est-il pas suspect dans la disparition de Kim Lord ?

Nous nous asseyons à une table de la cour, et soudain nous sommes très proches, et isolés. Hendricks est plus âgé que moi, mais pas de beaucoup : les rides de son visage sont celles qui commencent à s'affirmer durant la trentaine.

— Très bien, débute-t-il. Expliquez-moi de nouveau pourquoi vous m'avez appelé.

— Je suis au courant, pour Steve Goetz, dis-je sans préambule. Je pense que vous aussi.

Il croise ensemble les doigts de ses deux mains, jusqu'à ce qu'elles ne forment plus qu'un poing unique.

— On a exhumé le corps de Kim Lord cet après-midi, annonce-t-il d'une voix lente. Son cadavre a été découvert il y a quelques heures, dans l'Angeles National Forest. Détecté par le chien d'un promeneur.

Je dois en être bouche bée, parce que j'ai l'impression que tout mon visage est aspiré vers le bas. Je plaque une main sur mes lèvres.

— On a relevé la trace d'un coup significatif porté au niveau du crâne, ajoute-t-il.

En esprit je vois la tête d'une femme anonyme, ses cheveux collés par le sang, et puis mon imagination se dérobe et mes épaules se mettent à trembler.

Kim Lord est morte. Son enfant à naître aussi.

Je pose les doigts sur mes paupières baissées pour essayer de chasser cette image.

— Maggie, dit Hendricks.

Je le sens qui se rapproche de moi, et j'ai un mouvement de recul.

Je respire à fond pour endiguer les larmes. Je ne veux pas pleurer devant lui.

— Je ne savais pas trop comment vous prendriez la nouvelle, déclare-t-il, sur le même ton que s'il se parlait à lui-même.

— Avec quoi ce coup a-t-il été porté ? dis-je. Ils le savent ? Elle était là depuis combien de jours ?

— Je n'ai pas plus de détails.

— Ah oui ? dis-je en clignant des yeux pour refouler les pleurs. Et vous autres flics, vous n'avez pas mieux à faire maintenant que vous disposez d'un corps ?

— Je ne suis pas flic. Je suis détective privé. Mais vous avez raison. Janis Rocque voulait acheter une peinture à Kim Lord, et elle n'a pas pu le faire. Et quand une femme ayant son pouvoir et sa richesse n'arrive pas à obtenir ce qu'elle désire, ça peut la mettre en rogne. Assez en rogne pour payer quelqu'un une somme faramineuse afin de découvrir pourquoi.

Son assurance n'est pas contagieuse, mais elle m'aide. Je redresse la tête.

— Alors vous savez, pour le supercollectionneur.

— Depuis des semaines.

— Et quand Kim a disparu… dis-je, et je m'interromps

le temps de maîtriser une autre onde de choc. Vous vous êtes demandé s'il ne l'avait pas ajoutée à sa collection, elle aussi.

Il acquiesce.

— Très brièvement.

— Mais vous ne le pensez plus.

— Non. Steve Goetz n'a pas tué Kim Lord.

Je suis certes bouleversée, mais quelque chose dans sa réponse ne colle pas. Il a appuyé sur les mauvais mots. Au lieu de dire "Steve Goetz *n'a pas* tué Kim Lord" il a dit "Steve Goetz n'a pas tué *Kim Lord*". Comme si Steve Goetz avait tué quelqu'un d'autre ? Qui ? Il a pourtant eu l'air parfaitement maître de lui-même quand il a sorti cette phrase. Ce n'est peut-être qu'à cause de son accent du Sud.

— Qui a…

Hendricks me coupe aussitôt :

— Mais vous reconnaissez ses liens avec Bas Terrant et Nelson de Wilde, et vous voulez en savoir plus. J'étais curieux de voir quand vous le devineriez.

À l'entendre, il est presque impressionné.

— Au dernier moment Kim Lord a voulu faire don de toutes les peintures de *Natures mortes* au Rocque, en stipulant expressément qu'elles ne devaient jamais être revendues, dis-je. Ça a éveillé mes soupçons.

Il paraît abasourdi.

À ce moment précis, la serveuse se matérialise. Je commande un autre Manhattan, Hendricks un jus de pamplemousse.

— Parlez-moi encore de ce don, dit le détective privé quand l'employée du Luster s'est éloignée.

— J'ai préparé les épreuves du communiqué de presse la nuit du gala, dis-je. J'ai trouvé ça louche, d'autant que Bas ne l'avait pas annoncé. Et puis je me suis mise à penser à la provenance, et j'ai cherché à savoir quels étaient les gens qui avaient amassé des œuvres de Kim Lord. Avec l'aide de notre registre. Tous les noms se sont révélés être des faux.

Hendricks croise les bras et me dévisage de nouveau. Non sans quelque effort, je ne baisse pas la tête et lui rends son regard scrutateur. Je note des entailles dans le col de son tee-shirt. La serveuse apporte nos consommations. Il prend la sienne, qu'il vide d'un trait. Je bois une gorgée de mon Manhattan, et le bourbon me brûle la langue.

— Qu'est-ce que vous avez découvert ? dis-je.

— Finissez d'abord votre histoire.

Il se met à piler la glace dans son verre avec sa paille pendant que je lui parle de la thèse de Steve Goetz sur le supercollectionneur et l'artiste artificiel, du passé de Bas à la salle de vente Catesby et de cet article où il parle avec admiration des collectionneurs qui influencent le succès d'un artiste. Je m'arrête avant d'en arriver à mon passage dans la galerie CJF. Hendricks n'a pas besoin de savoir que j'ai pris un risque aussi stupide. Autour de nous l'éclairage de la ville baisse en intensité, effaçant le visage de Kim-en-tant-que-Roseann sur toutes les bannières avoisinantes pour ne laisser de visibles que son sourire éclatant et le lettrage blanc.

Hendricks pile encore un peu de glace, puis il secoue le verre et avale le résidu de jus dilué dans l'eau.

— Voilà tout, dis-je. À vous.

Il repose son verre et s'apprête à parler quand mon portable sonne. C'est Jayme. Je refuse la communication.

— Vous avez des flics dans votre famille ? interroge-t-il.

— Non. Surtout des enseignants.

— Ah bon, commente-t-il, comme si cela réglait pour lui un débat interne, puis il se penche sur la table et murmure : Qu'est-ce que je ne donnerais pas pour une nuit de fraîcheur ici…

— Pourquoi être venu à Los Angeles ?

Il pose sur moi un regard aussi bleu que méfiant.

— Changement de carrière. Et vous ?

— Surtout l'envie de voyager, j'imagine. Nous installer dans une grande ville était la ligne suivante sur notre liste.

Je déteste paraître aussi éperdue.

— Votre frère… dis-je.

Le frémissement qui parcourt les traits d'Hendricks me stoppe net dans ma lancée.

— Désolée…

Si je perdais John ou Mark, je me sentirais amputée jusqu'à la fin de mes jours.

— Dites-moi, fait-il en repoussant son verre au centre de la table, regardez ce couple, là-bas, et dites-moi ce que vous remarquez les concernant.

Il désigne un homme et une femme attablés près de la rambarde, en surplomb de la rue.

Un peu déroutée, je les observe. Tous deux sont en tenue de ville, tous deux ont la même expression tendue et maussade. À part ces points communs, ils ne pourraient être plus différents l'un de l'autre. Lui est grand et brun, avec un torse large, les épaules rondes et affaissées, et elle est mince et blonde, la poitrine opulente, les yeux clairs et une chevelure qui mériterait d'être éclaircie. Il boit du vin, elle de l'eau. Lui seul porte une alliance.

Je rapporte tout cela à Hendricks.

— Pour quelle raison s'affrontent-ils, d'après vous ? me demande-t-il.

Je vide mes poumons avant de répondre :

— Je ne sais pas. Ils ont eu une liaison et il veut tout arrêter parce qu'il est marié et refuse de quitter sa femme.

— Possible, admet Hendricks. Vous apercevez l'épaule gauche de la femme, d'ici ?

Je m'efforce de mieux la discerner.

— Il y a une tache de saleté, je crois.

— De la bave, dit-il. À mon avis : celle d'un bébé. Celui de l'homme ? Difficile à définir, mais d'après l'aspect extérieur de la femme et son choix de boisson, le bébé est un nouveau-né. Et à en juger par l'expression de l'homme, il lui doit peut-être une aide financière pour le petit, ou bien c'est l'avocat qui représente le père. L'important, c'est que je ne sais pas vraiment, et vous non plus. Nous ne savons que ce que nous voyons, et ensuite nous laissons parler notre *intuition*…

Il appuie délibérément sur ce dernier mot.

— Mais ce qui est intéressant avec l'intuition, reprend-il, c'est à quel point elle nous en apprend peu sur le monde extérieur, et tout ce qu'elle révèle sur nous-mêmes. Vous pensez qu'il est en train de la plaquer, moi qu'il lui doit de l'argent pour son enfant. Nos théories en révèlent beaucoup sur nous-mêmes.

Il se renverse dans son fauteuil, basculant à moitié hors du halo lumineux, et la phrase suivante provient de la silhouette sombre qu'est devenue sa tête :

— Votre problème avec cette fille assassinée, dans le Vermont… Vous avez fait confiance à votre intuition, pas aux faits et à la logique. Vous n'avez pas cru qu'elle se trahirait elle-même.

Il me faut un moment avant de comprendre qu'il parle de Nikki Bolio. Il m'a espionnée. Il a creusé profond.

— La police n'a jamais trouvé son meurtrier parce qu'il pouvait s'agir de n'importe qui dans ce cercle, poursuit-il. Un soir, après avoir trop bu, elle s'est vantée d'avoir parlé à Jay Eastman ; tout le monde en ville a su ce qu'elle avait fait. Mais ce n'est pas à Jay Eastman qu'elle s'est confiée, n'est-ce pas ? C'est à vous.

Nikki, au bord du lac, tourne vers moi son long visage de droguée sur lequel se lisent la peur et l'excitation. "Je pourrais vous montrer la carte avec l'itinéraire en motoneige qu'ils empruntent l'hiver pour passer la frontière avec l'héroïne, mais je sais qu'ils m'attraperont", a-t-elle dit. *Je sais qu'ils m'attraperont.* Y avait-il de l'excitation dans sa voix quand elle a prononcé ces mots ?

— Pourquoi vous intéressez-vous tant à ce qui m'est arrivé il y a des années ? dis-je froidement. Ça ne vous regarde pas.

À ma grande surprise, il semble penaud et s'agite sur son siège.

— Vous avez raison, reconnaît-il. Mais quelque chose chez vous détonnait. Alors j'ai demandé à Shaw, et ensuite j'ai effectué quelques recherches.

Je recule mon siège de la table. Il a un mouvement brusque du bras, comme pour m'agripper, me retenir, et puis, tout aussi prestement, il retire sa main.

— Écoutez, commence-t-il, puis il marque un temps, se renverse dans son fauteuil avec un soupir, et son regard se perd en direction des gratte-ciel autour de nous. Je vous dirai ce que je sais sur Steve Goetz, mais ensuite vous promettez de laisser tomber tout ça, s'il vous plaît ?

— Pour combien de temps ?

Son portable tinte, et il y jette un coup d'œil.

— Je dois y aller, murmure-t-il en se levant.

À présent c'est lui qui part, or je déborde toujours de questions, ma curiosité est une vague qui enfle. Je n'ai pas le choix :

— D'accord. Je promets.

— Vous n'en parlerez pas avec Shaw, ou n'importe lequel de vos collègues, du moins tant que nous n'aurons pas trouvé le tueur ?

— J'ai dit que je promettais.

Il me jauge du regard, baisse la voix et déclare :

— Steve Goetz ne s'est pas contenté de soutenir *Natures mortes*. Il a versé deux millions de dollars au Rocque dans le but d'assurer à Kim Lord une place de choix dans le calendrier des expositions.

J'étais au courant de ce point.

— Ce qui a fait monter sa cote, dis-je.

— Et a renfloué le budget de son copain Bas Terrant, enchaîne Hendricks. Ça n'a rien d'illégal, mais ce n'est certainement pas conforme à la tradition du Rocque.

Mon portable sonne de nouveau. Jayme. J'appuie sur REFUSER une fois encore. Je reviens à la conversation :

— Donc Kim a dû se douter de tout ce stratagème. Elle s'est très probablement sentie trahie en comprenant qu'on manipulait sa carrière de la sorte, et elle a décidé de faire don de toutes les toiles de *Natures mortes*. Ce qui les a fait paniquer. Mais ce serait une raison suffisante pour la tuer ?

En même temps que je pose cette question, je sais que Steve Goetz n'est pas coupable.

— Goetz et Terrant ont tous les deux un alibi solide pour toute la journée de mercredi, idem pour jeudi, précise Hendricks.

Bien sûr, ils ont un alibi. "J'aime les jeux", a dit Goetz. Je regrette d'être allée à la galerie, à présent. Je voudrais qu'il n'ait pas vu mon visage.

— Goetz ne peut pas être poursuivi pour ce qu'il a fait, n'est-ce pas ? dis-je en pensant aux étagères dans son bureau, avec tous ces catalogues d'artistes uniquement femmes. Et s'il y a d'autres victimes que Kim ?

Hendricks hésite avant de secouer la tête.

— Il n'y a pas matière à poursuites. Certains pourraient même voir dans la manœuvre un coup de pouce à une carrière.

Il a raison, et je suis décidément bien naïve, mais leurs manigances continuent de me rendre furieuse.

— Il y a une chose que je ne saisis pas, dis-je. Si le supercollectionneur ne vend jamais les œuvres d'un artiste, comment récupère-t-il sa mise ?

— Steve Goetz est quelqu'un de patient, répond Hendricks. Les investissements dans l'art prennent en général une vingtaine d'années pour être rentables. La première expo de Kim Lord remonte à quinze ans. Et s'il se met à vendre peu à peu des toiles aux enchères, ou par l'intermédiaire de galeristes, alors que dans le même temps il paie en sous-main pour que chaque vente fasse du bruit dans les médias ? Il pourrait quadrupler son investissement de départ… – Il boit les dernières gouttes restées au fond de son verre. – Et du coup le supercollectionneur devient une figure importante et influente dans le milieu de l'art contemporain. Plus originale que Kim Lord elle-même.

— Et elle devient une fausse artiste géniale, créée par le battage médiatique et les arrangements souterrains. Alors qu'elle est géniale.

J'entends le commentaire torturé de Brent, la nuit du gala. *C'était tout elle. C'était tout elle !*

Mon portable sonne de nouveau. Seigneur, Jayme ne veut pas me lâcher. Je refuse l'appel pour la troisième fois.

— Géniale, grâce à sa dernière expo, modère Hendricks. Je soupçonne Goetz d'avoir pensé qu'elle serait un simple feu de paille.

— Et elle a brûlé tout le champ, dis-je.

— Elle a brûlé la ferme entière, approuve-t-il.

Pendant un instant sans fard, nos regards se rencontrent et je décèle de l'envie dans le sien. Envie pour ce que Kim représentait ? Envie pour moi ?

Il se lève brusquement.

— Vous avez vos réponses, maintenant. Est-ce que notre marché tient toujours ?

Je le lui confirme :

— Pas de fuite. Mais qui l'a tuée ? Vous avez bien une théorie ?

Il se tient immobile devant moi un moment, et le ciel nocturne encre son tee-shirt, ses cheveux.

— Vous ne gagnerez rien à connaître mes théories, déclare-t-il avec calme. Et je crois que votre patronne veut vous parler.

Je me retourne et découvre Jayme debout derrière moi, bras croisés et visage sombre.

Jayme entame son sermon avec l'aplomb écrasant qu'elle déploie pour les médias pendant les vernissages, et cette voix aussi froide et tranchante que l'acier. Mais plus elle va loin dans le recensement de mon comportement au cours des dernières soixante-douze heures – mon absence à la réunion du rapport annuel, Juanita qui a eu l'impression que je voulais lui voler quelque chose à son bureau, et maintenant ma présence dans un restaurant alors que je suis censée être chez moi, malade –, et plus la plainte de la trahison se fait entendre dans sa voix. Comment ai-je pu lui infliger cela, moi plus que toute autre ? La nuit passée, elle m'a fait assez confiance pour me confesser l'angoisse secrète qui la ronge, et à peine s'était-elle livrée que j'ai commencé à me comporter comme si je voulais prendre mes distances au plus vite. Comme si je voulais être renvoyée. Je baisse les yeux sur mon verre vide. Comment lui demander de me pardonner ? Comment puis-je lui annoncer la mort de Kim ?

— J'insiste pour que vous preniez un congé jusqu'à la fin de la semaine, conclut Jayme qui ne s'est pas assise et n'a pas décroisé les bras. À partir de demain. Compris ?

— Compris.

En pensée, je m'entraîne à lui dire *Ils ont trouvé le corps de Kim*. J'imagine le voile qui tombe sur ses yeux, et ses épaules qui se voûtent. Puis je la vois se reprendre et se redresser, rassembler ses forces pour décréter que j'ai besoin de repos. Moi, j'ai besoin de temps, quand sa souffrance cachée s'est enracinée si profondément dans son être qu'elle ne peut l'en extraire, de peur de se détruire. *Ils ont retrouvé Kim avec le crâne défoncé*. Les mots ne sortent pas, parce que je refuse d'être celle qui les prononcera. Je refuse qu'ils soient réels.

— Vous voulez que je vous appelle un taxi ? demande-t-elle.

Je me lève de la table avec des mouvements mesurés, et je sors mes clés de mon sac.

— Non. Merci d'avoir su me retrouver. Je serai à mon domicile, si vous avez besoin de moi.

Dès que je suis installée dans ma voiture, j'appelle Yegina, et je reçois un court SMS en retour. *Je suis rentrée. Tout va bien, merci de t'en soucier enfin. Je t'appelle demain matin.*

Cela ne lui ressemble pas, mais mon esprit est dans une telle tourmente que je suis incapable d'y réfléchir pendant que je conduis mon break sur l'autoroute, en prenant soin de rouler droit.

Les révélations de Ray Hendricks carillonnent dans mon cerveau. Devrais-je me sentir apaisée de savoir que Nikki s'est trahie elle-même, et qu'elle n'a jamais prononcé mon nom ? Il n'en est rien. Cela ne la fera pas revenir à la vie. Elle ne rira plus d'elle-même parce qu'elle a trébuché dans ses snow-boots, et elle ne tripotera plus ses oreilles délicates lorsqu'elle cherche un mot.

Cela ne change rien non plus au fait qu'elle a été assassinée. La vraie Nikki a été ravie pour toujours à sa famille et ses amis. La jeune femme vivante a été effacée, pour être remplacée par une tête de mort ambulante, un avertissement. Un pan de ma mémoire s'ouvre, et toute la sinistre parade se remet à défiler, les images que j'ai vues, les histoires que j'ai entendues. La petite fille étranglée dans le sous-sol, la femme poignardée, la femme bâillonnée, la femme coupée en deux, la femme qui referme les lèvres sur le canon d'un pistolet chargé, la femme aux poignets et aux chevilles ligotés, traînée dans les eaux noires. Nikki. Nikki vient à la fin, elle flotte derrière un bateau sombre. Non. Pas à la fin. Il y a encore un visage livide qui prolonge le défilé, et il a les traits de Kim. Puis mon visage.

La sortie de l'autoroute débouche enfin sur la circulation dense et ralentie d'Hollywood, avec son concert de klaxons. Tout est suffisamment bloqué pour qu'il me faille rester vigilante, chaque Lexus et chaque Range Rover cherchant à progresser dans le moindre espace qui se libère. J'en suis reconnaissante, parce que je veux cesser de penser et de ressentir. J'aimerais être aussi simple que la voiture que je conduis, aussi lisse que l'allée dans laquelle je tourne, aussi vide que le garage étroit et obscur dans lequel je me glisse, avec une porte cassée et une histoire ignorée de tous. Le break toussote quand je coupe le contact, et je dois me tortiller de profil pour sortir du garage sans toucher la carrosserie poussiéreuse ou les toiles d'araignées au mur. J'émerge dans le parfum des roses presque fanées de mon voisin.

Mon bungalow fait partie d'un ensemble de douze appartements disposés autour d'une cour qui date des années 1920. La peinture s'écaille sur nos murs, notre plomberie est paresseuse, mais les vieux toits en tuiles sont jolis et tout le monde bénéficie des mêmes plafonds élevés. Parmi mes voisins, on compte un patineur vedette des Ice Capades à la retraite, une maquilleuse d'Hollywood, un vieil homme qui soigne précieusement son accent anglais, et quelques barbus d'une vingtaine d'années qui aspirent à former un groupe de musique.

Je connais tout le monde assez bien pour éprouver un sentiment de protection ambiante dès que je marche sur notre allée, mais ce ne sont pas des amis véritables. Tous ici appréciaient Greg pour sa sociabilité, et je crois qu'ils ont l'impression que je l'ai fui jusqu'à ce que son visage apparaisse sur tous les écrans avec des légendes telles que "Galerie de la mort ?". Auparavant mes voisins m'évitaient par préférence envers lui ; cette semaine ils m'évitent par pitié envers moi.

Avec ses fenêtres noires, mon bungalow semble obscur et froid. J'oublie toujours de laisser de la lumière à l'intérieur pour faire croire qu'il est occupé. Je mets un moment à trouver mes clés, même si je les ai simplement déposées dans mon sac, parce que celui-ci est rempli par le magnétophone, la clé USB, mon portable. Le reste de la cour le remarque, j'en suis sûre. Et la façon lasse et douloureuse dont je vacille sur place quand je les cherche. D'où revient-elle en chancelant de la sorte ? Voilà les clés, accrochées à la poignée du magnétophone. Mes clés, les clés du musée, celle de mon casier à la salle de gym, et même cette stupide clé de la galerie de Greg, toutes passées sur un anneau. Je suis stupéfaite de la vitesse à laquelle les choses sont perdues. Ou peut-être pas perdues. Emmêlées. À tel point qu'on n'arrive pas à séparer un élément d'un autre.

Les branches au-delà de mon patio s'agitent et frémissent. Je sursaute. Laisse tomber les clés. Les ramasse. Refuse de regarder en direction du buisson. Je ne veux pas revoir l'opossum.

La clé dorée pour la porte-écran, l'argentée pour la porte intérieure, même ces petits rituels d'entrée semblent plus tristes et plus maladroits quand vous pénétrez dans une maison où vous vivez seul. Tous ces mois, et je ne m'y suis toujours pas habituée. Je repousse le battant, et j'entends mon portable bourdonner pour annoncer la réception d'un message : *J'espère réellement que vous prendrez un peu de repos*. Jayme.

Je laisse retomber le téléphone dans mon sac. Puis j'allume le plafonnier du salon, qui illumine les murs nus, la biographie de Fitzgerald posée sur la table basse. Je vais à mon ordinateur et le mets en marche, en espérant lire le message original de Yegina au sujet de Don. Pendant que la machine bourdonne et grince, exigeant un temps infini pour démarrer, je remarque les traînées de saleté sur mon bras. Satané garage trop étroit. Je passe dans la salle de bains pour me nettoyer.

L'eau chaude vient toujours aussi lentement, et je la laisse couler froide sur ma peau. Savonnage, rinçage. Une bouffée d'air nocturne entre par la fenêtre ouverte, et j'ai la chair de poule.

Je ne me souviens pas d'avoir laissé la fenêtre ouverte.

En revanche, je me rappelle avoir posé la biographie de Fitzgerald ouverte, pages contre table, avec cette négligence qui ruine la reliure des livres et que ma mère m'a toujours reprochée. Je me souviens même d'avoir ressenti une légère culpabilité en accomplissant ce geste.

Quelqu'un était ici.

Ou est ici.

Steve Goetz n'est pas l'assassin de Kim. Donc il y a quelqu'un d'autre. Il y a toujours eu quelqu'un d'autre. Et ce quelqu'un sait qui je suis, peut-être même ce que je suis en train de faire.

VOUS DEVRIEZ FAIRE ATTENTION À MAGGIE. Et si Greg avait été piégé par la même personne qui lui a envoyé le mot me concernant ? Si cette personne avait l'intention de m'impliquer ensuite ?

Débrouillée, la logique serait simple, crédible : Maggie est jalouse, elle tue Kim, puis fait tout pour faire accuser Greg.

Pendant ce temps, le véritable meurtrier s'en tire.

Il ne serait pas très compliqué d'alimenter le scénario de ma culpabilité : il suffirait de trouver un moyen de s'introduire dans mon bungalow mal sécurisé, et d'y cacher d'autres objets provenant de la scène de crime. Ensuite, un tuyau anonyme. La police suivra le fil des indices et requalifiera l'affaire : Greg piégé par Maggie, laquelle est la véritable coupable. Une ex, éconduite et jalouse. Une fois de plus, cette théorie ne tient pas compte d'un individu inconnu. Elle met en scène quelqu'un qui nous connaît, et qui sait où nous vivons, l'un et l'autre. Quelqu'un appartenant à notre cercle de connaissances. Peut-être même quelqu'un du Rocque.

On ne peut pas fermer de l'intérieur la salle de bains. Je me lave les mains et les avant-bras une fois encore, et je remarque avec une acuité subite mes ongles rongés, mes paumes si laides et si vulnérables.

C'est dingue. Je dois avoir refermé le livre et avoir oublié que je l'avais fait.

Mais je ne l'ai pas fait. Je l'ai laissé ouvert sur les pages.

Le calme dans la maison est pareil à une pulsation sourde. J'ai laissé mon sac à main près de l'entrée, avec mes clés et le portable. Si je me précipite, je peux le prendre au passage et être dehors en moins d'une minute.

Et si le tueur guettait à l'extérieur, près de la porte ?

Sortir par la fenêtre de la salle de bains ? Il m'entendrait et enfoncerait la porte. Et puis, il me faut les clés du break et mon sac à main, si je veux partir d'ici en voiture.

Je pourrais aussi hurler. Hurler les noms de tous ceux que je connais dans la cour commune. Combien de temps leur faudrait-il pour identifier cet appel et se ruer à ma rescousse ? Combien de gens ont entendu crier Kitty Genovese ? Il aurait certainement le temps de me tuer avant qu'ils arrivent.

Je ferme le robinet et reste plantée là, les mains dégoulinantes d'eau. Je les essuie avec une serviette rouge et rêche. Je vais rester là, tendre l'oreille jusqu'à ce que j'entende un bruit. Si je n'entends rien, alors peut-être qu'il est parti. Un long moment s'écoule après cette décision, mais il ne s'agit sans doute que de quelques minutes.

Un craquement, à l'étage.

J'ouvre la porte de la salle de bains à la volée, je jette un coup d'œil à droite et à gauche, puis je fonce dans la cuisine. La pièce est déserte, ma vaisselle du petit-déjeuner entassée dans l'évier. Je saisis le couteau de Theresa sur le plan de travail et je passe dans le salon d'une démarche mal assurée. Là, je constate que tout n'est pas comme je l'avais laissé : la biographie n'est pas à la même place et, oui et c'est pire, mon bureau n'a pas le même aspect. Le tiroir où je range l'agrafeuse et les ciseaux est à peine entrouvert. Mais la pièce est vide, elle aussi. Je remarque un balai, dans le coin. Je brandis le couteau devant moi.

Cinq pas. Je suis à la porte d'entrée. Dans le salon, l'éclairage clignote. J'ai l'impression que ma nuque vient de prendre un coup de soleil. L'air pourtant immobile me donne la sensation de la caresser. Je fourre le couteau dans mon sac à main, en sors mes clés et m'élance au-dehors, dans la cour, en claquant la porte derrière moi.

Si mes voisins regardent par leur fenêtre maintenant, je ne suis qu'une ombre qui traverse la pelouse, tête baissée, sans prendre le temps de respirer avant d'atteindre ma voiture et de m'enfermer dedans. Je roule sur huit blocs et je m'assure de n'être pas suivie, et puis je me gare et je pêche mon portable dans mon sac à main.

J'en sors également le magnétophone, et mon portefeuille, le couteau, la clé USB, des papiers d'emballage et des reçus, un bâton de rouge à lèvres, un ticket de cinéma, et bientôt il n'y a plus rien que quelques petites pièces de monnaie qui tintent quand je secoue le sac. Je sais que j'y ai mis le portable, alors je fouille de nouveau, et mes mains tâtent précipitamment ce qu'il y a à l'intérieur. Je cale le sac sur mes genoux, je l'ouvre au maximum et je tapote la doublure en soie, au cas où une couture se serait défaite et aurait laissé passer quelque chose, mais sans résultat.

Quand je relève enfin la tête, la rue aussi est vide, les voitures garées, les maisons fermées, leurs fenêtres ternes. Aucun mouvement sinon celui des jacarandas qui agitent dans l'obscurité le bourgeonnement de leurs trompettes multiples. Le tremblement monte du tréfonds de mon être, et fait s'entrechoquer mes dents. Quelqu'un était là, dans cette pièce. Quelqu'un a subtilisé mon téléphone, de la même façon qu'on a pris celui de Kim Lord et envoyé des messages pour convaincre certains qu'elle était toujours en vie. Pourquoi ? J'ignore combien de temps je reste là, mais ça ne m'aide en rien. Pas plus que de faire route vers l'est.

Yegina habite à Silver Lake. Elle loue à un vieux hippy un peu dingue qui peint toutes ses maisons de l'East Side donnant sur les collines de la même teinte vert sombre et accorde des loyers au rabais à ses locataires tant qu'ils réparent tout. L'appartement de Yegina offre des planchers en bois plein, une machine à laver et sèche-linge encastrés, une vue sur l'est et Hollywood, sans compter une place de parking gratuite pour sa Mazda jaune canari.

Mais la Mazda n'est pas là quand je grimpe en hâte son escalier en colimaçon. Je suis tellement fébrile que je trébuche à trois reprises sans raison, et manque tomber face la première. Où est la voiture de Yegina ? Il est évident qu'elle est chez elle : je peux voir sa porte intérieure ouverte derrière la porte-écran. Le seuil de son appartement me fait signe : c'est un portail vers la sécurité. À côté de moi, ses plantations de cactus se sont muées en menhirs dans le crépuscule. Je halète un peu en arrivant au sommet des marches. J'entends alors la voix d'un homme.

Je la reconnais mais je n'arrive pas à l'identifier, pas avec cette brûlure déchirante dans ma poitrine. Je vais sonner quand je perçois des sons plus feutrés, ceux de baisers légers, de respirations heurtées. Yegina qui embrasse un homme. Il dit "Houla" et c'est alors que j'identifie le timbre grave et le vibrato, même si la voix n'a pas son habituel ton chaleureux. Je regarde à travers la grisaille du canevas léger : Bas Terrant est assis sur le canapé en cuir, et Yegina le chevauche, ses cheveux sombres retombant sur le visage de l'homme. Ils sont tous deux habillés, mais il fait courir ses mains sous le chemisier de mon amie, et les articulations de ses doigts tendent le coton. J'assiste, paralysée, au spectacle de Yegina qui arque son corps et se presse contre lui.

Un véhicule noir passe lentement, très lentement, dans la rue en contrebas, son pare-brise transformé en miroir. N'ai-je pas déjà vu cette voiture qui me suivait, sur Sunset Boulevard ? Je ne parviens pas à distinguer le conducteur.

La peur est pareille à une démangeaison soudaine qui dévorerait tout mon corps. Je dois émettre un son, parce qu'à cet instant précis Yegina cesse de regarder Bas et tourne la tête vers moi. Elle m'aperçoit. Ses yeux s'étrécissent.

Je dévale l'escalier en catastrophe.

22

La clé de Greg s'insère parfaitement dans la gorge à pêne dormant. Elle tourne sans opposition. Je me suis toujours demandé si elle fonctionnerait encore, ou s'il avait changé la serrure à cause de moi. Plus probablement, il a oublié qu'il m'avait donné un double. "Au cas où tu en aurais besoin, quelle que soit la raison", avait-il déclaré, magnanime. Au cours de nombreuses nuits, cette offre désinvolte a marqué mon esprit, et j'ai trouvé mille raisons de débarquer chez lui, qui toutes se sont évaporées au matin. Au cas où *tu* en aurais besoin. Traduction : *Il se pourrait que tu en aies besoin. Je suppose que tu en auras besoin.*

J'ai détesté cette clé, malgré cela je l'ai gardée. Et maintenant je viens fouiller son appartement avant qu'il soit trop tard.

Et pourtant, dès que j'ai poussé la porte et l'ai refermée derrière moi, toute volonté m'abandonne. Je m'assois sur le sol, replie les jambes devant moi, enserre mes genoux des deux bras, et je reste dans cette position un long moment, incapable de faire quoi que ce soit sinon reprendre mon souffle. Je ne peux pas penser au tueur, ou à Yegina et Bas. Je ne peux penser à rien d'autre que rester en sécurité. Ici, je suis en sécurité. Personne ne devinera que je me trouve chez Greg. Après quelques minutes, ma respiration s'apaise, mais pas le tremblement. C'est comme si un bois d'œuvre cognait au plus profond de mon être, créant des ondes de choc qui se réverbèrent à l'extérieur. Même les veines à mon poignet battent trop fort et se tordent.

Au-delà de mes genoux, les dimensions des pièces se matérialisent, les murs peints en blanc de deux salles de galerie, des œuvres d'art, un bureau métallique sur lequel est posé un ordinateur portable. Je me mets debout tant bien que mal. Une série de cordes noires pend d'un coin à un autre. Un téléviseur surmonte un piédestal. Des cartes postales ponctuent les murs à intervalles réguliers, porteuses de messages étranges, les éléments d'un quelconque projet conceptuel dans lequel l'artiste n'a pas cessé de marcher dans tout Rome, pour finir par s'écrouler. Je parcours les salles pendant un long moment, et j'y examine chaque objet, jusqu'à ce que le tremblement cesse.

Il y a une porte unique, au fond d'une pièce. Je vais l'ouvrir et je découvre un escalier en contreplaqué qui donne accès à un sous-sol sentant le moisi. Là, quelque part en bas, la police a découvert une pièce de tissu tachée du sang de Kim Lord. Le tueur a dû l'introduire là. Mais comment ? Par cette entrée ou un autre accès au sous-sol ? La noirceur de cet espace monte vers moi. Je suis trop lasse pour aller à sa rencontre. Je referme la porte.

Un autre escalier s'élève derrière le bureau en métal. Je sais où il mène. Je sais que Greg et Kim ont dû le gravir à maintes reprises et que, dans le silence de la pièce à l'étage, leur amour s'est épanoui, un enfant a été conçu.

Le temps que j'atteigne le bas des marches, il y a une autre Maggie dans la galerie, qui se déplace en traînant les pieds. Son sac se balance à son épaule. Elle me ressemble, mais elle est hors de moi et en moi simultanément. Je suis à l'intérieur et à l'extérieur, moi aussi, mais nous sommes dissociées. Je ne l'arrête pas quand elle ôte ses chaussures et gravit les marches dans le chuintement doux de ses pieds nus sur les planches. Lorsqu'elle atteint le petit appartement, à l'étage, la photographie de la mère de Greg, dressée sur la table de chevet, est la première chose qu'elle voit. La jeune Theresa Ferguson, sa tête inclinée de côté, vêtue d'une longue robe fourreau. La jeune Theresa Ferguson prenant appui contre un vieux mur de pierre parisien, ses mains cachées derrière elle. L'autre Maggie regarde fixement la photographie et, lentement, ouvre la fermeture éclair de sa jupe, fait passer son chemisier par-dessus sa tête, se penche pour ôter son soutien-gorge et sa culotte. Nue, elle marche jusqu'au grand lit de Greg et y grimpe. Les draps sont glacés, mais les picotements qui envahissent sa peau sont une sensation distante. Elle laisse sa tête reposer sur un des oreillers rebondi et attire l'autre pour le serrer contre elle. Son corps lui semble lourd et calme à présent, et totalement seul. Le reste du monde est très loin.

Elle reste étendue là, à contempler le mur vide, jusqu'à ce que celui-ci ondule et disparaisse.

Quand je me réveille, la chambre est plongée dans l'obscurité et je dois tâtonner au pourtour du lit pour trouver une lampe. L'abat-jour au socle fabriqué dans une vieille bouteille de détergent projette un halo d'un orange doux. Quelques meubles se matérialisent le long des murs. Tout l'appartement se réduit à cette seule pièce, avec un évier, un four et un réfrigérateur dans un coin ; une penderie et un miroir dans l'autre ; le lit dans un troisième ; un canapé vert-jaune et une table basse dans le dernier. Des murets bas séparent les différents espaces. Trois peintures au mur suivent le rebond d'un ballon. Au plafond, des lucarnes laissent entrevoir un ciel nocturne envahi de nuages rougeoyants.

De toute la pièce se dégage l'impression d'une mise en scène. En dépit de la décoration soigneusement choisie, ou peut-être à cause d'elle, l'espace ressemble à une exposition. Pas de désordre, pas de moutons ni de cheveux qui traînent. Ils n'éparpillaient donc pas leurs affaires comme Greg et moi le faisions ? Je passais mon temps à ramasser ses serviettes humides et à effacer les traces de ses cafés sur toutes les surfaces planes.

Je m'assois et baisse les yeux sur mes seins et mes cuisses nus. Et je rougis. Mes joues et tout mon visage sont trempés. J'ai pleuré pendant mon sommeil. De quoi ai-je rêvé ? Je ne me sens pas du tout mieux, et je ne me sens pas plus moi-même, mais je sais que je n'ai plus beaucoup de temps si je veux fouiller les lieux avant qu'une des assistantes me découvre ici.

Je m'enveloppe avec le drap et je patrouille dans la pièce, sans rien trouver qui semble avoir appartenu à Kim. Le chéquier de Greg. Ses chaussettes, rangées par paires dans son tiroir. Un gant en latex ratatiné dans la poubelle, ce qui éveille ma curiosité. Sans doute abandonné par la police qui est déjà passée ici. Le four ne paraît pas avoir servi. Dans le frigo, quelques pommes, un morceau de fromage, et une canette d'une limonade hors de prix que j'ouvre et bois.

Theresa Ferguson m'observe, comme elle l'a toujours fait. Sa photographie trônait aussi sur la table de chevet de notre bungalow. Elle a dix-huit ans, des cheveux bouclés sous un chapeau, porte une robe moulante et affiche une expression de triomphe contenu. Ses mains sont dissimulées derrière elle. Greg m'a dit que c'était parce qu'elles étaient couvertes de brûlures et de cicatrices : elle suivait une formation de souffleuse de verre.

Je me débarrasse de la canette, m'approche de la penderie et l'ouvre. Enfin des preuves de l'existence de Kim : son côté, celui de Greg. Les chemises et les pantalons de Greg sont suspendus, impeccablement repassés, tels des uniformes. Les affaires de Kim pendouillent et se gonflent, dans une collection de tailles et de formes différentes. Ses vêtements sont moins nombreux, mais ils dominent la penderie, ces costumes ridicules-et-maintenant-tragiques qui ne l'ont pas protégée. La robe rose pâle Ann-Margaret, la jupe droite remontant haut à la ceinture et la veste tout droit sorties de *Sueurs froides*. Un trench-coat de marin. Deux perruques, l'une noire et rêche, l'autre brune et bouclée. Quelques jeans et chemises éclaboussés de peinture. Je vérifie les poches. Toutes vides. Elle ne possédait pas grand-chose. Ou bien elle n'avait pas l'intention de rester longtemps ici.

Plusieurs minutes durant, je contemple les vêtements, perplexe. Je laisse ma main abaisser la taille de la robe, en serrant ses fibres froides. Puis je referme la penderie.

De l'autre côté de la pièce, la mère de Greg continue de m'épier. Le jour de sa mort, Theresa a dit à son fils que malgré mon côté "parfaitement gentil" je n'étais pas "digne" de lui. Mais cela ne m'est plus douloureux, son rejet de ma personne. Ce qui me fait mal, maintenant, c'est qu'il y a une preuve de la mort de Kim ici, et que je n'arrive pas à la trouver.

J'ouvre à nouveau la penderie et je commence par la robe Ann-Margaret, que j'enfile par la tête, en me trémoussant pour la faire glisser. Ensuite la perruque noire, puis les jeans que je ne peux remonter sur mes cuisses. Aucun de ces vêtements ne me va. Tout me serre beaucoup trop, même la perruque qui m'écrase les oreilles.

Kim Lord faisait presque deux tailles de moins que moi, et la femme dans le miroir évoque une ogresse qui serait tombée par hasard sur la garde-robe d'une princesse. Je mets les gants ramassés au fond de la penderie, glisse mes pieds dans ses chaussures étroites, puis je passe à l'épaule mon sac à main, et j'effectue une pirouette dans un sens, ensuite dans l'autre.

Je demande à mon reflet *Qui t'a tuée ? Pourquoi es-tu morte ?* Je fais une moue en inclinant ma tête brune. Je laisse courir une main sur mon ventre plat et vide, et j'ai presque la nausée en l'imaginant plein.

Finalement je me retourne et regarde en arrière le miroir où mes omoplates saillent entre les pans de la robe rose pâle impossible à fermer. Elle est trop étroite. Ma peau et mes os paraissent lisses. Ils dessinent des sortes d'ailes mais, surtout, ils restent exposés.

Une narratrice en moi se met à murmurer : *Tu vois, maintenant ? Rassasie tes yeux. Tu es vivante. Tu as réussi à survivre. Pars d'ici. Pars de L.A.*

Je me déshabille complètement et je remets mes propres vêtements. Ceux de Kim, je les range avec soin, à l'exception de la perruque noire que je garde sur la tête. Puis je glisse le couteau de Theresa dans mon sac à main. Quoique moins aiguisée que jadis, sa lame est encore tranchante. Son métal argenté réfléchit des sections de la chambre autour de moi, affadies et sans profondeur ni proportions. Pendant ses derniers mois, alors qu'elle agonisait lentement, Theresa a parfois appelé sur notre téléphone fixe. Sa voix était tellement rocailleuse et grave qu'on aurait pu croire qu'un homme s'exprimait à travers elle. Un collecteur de dettes. “Pourquoi, a-t-elle dit un jour, pourquoi suis-je encore en vie ?”

Je remets son couteau avec les autres de Greg, dans le présentoir, et je m'en vais.

Dehors, une fois la porte fermée à clé, je jette celle-ci dans la benne à ordures au pied du bâtiment voisin.

Puis, coiffée de ma couronne sombre et informe, je roule autour d'Echo Park, de Silver Lake, dans le centre et Mid-Wilshire, jusqu'à ce que je trouve un parking à étages que je n'avais encore jamais remarqué. La nuit de la ville se dissout derrière moi tandis que je prends un ticket et passe la barrière d'accès relevée. Je ne suis pas fatiguée, mais j'ai besoin d'être en sécurité. Anonyme. N'importe qui. La chevelure sombre encadre mon visage. J'arrive à la rampe, je trouve une place quelconque à un niveau quelconque, j'éteins les phares, je règle le siège en position de repos, et je contemple fixement le toit de ma voiture pendant très longtemps, en écoutant les autres qui arrivent et partent. J'écoute leurs portières qui claquent, leurs moteurs, et le silence. Et le silence.

MERCREDI

23

— On embauche tôt, aujourd'hui ! s'exclame un Fritz guilleret.

À six heures du matin, il est déjà pétillant et exubérant dans sa tenue de sécurité bleu marine, avec ses cheveux qui trahissent encore le passage du peigne. Ses verres progressifs sont clairs, pour une fois, et je peux constater qu'il m'observe avec intérêt.

— Oui, dis-je d'un air contrit mais sans pour autant ralentir. Je suis certainement la première à arriver.

Je serre mon sac à main contre moi, en espérant qu'il ne remarquera pas que je porte les mêmes vêtements que la veille, que j'ai la mine fripée de quelqu'un ayant passé une grande partie de la nuit recroquevillée dans sa voiture verrouillée, sans dormir, par peur de sortir.

— Non, répond Fritz en comptant sur ses doigts. La quatrième.

Je fais halte, et je prie pour qu'une des trois autres personnes ne soit pas Jayme. Je veux passer un appel avant, et prendre mes affaires de travail au Rocque pour l'effectuer pendant que je suis ailleurs.

— Lynne Feldman a été la première, précise Fritz qui, pour un garde de la sécurité, me semble assez porté sur les ragots, même si je peux comprendre : sa femme et lui ont vu leurs enfants quitter le nid, et il meuble son ennui comme il le peut. Ensuite Juanita Filippa. Et puis Patrick Brent. Mais il est déjà reparti. “Congés”, qu’il a dit. Il a pris un tas de choses avec lui, et il a laissé son animal de compagnie ici, à la garde de Dee.

Il secoue la tête et désigne l’atelier de menuiserie.

— C’est à se poser des questions sur sa femme.

Je me pose des questions, moi aussi. Je m’interroge sur ce que Brent dessinait dans son bureau hier, et si sa démission inévitable approche. J’aimerais savoir ce qui s’est passé au Bootleg la nuit dernière. Yegina n’avait assurément pas l’air de se préparer à sortir avec Hiro, ni à retrouver son frère. Chaque fois que je repense à son expression en m’apercevant derrière sa porte d’entrée, j’ai la gorge nouée. Donc je ne le fais pas. Y repenser, je veux dire. Je vais seulement prendre mes affaires, appeler Hendricks pour lui expliquer que je quitte la ville, et s’il pouvait surveiller mon appartement…

— Vous, vous avez besoin d’un double café bien serré, diagnostique Fritz en me donnant une petite tape sur l’épaule.

Je le remercie et m’éloigne en hâte entre les diverses caisses qui viennent d’être réceptionnées et celles qui attendent leur expédition. Je me demande si les Rothko sont dans les airs en ce moment même, quelque part au-dessus des États-Unis.

Je passe par le service du courrier, prends le paquet d’enveloppes et de papiers dans mon casier, et je fonce vers la porte. Le nom de Kevin me saute aux yeux. Il figure au-dessus d’un post-it jaune collé à la première page d’un manuscrit typographié : *Désolée, Maggie ! Pris ça dans ton casier par erreur – Dee*. Depuis que son nom est devenu Rager, son courrier se mélange parfois au mien. Dee, dont le comportement ne cesse de se faire remarquer comme l’épine qui saille d’une branche.

“Malade” et à la maison mercredi et jeudi derniers. Et maintenant cela. Que mijote-t-elle ? Je n’arrive pas à démêler l’écheveau.

Je me rabats donc sur l’article de Kevin, et j’ai presque fini de le lire quand j’atteins mon bureau. Le texte couvre la soirée de gala, et la constatation progressive de l’absence de Kim Lord. L’écriture est précise, sans fioriture, l’atmosphère posée à grands traits rappelle les films noirs. Les ombres tremblent, les hommes ricanent, les femmes se pavanent. S’il racontait que quelqu’un a exhibé un pistolet à crosse de nacre, je n’en serais pas autrement surprise. Kevin me présente sous les traits de sa représentante personnelle en relations publiques, une “blonde langoureuse et dévergondée” appelée Richter. Et cette bonne vieille Richter semble percevoir avant tout le monde le côté sombre sous-jacent dans cette soirée. “Elle refuse de m’accompagner dans la dernière salle. Elle reste sur le seuil, une visiteuse de la foire qui rechigne à entrer dans la maison hantée. Quand je regarde en arrière, elle abrite ses yeux d’une main.”

J’ouvre la porte de mon bureau et je survole le reste de l’article avant de le mettre de côté. Alors que le gala continue, je disparais de la scène pour laisser la place à Kim Lord et sa carrière. Puis Kevin se retrouve sur le toit, avec quelques membres de l’équipe. Ils s’attardent là comme “des hors-la-loi après une fusillade, mains dans les poches, affichant un calme étudié”. Pour la plupart, ils admirent Kim Lord. Certains pensaient qu’elle était dépassée. Ils ont moqué ses accoutrements hollywoodiens, mais à présent ils en éprouvent une certaine culpabilité, qu’ils cachent derrière une façade d’impassibilité.

Si vous étiez Kim Lord, où vous trouveriez-vous à l’heure actuelle ?

C'est la question que Kevin pose à chacun d'eux, un par un.

Basse-Californie.

Oh, allons, disons qu'elle est allée à Oaxaca, au moins.

Marfa.

L'Antarctique.

Torrance.

Là-haut, et elle nous observe – un doigt désignant une fenêtre et un gratte-ciel voisin qui nous domine de toute sa masse.

Coincée dans les embouteillages.

S'enfuyant pour échapper à son petit ami trop envahissant.

Elle est au musée d'Art du comté de Los Angeles. Elle est désorientée.

Et subitement, comme s'ils avaient répété la scène, tous les membres de l'équipe font silence, alors que les premières limousines arrivent pour ramener chez eux les hôtes de marque. Tenues satinées et brushing parfait, ils s'engouffrent dans l'obscurité ouatée des véhicules. Un par un, ils s'en vont, parce que la soirée a été gâchée par l'absence de l'invitée d'honneur, mais vu d'ici, "si près de la voûte orangée de Los Angeles", il semble toujours que la fête a été grandiose.

Bien fait pour eux, dit finalement un membre de l'équipe. Ils guignaient tous une parcelle d'elle.

Bon, je vais repartir dans mon break Corolla minable. Quelqu'un aimerait que je le dépose ?

Je suis trop déprimée pour rentrer directement. Un passage chez Cole ?

La dernière limousine s'éloigne. Les voituriers ramassent les cônes orange, puis sortent les pourboires de leurs poches et comptent les billets.

Les membres de l'équipe se remettent à grommeler.

Ces types ont probablement gagné plus d'argent durant la soirée que moi en une semaine.

Oui, mais nous avons façonné l'histoire de l'art. Pas vrai ?

Avant de rassembler mes livres et mes dossiers, je me connecte afin que Kevin sache que j'ai lu son article. Mais à cet instant je lis le gros titre "Ferguson libéré". J'en suis tellement secouée que je me mords l'intérieur de la joue, jusqu'à la douleur et au sang.

Le médecin légiste n'a pas divulgué grand-chose, à part le fait que Kim Lord est morte pendant la matinée de vendredi, soit le lendemain du gala. Cette précision, en relation avec quelques autres indices encore flous, exonère Greg. Il dispose d'un alibi pour vendredi matin : il rencontrait des clients. Il apparaît dans les photos de plusieurs médias, son visage caché : tout cela me paraît déformé, comme si quelqu'un lui avait brisé la mâchoire et l'avait reconstituée à grand renfort d'agrafes.

— Il est clair que la justice s'est fourvoyée, dans ce cas précis, mais qui est responsable de ces errements ? Nous ne le savons pas encore, déclare Cherie Rhys, elle aussi représentée avec ses cheveux coiffés en arrière, lisse et sûre d'elle. Nous espérons toutefois que la police de Los Angeles le découvrira.

La mise à mort vendredi. C'est difficile à croire. Cela signifie que la personne qui a tué Kim savait que nous la recherchions tous, et malgré cela elle l'a assassinée, de sang-froid. À midi ce jour-là, je me trouvais avec Kevin devant l'Angelus Temple, et nous discutions de l'auto-enlèvement improbable qu'aurait concocté Kim Lord, en nous demandant s'il s'agissait d'une simple manœuvre visant à se faire plus de publicité. Et durant l'après-midi, j'étais avec

Yegina au Club artistique, où nous jouions les commères et redoutions la balade à cheval du soir, prévue par Kaye.

Le message que m'a envoyé Yegina hier, et que je n'avais pas encore ouvert : *Don a tenté (de façon inepte, heureusement) de se pendre. Je suis sur le chemin du retour en ce moment même. Je te tiens au courant dès que possible.*

Je jette un coup d'œil rapide aux autres mails que j'ai reçus, mais les mots ont du mal à faire sens pour moi.

Tu ne décroches jamais. On a changé les vacations pour demain, les mercredis ! Retrouve-moi en bas à 11:00, m'écrit Dee.

Puis Evie : *Hello ! Qu'est-ce que tu as trouvé ? J'ai essayé de te rappeler, mais je suis tombée sur ton répondeur. Tu veux venir chez moi après le boulot ?*

Ma tête descend d'elle-même vers la surface de mon bureau, et un picotement investit mes paupières, comme si quelqu'un avait éparpillé des grains de sable sous elles. En pensée, je vois Don, le frère de Yegina, qui enfourche une bicyclette pour la première fois, au domicile familial, à l'occasion d'une période de vacances dans ses études universitaires. Il avait dix-neuf ans. Il tenait à apprendre comment faire du vélo avant d'avoir vingt ans. Avec Yegina, nous l'avons donc emmené sur la grande piste cyclable de Venice Beach. La tête de Don paraissait trop grosse sous son casque, et ses jambes trop maigres dans son jean noir. Ignorant les adeptes du roller, les mères et leurs poussettes, il a chancelé et chuté des dizaines de fois, pour se relever et recommencer. Quand il a enfin réussi à rouler sur la distance d'un bloc, Yegina et moi avons poussé des cris de joie et nous sommes embrassées.

— J'y suis arrivé ! a lancé Don en retour, triomphant, tout en redressant son casque sur son crâne.

Je ne veux pas pleurer maintenant. Ce serait ridicule. Il faut que je m'en aille. Je me tiens la tête entre les mains pendant un moment, puis je décroche le combiné de mon téléphone fixe. Je compose le numéro de mes parents, un des rares que je connaisse encore par cœur. La séquence de touches sur lesquelles j'appuie me ramène à mes années d'adolescence, quand je me tenais à côté d'une cabine téléphonique, dans un parking, en attendant que ma mère arrive à vitesse réduite dans son break bleu, avec ses cheveux en bataille et le parfum de son savon à la lavande. Avant la première sonnerie, je raccroche et je fais un autre numéro.

Hendricks prend un peu de temps pour répondre.

— Oui ?

Subitement les mots me manquent. Je serre le combiné si fort que j'en ai mal aux doigts. Le ventilateur intégré à l'ordinateur se met en marche dans un ronflement mécanique. Je tends ma main libre et je touche la poussière froide sur le rebord de la fenêtre, que je balaie d'un mouvement. La rue en contrebas commence à être encombrée par la circulation du matin. Il faut que je sorte d'ici avant l'arrivée de Jayme.

— Allô ?

Mon philodendron dépérit doucement, ses feuilles s'assombrissent et se rident. Je frotte l'une d'elles, et elle se déchire.

— Il faut que je vous pose une question, dis-je. Vous avez réellement grandi dans les montagnes ?

— Oui.

— Vous connaissez ces endroits froids et plongés dans l'ombre ? Le fond de ces canyons que la lumière n'atteint jamais, parce qu'ils sont trop encaissés ?

— Où êtes-vous ? demande Hendricks.

— Il y fait si sombre que vous vous mettez à frissonner dès que vous y entrez. Vous connaissez ces endroits ?

Il ne répond pas, mais il ne raccroche pas non plus.

— La personne qui l'a tuée… J'ai de bonnes raisons de penser…

Je déglutis, et j'essaie d'invoquer ma Cherie intérieure, celle d'une juriste posée, et je reprends :

— J'ai de bonnes raisons de penser que quelqu'un s'est introduit dans mon appartement.

Sans attendre sa réaction, j'enchaîne sur le mot griffonné que m'a adressé Greg, puis mon retour hier soir, le bruit de pas que j'ai entendu, et ma fuite rapide. Je lui parle de mon téléphone disparu. J'utilise des termes cliniques, distants : *introduit, objet, situation, issue.*

Hendricks reste silencieux. Je m'attends à ce qu'il rejette l'ensemble, qu'il me dise que je suis folle, que je délire avec ces canyons dans les montagnes. Je le vois presque, les yeux embués de sommeil, qui écoute mes élucubrations.

— Linville Gorge, j'y ai trouvé une parcelle enneigée mi-juillet, une fois, laisse-t-il tomber avant de se racler la gorge. Vous auriez dû me parler de ce mot.

Je ne dis rien.

— On vous a suivie ? Où êtes-vous allée ? Où vous trouvez-vous, maintenant ?

Et il débite les questions en rafale sans que j'aie le temps d'y répondre.

Je lui révèle que j'ai dormi dans ma voiture, et qu'à présent je me suis retranchée en sécurité dans mon bureau, porte fermée à clé.

— Steve Goetz m'a appelé juste après notre rencontre, hier, déclare Hendricks. Il voulait m'informer qu'une jeune femme blonde est venue à sa galerie sous de faux prétextes.

— Étrange. Je me demande qui ça peut bien être.

J'entends son scepticisme dans le court silence qui suit. Puis :

— Il y a autre chose que je devrais savoir ?

Je lui parle de la clé USB que Greg m'a donnée. J'explique que toutes les photos sont des études en relation avec *Natures mortes* et qu'en tant que telles, elles tombent également sous le statut de la propriété artistique.

— L'artiste voulait qu'elles soient détruites.

— Elles devraient être examinées d'abord, dit-il d'un ton soulagé. Je les apporterai à la personne qui convient au sein de la brigade. Ils ont mis beaucoup de monde sur cette affaire… Et c'est tout ? Pas d'autre preuve cachée ?

— Non. Ils ont découvert quelque chose ? Sur la façon dont elle est morte ?

Je perçois le claquement d'une portière.

— Il y a eu d'autres complications. Et ne me demandez pas lesquelles, je n'en ai aucune idée.

Un moteur se met à gronder.

Il veut savoir s'il existe un double de ma clé d'appartement, et je lui indique celle sous le pot de fleurs.

— Si vous trouvez quoi que ce soit là-bas, je veux dire, quelque chose en connexion avec la mort de Kim, il faut me croire : je n'y suis pour rien.

— Qui d'autre était au courant, pour votre double de clé ?

— Greg. Mais je pense que l'intrus est passé par la fenêtre de la salle de bains. Elle était ouverte.

Hendricks veut savoir si ce numéro est le plus approprié pour me joindre.

Je me rends compte que c'est le seul que j'ai.

— Pour le moment, dis-je, un peu embarrassée.

Je devrais l'informer que je prévois de quitter Los Angeles après l'heure de pointe. J'ai une vieille amie d'université qui habite Tucson. Je pourrais y aller aujourd'hui en voiture, dès que j'aurai vu Yegina.

— Soyez gentil et prudent, dis-je à la place.

Je me sens aussitôt idiote. C'était la formule que nous débitait toujours ma grand-mère, quand nous allions sortir.

Hendricks marque un temps d'hésitation, puis il coupe la communication.

Je suis sur le point d'appeler Yegina quand j'aperçois Juanita qui gravit lentement l'escalier, une main sur la rambarde comme si elle craignait de perdre l'équilibre. Déjà ? Il n'est même pas huit heures. Je repousse mon fauteuil et me coule sous le bureau. Son panneau frontal me cachera, et l'espace cubique est assez grand pour m'y asseoir si je replie les jambes contre ma poitrine. Je prends la position.

S'il te plaît, sois patiente avec moi, dis-je à Yegina en pensée. *Je t'aime, et je suis désolée*. J'ai le cœur serré pour Don, pour toute la famille. Mon corps est las.

Je dois finir par somnoler car, lorsque le téléphone sonne, mon cœur bat si fort que je sens mon pouls cogner dans mes tympans. J'attends une seconde, puis je ressors vivement de ma cachette, je décroche le combiné et je retourne sous le bureau, en tirant sur le cordon. Tout a été très rapide.

— Tu es là…

La diction de Greg est enrouée, comme s'il n'avait pas parlé à haute voix depuis très longtemps. Et basse, ce qui laisserait supposer qu'il colle le téléphone à sa bouche. Mais surtout, il semble douloureusement heureux d'entendre la mienne.

Un moment je revois le Greg d'il y a quelques années, levant les deux mains pour me faire signe, un salut de victoire, alors que mon bus arrive au ralenti dans la gare routière de sa petite ville thaïe.

— Tu es chez toi ? dis-je en frottant mes yeux englués par le sommeil.

— Je suis à la maison. Chez toi, je veux dire. J'ai pété les plombs. J'ai sonné à ta porte une centaine de fois. Pourquoi es-tu allée au travail aussi tôt ?

— C'est une longue histoire…

Je me redresse et me cogne la tête.

Greg s'est remis à parler, et sa voix est pareille à un robinet qui ne veut pas s'arrêter de couler. Il dit qu'il ne sait pas quoi faire, qu'il n'arrive pas à dormir, ni à manger, que la presse le suit partout, qu'il ne peut pas retourner à la galerie parce qu'ils rôdent aussi là-bas, et donc Cherie l'a laissé aller chez elle alors que tout ce qu'il voulait c'était me voir, alors il est sorti en douce quand elle était partie prendre son petit-déjeuner, et il a sauté dans un taxi pour rejoindre Hollywood, mais je n'étais pas là.

— Quand je me suis rendu compte que je ne pouvais pas te voir, j'ai vraiment pété les plombs, Maggie.

Je ne sais même pas par où commencer, ce que je devrais demander, ou répondre. Comment expliquer à Greg combien je suis désolée et en même temps détachée de lui. À quel point je me sens épuisée et sale, et le désir que fait naître en moi le seul mot *douche*. Un savonnage intégral et une douche bien chaude, avec un nuage de vapeur si dense que j'aurai du mal à respirer.

— On m'a volé mon portable, dis-je.

Greg poursuit sur son élan, à croire qu'il ne m'a pas entendue :

— Et je ne peux pas non plus me rendre au Rocque, parce qu'il y a probablement des reporters là-bas aussi…

Je devrais attendre qu'Hendricks m'appelle.

— Je viens te voir, dis-je.

Près de la vieille voie ferrée du funiculaire maintenant fermée, Angels Flight, s'étend un morceau de parc étroit, tout en longueur, au-dessus d'une rangée de bougainvilliers. L'endroit est généralement jonché de détritus et de corps à divers stades de la faim, de l'alcoolisation et du délabrement mental. Je n'ai jamais voulu m'asseoir sur cette pelouse, bien qu'elle semble drue et accueillante, et que les services municipaux l'arrosent sans doute régulièrement, mais c'est un lieu où personne ne prête attention à personne. Je propose à Greg de me retrouver là-bas dans quarante minutes.

Je suis bien réveillée, maintenant, et je perçois les voix assourdies des autres employés qui arrivent. Ne devrais-je pas simplement sortir de ma cachette ? Au lieu de le faire, je serre un peu plus fort mes genoux et je pose mon menton dessus, en fermant les yeux. Je ne veux parler à personne du Rocque, à l'exception de Yegina, et elle doit être en chemin, à cette heure. Or elle ne répond jamais au téléphone lorsqu'elle conduit.

Dans le même temps Hendricks est certainement en train de pénétrer dans mon appartement désert. Pourquoi n'a-t-il pas encore appelé ?

Les minutes passent. Je compose le numéro de mon portable à de multiples reprises, et je presse maladroitement la touche de rappel depuis ma position accroupie sous le bureau. Pas de réponse.

Je replace le combiné sur son socle et je fouille mon sac à la recherche de la clé USB. Je ne peux m'empêcher de m'interroger sur ce que la police en fera. Cette femme sur les photos, il pourrait toujours s'agir de quelqu'un d'important. Peut-être devrais-je visionner encore le contenu de la clé, une dernière fois. Je sors tant bien que mal de ma cachette.

Trop tard. Jayme et Juanita tournent au coin du couloir, et Juanita désigne mon bureau. Elles me voient.

Leur expression d'incrédulité mêlée de déplaisir me plonge dans une panique aveugle. Je ramasse mes papiers, passe mon sac à la bretelle et surgis de la pièce en m'exclamant :

— Je prenais juste du boulot à finir ! J'emporte tout ça chez moi ! On se revoit lundi !

Et je file vers l'escalier sans leur laisser le temps de se ressaisir.

Je dévale les marches deux par deux, jusqu'au rez-de-chaussée où je prends l'ascenseur qui m'amène à l'aire de chargement. Si Jayme me suit, j'ai une bonne avance sur elle, suffisante pour foncer dans l'atelier de menuiserie où je vois Dee qui caresse un gros chien noir à la gueule impressionnante. Une minute. Il ressemble en tout point au chien sur la clé USB. Je me glisse par la porte. Jayme ne pensera jamais à me chercher ici.

— Hé, salut, Maggie ! lance Dee, et son visage se fend sur un large sourire en m'apercevant. Contente que tu sois venue. La visite de Janis Rocque a été avancée à aujourd'hui, et je n'étais pas sûre que tu sois prête. Tu peux nous retrouver à onze heures ?

Ce chien noir. Celui de Brent. Les jours d'absence de Dee, pour maladie. Le départ subit de Patrick.

— C'est le chien de Brent ?

— Ouaip. Dickson, répond Dee tandis que l'animal frotte son museau contre son visage. C'est un gentil chien. Un très gentil chien…

Elle ronronne presque, jambes écartées, coudes sur les genoux. Elle est détendue, insouciante.

— Où est passé Brent ?

Elle se crispe d'un coup, jette un coup d'œil en direction du bureau de Patrick, puis hausse les épaules.

— Fritz a dit quelque chose… dis-je.

— Il est parti en congé.

Son accent anglais sonne subitement très sec.

— Brent part en congés ?

Je me rapproche insensiblement de la porte de son bureau et risque un regard aux photos de New York qu'il y a affichées, le dessous strié d'un pont qui écrase de sa masse un immeuble en briques aux fenêtres cintrées, des étalages de graffitis. Puis mon attention s'arrête sur une autre vue – petite, disposée selon un angle peu visible de son bureau – et je contourne le meuble pour mieux l'observer.

Et elle est là : plus jeune, plus jolie, avec une coiffure très années 1980, tout en volume et rejetée en arrière de son visage, le contour des yeux souligné d'un trait de crayon. La femme de Brent Patrick. La femme sur les photographies, dans la clé USB.

— Qu'est-ce que tu fais ? questionne Dee.

— J'adore les photos qu'il a prises, dis-je en reculant et en m'efforçant de paraître amicale et calme. Je n'ai jamais eu l'occasion de les voir de près, quand il était là. C'est quelqu'un de trop intimidant.

— Très vrai, approuve-t-elle. Mais il est vraiment parti en congés. Et il ne veut pas que les gens sachent où, ce que je trouve tout à fait respectable. Tout le monde n'a pas à fourrer son nez dans les affaires de tout le monde.

Non, mais tout le monde n'a pas non plus l'air de fuir une enquête policière pour meurtre. Où que mon regard se pose, la pièce a l'air tout en angles et en pointes : la scie et les marteaux, les clous, les coins saillants des caisses contenant des œuvres d'art. Seuls les yeux du chien noir sont doux quand il les braque sur moi et bâille.

— Alors, onze heures ?

Elle se tourne vers moi, et je lis de la tristesse et de la détermination sur son visage étroit.

— Je vais essayer, dis-je, perturbée par son expression. Est-ce que ça… va ? Tu n'as pas trop l'air dans ton assiette.

Elle cesse de caresser le chien et lui entoure le cou d'un bras.

— Dee ?

À mon grand étonnement, elle pousse un soupir désenchanté.

— Ça va aller pour moi, j'en suis sûre, grogne-t-elle. Maintenant que ma nouvelle petite amie ne m'ignore plus en public.

— Oh, dis-je dans un souffle. Je ne savais pas que tu fréquentais quelqu'un.

— C'est récent. Pas encore de notoriété publique, répond Dee qui attire Dickson plus près d'elle, et il renifle son oreille. Surtout ici.

Une actrice ? Une artiste ? Une femme membre de la commission ?

— Oh, je ne me doutais pas…

— C'est comme ça qu'elle veut que ce soit, tranche Dee d'une voix dure. Et elle obtient toujours ce qu'elle veut.

Je tapote amicalement son épaule osseuse, tandis que mes pensées déraillent comme les trains. Dee est triste. Elle protège aussi Brent, lequel est en fuite. Brent le costaud. Il aurait été assez fort pour défoncer le crâne d'une femme. Mais quels auraient été ses mobiles ? Mettre un terme à une liaison avec Kim Lord ? Était-elle enceinte de *son* enfant ? Il a été tellement en décalage, ces derniers temps. Et s'il l'avait tuée, et qu'il se protégeait en faisant accuser Greg ? Ou si quelqu'un d'autre le protégeait, lui ?

— Tu crois que Brent et Kim Lord auraient pu être…

— Il l'admirait, et elle l'admirait, réplique Dee sur le mode évasif. Ils visaient une collaboration pour une expo future. Mais une liaison ? Non, je ne crois pas. – Ses yeux s'étrécissent, et elle ajoute : C'est lui le dernier suspect ? Impossible. Foutrement impossible.

Il y a toujours une possibilité. Greg sait peut-être. Greg est peut-être la clé.

Je bats en retraite :

— Bien sûr que non. Il faut que j'y aille. Jayme me tuera si elle me trouve ici.

Dee cesse de se concentrer sur le chien qu'elle caresse et lève les yeux vers moi.

— Appelle-moi si tu changes d'avis pour la visite. Elle vaudra le coup, tu peux me faire confiance.

24

De longs brins d'herbe humides se collent à mes pieds alors que je fouille le parc, en m'efforçant de ne pas laisser mon regard s'attarder sur quiconque occupant la pelouse près des rails défunts bordés de barrières roses. À l'époque où Bunker Hill était empli de demeures alors infestées de rats comme le Queen Anne, en lieu et place de gratte-ciel et d'hôtels, le funiculaire d'Angels Flight emportait les gens vers les hauteurs et les boutiques de Grand Central Station ou ses environs immédiats, mais les décideurs de la ville l'ont arrêté lorsqu'ils ont pavé la zone des anciens taudis. La voie a été rouverte dans les années 1990, puis refermée après qu'une voiture folle a fait une victime. Depuis, l'Angels Flight conserve ses airs de ruine rouillée, une vision réduite et perdue de l'entreprise humaine au milieu de tant de tours élevées et anonymes.

Greg n'est pas dans le parc, à moins que la prison l'ait transformé en ce jeune drogué au teint hâve, aux cheveux emmêlés et au manteau taché de suie, une chaussure béante, l'autre complètement disparue, ses orteils noircis aplatis et écartés tels des doigts. Non loin de là un homme à la peau brune, d'un certain âge, est allongé sur un banc. Il tremble en dormant, et je reconnais son classeur bleu et sa casquette de baseball. Vers midi il deviendra un “étudiant de l’UCLA égaré” qui a “seulement besoin de quoi prendre le bus jusqu’au campus”. Personne ne le croit, mais son stratagème est tellement absurde que la plupart des gens lui donnent la pièce pour qu’il s’en aille.

Et il est l’un des plus faciles à regarder sur cette pelouse pentue, là où la colline descend vers Skid Row. J’aperçois un tas informe sous des couvertures, qui bouge rythmiquement, juste à côté des buissons. Quatre pieds, deux têtes.

Une pression soudaine sur mon épaule. Je sursaute et pousse un petit cri.

Une voix familière prononce mon prénom. Je me retourne, et la première chose qui me frappe chez Greg est l’éclat singulier de son regard, celui que les gens ont quand ils scrutent un aquarium. Il est là. C’est bien lui. Mon corps ne sait pas s’il doit s’écarter ou se jeter contre lui, mais il tend déjà les bras vers moi. À l’instant où nous entrons en collision, c’est pire. Greg passe ses bras dans mon dos, mais il y en a trop, ils sont envahissants et me pressent contre lui. Et sa bouche semble vouloir aspirer mes cheveux. M’embrasse-t-il ? Je me fige, je laisse faire, mais à l’intérieur je me crispe. Une chaleur nouvelle touche l’arrière de mes jambes nues. Le soleil de Los Angeles part à l’assaut du ciel.

Greg murmure contre mon crâne quelque chose où il est question de *regrets* et de *toujours*, et je ne réagis pas parce que, aussi affreux que soit ce moment, je sens qu’il serait encore plus pénible si je le faisais. Enfin il me relâche et nous restons plantés là, lui les yeux baissés sur ses chaussures bleues éraflées.

Je ne sais plus comment j’avais imaginé ces retrouvailles, mais ce n’était pas cette étreinte horrible et puis moi qui recule brusquement, fouille dans mon sac et lui tends la clé USB.

— Elle prenait des photos de la femme de Brent Patrick, dis-je en affrontant enfin son regard. Tu sais pourquoi ? Il faut qu'on donne ça à la police.

— La *femme* de Brent Patrick ?

Il fait un pas chancelant de côté, comme si la clé lui avait décoché un coup qui l'aurait déstabilisé.

Nous commençons à attirer l'attention, sans nul doute parce que je viens de parler de la police. Une couverture est repoussée, une femme se met en position assise et nous observe avec méfiance, ses cheveux blonds retombant en mèches devant ses yeux. Elle peut avoir notre âge, ou quarante-cinq ans. D'autres s'étirent.

Je range la clé dans mon sac et le saisis par la manche. Je l'entraîne vers l'escalier.

Toujours vacillant, il suit le mouvement sans protester. Il titube et s'agrippe à la rampe tandis que nous descendons la longue succession de marches vers Grand Central Market, un édifice long d'un bloc, ajouré par des colonnes et des portiques. Les cavernes sombres à l'intérieur sont encombrées d'étals de nourriture et de marchandises diverses, qu'éclairent les néons suspendus. Au-dehors, je repère quelques tables vides dans un petit patio crasseux. Elles s'alignent devant le comptoir du Tropical Time, l'établissement préféré de Yegina, un long mur argenté ponctué de becs verseurs noirs et de pancartes colorées qui proposent des dizaines de jus de fruits : papaye, mûre de Boysen, pomme, mangue, cerise, noix de coco. Tous peuvent être commandés séparément, ou mélangés en cocktails. Je me suis souvent tenue là, en compagnie de Yegina, impressionnée par la carte somptueuse du Tropical Time et doutant que tout cela soit vrai.

— Tu as soif ? dis-je à Greg, car je suis déjà passée en mode maternel.

Il continue sa descente précautionneuse, sourcils froncés, et il secoue la tête comme s'il essayait de faire remonter à la surface un souvenir.

— Comment as-tu découvert que c'était sa femme ? me demande-t-il.

Munis de nos sandwichs aux œufs et de nos jus de fruits, nous allons nous percher à une table du patio tellement incrustée de la crasse de la rue que nous tenons notre petit-déjeuner au-dessus de sa surface, tels des clients prêts à s'enfuir. Notre conversation est tout aussi désordonnée et saccadée, interrompue par les camions qui passent. Premier sujet : l'apparition de la femme de Brent Patrick sur la clé USB. Greg blêmit quand je lui révèle que j'ai repéré la photo de cette même femme sur le bureau de Brent, et qu'elle est soignée depuis des mois dans un établissement spécialisé.

— Seigneur, marmonne-t-il. Pourquoi Kim ne m'en a-t-elle pas parlé ? Elle aurait dû me dire que c'était pour cette raison qu'elle le rencontrait.

— Brent vient de disparaître, dis-je. Il est parti "en congés".

— Seigneur… répète-t-il. Et ils ne se sont toujours pas lancés à sa poursuite ?

Battant lourdement des ailes, un pigeon au plumage iridescent se pose près d'un morceau de pizza abandonné à côté de nous.

Je perds l'appétit quand Greg se met à rabâcher sur l'enquête et tous les nouveaux éléments en rapport, qui pour lui n'ont aucun sens. L'examen médico-légal a ajouté une complexité nouvelle à l'affaire : non seulement l'état de décomposition du corps situe la mort à vendredi, mais il apparaît que Kim s'est débattue dans un espace très confiné – une sorte de boîte en bois – pendant des heures, avant de périr. Des échardes ont été retrouvées sous ses ongles brisés et ensanglantés. Et les examens toxicologiques préliminaires sur quelques blessures minuscules donnent à penser que son meurtrier lui a injecté un tranquillisant.

Je pose mon sandwich sur la table sale et le recouvre de ma serviette.

— Quel genre de tranquillisant ?

— Trop tôt pour le dire. Ils avaient une liste énorme de produits, mais je n'en ai reconnu aucun. Pentobarbital. Nembutal. Therpenal de sodium. Pento-quelque chose…

Il laisse tomber son sandwich sur le mien.

— Tous ne ressemblent pas à des noms de drogues.

Greg fait la moue.

— J'ai eu du mal à écouter Cherie.

Et il me raconte le malaise ressenti dans la voiture de son avocate, une fois libre, à la vue du soleil, des panneaux publicitaires et des palmiers en pleine mue, tout en entendant les détails macabres de l'examen post-mortem de Kim.

— J'avais l'esprit qui ne cessait de se déconnecter et de se reconnecter, explique-t-il en se penchant sur notre repas inachevé. Finalement je lui ai dit d'arrêter. Comment quelqu'un pourrait-il… la haïr à ce point ?

Tout son corps se met à être secoué par des sanglots muets.

Je ne le réconforte pas. Je laisse ouvert l'espace entre nous. Dans la chaleur croissante, je sens une énergie froide couler en moi. Un observateur imaginerait que j'annonce de mauvaises nouvelles ou la rupture à l'homme en pleurs à côté de moi. N'importe qui le prendrait en pitié, et s'interrogerait sur cette jeune femme aux yeux soulignés de cernes, assise immobile auprès de lui.

En réalité, je ne suis pas là. Je n'enregistre pas le chagrin de Greg. Mon esprit voyage trop vite au milieu de tous ces faits. Un coup porté à la tête. Un tranquillisant. Un cercueil. Tant d'étapes pour la tuer. Il ne s'agit pas d'un expert, donc. Ou bien c'est quelqu'un qui n'a pas été capable de la tuer sur-le-champ. Ma concentration m'isole de Greg et de tout ce qui m'entoure : les grincements et la poussière de la circulation ; ces oiseaux horribles et entêtés ; l'odeur d'œufs qui s'élève de nos sandwichs à peine entamés. Il faut que je découvre qui est le coupable. J'ai passé trop de temps sur le "quoi". Les paroles de Jay Eastman me reviennent en mémoire : "Ne recherche jamais le « quoi ». Trouve le « qui ». Qui y perd. Qui y gagne. Quelle vie ne sera plus jamais la même."

— Je suis désolée, dis-je enfin. Pour le bébé, aussi.

Il relève vivement la tête. Sur son visage passe une expression de surprise, puis une peine renouvelée.

Je décide de le pousser dans ses retranchements :

— Qu'est-ce qui vous est arrivé mardi, tous les deux ? Vous vous disputiez à propos de Brent Patrick ?

Il contemple un des arbres rabougris à côté de nous, lui aussi gris de crasse. Sans croiser mon regard, il me révèle que mardi Kim a craqué en apprenant que son test de grossesse était positif, et qu'elle a voulu avoir un peu de temps.

— J'ai cru qu'elle voulait dire : un peu de temps avec lui.

— Tu penses qu'ils avaient une liaison ?

— Je n'avais aucune certitude. Elle a insisté sur le fait qu'elle travaillait sur une idée d'expo avec lui. Avec pour sujet les femmes souffrant de problèmes mentaux. Ça expliquerait qu'elle ait pris une photo de sa femme.

C'est plausible, en effet. Il est aussi plausible que Kim ait souhaité garder secret son projet artistique, sans pour autant coucher avec Brent. Alors qu'est-ce que celui-ci fuit ? Il manque une pièce à l'équation, une variable que je n'ai pas définie. Greg. Kim. Brent. Barbara. Une personne possessive, une autre secrète, une troisième agressive, une dernière terriblement vulnérable. Ils pourraient s'additionner en vue d'un meurtre, mais je ne discerne pas une chaîne d'événements claire. À moins que Greg lui-même soit l'assassin. Ce que j'estime improbable. Même s'il a tout fait pour paraître coupable.

— Quand tu as pensé qu'elle rompait avec toi, tu lui as envoyé soixante-dix SMS ?

Je ne peux réprimer les intonations de colère dans ma voix. Greg semble très mal, mais il ne répond pas.

Pourquoi Kim travaillait-elle à sa nouvelle expo alors que *Natures mortes* n'avait pas encore ouvert ses portes ? Parce qu'elle avait peur de se retrouver sans le sou ? Peut-être que Greg a eu raison de se montrer soupçonneux. Mais pas de la harceler.

— J'aurais pu te suspecter, lâche-t-il en abritant ses yeux d'une main. Ce mot. *Vous devriez faire attention à Maggie.*

La phrase a sur moi le même effet qu'un coup de poing.

— Ouais. Sans parler de mon savoir-faire en matière de cercueils et de therpenal de sodium, dis-je.

Alors que je prononce ces mots, je sens quelque chose se déclencher dans mon esprit, non pas une réponse, mais l'éclair d'une alarme qui me dicte de faire très attention à mes propos. Des cercueils. Ou peut-être pas. Et pas du therpenal : du thiopental. Un texte noir sur un fond blanc. Je l'ai déjà vu.

Je demande à Greg si je peux lui emprunter son portable. Il le fait glisser vers moi sur la table. Je prends la carte d'Hendricks dans mon sac et je compose son numéro.

— Maggie. Où êtes-vous ?

Je le lui explique.

— Bien. Restez avec lui. Je suis presque arrivé à votre appartement.

— Dans le rapport du médecin légiste, un des produits décelés n'est pas du thiopental de sodium ?

Je sais que j'ai déjà vu ce nom, et que je l'ai vu au Rocque.

Greg écarte la main de ses yeux.

— Il vous a parlé du pré-rapport dressé par le médecin légiste ? s'enquiert Hendricks.

Je me détourne de Greg pour répondre.

— Les noms des tranquillisants. Vous les connaissez ?

— De quoi tu parles ? demande Greg.

Il agrippe mon bras. La transpiration et les larmes ont trempé son front et ses tempes.

— Qu'est-ce que Shaw vous a dit d'autre ? veut savoir Hendricks, impérieux.

Je me lève d'un bloc et m'écarte de la table, hors de portée de Greg.

— J'ai vu écrit thiopental de sodium quelque part. Je le vois en mémoire, comme si c'était dans un document que j'ai relu et corrigé.

— C'est juste une des nombreuses possibilités. Le rapport définitif ne reviendra que dans des semaines, déclare Hendricks. Mais restez où vous êtes, d'accord ?

La voix de Greg enfle, mais je ne peux pas me concentrer sur lui. Alors que je mets fin à la communication, je vois toujours ces trois mots. *Thiopental de sodium*. Le premier terme ne me semble pas correctement épelé, et mon esprit bute sur lui à chaque fois.

— Je ne te comprends pas, est en train de dire Greg. Il m'arrive cette chose horrible, tu es la première personne que j'essaie de voir, et tu appelles quelqu'un d'autre pour parler de sortes de tranquillisants ? Mes sentiments pour toi n'ont donc aucune importance ?

— Je suis vraiment désolée, dis-je, et je lui rends son portable. Mais il faut que j'y aille.

Bien que ces mots ne me paraissent pas être les miens, bien qu'une partie de moi ne puisse croire que je suis aussi froide, je l'abandonne là et je pars à pied sur Broadway, dans la chaleur croissante.

— Tu vas où ? crie-t-il dans mon dos.

Je presse le pas. Il ne me suit pas, mais je n'ai pas le sentiment de l'avoir quitté avant de tourner un coin de rue et d'avoir passé tout un bloc d'immeubles sales, avec leurs arcades anciennes et leurs étals débordant de caisses de lunettes en plastique bon marché, de piñatas, de chapeaux et de chaussettes. Même alors je sens encore l'impression laissée sur mon corsage marqué de transpiration par l'étreinte de Greg, et son baiser sur mes cheveux. À l'intérieur de ma coquille, cependant, le reste de ma personne bat enfin en retraite et se condense en un noyau compact, intouchable. Je suis attristée pour moi-même et pour lui de m'être accrochée si longtemps au rêve de notre couple. Peut-être que s'il s'était senti plus libre, il n'aurait pas été aussi ébranlé quand Kim l'a fui. Peut-être serait-elle revenue auprès de lui mardi dernier, au lieu de disparaître à jamais.

Le rire d'un enfant cascade d'une fenêtre dans les étages. J'entends une radio réglée sur une station de musique country.

Thiopental de sodium. Cela plane sur un champ nu, sombre et menaçant, tel un titre. Une légende.

Trouve le "qui". Qui y perd. Qui y gagne. Quelle vie ne sera plus jamais la même.

Alors que je bifurque pour rejoindre Bunker Hill et commence à gravir l'escalier vers le Rocque, un rideau se lève dans mon esprit. Les ombres de personnages commencent à se rassembler. Ces personnages sont vivants et réels, mais lointains ; je n'entends pas ce qu'ils disent. Je vois seulement des silhouettes qui s'agitent sur une scène, parlent, s'opposent, s'embrassent en silence. Il y en a deux. Puis quatre. Et cinq. Les comédiens ont des proportions grotesques, les épaules massives, les mains pareilles à des serres, des cous de serpents, comme si leur nature humaine se muait lentement en celle d'animaux sauvages, et qu'ils luttaient contre cette transformation. En fait, ils combattent leur propre sauvagerie plus que les autres.

L'ascension me met les cuisses en feu, et la sueur commence à former des gouttelettes sur mon front et ma nuque. À dix pas du sommet, je fais halte et jette un coup d'œil à Grand Central Market en contrebas, et la table sale où je me suis installée avec Greg. Il est parti. Les places ont été prises par un couple, jeune et brun. Ils sont tellement proches l'un de l'autre qu'ils n'auront presque pas à se pencher pour s'embrasser.

J'ai foulé aux pieds le cœur d'un homme en deuil, ma meilleure amie me déteste, je risque de perdre mon travail, mon appartement n'est pas sûr, un tueur me traque peut-être. Et qu'est-ce que je fais ? Je reste plantée là, une fois de plus, figée, et je regarde en arrière.

Je scrute le trottoir à la recherche de Greg, puis l'entrée du marché, en cherchant à percer la pénombre des étals de nourriture entre lesquels j'ai déambulé, sans but, le lendemain de notre exécution générale par Brent Patrick dans *Exécutés*. Mais Greg a disparu pour de bon, et j'ai le pressentiment que plus jamais je ne le chercherai au sein d'une foule. Une vieille Mercedes bleue glisse dans mon champ de vision, aussi basse qu'une barque, anonyme, évoquant les jours d'une gloire oubliée. Je gravis prestement les dernières marches et surgis sur la place, dans sa lumière vive, au milieu des fontaines.

Soudain j'ai de nouveau soif, et je regrette de ne pas avoir conservé mon gobelet. Et je me souviens où j'ai vu les mots *Thiopental de sodium*.

Jason Rains s'est démené comme un beau diable afin d'obtenir pour *Exécutés* les véritables produits utilisés dans la réalité. Une pharmacie de préparation lui a fourni du thiopental de sodium à la condition expresse qu'une fois l'expo terminée, le musée s'en débarrasse auprès d'un site de traitement spécialisé.

Qui aurait été au courant, si Evie avait préféré garder les seringues ? Tout le monde lui faisait confiance pour se charger de cette tâche.

Quatre acteurs : Greg, Kim, Brent, Barbara. Entre en scène Evie. Une cinquième personne mise en action par les quatre autres. Une possessive, une secrète, une agressive, une vulnérable à l'extrême. Et une poussée par son obsession au seuil du meurtre.

Evie a également supervisé la réception et l'expédition des caisses contenant des œuvres d'art. Les Rothko et les Pollock envoyés à l'aéroport. Les éléments de la collection permanente à un site de stockage extérieur. Tous dans ces mêmes énormes caisses en pin constellées d'étiquettes. Qui aurait pu deviner, si elle avait expédié autre chose – un être humain – dans l'une d'elles ? Tout le monde avait confiance en elle pour accomplir les tâches confiées.

Tout le monde lui faisait confiance. Evie la zélée, l'effacée, toujours à travailler tard dans son bureau du sous-sol. Evie la mordue de théâtre, qui était éblouie par le génie de Brent. Tous étaient éblouis par lui, au sous-sol. Mais Evie, qui idéalisait la célébrité et adorait la compétition, aurait très bien pu désirer être celle qui mettrait le grappin sur Brent. Ouvertement, ou en secret. Rien n'aurait compté autant à ses yeux que le fait de posséder une star. Jusqu'à ce que Kim Lord arrive et menace de le lui ravir.

La dernière fois que j'ai vu la peintre, elle s'éloignait hâtivement au-dehors du musée, et elle a sursauté comme si elle s'était fait mordre, avant de marcher encore plus vite. L'image s'est gravée dans ma mémoire parce que Kim Lord n'était pas du genre à sursauter. L'image s'est gravée dans ma mémoire parce que la femme qui pressait ainsi le pas n'était pas Kim Lord.

Mais tout le monde, moi y compris, a cru que c'était elle.

25

Avant de tourner le coin et d'arriver à la baie de chargement, je m'octroie un temps de pause afin de reprendre mon souffle. Adossée contre le mur de béton peint au pistolet, je lisse ma jupe froissée et je regroupe mes cheveux humides en arrière, sur la nuque. Je passe la langue sur mes dents sales et je crache. La nuit, quelques personnes se glissent dans cet accès souterrain pour y dormir, mais pendant la journée il n'y a que les barrières de sécurité et les bennes à ordures, dans le grondement incessant de la circulation en surface. Difficile de croire que la soirée de gala s'est tenue ici, pourtant c'est le cas, et l'événement a submergé toute la saleté ambiante avec son éclairage, ses diamants et ses nappes immaculées. Cette nuit a marqué un départ pour le reste d'entre nous, mais pour Kim – pour Evie – elle a signé une fin.

Un jour, alors que je me trouvais au bord du lac, près de la maison de mon enfance, je me suis méchamment coupé le pied sur un coquillage. J'ai oublié la sensation de douleur, mais pas celle du coquillage tranchant dans mon pied. Cette sensation horrible, sinistre, de ma peau qui s'ouvre, est restée très vivace en moi jusqu'à aujourd'hui. La vérité – ou ce que je pense être la vérité – me donne la même impression. Une entaille. Impossible à croire.

Les souvenirs tourbillonnent dans mon esprit. Je revois Evie pendant ses premières semaines au musée, qui a haussé les épaules quand je lui ai demandé d'où elle venait. "De partout en Californie. Avec ma mère, on a beaucoup déménagé. On a suivi les types qu'elle fréquentait." Et plus tard, quand elle m'a parlé d'Al, son beau-père, lui avouant être amoureux d'elle. "Il était convaincu que je m'enfuirais avec lui." Elle ne l'a pas fait. Elle s'est enfuie seule. Quelque chose dans cette histoire m'a toujours paru bancal : cette façon qu'avait Evie de se poser à la fois en victime et en aventurière romanesque.

Je revois Brent au vernissage de Jason Rains, et Evie qui lui prend des mains une bouteille de champagne. Elle en a bu une gorgée avant de la jeter, presque pleine. Je me rappelle le claquement sonore du verre dans la poubelle. Je me rappelle avoir alors pensé qu'elle voulait éviter une situation embarrassante à un collègue, mais à présent ce geste me paraît très possessif. Presque le geste d'une épouse.

Je revois la petite fête du personnel, sur le toit, pendant la soirée de gala. Evie qui observe Brent en train de divaguer à la face de la nuit sur Kim qui est la plus grande artiste qu'il ait croisée. Les autres ont semblé surtout surpris et inquiets de cet éclat. Elle seule a eu l'air trahie.

"Je me demande combien de temps elle a mis à mourir", a-t-elle dit en me rendant les photographies rassemblées pour *Natures mortes* de Judy Ann Dull, ligotée et bâillonnée dans son appartement de Melrose. Ce jour-là, j'avais mis l'interrogation d'Evie sur le compte d'un certain détachement professionnel – les secrétaires des musées s'intéressent toujours aux effets du temps –, mais quand j'ai répondu "Pas longtemps, j'espère", elle m'a regardée avec curiosité, comme si elle ne comprenait pas ce que je voulais dire.

Evie, qui était forte. Evie, à la salle de gym, pédalant plus vite que tout le monde.

Evie, qui vivait seule et n'avait pas d'ami intime.

Evie, qui me rappelait tellement Nikki Bolio lors de notre première rencontre, avec son air timide et son désir à peine dissimulé d'une vie plus grande et plus intéressante.

Evie aurait pu détester l'intimité de Brent avec Kim Lord : Kim photographiant sa femme, Kim se changeant dans son bureau. Leur secret aurait pu la rendre folle de jalousie. Et pourtant… assez folle pour commettre un meurtre ? Je n'arrive toujours pas à trouver un mobile suffisant. Ce sont les faits qui désignent Evie. Elle avait accès à tous les moyens nécessaires : les scies pour couvrir le bruit, le marteau ou le maillet pour porter le coup, le thiopental de sodium, la caisse. Elle avait la même corpulence que Kim, pouvait enfiler ses vêtements et s'éloigner rapidement du musée. Elle maîtrisait les connaissances internes qui lui permettaient d'envoyer des messages à Greg et Lynne afin qu'ils pensent l'artiste toujours vivante. Elle était au courant, pour Greg et moi. Il ne lui était pas très difficile de nous prendre au piège, l'un après l'autre. Ce qui signifie qu'elle devait me haïr, moi aussi.

Si c'est vrai, je veux me tromper, cette fois. Et j'arrive probablement trop tard, de toute façon. Juste au cas où, je rajuste le sac à mon épaule, y glisse une main pour trouver le magnétophone et presse le premier bouton sur la droite.

Je récite une réplique de Daisy dans *Gatsby*, reviens et arrière et passe l'enregistrement. Une voix émerge, fragile, qui n'est pas la mienne.

Ravissante petite idiote.

— Tu embarques pour la grande aventure, finalement ? demande Dee.

Elle est penchée sur une caisse imposante, avec Yegina, dans l'aire de chargement. Elle semble nerveuse, et elle a rafraîchi son visage avec du blush et du rouge à lèvres, ce qui ne lui est pas coutumier.

Du blush et du rouge à lèvres. Une minute. Sa petite amie travaille pour Janis Rocque ?

J'interroge Yegina du regard, en quête d'une confirmation, mais elle croise les bras et regarde ses pieds. Une chemise sans manches ornée de fanfreluches la serre au col.

Je joue la prudence :

— Comment va Don ?

Mon amie est tellement discrète, je ne suis pas sûre qu'elle ait révélé quoi que ce soit à Dee.

— Bien, répond-elle avec une emphase éloquente. Je te croyais en repos ?

— Officiellement, oui. Mais je voulais te voir, dis-je en m'efforçant de parler calmement. Où est Evie ?

— Partie chercher sa voiture, intervient Dee. Elle devra sans doute nous déposer.

— Pourquoi ?

La peur s'insinue en moi. Je sens les yeux de Yegina se braquer sur mon visage.

Dee hausse les épaules.

— Elle doit prendre l'avion pour Amsterdam ce soir.

Bien entendu. Et, bien entendu, elle ne reviendra pas.

La vue des caisses me rend malade. Des boîtes de contreplaqué blond, les petites empilées contre le mur jusqu'à six mètres de haut, les plus grosses, qui vont de la taille d'une niche à celle d'un abri de jardin, rangées à l'écart, sur des chariots. Toutes portent leurs flèches et leurs mentions de fragilité tracées au feutre.

Elles m'ont toujours évoqué des cadeaux d'anniversaire géants, chacun empli de mystère et de splendeur : peintures venues d'un atelier de Venise, ou sculptures prêtées par un musée du Queens ; objets à la provenance luxueuse, expédiés depuis la résidence secondaire d'une actrice célèbre, décrochés d'un mur dans un château d'Italie, et propriétés d'un comte véritable. Mais à présent ces boîtes ont l'aspect d'instruments de torture, et leur parfum de bois me paraît faux, comme du désodorisant masquant l'odeur de la pourriture.

Yegina garde les yeux baissés. J'ai besoin d'elle. Jamais elle ne me croira.

— Je suis vraiment désolée, j'ai perdu mon portable, lui dis-je, en espérant qu'elle soit d'humeur à me pardonner.

Elle renifle. Dans la lumière faible de la baie de chargement ouverte, elle semble vieillie, comme si elle était devenue la sœur aînée de celle qu'elle a toujours été. Sa chevelure est plus sombre, plus lourde, le tracé de sa bouche plus dur. Elle croise les bras dans une attitude si crispée que ses doigts dessinent des cercles dans ses biceps. Avec un frisson glacé, je me remémore les sangles se refermant sur mes bras, dans le siège pour injection létale d'*Exécutés*, les seringues encapuchonnées toutes proches et emplies des produits qui ont peut-être aidé à tuer Kim Lord.

Je n'y tiens plus.

— Evie est partie depuis combien de temps ?

— Il y a tout juste une minute, répond Dee en consultant sa montre. Ne t'inquiète pas. On devrait être dans les temps. Janis nous offrira peut-être même une visite guidée, en personne.

Le ton possessif sur lequel elle dit Janis, le rouge à lèvres, le blush… Yegina me lance un autre regard que je parviens à décrypter (notre vieille habitude d'échanger ainsi des informations). J. Ro et Dee : un *couple* ? En temps normal nous réprimerions à grand-peine des grimaces ravies, mais cette fois les yeux marron-gris de Yegina s'étrécissent et elle pince les lèvres. J'ai envie de lui crier *Je suis désolée pour Don. Et je me fiche de ce que tu as fait avec Bas.*

Au lieu de quoi je bavarde poliment avec Dee des sculptures que nous allons voir, un Richard Serra et un Mark Di Suvero, des pièces d'arte povera venues d'Italie, et un cheval géant fait de bois flotté, en fait du cuivre.

— Et il y a une vraie surprise pour toi, ajoute Dee en pointant le menton vers moi. Encore que ce n'est peut-être pas surprenant. Avec ses goûts éclectiques, il est possible que Janis détienne une œuvre de chaque artiste contemporain qui ait jamais valu le coup d'être collectionné.

Le supercollectionneur. Mon vieux suspect. Je me suis déjà trompée. Il me faut plus de preuves, désormais. Le bureau de Brent a-t-il servi de scène de crime ? Si oui, il a l'air propre ; et puis, je ne suis pas expert légiste. Je prétexte une visite aux toilettes pour me glisser dans l'alcôve sombre d'Evie.

J'actionne l'interrupteur. Une lumière crue inonde les murs et les étagères. Elle n'a rien laissé en désordre. Les gros dossiers bleus sont proprement alignés, les stylos tous en éventail dans une tasse, le clavier et la souris disposés devant l'ordinateur selon des angles irréprochables, et pourtant il n'y a rien ici pour adoucir un peu toutes ces lignes dures. Pas de photographies ou de chope à café tachée. Comparée à elle, Juanita est une souillon. Et un être humain. Mais quand même, elle, une meurtrière ? La timide, la douce Evie ?

Dans les dossiers bien rangés contenant les doubles jaunes des bordereaux d'expédition, j'en trouve trois qui remontent à mercredi dernier, deux pour l'aéroport et un autre pour notre dépôt hors site. Peut-être ai-je dans les mains le document en rapport avec la caisse qui a contenu le corps de Kim Lord, mais pourquoi une tueuse conserverait-elle une telle trace ?

Evie est plus intelligente que cela. Elle n'enverrait pas la caisse au dépôt que le Rocque utilise habituellement. Mais l'autre, dans Van Nuys, qu'elle vérifiait ?

Je regarde brièvement par l'embrasure de la porte, repère Dee et Yegina qui attendent toujours près des caisses, et je prends un autre dossier. Dans les D, je tombe sur la livraison d'une sculpture, il y a quelques semaines, au dépôt Diamond, à Van Nuys, Californie. Elle avait déjà passé un contrat avec eux. Je décroche le téléphone fixe et je compose le numéro.

Quand la réceptionniste prend la communication, je me fais passer pour Evie :

— Je vous appelle au sujet d'une de nos expéditions datant de mercredi dernier. Je suis désolée, mais j'ai perdu le numéro du bordereau, et nous aurions besoin de faire revenir cette œuvre au musée, pour restauration.

— Un instant, je vous prie, dit la réceptionniste, d'un ton ennuyé.

J'écarte le combiné aussi loin que possible pour épier l'éventuelle arrivée d'Evie. Yegina tapote du pied. Elle jette un coup d'œil en arrière et disparaît de ma vue. Combien de temps ai-je encore ? J'ouvre une autre ligne sur le téléphone, et je cherche la carte d'Hendricks dans mon sac à main. Le magnétophone, le portefeuille, les reçus, le bâton de rouge à lèvres. La carte n'est plus là. J'ai dû la perdre à Grand Central Market. Je n'ai aucun moyen de le joindre.

Sur la ligne avec le dépôt, Vivaldi se fait entendre. Je bascule la mélodie des cordes sur le haut-parleur et j'entreprends de fouiller le bureau aveugle d'Evie.

L'ordinateur est verrouillé. J'ouvre les tiroirs, mais je n'y trouve que des trombones. Derrière le bureau, sur une étagère basse encombrée de catalogues d'expos, je remarque un unique livre à la couverture verte défraîchie : *Introduction au drame et à la scène*. Je l'ouvre, le renverse et le secoue. Rien n'en tombe. Mais inscrit sur la page de garde, en haut à droite, il y a un nom tracé d'une écriture d'écolière. Evie Long.

Je vais pour le remettre en place quand j'aperçois une forme familière dépassant dans la place vide, et coincé derrière les volumes. Je la tire de là, et j'ouvre l'appareil. L'écran et le clavier restent éteints. La carte SIM a été ôtée, mais je connais par cœur toutes ces éraflures et ces traces de choc. Mon portable.

La musique de Vivaldi s'interrompt.

— Nous avons eu une expédition suivie en provenance du Rocque mercredi dernier, mais un membre de votre personnel l'a déroutée dès son arrivée, déclare la réceptionniste. Nous calculons le coût à vous imputer.

Quelqu'un me saisit le coude, et je sursaute violemment.

— Evie attend, annonce Yegina, et elle ressort de la pièce avant que j'aie le temps de répondre.

Je m'excuse auprès de la réceptionniste, raccroche, fourre le portable dans mon sac et me précipite derrière mon amie. Une berline beige est garée devant la baie de chargement, et on aperçoit la silhouette d'Evie à l'intérieur. Dee la première, nous nous hâtons vers elle, entre les montagnes de caisses. En observant son profil, je peux soudain voir la scène, et l'expression froide et déterminée qui était la sienne lorsqu'elle a tué Kim Lord. Je me représente le local exigu dévolu à Brent, Kim Lord se changeant devant son bureau, près de l'entrée. Evie a dû ouvrir la porte à la volée, et abattre aussitôt son maillet. Un coup. Un coup seulement ? Et le sang ? Elle peut avoir refermé et verrouillé derrière elle, nettoyé les traces. Effectué l'échange de vêtements.

Le choc de la révélation laisse un goût de savon dans ma bouche. Je ne dispose toujours d'aucune preuve matérielle. Je devrais demander à Yegina le numéro d'Hendricks, remonter, le prévenir ainsi que la police. Pourtant je continue de traverser la baie de chargement en direction de la voiture d'Evie. Si je n'y monte pas maintenant, elle va prendre la fuite. Elle embarquera dans l'avion pour Amsterdam ce soir, et on ne la reverra jamais. J'en ai la certitude. Néanmoins, quand je dépasse les portes massives, la chaleur du jour déferle sur moi et je fais halte, apeurée.

Dee ouvre la portière côté passager et monte à l'avant. Yegina bouscule mon bras, me dépasse et s'installe à l'arrière. D'habitude, elle me paraît aussi solide que le roc. Mais pas aujourd'hui. Personne n'est en sécurité, aujourd'hui. Cette chemise blanche, avec son col haut. On dirait que son cou est emmailloté dans un pansement.

Evie jette un coup d'œil par-dessus son épaule quand je monte dans la voiture à mon tour. Son visage est un bol lisse et pâle.

— Maggie, lâche-t-elle en arquant ses sourcils sculptés. J'ignorais que tu étais là aujourd'hui.

Elle ne peut pas rester pour toute la visite. Elle a dû reprogrammer toute l'expédition de Judd la nuit dernière, parce que le musée d'Amsterdam est très pointilleux sur les délais. Elle est tellement désolée. Vraiment. Pour elle, cette visite allait être l'événement de la semaine. Du mois.

— Enfin, sauf que c'est un jour tellement triste, ajoute-t-elle en regardant vers l'arrière, dans ma direction. C'est terrible, ces nouvelles. Je veux dire, pas à propos de Shaw, mais à propos…

Elle laisse la phrase en suspens.

— C'est terrible à tous points de vue, dis-je. Quelqu'un a tout fait pour le piéger, c'est évident.

Si elle est coupable du crime, je ne peux croire à l'aisance de sa prestation, à cette façon nonchalante de tenir le volant. Je ne peux croire à l'éclat chaleureux dans ses prunelles quand elle m'a montré la provenance du travail de Kim. Elle a dû être enchantée de me lancer sur la mauvaise piste. Elle m'a certainement prise pour une imbécile totale.

Yegina soupire.

— Et si on parlait de n'importe quoi, sauf de Kim Lord ?

Nous sommes sur la 101, et nous nous coulons dans le flot régulier sur quatre files qui nous mènera à Hollywood. Je suis assise à l'arrière, derrière la place du mort occupée par Dee qui est penchée en avant et s'évertue à régler la radio. Yegina s'est rencognée aussi loin que possible et contemple d'un regard fixe le paysage à l'est, avec les gratte-ciel du centre qui s'éloignent. La climatisation crée une brise froide dans la voiture, mais la chaleur irradie des vitres et des portières. Je n'arrive toujours pas à y croire. Evie avait-elle l'intention de me tuer, moi aussi, dans mon appartement quand je suis rentrée par hasard plus tôt de ma soirée supposée au Bootleg ? Non, elle a pris mon téléphone et m'a laissée partir. Parce que je suis son amie ? J'en doute. Elle doit avoir besoin que je reste en vie, afin de me faire accuser. Maintenant que Greg est tiré d'affaire, il lui faut un autre coupable.

Si l'assassinat et sa couverture ont été aussi méticuleux, je n'imagine pas la perfection de sa fuite aujourd'hui. Je dois la retarder aussi longtemps que possible, et dans le même temps passer un message à Hendricks. Mais comment m'y prendre pour qu'elle reste avec nous ?

Je réfléchis longuement à divers scénarios. La confrontation directe ? Non, elle risquerait de fuir plus vite encore. Des sous-entendus ? Seulement si elle n'est pas absolument certaine de mes intentions.

— Evie, j'espérais faire une interview de toi, pour le prochain magazine des membres, dis-je à l'arrière de son crâne.

Suit un silence gêné.

— Le thème de l'article serait "Ce qui se passe en coulisses", dis-je encore.

— Oh. Je ne pense pas qu'on serait intéressé. Par moi, déclare-t-elle avec lenteur, comme si elle avait du mal à énoncer chaque mot.

— Bien sûr que si. Les gens adorent savoir comment on monte une expo, comment les œuvres arrivent et repartent. Les caisses… Dee, tu les construis, ces caisses. C'est toujours pour des œuvres spécifiques ?

— La plupart du temps, oui, répond Dee qui confie, avec un petit rire : Il m'arrive aussi d'en faire en plus, pour que Brent me paie toutes mes heures. On appelle ça l'autre collection permanente du Rocque.

Nous approchons de la sortie pour Hollywood, un mur de béton gris surmonté d'un petit jaillissement d'arbres. Les bougainvilliers s'épanouissant en une profusion magenta donnent l'impression qu'ils savent ne plus avoir beaucoup de temps. Les pluies printanières ont verdi toute la végétation de L.A., mais au cœur de l'été tous ces endroits fleuris dépériront et se flétriront sous le miroitement du smog.

— Je te promets de ne pas l'imprimer, dis-je à Dee. Au fait, quelqu'un a déjà fait une farce avec ces caisses en trop ? Je parie qu'on pourrait y planquer quelques trucs marrants.

— Il y a bien eu un tonneau de bière, pour l'expo de Chris Branson, répond Dee.

Je me force à ricaner.

— On pourrait presque y mettre quelqu'un…

— Le pauvre n'aurait pas beaucoup d'air pour respirer, remarque Dee.

Evie oblique brusquement sur la bretelle de sortie, projetant Yegina contre moi. Quand nos corps se percutent, je prends conscience de l'odeur de transpiration que je dégage, et je grimace.

— Désolée, dis-je sur un ton misérable.

Yegina se radoucit aussitôt.

— Tu penses que Janis nous déteste tous, en secret ? demande-t-elle à Dee. Parce qu'on n'arrive pas à maintenir à flot le musée de son père ?

— Pfff, grogne l'intéressée en se retournant vers nous sans sourire. Qu'est-ce que tu entends par "en secret" ? Non. Ce qu'elle déteste, c'est de ne pas trouver le moyen de garder vivante la propre vision de son père.

— Peut-être qu'on devrait changer la vision, alors, souligne Yegina. Les revenus procurés par les initiés ne suffisent plus. On a besoin des touristes.

Aussi intéressantes que soient pour moi les spéculations à propos du futur du Rocque – et l'entrain soudain de Yegina pour le modifier, dans lequel j'entends plus la voix de Bas que la sienne –, je reste tapie à ma place pendant qu'elles bavardent, et je réfléchis à mon prochain mouvement. Les devantures de magasins sur Hollywood Boulevard défilent : bottes à haut talon pour drag-queens, quelques bars décrépits, des boutiques de prêteurs sur gages, des *taquerías*.

Nous dépassons le dragon doré et les super-héros du Grauman's Chinese Theatre, et nous plongeons dans le grand district commercial avant de ressortir dans les quartiers adjacents. Ensuite nous abordons Sunset Boulevard, en contrebas des collines. Janis Rocque habite sur une de ces routes de Bel Air qui serpentent entre les grandes propriétés privées, toutes enceintes, toutes tellement en retrait qu'elles ne sont que des rêves d'habitations. Piscines luxueuses, patios en terrasse, chaque chambre avec salle de bains. Depuis ces palais imposants, vous pouvez admirer toute la ville, mais ils restent invisibles, hormis à leurs propres voisins. C'est du moins ce qu'un jour Greg m'a affirmé, lui qui aimait tant les visiter lors de son dernier travail.

Pour moi, ils ressemblent à des pièges. Une fois que nous serons chez Janis Rocque, nous nous retrouverons coincées derrière une barrière élevée, au bout d'une route sinueuse. Cependant, si je peux la convaincre de rester, Evie sera prise dans la nasse, elle aussi.

— Je ne voudrais pas paraître sans cœur, mais les chiffres de fréquentation ne sont pas spécialement élevés, cette semaine ? dis-je. Et si la police découvrait que le meurtrier est quelqu'un du musée ? L'équilibre de notre budget serait assuré pour des années.

— Ça, c'est vraiment très lourd, rétorque Yegina.

Mais je guette la réaction d'Evie. Dans un geste d'une lenteur incroyable, sa main vient toucher l'endroit de son cou qu'effleurent quelques-unes de ses boucles blondes.

— Je sais, dis-je. Et je trouverais ça horrible, si c'était le cas.

La main d'Evie retourne se poser sur le volant. Le feu passe au vert et la voiture repart.

— On approche, indique Dee. Il va y avoir un tournant à droite, bientôt.

— Je peux emprunter ton téléphone une minute ? dis-je à Yegina. Il faut que j'envoie un SMS à Jayme.

À contrecœur, elle me tend l'appareil. Je coupe la sonnerie et je lui envoie un message, à elle et non à Jayme :

Sépare-toi de nous et dis à J. Ro d'appeler Hendricks. Dis-lui que je suis ici, avec Evie. Elle a pris le produit paralysant dans l'expo de Jason Raines. Elle a mis le corps de Kim dans une caisse. Qu'il contacte le dépôt Diamond pour une livraison rappelée, merc. dernier. Dis exactement tout ça. Tu dois me croire.

Puis je lui rends le portable, qu'elle glisse dans son sac sans y jeter un coup d'œil, alors que nous contournons des haies et nous engageons dans une allée privée au cœur des collines.

26

La loge du portier à l'entrée de la propriété de Janis Rocque est à peine plus grande qu'une cabine de péage autoroutier, mais quand un gardien grisonnant en fait glisser un panneau vitré, je sens la bouffée d'air frais expulsée par sa climatisation et j'entends le murmure d'un téléviseur.

— C'est Dee, se présente celle-ci, en se penchant pour saluer l'homme de la main.

L'autre lui adresse un petit sourire entendu, et les deux battants de la grande grille d'entrée peints en vert s'ouvrent vers l'intérieur.

Une route étroite se déroule progressivement devant nous, bordée de fleurs à tête bleue d'oiseaux de paradis. De hautes haies forment un deuxième, puis un troisième périmètre, mais entre elles des pelouses s'étendent telles des savanes primitives où somnolent des dinosaures de fer, de pierre et d'acier. Je vois Yegina articuler silencieusement le nom des artistes qu'elle reconnaît, et avec sa main qui s'égare vers son col dressé elle ressemble à une lady de l'époque victorienne prête à tomber en pâmoison pendant un opéra. Ici et là, une structure pareille à une aile s'élève au-dessus des haies qui en masquent la base.

— Il y a des jardins ouverts et des jardins cachés, explique Dee. Tout est agencé de sorte que le spectateur se sente à la fois perdu et sûr de son chemin.

— Je vais où ? murmure Evie.

Mais la route tourne dans une seule direction, vers une maison étonnamment petite, surmontée d'un toit en panneaux solaires qui jaillit au-dessus des arbres. Après toute la magnificence imposante des sculptures, le logis des Rocque semble modeste.

— C'est le pavillon des domestiques ? demande Yegina d'une voix pensive.

— Janis a fait démolir l'ancienne demeure afin de laisser plus de place aux installations de plein air, déclare Dee. Ici, tout est conçu en fonction de l'art.

La route mène à une aire de stationnement en gravier blanc, assez vaste pour accueillir une douzaine de véhicules, et elle aussi délimitée par des buissons soigneusement taillés. Nous nous arrêtons en douceur à côté d'une vieille Toyota et de deux berlines sport. La poussière scintille dans la chaleur ambiante. Dee et Yegina sortent prestement de voiture. J'attends sur mon siège, paralysée, et l'air devient confiné, étouffant dès que les portières se referment. J'observe l'arrière de la tête blonde d'Evie.

— Tu viens ? lui dis-je. Tu le regretteras, si tu restes là.

— Vraiment ? murmure-t-elle en regardant fixement par le pare-brise.

Elle ne se retourne pas vers moi, et de mon côté je porte mon attention ailleurs. Je m'oblige à inhaler l'air épais. Elle déboucle sa ceinture, ouvre sa portière. J'attends qu'elle soit presque sortie pour bondir au-dehors, moi aussi. Nous claquons nos portières en même temps.

Yegina scrute déjà fiévreusement les alentours. Elle fonce jusqu'à la limite du gravier et cherche à voir à travers le mur de verdure une ellipse monumentale de l'autre côté. C'est un mur de métal courbe, haut comme un garage et de la couleur du chocolat liquide.

— Allô ? On est arrivées, annonce Dee, le téléphone

collé à l'oreille, et son expression devient subitement maussade. D'accord. Oui, bien sûr. Faites donc.

Elle rempoche l'appareil et a un haussement d'épaules saccadé.

— Bon ! Vous voulez voir le Richard Serra ? propose-t-elle avec une bonne humeur déterminée. Mieux vaut rester groupées, au moins pour commencer. On installe tout le temps des œuvres, et il y a quelques trous, et des bords coupants partout.

Sans attendre de réponse, elle suit Yegina d'un pas décidé, me laissant seule avec Evie.

Je ne peux toujours pas la regarder en face, mais je note ses jambes fines et ses petites chaussures bleues, les mêmes qu'elle portait le soir du gala, quand je lui ai parlé dans les toilettes. Elle devait se cacher là, à l'écart, pour envoyer un message à Lynne avec le portable de Kim Lord. Elle annonçait l'arrivée de l'artiste à sept heures. Pendant que je jacassais sur l'ennui de ces soirées, elle prétendait être la femme qu'elle avait assassinée. Ou plutôt qu'elle était en train d'assassiner, puisque Kim n'était pas encore morte mais se vidait de son sang et suffoquait dans une caisse, son corps dépérissant autour de l'enfant qu'elle portait.

— Ça risque de prendre trop longtemps, dit Evie.

Je croise enfin son regard. Ses yeux brillent tels des sous neufs.

— C'est juste là, dis-je.

Elle met ses lunettes de soleil qui voilent l'éclat de ses prunelles.

— Toi d'abord.

Je feins l'enthousiasme :

— Oh non, toi d'abord. C'est toi qui es pressée.

Et j'attends qu'elle passe devant moi, avec l'impression que je survivrai à cette journée seulement si je continue à jouer l'ingénue, et qu'en fait je ne joue pas du tout.

Quand nous rattrapons Yegina et Dee, elles se sont glissées au centre de l'ellipse de Richard Serra. Avec de petits rires, elles traversent les quadrants nets d'ombre et de lumière.

— Un type a failli se faire écraser quand ils l'ont installée, minaude Dee. Le tout pèse presque trente tonnes.

Chez moi, les sculptures de Serra font toujours naître une sensation d'espace sacré, et se tenir à l'intérieur de l'une d'elles est comparable à se trouver dans un labyrinthe avec un seul chemin d'accès, son centre comme un œil ouvert sur les nuages. Le mur de métal est aussi tiède qu'un chauffage réglé bas. Les courbes d'acier sont tellement lisses et massives qu'elles gauchissent votre perception de la terre et du ciel. L'œuvre semble diminuer et incliner nos silhouettes ; pendant un court instant j'en oublie ce qu'Evie a fait, et je me laisse impressionner par cet environnement.

Soudain Dee exécute un soleil et, en retrouvant l'équilibre, manque de peu de percuter Evie. Celle-ci fait un bond en arrière et pousse un cri aigu. La sculpture amplifie le son, le transforme en un long appel rauque.

— Tu n'as rien ? s'enquiert Dee en s'écartant. Je t'ai touchée ?

Evie répond d'un signe de tête négatif, mais son visage est défait. Une seconde, elle a perdu son sang-froid.

— Tu as l'air nerveuse, lui dis-je avec une grimace.

Elle me sourit, lèvres serrées, mais le bord d'une dent est visible sur sa lèvre inférieure. Derrière elle, Yegina caresse la paroi de la sculpture. Dee me pousse du coude.

— On continue, ordonne-t-elle. Ta surprise est pour bientôt.

Alors que nous nous contorsionnons pour sortir de l'ellipse, penchées pour voir au-delà de ses pans arrondis, je rejoins Yegina.

— Je crois que ton portable sonne, dis-je. C'est peut-être Jayme pour moi.

Elle me tend son sac à main sans se retourner complètement.

— Laisse-moi juste profiter cinq minutes, d'accord ?

Je fais mine de consulter l'écran et lui rends l'appareil.

— En fait, c'est pour toi.

Nous émergeons du Serra, sur la pelouse nue. Yegina ouvre le rabat du portable, lit mon message et referme le téléphone d'un geste sec, mais c'est seulement pour s'élancer à la suite de Dee qui descend une pente en direction d'une sculpture géante en ferraille. C'est un David Smith, humanoïde et reptilien, haut mais avec une tête écrasée, son corps bipède composé d'écailles brisées, de boucles et de formes enchevêtrées. Le tout me fait penser à ce jeu dans les journaux, avec un mot aux lettres entremêlées qu'il faut regarder fixement afin de les remettre dans l'ordre. Un des membres de la sculpture a une longue arête acérée.

J'attends Evie de nouveau, et je la suis. Sous ce soleil intense, je plisse les yeux si fort que j'en ai mal au front. Tout ce qui peut réfléchir la lumière brille : les dernières gouttelettes de rosée dans l'herbe, les boucles de nos sacs à main, les petits anneaux dorés aux oreilles de Yegina. Elle et Dee poussent des exclamations en se tenant dans les ombres déchiquetées du David Smith, pour le contempler de plus près. Je reste en retrait, par crainte de la lame luisante.

J'aimerais savoir où est Hendricks, ce qu'il sait. Est-ce qu'il surveille Evie depuis le début ?

Celle-ci ouvre son téléphone toutes les deux minutes, à présent, et elle regarde fréquemment par-dessus son épaule, en direction de l'aire de stationnement. Elle va se sauver. J'ai envie de me sauver. Je veux aller frapper à la porte de la maison solaire de Janis Rocque et me cacher dans un quelconque salon moderniste, jusqu'à ce qu'Evie s'enfuie et que quelqu'un d'autre la poursuive. Mon sac à main – alourdi par le magnétophone – pèse autant qu'un bloc de pierre. Je pourrais inventer une excuse, courir à la loge du portier et dire à ce vieux type de ne laisser sortir personne. Je pourrais appeler la police de Los Angeles tout de suite.

La voix de Dee interrompt ces pensées :

— Et de l'autre côté de cette haie, il y a ta surprise, Maggie.

Elle se penche en avant et tend le doigt vers une sente qui louvoie dans un berceau de verdure.

— Je suis tombée dessus hier, par hasard, explique-t-elle. Janis m'a dit qu'elle l'avait acheté il y a des années, mais qu'elle n'avait fait confiance à personne pour l'installer correctement, jusqu'à ce qu'elle rencontre Brent Patrick. Il l'a montée l'année dernière pour elle, en même temps que deux ou trois autres œuvres délicates…

Elle prend une grande inspiration et secoue la tête.

— Il ne sait rien de rien, en fait. Je ne crois pas qu'il était au courant de ton rapport avec ça, sinon il t'aurait indiqué où c'est.

À la mention de Brent, Evie reste sans expression, mais je remarque que sa main se crispe sur son portable.

J'entre la première dans la verdure, et je garde un coussin végétal entre Evie et moi. Alors que les branchages se referment autour de nous, j'entends Yegina qui lance :

— Hé, il faut que je passe un appel, vite fait… Mince, pas de réception. Bon, je vais me rapprocher de la maison.

Son départ décoche des aiguilles de peur en moi. Je voulais qu'elle aille chercher de l'aide, mais j'ai également besoin d'elle ici.

Des branches sombres s'étirent au-dessus de ma tête. Bien que le chemin soit dégagé et plat, l'endroit exhale une impression de fouillis après l'ordonnance rigoureuse des pelouses ouvertes. Une fraîcheur bienvenue monte du sol. Ici, l'herbe est haute et drue. Son uniformité est brisée par un trou dans la terre, large de deux mètres environ et aussi long qu'un schooner. On a dû le creuser à la pelle. Impossible d'apporter une excavatrice ici à cause du rideau d'arbres entourant la clairière. D'ailleurs l'herbe ne porte aucune trace du passage d'un tel engin. Jusqu'où a-t-on creusé ? Le trou ressemble à une version miniature des lignes de faille que j'ai vues dans le désert, mais ses profondeurs paraissent sombres, menaçantes.

Dee me bouscule et je retiens un cri. Elle me pousse à avancer, pour voir la plaque.

Je me retourne vers Evie, dont le visage luit de curiosité.

— Lis-la, insiste Dee.

Je fais un pas de côté et, hors de portée d'Evie, je m'incline afin de déchiffrer les mots dans le cuivre.

THERESA FERGUSON
FISSURE, 1970

— Il doit s'agir d'une autre artiste, dis-je. La mère de Greg sculptait dans le verre.

— Regarde de plus près, me presse Dee.

Tout en gardant mes distances avec Evie, j'approche du bord de la fosse sur la pointe des pieds. Le sol reste ferme jusqu'au dernier pas, puis je sens sa fragilité spongieuse, là où les racines d'herbe ne le maintiennent plus. L'air sent l'humidité et la terre fraîche.

— Le plus dur a été d'obtenir une répartition précise de l'ombre et du soleil, explique Dee, pour qu'on les découvre au moment même où on risque de chuter.

Je me dévisse le cou et je les aperçois enfin, cinq mètres plus bas : des dizaines, non, des centaines de pommes en verre empilées de chaque côté d'une longue lame brillante, aussi aiguisée que le couperet d'une guillotine. Saillant du fond jusqu'à hauteur de genou, légèrement biseautée, elle court sur toute la longueur du trou. Elle est entourée de tas de pommes en verre, chacune tout en courbes, charnue. Et chacune proprement tranchée en deux.

Je recule, subitement saisie par une émotion indéfinissable. Quand je relève les yeux, je vois Evie qui fait elle aussi un pas précautionneux en arrière, comme si elle craignait d'écraser l'herbe.

Un bip emplit la clairière. D'un geste griffu, Dee tire du sac à main lui battant la hanche son petit portable bleu.

— C'est Janis, constate-t-elle à mi-voix, avant de désigner l'autre extrémité de l'espace dégagé. Continuez par là. Vous ne serez pas déçues.

Et elle s'éclipse en courant, par la même trouée dans les arbres, nous laissant seules, Evie et moi.

Pendant un moment aucune de nous ne parle. Nous nous contentons de contourner la fosse, en regardant à l'intérieur, depuis une distance prudente. Je glisse la main dans mon sac et j'allume le magnétophone. Combien de minutes d'enregistrement encore disponibles ? Est-ce que j'espère réellement une confession ? Non, mais elle va parler. Je vais la faire parler.

Dans l'ombre mouchetée de lumière, elle a ôté ses lunettes ; son regard s'est adouci, et elle semble incapable de faire du mal à quiconque. Je me rapproche d'elle quand même, parce qu'il le faut, parce que je me suis mise dans cette situation. Du coin de l'œil, j'aperçois les tas de pommes de chaque côté de la lame. Elles paraissent succulentes. Et amputées. Je me remémore les notes de Kevin : *Symbole de la sexualité féminine. Moitié de pomme exposée = organes reproducteurs féminins. Aussi : violence implicite.*

Une des dernières pièces du puzzle se met en place.

— Tu as cru que je ne comprendrais jamais, dis-je, d'une voix basse mais assurée. Ça a bien failli. Je cherchais le *pourquoi*, pas le *comment*. Et pour toi, je n'arrivais pas à voir le *pourquoi*. La jalousie n'était pas suffisante, même si tu étais jalouse de Kim. Je sais que moi je l'étais.

Je marche vers elle.

Elle recule, en serrant le portable contre elle.

— Je l'ai détestée, dis-je encore. J'ai détesté sa façon d'apparaître et d'absorber jusqu'à la moindre parcelle de Greg, jusqu'à ce qu'il n'y ait plus rien pour moi. À jamais.

Je fais encore un pas en avant. Cette fois, elle ne bat pas en retraite. Elle me regarde fixement, avec une telle intensité que cela me brûle. J'ai l'impression que la peau de mon visage se détend et s'enflamme.

— Mais je n'aurais pas pu la tuer pour ça, dis-je. Et toi non plus. Jusqu'à ce que tu l'entendes parler du bébé à Brent. Un bébé, ça signifiait que tout était vrai.

Je m'interromps. La colère enfle dans ma voix. C'est ma propre colère. Le berceau de verdure se rapproche, avec sa lumière noir, or et vert, et la façon qu'a Evie de cligner des yeux me révèle que j'ai raison, mais elle reste aussi muette qu'une statue.

— Ça signifiait qu'il ne t'a jamais réellement aimée.

Pendant que je parle, le meurtre se déroule de nouveau dans mon esprit. À un détail près : ce n'est pas Evie qui le commet, c'est moi que je vois faire. J'allume les scies circulaires, et j'entre dans le bureau de Brent où Kim se change. J'abats le maillet sur l'arrière de son crâne dans un coup violent, maladroit. Elle s'effondre. Le sang gicle et coule à flots. J'enveloppe le corps dans les bâches pour la peinture. Je plonge les seringues de Jason Rains dans le ventre de Kim. Je traîne une caisse depuis la menuiserie, je la charge et je commande une expédition au dépôt. Je nettoie la pièce, puis je fourre les vêtements et les gants dans la caisse.

— Tu as la même taille qu'elle, lui dis-je. Tu pouvais porter son déguisement pour sortir du musée. Si tu faisais assez vite, personne ne se rendrait compte de rien.

Un vent venu d'ailleurs agite les arbres, parsemant la clairière de nouvelles taches de lumière. Dans le trou, les pommes de verre luisent et s'assombrissent.

— Il faut que j'y aille, déclare finalement Evie, d'un ton détaché.

— Tu as pris l'ascenseur, pour que des gens t'aperçoivent.

Mon cerveau bondit d'une image à la suivante. Je me vois quittant le musée, habillée des vêtements de Kim, avec la perruque et les lunettes de soleil, et me hâtant vers Pershing Square.

— Tu t'es changée quelque part, peut-être dans ta voiture, avant de revenir par la baie de chargement, et tu as escorté la caisse jusqu'au dépôt. Ensuite tu l'as renvoyée quelque part. À ton loft.

C'est tout juste possible. Evie habite dans un quartier d'entrepôts désaffectés, au milieu des briques et de la rouille. Personne n'aurait entendu Kim agoniser, là-bas. Et l'ensevelissement dans l'Angeles National Forest ? Elle a pu creuser la tombe durant la nuit. Enterrer le corps pendant le week-end. Quelles tâches solitaires terribles, épuisantes, dans une cité qui en regorge. Je ne parviens pas à concilier la silhouette mince devant moi et l'horreur qu'elle a commise. Est-ce réellement Evie qui a porté le coup ? Est-ce réellement Evie qui est restée sourde aux cris étouffés de Kim ? Est-ce réellement Evie qui s'est introduite dans mon appartement, l'autre nuit ? Il est toujours plus facile d'imaginer un inconnu, un assassin anonyme. Puis je me souviens d'Evie dans les miroirs de la salle de gym, et de la détermination qui peut l'emplir de cette intensité, cette froideur qui la rendent plus forte que tous les gens que je connais.

Au loin, le rugissement assourdi d'une tondeuse. Evie secoue la tête, pince les lèvres. Je suis en train de la perdre. Je suis en train de perdre la connexion que j'avais établie avec elle par la haine envers Kim Lord.

— Tu l'as fait pour Brent, dis-je. Parce qu'il ne voulait pas de bébé.

Elle acquiesce presque.

— Ce n'était pas le sien, pourtant, dis-je. C'était celui de Greg. Le bébé de Greg est mort. Et maintenant Brent s'en va. Avec toi ou avec Barbara ?

Avec Barbara. Forcément.

Mais je sais à son expression qu'Evie est incapable de m'entendre, pas après ce que j'ai dit au sujet du bébé. Elle a écrit ses raisons en lettres de sang, et elle ne peut pas les effacer. Elle regarde par-dessus son épaule. Quand elle se retourne, toute tension l'a désertée et elle paraît soucieuse, pleine d'empathie, comme si je venais de lui annoncer que j'avais la grippe.

— Maggie, dit-elle sur un ton froid, clair. Tu crois vraiment à tout ça ? Parce que personne d'autre n'y croit. Quand Dee a déclaré que tu viendrais peut-être aujourd'hui, j'ai dû dissuader Yegina d'appeler Fritz pour que l'entrée du musée te soit interdite. Tu nous compliques à tous les choses pour faire notre travail. J'ai passé la journée entière sur cette histoire de provenance, parce que j'ai eu pitié de toi… Shaw est libre. Et un détraqué a tué Kim Lord, mais la police finira par l'arrêter. Et maintenant je dois convoyer plusieurs sculptures jusqu'à l'aéroport, d'accord ?

Elle ment, mais je ne perçois pas trace de duplicité sur ses traits.

— D'accord, dis-je.

Serrant toujours le téléphone dans sa main, elle pivote sur place. Je ne peux pas la laisser partir.

— Attends ! Je suis désolée pour le mal que Brent t'a fait.

Elle hésite, contemple la fosse sombre dans le sol.

— Tu es gentille, articule-t-elle.

À cet instant un déclic sonore m'indique que mon magnétophone s'est éteint. Avant que je puisse analyser cette donnée, la voix d'un homme retentit, à l'autre bout de la clairière.

— Maggie !

Il a l'air inquiet. Et plus vivant que jamais. Mais comment est-il déjà arrivé ici ?

Quelque chose me percute si violemment que j'en vois seulement des fragments – des bras blancs et lisses, une chevelure blonde virevoltante, une bouche tordue par la rage –, et je recule de deux pas en titubant. Mon pied dérape sur le rebord glissant et mou de la fosse. J'entends mon propre cri de surprise. Puis Evie donne la dernière poussée, forte et aveugle, qui rejette brutalement ma tête en arrière, et je chute.

27

Des sons : le verre qui crisse et se brise sur le verre, tel le vacarme de la vague s'écrasant sur de petits galets ronds. Le craquement sourd de mon sac à main qui heurte la lame, suivi de mon corps qui rebondit et glisse sur le côté. Je me redresse péniblement, je m'entaille les genoux et les paumes avant de remarquer l'humidité qui s'étale sur mon ventre, et un vent puissant qui se lève à travers mon crâne, rendant imprécis le ciel au-dessus de moi. Evie est partie. La voix de l'homme a cessé de m'appeler. Il doit savoir où je suis. Il doit savoir que je suis ici. Je crie, et l'effort voile ma vision. Je retombe à genoux. Le sang continue de s'étendre et, avec lui, le silence. J'appelle encore, mais ma voix est trop faible. Mes doigts tâtonnent à l'intérieur de mon sac, pour trouver le magnétophone. Je presse la touche de rembobinage, puis la touche de lecture, et je monte le volume au maximum. Ce que j'ai dit à Evie éclate dans la clairière.

Je l'ai détestée.

Des pas. Faibles d'abord. Plus nets maintenant. Le craquement de branchages. Mon nom explose sur le morceau de ciel, et le visage d'Hendricks se penche vers moi. Il jauge la distance pendant une fraction de seconde, avant de sauter.

JEUDI

28

La pièce se brouille, redevient claire, et je suis là, étendue sur un lit, les bras reliés à des tubes, un goût de caoutchouc dans la gorge. Mon ventre est énorme, tendu, un ballon de plage en chair humaine. Les murs blancs sont boursouflés de lumière. Des femmes portant des masques bleus se penchent sur moi. Puis une autre pièce, un autre lit, les mêmes tubes, une pompe à perfusion qui clignote. Yegina est assise auprès de moi. Ensuite, personne. Ensuite, un groupe de médecins qui parlent de ma commotion cérébrale, des côtes cassées, du rein droit endommagé, des fluides qui emplissent mon corps parce que l'organe ne fonctionne pas correctement.

Et Yegina est de retour. Elle annonce :

— Ils l'ont arrêtée, et ils ont trouvé Brent, aussi. Il était à New York. Il a dit qu'il n'avait aucune idée, pour Evie, qu'il en avait simplement assez de L.A. Mais à mon avis, il était au courant. Tout ça est très embrouillé.

Je cligne des paupières pour chasser les larmes. Je suis incapable de parler.

Elle me dévisage, et ses lèvres frémissent.

— Tu vas te remettre. Je ne te laisse pas seule tant que tu n'es pas sur pieds.

Je m'efforce de prononcer le prénom de son frère, mais ma bouche refuse d'émettre le plus petit son.

Les yeux de Yegina s'embuent.

— Don va bien. Il va falloir un peu de temps, c'est tout. Pour nous tous.

Plus tard, Hendricks arrive et s'assied sur une chaise à côté de mon lit. Il a l'air de s'être baigné de la tête aux pieds dans un bain d'obscurité : les contours de sa personne sont cendreux, indistincts. Ce doit être le crépuscule. J'ignore depuis combien de temps je suis ici, à l'hôpital. Il lève ses mains fermées à sa bouche : elles sont lunaires, bandées, et il y plonge son visage tel un homme en prière.

Quand j'émets un son, ses yeux se braquent sur moi, avant de s'attarder sur le renflement de mon ventre. Sa bouche se crispe.

À cause de moi. Il tressaille au spectacle de mon corps gonflé et martyrisé.

Mais au lieu de se détourner, son regard reste calme. Il pose une paume sur ma main, la recouvre de ses doigts chauds, et je sens le contact frais et rugueux des bandages, jusqu'à ce que je sombre dans le sommeil à nouveau.

Au matin, je me réveille avec la sensation de ballonnement et celle de la sonde creuse qui sinue d'entre mes jambes jusqu'à une poche, et le poids d'une couverture. J'éprouve moins de la douleur qu'une impression de trop-plein corporel, comme si on avait déversé du liquide dans tous les creux de mon être. Quand l'infirmière entre, je lui demande depuis combien de temps je suis là, et elle me répond "Deux jours", ce que j'ai du mal à croire : pour moi, il s'est écoulé beaucoup plus de temps. Et, au fait, où est ma famille ?

— Votre mère est en chemin, répond-elle en s'arrêtant près du lit. La météo a été horrible sur Chicago, et quelques vols ont été retardés. Mais elle est très impatiente d'arriver.

Elle effleure mes cheveux sales.

— Vous voulez que je m'occupe de vous plus tard ? On pourrait vous faire un shampoing.

Dès son départ, des médecins et des internes s'entassent dans la chambre. Ils ouvrent le rideau autour de mon lit et m'examinent avec un enthousiasme très clinique. Leurs voix crépitent dans tous les sens telle une fusillade. Une fois qu'ils se sont calmés, la professionnelle la plus âgée, une femme ridée aux yeux couleur de datte, m'annonce avec douceur que je devrais pouvoir me remettre sans recours à la chirurgie, et que c'est là une excellente nouvelle. Elle m'affirme que le gonflement de mon ventre va disparaître grâce au repos et aux diurétiques. Je m'endors de nouveau après leur départ. L'infirmière me réveille : elle apporte une bassine en plastique bleu, un flacon de shampoing et un petit savon.

— Il subsiste un risque d'infection, donc on va se laver à l'éponge, dit-elle.

Ses gestes sont précis, et le contact de l'eau chaude sur mon visage et mon cuir chevelu est un délice, mais, lorsque je demande un miroir, je vois la lueur de la mise en garde dans ses yeux, et j'ai envie de pleurer.

— On attend encore deux ou trois jours, dit-elle gentiment. Le temps que ça désenfle.

Puis elle me peigne les cheveux avec douceur, me donne mes cachets, et je suis heureuse de me rendormir. Quand je rouvre les yeux, ce doit être la fin de l'après-midi : l'inspectrice Ruiz me secoue doucement par l'épaule, tandis qu'Hendricks se tient adossé contre le mur, bras croisés, mains toujours bandées, regard rivé à ses chaussures noires en toile.

La policière se présente à nouveau. Elle garde les yeux sur moi, mais avec effort, comme si elle s'obligeait à ne pas les détourner.

Je lui dis que je me souviens de son passage à mon bureau.

— Bien. Je suis désolée de venir troubler votre repos. On a juste besoin que vous nous fournissiez quelques détails sur ce qui s'est passé dans la propriété de Janis Rocque.

Je murmure une question :

— Est-ce qu'Evie est passée aux aveux ?

— Je crains de ne pas pouvoir vous répondre.

Mais dans le dos de l'inspectrice, Hendricks secoue la tête négativement. Comment est-il arrivé aussi rapidement au jardin de sculptures ? Je le croyais sur le point d'entrer dans mon appartement d'Hollywood. La gratitude me submerge. J'aurais pu mourir si Yegina ne l'avait pas trouvé, s'il ne m'avait pas trouvée.

— Maggie, je vais vous poser quelques questions, et je vous prierais d'y répondre avec la plus grande honnêteté possible. Vous êtes arrivée au jardin de sculptures à quelle heure ?

Elle tient en main un magnétophone digital miniaturisé. D'après les médecins, le gros appareil vieillot dans mon sac à main m'a protégée, de sorte que la lame n'a entaillé mon ventre que lorsque j'ai basculé sur le côté.

Je relate à Ruiz tout ce dont je peux me rappeler, y compris mon appel au dépôt d'œuvres d'art, la chaleur et mon parcours à travers Hollywood, la fraîcheur de la clairière où Theresa Ferguson a creusé le sol. Je continue de parler jusqu'à ce que j'aborde le moment où Evie m'a poussée. Alors, d'un coup, les mots me manquent. Je ne peux pas le raconter, je ne peux pas décrire l'expression sur son visage quand elle m'a bousculée. *Elle voulait ma mort*. La puissance de ce ressenti est pareille à un mur d'acier qui claquerait contre mon nez et mon crâne. Je me refuse à expérimenter de nouveau cette sensation.

— Et ensuite ? demande l'inspectrice Ruiz qui se masse une tempe.

Je secoue la tête, toujours incapable de parler. Mes cheveux fraîchement lavés sont encore humides, et ils se collent à mes joues.

Ruiz lève les yeux vers Hendricks, pour solliciter son conseil.

Expliquez-lui ce qui s'est passé, dis-je en pensée au détective privé. *Vous l'avez vu. Vous m'avez vue dans la fosse, en sang. Vous savez.*

Il m'observe un moment avant de hausser les épaules, lentement et avec une sorte d'affectation. À le voir, on pourrait penser que nous parlons non pas d'une tentative d'assassinat mais d'une négligence habituelle chez moi, et à laquelle il s'est résigné.

— À mon avis, la victime a chuté, déclare-t-il enfin. Le sol est glissant. Il n'y a aucune barrière autour de l'œuvre d'art.

Je laisse échapper un petit bruit, et l'inspectrice paraît subitement perplexe.

— Vous êtes tombée ?

Derrière elle, Hendricks hoche la tête à mon adresse. *Dites oui*, articule-t-il muettement.

Ruiz se retourne vivement vers lui.

— Décrivez-moi une fois encore ce que vous avez découvert quand vous êtes arrivé sur les lieux.

— Elle gisait sur le flanc, dans le verre, au fond de la fosse.

Son ton est prosaïque, presque ennuyé, à croire qu'il a déjà raconté la même version de l'histoire à de multiples reprises.

— La suspecte n'était visible nulle part. J'ai sauté dans

le trou, où je me suis tailladé, précise-t-il en levant une main bandée. J'ai stoppé le saignement de la victime, et j'ai appelé de l'aide.

— Et si vous repreniez un peu plus tôt, lance la policière d'un ton sec. Vous avez déclaré que vous étiez déjà dans la propriété. Vous voulez bien me rappeler pourquoi ?

Il lui dit que Janis Rocque l'avait invité à une réunion en sa compagnie, avec Nelson de Wilde et Bas Terrant, afin de déterminer à qui devraient revenir les douze toiles de *Natures mortes* ainsi que d'autres œuvres antérieures de Kim Lord. Hendricks venait d'arriver sur l'aire de stationnement quand une amie de Maggie l'a repéré et lui a dit que Maggie avait un message urgent pour lui.

— Et ensuite, je l'ai entendue crier, dit-il en posant un regard brûlant sur moi. J'ai couru vers la source de la voix et je l'ai trouvée là, comme je l'ai décrit.

— Et vous n'avez jamais vu la suspecte sortir des arbres ? interroge Ruiz.

— Non.

— Et vous ignoriez tout de la présence de la suspecte sur la propriété lorsque vous êtes entré dans le jardin de sculptures ? demande encore la policière.

Chaque inflexion de sa voix trahit son scepticisme.

— Une fois encore, c'est bien ce qu'il me semble. J'en ai eu confirmation auprès de Maggie, et j'ai donc alerté l'unité.

— Maggie, vous souvenez-vous d'avoir dit à M. Hendricks qu'Evie Long vous avait poussée ? me demande Ruiz.

Je secoue, la tête, bredouille :

— Je ne…

— Vous êtes tombée, ou quelqu'un vous a poussée ? insiste-t-elle.

Je retourne son regard à Hendricks. Je suis choquée que ce soit le même homme qui a pris ma main, la nuit dernière. Je discerne de nouvelles ombres sur son visage, cet avachissement étudié qui dissimule un désespoir féroce. Il n'est pas venu à Los Angeles jouer le détective privé pour femmes riches. Il cherche autre chose ici, et moi, avec mes tentatives maladroites pour découvrir la vérité et disculper Greg, je l'ai détourné de son objectif.

À présent, il veut que je mente. Il sait qu'Evie a essayé de me tuer. Pourquoi tient-il tant à ce que je le cache ? Pour s'attribuer tout le crédit de son arrestation ? C'est moi qui l'ai stoppée. C'est mon histoire. Pas la sienne.

Mais il ne cherche pas non plus à s'attribuer tout le crédit.

J'ai l'impression que mon corps est en ébullition, comme si j'étais une bouteille d'eau brûlante remplie à ras bord et sur le point d'exploser.

— Vous êtes tombée, ou quelqu'un vous a poussée ? répète Ruiz.

Je l'ai fait. J'ai stoppé Evie. C'est ce que je veux crier.

Dès qu'ils sont partis, la chambre s'étend. Les fenêtres et les murs reculent à des kilomètres, et j'ai la gorge tellement sèche que je suis incapable de déglutir. Je meurs de soif, alors même que je suis en train de me noyer. Ma capacité personnelle à me lever et prendre un gobelet, ou à enfoncer le bouton d'appel de l'infirmière pour demander de l'aide, m'a totalement trahie.

J'ignore pourquoi Hendricks m'a demandé de mentir.

J'ignore pourquoi, quand j'ai fini par dire "Je suis tombée", cela m'a paru vrai.

Peut-être suis-je réellement tombée. Peut-être ai-je provoqué Evie jusqu'à ce qu'elle me pousse, parce que je voulais savoir à quoi ressemblait sa rage. Afin de sentir, en face à face, une fureur assez forte pour tuer, dans le but de comprendre enfin. J'ai pensé que si je pouvais me glisser dans la peau d'une victime et m'en extraire, je serais capable d'expliquer pourquoi cela se produit. N'était-ce pas la raison pour laquelle Kim Lord a entrepris *Natures mortes* ?

Je repose dans le lit d'hôpital, immobile, sous le poids de mes propres chairs gonflées. J'ai chuté. J'ai survécu. Je ne suis en rien comparable à Kim.

Pour la première fois, une idée ténébreuse s'épanouit dans mon esprit : *Et si Kim n'avait pas choisi ce sujet ? Si c'était le sujet qui l'avait trouvée parce qu'elle avait senti, au fond d'elle-même, qu'elle était sur le point de mourir ?* Elle aurait pu en avoir une sorte de précognition, lorsqu'elle avait mouillé ses cheveux blonds de faux sang et qu'elle avait peint son propre corps affaissé, visage tourné vers le sol, avec toute cette masse sanguinolente s'échappant d'elle. Nicole Brown Simpson avait été le sujet de sa première peinture dans la série. Selon l'artiste elle-même, la toile lui avait demandé un an, jusqu'à ce qu'elle sache "quoi faire avec tout ce sang". Elle s'en était servie pour peindre un arbre à l'envers, avec ses fruits minuscules. Une image porteuse de vie au cœur d'un massacre. Du sens dans l'horreur la plus sombre de la nature humaine.

Y croyait-elle elle-même ? Nous ne le saurons jamais.

Mais je pense que c'est ce qu'elle voulait qu'on voie.

DIMANCHE

29

De huit heures du matin à sept heures du soir, Lillian, ma mère, reste assise très droite sur la chaise en vinyle près de mon lit. Elle ne sort de la chambre que par convenance et à contrecœur, quand les infirmières viennent changer mes pansements. Elle apporte sa laine et ses aiguilles, un roman policier anglais et des sandwichs au jambon qu'elle a préparés dans ma cuisine. Elle vient avec sa coupe de cheveux blonds courte et pratique, la courbe gracieuse de son cou lorsqu'elle tricote, et les petits sifflements qu'elle pousse chaque fois qu'elle saute une maille.

Dans le contexte de cet hôpital urbain fourmillant d'activités, elle apparaît pâle, jolie et un peu raide, comme si elle avait été lavée avec le programme "délicat" et étalée à plat, en douceur, pour sécher. Elle s'adresse aux infirmières sur un ton amical, mais ses yeux restent brillants et son regard attentif jusqu'à ce que tout le personnel médical ait quitté la chambre. Elle ne leur fait pas confiance. Quand elle est sûre qu'ils sont partis, une vague de tendresse adoucit ses traits. Alors elle prend ma main et la tient serrée dans la sienne.

Je lui suis reconnaissante, pour la tendresse. Cela m'évite de penser à Hendricks, ou à Evie, ou aux rêves de chute qui me réveillent depuis ces quatre dernières nuits. Ma mère refuse d'évoquer l'affaire et tout ce qui s'est passé dans la clairière.

— Pour guérir, tu dois aller de l'avant, dit-elle.

Ainsi, au lieu d'avoir été précipitée dans une fosse par une meurtrière, j'aurais contracté une maladie grave qui a distendu mon ventre et m'étourdit encore trop pour que je puisse marcher. Une fois que je serai remise de cette affection, je redeviendrai la Maggie qu'elle a connue, la gentille fille, et non l'apprentie journaliste pataude qui a concouru à l'assassinat d'une jeune femme, a voyagé dans le monde, puis s'est installée très loin d'elle.

— On pourrait remettre en état l'ancienne ferme, pour toi, si tu veux avoir ta maison, dit-elle. Ton père rêve d'entreprendre des travaux.

Ma mère a décidé que je vais rentrer chez nous avec elle. Le Rocque va m'accorder un congé pour invalidité temporaire, et petit à petit elle prépare mon déménagement du bungalow. J'ai envie de lui demander si elle a trouvé un indice quelconque, un objet, n'importe quoi qu'Evie aurait caché chez moi afin de me faire accuser, mais j'en suis incapable. Cela semble insensé, même pour moi.

Je me limite donc à lui recommander de ne rien jeter sans ma permission.

— Tes meubles ne valent pas la peine qu'on les garde, réplique-t-elle.

— Je parle des petites choses, maman.

— Les petites choses, ça finit par s'entasser.

— Juste au cas où, demande-moi.

Mais elle ne le fait pas. Et nous parlons cartons et garde-meubles, en attendant que je décide de ce que je veux faire après.

Ce dont nous ne discutons jamais frontalement, pas plus elle que moi, c'est le fait que je pourrais ne jamais revenir à Los Angeles.

Il y a, bien entendu, une opposante formidable à ce projet. Ma mère sait reconnaître une adversaire d'envergure quand elle en rencontre une, et elle ne bouge pas de sa chaise lorsque Yegina me rend visite.

— Oh, je vais juste tricoter dans le coin, là, pendant que vous bavardez, dit-elle.

Nous ne pouvons donc pas aborder les sujets essentiels, que ce soit Don, Bas ou l'affaire. Mais Yegina n'est pas du genre à se laisser déborder par les manœuvres adverses, et elle apporte une multitude de douceurs : du chocolat noir fourré aux framboises, du thé Honeybush, des macarons enveloppés et ornés d'un ruban achetés dans une épicerie de luxe. Plus le mets est exotique, et plus elle est convaincue qu'il m'aidera à me remettre. Elle pense que les gens hospitalisés souffrent d'un manque de stimulation sensorielle, et c'est pourquoi elle m'a aussi confectionné des compilations sur CD, a collé des reproductions d'œuvres de Kahlo et de Matta sur les murs de ma chambre, et disséminé des sachets de citronnelle dans mes tiroirs.

— C'est tellement *international* ici, s'émerveille ma mère en me tapotant la main.

Aujourd'hui les médecins ont livré des indices concernant ma date de sortie : encore quelques examens et je pourrai partir.

Je demande à ma mère si ça ne l'ennuie pas de retourner au bungalow pour terminer les cartons.

— Plus tôt on aura fini et plus tôt on pourra rentrer à la maison, lui dis-je.

Son visage s'illumine à la formule "rentrer à la maison", mais je ressens très distinctement la morsure du mensonge. Je revois le Vermont en mai, quand la saison boueuse cède la vedette aux crocus et à la délicatesse des verts et des ors qui explosent partout dans les bois. C'est toujours chez moi, mais c'est aussi très loin de moi.

— Je m'absente deux, trois heures, déclare ma mère qui se lève et me considère avec attention. Tu as l'air d'aller mieux, maintenant.

Elle plaque les mains sur ses joues et sa pose volontairement joyeuse se fissure un instant.

— Je ne t'ai même pas reconnue, quand je suis arrivée, avoue-t-elle d'une voix chevrotante.

— Oh, maman…

Je la laisse me serrer trop fort. Elle abandonne son tricot sur la chaise, aiguilles saillantes, comme pour empêcher quiconque de s'y asseoir.

Dès qu'elle est partie, j'appelle Yegina.

— Amène-toi, dis-je. Et dépêche.

Je suis tellement soulagée de pouvoir enfin passer un peu de temps seule avec elle que je suis étonnée de ne pas savoir quoi dire à son entrée dans la chambre. Elle est là, mon amie et sauveteuse, avec son superbe visage expressif, des achats coincés sous ses bras. En mémoire je reviens soudain à la porte ouverte de son domicile, la colère dans ses yeux, Bas et elle sur le canapé… puis à Don qui tombe de sa bicyclette. Je veux la remercier du fond du cœur, je veux implorer son pardon, ou pleurer, ou simplement faire comme si rien n'était arrivé, mais ne pas savoir par où commencer avec elle est un sentiment terrible. Il me paralyse.

— J'ai apporté des revues, dit-elle d'un ton incertain. Tu veux des détails sur l'affaire, pas vrai ?

— Absolument. Je ne pense qu'à ça depuis ma chute.

J'appuie sur le dernier mot, et elle hoche la tête. Elle ne dit pas *Qu'est-ce qui s'est passé avec Evie ? Comment as-tu fait pour glisser ?* Elle n'attend pas que je mente. Elle se contente de hocher la tête.

— Et j'ai aussi pris des *mochi*, ajoute-t-elle en déposant une boîte cartonnée de traiteur japonais sur la table de chevet.

Puis elle contemple avec résignation les aiguilles à tricoter de ma mère, et s'assied sur le lit. Le mouvement déclenche une vague d'inconfort en moi.

— Par où commencer… murmure-t-elle.

Sur les draps blancs, elle disperse magazines et journaux, couvertures et premières pages avec des photos d'Evie en combinaison orange, des vues de la façade tout en acier et béton du Rocque, affublée de sang photoshopé qui en dégouline.

Rien de sordide. Rien qui ressemble à une série policière. C'est censé être du grand art.

— Lynne est sûrement anéantie, et insupportable, à cette heure, dis-je.

— Elle a pris un troisième chat, répond Yegina. Ça a l'air de l'aider à tenir le coup.

— Et Jayme… Elle est partie ?

J'ai reçu une carte d'elle, me souhaitant un prompt rétablissement, mais je suis étonnée qu'elle ne m'ait pas rendu visite. Je suis ici depuis près d'une semaine.

— En vacances à Hawaii, m'informe Yegina. La semaine dernière, elle nous a fait venir dans son bureau, Bas et moi, et elle nous a révélé qu'elle avait été victime de harcèlement pendant son adolescence, et qu'elle a été très remuée par la disparition et la mort de Kim Lord.

Elle pose sur moi un regard insistant.

— Elle a ajouté qu'elle ne voulait pas que ça s'ébruite, mais elle t'en avait déjà parlé, et ça lui a fait comprendre qu'elle avait besoin de nous mettre dans la confidence, nous aussi. Je m'étais toujours posé la question…

— Ouais, moi aussi, dis-je, heureuse que Jayme ait enfin cessé de porter seule son fardeau. C'est bien qu'elle se soit éloignée de tout ça pour quelque temps.

Je feuillette les publications étalées autour de moi. La "meurtrière du musée" fait les gros titres, à la fois par la nature épouvantable de l'homicide et pour la réaction rapide du LAPD auquel est attribué tout le mérite de la résolution de l'affaire. Hendricks est totalement absent des divers résumés. Moi aussi, et la fuite d'Evie dans le jardin de sculptures est réduite à une simple arrestation. En revanche, les journalistes ont planté avec délice leurs crocs dans toutes les autres facettes de l'assassinat. Yegina me montre "Les Dimensions d'une mort" dans un magazine, une chronologie de l'assassinat présumé de Kim Lord, heure par heure. Une série de clichés cochés montre une silhouette coiffée d'une perruque et serrée dans un trench-coat qui s'introduit dans le musée par la baie de chargement, passe le poste de garde puis traverse l'atelier de menuiserie avant d'entrer dans le bureau de Brent. On voit également une autre personne blonde, en tailleur-pantalon bleu, dans le secrétariat, et une ligne en pointillé qui mène au même bureau, celui de Brent. La police a relevé des traces du sang de Kim Lord sur le sol, et sur un des maillets. On n'a jamais retrouvé les seringues ayant contenu le thiopental de sodium.

"N'importe quel autre jour, ce meurtre n'aurait pas pu se produire", écrit un journaliste. Mais ce mercredi, toute l'équipe travaillant sur l'expo se trouvait dans les salles, au rez-de-chaussée, occupée à la préparation de la soirée d'ouverture, et Evie Long est restée seule des heures durant. Elle a allumé les scies circulaires dans l'atelier de menuiserie, a pris un maillet et s'est glissée dans le bureau de Brent Patrick.

"Comment une caisse pour œuvre d'art s'est transformée en cercueil" détaille la façon dont Evie a convoyé une Kim Lord inconsciente et mourante hors du musée et jusqu'au dépôt de Van Nuys, pour renvoyer la caisse deux heures plus tard à son loft. Selon la police, l'expédition au dépôt de Diamond est un élément essentiel, car le deuxième chauffeur de camion, celui qui y a enlevé la caisse, se souvient de l'avoir livrée au loft d'Evie. La caisse elle-même a disparu, mais la terre sur les baskets d'Evie correspond à celle du lieu de l'enterrement. Les pièces du puzzle ainsi réassemblées suffiront à convaincre un jury, même si les principales manquent toujours. Cependant on ne pourra jamais expliquer complètement la cruauté d'Evie. A-t-elle pensé que Kim Lord était morte ? L'a-t-elle jamais entendue appeler à l'aide ? Personne ne le sait. Pendant qu'Evie se comportait normalement au Rocque, et restait tard à la soirée de gala donnée en l'honneur de l'artiste, cette dernière griffait désespérément son cercueil de ses ongles, et finissait par mourir de suffocation et de soif.

"Le Galeriste, l'Artiste, la Meurtrière et son Amant" se concentre sur Brent Patrick, le "Vinci de la mise en scène" qui, après avoir déménagé à L.A., a vu son mariage sombrer avec la maladie mentale de son épouse, et s'est épris d'une jeune femme obsessionnelle qui a fini par assassiner sa rivale supposée. Il a affirmé n'entretenir que des relations professionnelles avec Kim Lord. Et s'il la savait enceinte, c'est parce qu'elle le lui a révélé dans son bureau, plus tôt durant la semaine. Il a également admis une liaison de quelques mois avec Evie Long l'année passée, liaison à laquelle il a mis fin quand elle a commencé à venir à son appartement sans y être invitée. "Je n'en suis pas fier, mais j'ai abrégé notre relation, a-t-il dit au journaliste. Pour être franc, si je souhaitais retourner dans l'Est, c'était en partie pour lui échapper."

— Dee était au courant, pour lui et Evie, me dit Yegina, penchée sur mon épaule. D'après elle, ça aurait capoté à l'automne dernier.

En esprit, je vois Dee et son expression mortifiée mais obstinée.

— Elle a quand même été très cachottière en ce qui concerne Brent, la semaine dernière, fais-je remarquer. Tu crois qu'elle soupçonnait quelque chose ?

— Brent l'a suppliée de ne dire à personne qu'il était embauché à New York. Il facturait doublement ses deux sociétés d'assurance. Pour les soins apportés à sa femme, explique Yegina, et elle tapote du doigt un paragraphe dans lequel Brent affirme son "agenda de travail follement chargé" qui l'aurait rendu "totalement inconscient" des agissements d'Evie. Je crois Dee. Elle était en pleine adoration de Janis, et absente les jours où tout est arrivé. Mais pour Brent, je ne marche pas. À mon avis, il savait quelque chose. Son bureau a dû empester le désinfectant. Il manquait une caisse. Des bâches. Pourquoi n'a-t-il pas averti la police ?

La question est logique, et la réponse logique serait : Il dit la vérité. Il ne savait pas, tout simplement.

Mais je ne pense pas que ce soit exactement cela. Brent s'est laissé aveugler. Je me remémore l'éclat momentané dans ses yeux après le vernissage de l'expo Jason Rains, et la façon dont l'aveu spontané de mon admiration l'a affecté. Et si une telle adulation était mille fois plus importante pour lui, avec la grande compagnie théâtrale orchestrant son retour à Broadway ? Pourquoi se serait-il soucié de quoi que ce soit d'autre ? Je fais part de ces réflexions à Yegina.

— Mais Kim lui a confié qu'elle était enceinte, me rappelle-t-elle. Apparemment, ils étaient vraiment proches.

— Peut-être…

Je me prends à imaginer l'artiste paniquant devant la responsabilité que représenterait un enfant, et le risque que cela ruine sa carrière. Elle a pu penser qu'il comprendrait. À cause de Barbara.

— Et Evie les a entendus parler de sa grossesse, ce qui l'a rendue dingue, approuve Yegina. Mais elle était tellement calculatrice, aussi… J'ai l'impression de ne l'avoir jamais connue.

— D'accord avec toi.

Je choisis un article que je lis à haute voix. Il relate l'enfance d'Evie dans de petites villes de l'Imperial Valley et en Californie du Nord. Elle a souvent déménagé avec sa mère célibataire qui souffrait d'addiction à la drogue, et l'État l'a placée en famille d'accueil pendant de nombreuses années, pour négligence parentale. La mère biologique d'Evie a refusé de répondre aux journalistes, mais la mère de la famille d'accueil a défini Evie comme "la plus jolie petite psychopathe" qu'elle ait connue.

— Une chose dont nous sommes sûres : il était dangereux de la fréquenter, dis-je.

Et j'ajoute mentalement *Il était dangereux de seulement la connaître*. J'ai envie de parler de mon téléphone volé, de mon intuition qu'elle est l'auteure du message de mise en garde adressé à Greg, qu'elle surveillait mon domicile en cherchant une manière de m'incriminer après lui, et qu'elle n'en a pas eu le temps. Je m'attends à ce que Yegina parle de ma chute dans le jardin de sculptures, mais une fois encore elle n'en fait rien. Elle garde les yeux baissés et presse un doigt sur son avant-bras jusqu'à ce que la peau blanchisse.

Je l'interroge au sujet de son frère. Elle me révèle que Don habite à la maison, mais que toute la famille consulte un thérapeute de renom, et que Don économise pour effectuer à vélo la remontée de la côte jusqu'à San Francisco. Elle ajoute qu'elle l'accompagnera peut-être.

— Mais il y a énormément de boulot, en ce moment, dit-elle. Avec toi et Jayme qui manquent à l'appel. Et Bas se consacre à collecter des fonds au nom de Kim. Je sais que tu vas trouver ça plutôt lourd, mais les gens veulent faire quelque chose, tout le monde se sent tellement mal…

— Et lui ? Bas, je veux dire : comment ça va, vous deux ?

Elle pousse un énorme soupir.

— Le jour où Don a essayé de… Bas était avec moi dans mon bureau. Et oui, on a flirté, de cette façon un peu ridicule, quand l'un des deux se sent en perdition. Parce que sa carrière prenait l'eau, son mariage capotait, Kim Lord avait disparu, ma meilleure amie me mentait, et on risquait tous de perdre notre boulot si le Rocque n'arrivait pas à l'équilibre financier.

Avec des gestes mécaniques, elle remet les magazines en pile pendant qu'elle parle, et elle s'interrompt régulièrement pour faire repasser la même mèche rebelle derrière son oreille.

— Et puis ma mère m'appelle et m'annonce qu'elle ramène Don de l'hôpital parce qu'il a tenté de se pendre. Je suis incapable de prendre la voiture. Trop fébrile. Et toi, tu es complètement injoignable. Alors Bas a tout laissé tomber et m'a conduite.

Il lui a confié que sa sœur aînée s'est suicidée quand il était adolescent, et qu'il ne s'en est jamais remis.

— On s'est tous les deux rendu compte qu'on venait de familles qui vivent continuellement sous pression, où tu dois suivre les rails si tu ne veux pas rater ta vie pour toujours.

Ce jour-là, Bas est resté deux heures dans la voiture, pendant que Yegina voyait sa famille, puis il l'a ramenée.

— Et si tu veux le savoir, on a décidé de ne pas coucher ensemble, ajoute-t-elle. Mais il embrasse bien, quand même.

Son ton est léger, mais son regard braqué sur le mien exprime toute sa souffrance.

— Donc tu n'as pas interrompu quoi que ce soit, en fait, et tu n'avais pas besoin de te sauver comme ça.

— J'étais en état de choc, dis-je. Et voilà que je te trouve là, avec lui. J'ai eu l'impression d'être une intruse… Qu'est-ce que j'aurais dû faire ?

— Tu aurais pu me faire confiance, rétorque-t-elle.

Je lui faisais vraiment confiance. J'aurais pu mourir si elle n'avait pas cru mes propos dans le jardin de J. Ro. J'en ai presque mal tellement j'ai confiance en elle, et elle m'a secourue. Mais je ne veux pas commencer à me laisser aller, parce que j'ignore quand je m'arrêterai.

Les bruits familiers du service meublent le silence : la femme de ménage qui, avec sa lavette, malmène le seau pour le faire glisser dans le couloir ; des échos d'une conversation au bureau des infirmières.

— Ray Hendricks est passé, aujourd'hui, me révèle-t-elle. Il a dit qu'il avait laissé quelque chose pour toi.

— Curieux, dis-je sobrement.

Mais mon ventre se noue : il n'est pas revenu à l'hôpital depuis que nous avons menti à l'inspectrice Ruiz.

— Pourquoi était-il là ?

Yegina m'explique qu'on a demandé son avis sur des questions légales concernant les peintures de *Natures mortes*. J. Ro a insisté pour qu'il prenne part aux discussions parce que c'est lui qui a identifié le harceleur présumé de Kim Lord.

— C'était ce gros collectionneur qui cherchait à s'approprier tout ce que Kim Lord a jamais produit. Un type vraiment inquiétant.

— Ça en a tout l'air, dis-je.

— Bref, J. Ro va les acheter, à la condition que Nelson reverse le pourcentage sur les recettes à la famille de Kim, et le sien propre à des organisations à but non lucratif qui viennent en aide aux artistes femmes. Ensuite Janis va prêter les œuvres au Rocque, de façon perpétuelle.

Je m'efforce de montrer de l'enthousiasme, bien que j'aie du mal à absorber ces nouvelles. *Natures mortes* appartiendra toujours au Rocque, comme le souhaitait sa conceptrice, mais qu'adviendra-t-il du reste de ses toiles ? Toutes ses œuvres antérieures, celles de *La Chair* et de *Noir* ? Maintenant que Steve Goetz et sa notion de supercollectionneur sont connus, va-t-il poursuivre dans cette voie ?

— Comment as-tu deviné que c'était Evie ? demande Yegina en scrutant mon visage.

J'évite soigneusement de croiser son regard, et je réponds :

— Je ne sais pas. J'ai simplement assemblé les pièces du puzzle.

— On aurait dû reconnaître ton rôle dans cette histoire.

— Pour que j'ajoute une ligne à mon CV ?

— D'après Hendricks, tu ferais une excellente enquêtrice, si tu n'étais pas quelqu'un d'aussi bien.

— Vous donnez l'impression d'avoir pas mal discuté, tous les deux…

— Pas vraiment. Il n'avait pas spécialement envie de me parler, répond Yegina qui s'est mise à sourire. Mais j'ai senti qu'il y avait le début de quelque chose entre vous, et ça m'a rendue curieuse.

Je le revois qui saute dans la fosse tapissée de verre, se réceptionne lourdement en pliant les genoux, puis rampe jusqu'à moi, les mains tailladées par les éclats. Ses paumes striées de rouge se tendent. Je ne me souviens pas du reste. Il a dû faire quelque chose pour m'empêcher de me vider de mon sang. Et il a dû aussi prendre la cassette dans mon magnétophone. Puis il m'a poussée à mentir. Il m'a fait passer pour une idiote mal dégrossie aux yeux de l'inspectrice Ruiz. Et il ne s'en est jamais excusé. Je maugrée quelque chose en feuilletant une revue. Un cartouche d'inscription retient mon attention.

— Regarde ça, dis-je en prenant le numéro d'*ArtNoise* illustré d'une photo floue de la soirée du personnel sur le toit, la nuit du gala, et sur laquelle Evie est entourée d'un cercle rouge. L'article de Kevin.

Et me voici, pleine page, immobile sur le seuil de la troisième salle, tête penchée, avec mes cheveux blonds qui retombent sur mon visage. La robe verte de Jayme dessine des courbes serrées autour de moi ; ses bottes à hauts talons transforment mes jambes en pointes fuselées. J'ai fière allure. Je semble quelque peu dangereuse. Imprévisible.

Mais j'ai aussi l'air de quelqu'un qui vient d'être giflé violemment, et qui a peur de relever la tête.

Soudain exténuée, je referme le magazine et je me laisse aller contre les oreillers.

— Je le lirai plus tard. Désolée. Je suis vraiment fatiguée.

Yegina reste assise là un moment, avant de ramasser les revues et de les glisser dans son sac.

— Je te les garde, promet-elle. Tu veux que je t'apporte ce qu'Hendricks a laissé pour toi ?

Je ferme les yeux.

— Non. Laisse-le dans mon bureau. Je vais revenir.

— Très bien, dit-elle d'une voix douce, en me caressant le front. J'inonderai ta boîte mail de messages, et je t'emmènerai déjeuner au nouveau restau de *shabu-shabu*, sur Sunset.

— J'ai hâte, dis-je.

J'aimerais que nous le croyions toutes les deux.

UN MOIS PLUS TARD

30

Les enflures ont diminué sur tout mon corps, grâce aux promenades à la rivière avec les colleys de mes parents et les longues heures de repos dans le calme du Nord au ciel étoilé, mais mon visage me semble toujours déséquilibré. Pas plus gros ou plus gonflé, simplement pas le mien. Chaque matin j'enfile un tee-shirt par-dessus ma tête, j'ouvre la bouche pour ingurgiter des petits-déjeuners plantureux, je siffle en déambulant sur les chemins de terre fraîche, j'aide mes parents à planter des tomates. Chaque jour j'essaie de paraître contente d'entendre encore parler du fils des voisins, médecin à l'hôpital local et marathonien, et je souris des anecdotes concernant le libertarien allumé de la ville, qui a récemment pendu l'effigie du gouverneur à son enseigne de plombier.

Pourtant, chaque soir, quand je contemple mon visage dans le miroir à cadre d'acajou, j'essaie de trouver ce qu'il a de différent.

— Miroir, mon beau miroir, dit ma mère du seuil de la pièce, un jour. Tu ressembles de nouveau à ma fille.

— Grâce à vous, dis-je.

Chaque jour je ricoche entre le contentement et la hantise quand je me retrouve devant le pain fait maison, les draps propres, frais, les taquineries exubérantes de mon père, le poids solide de son bras autour de mes épaules. J'aimerais tant me sentir bien avec eux.

Ma mère entre dans la chambre et lisse les oreillers déjà sans pli sur mon lit. Puis elle secoue les rideaux légers afin que la lumière du soir filtre à travers eux. C'est la clarté du printemps, fragile et mordorée.

— Ils préparent à de nouveaux diplômes, à l'université, déclare-t-elle. Ton père et moi, nous voulons que tu vives ici. Si tu trouves des études qui t'intéressent.

Je ne sais que répondre. Derrière chaque repas délicieux et les bavardages sur la nouvelle piste cyclable rôde toujours cette question non formulée : *Pourquoi ne restes-tu pas ici ?*

Pourquoi, en effet ?

Une mouche bourdonne à la fenêtre, grosse pour cette époque de l'année, et nous l'observons toutes deux. Son corps noir virevolte avant de revenir se poser sur la vitre. Depuis mon arrivée ici, l'avalanche médiatique déclenchée par un nouvel homicide a relégué la mort de Kim Lord à l'arrière-plan. Le cadavre de Laci Peterson, une Californienne enceinte et portée disparue, a été rejeté sur la grève à Richmond, en avril, à quelques kilomètres du corps échoué de son fils mort-né. Photo après photo, sa vie est découpée en tranches : rayonnante à Noël, se tenant le ventre ; un mari séduisant, au menton volontaire, un bras possessif passé autour de la taille de sa femme.

Pour autant Kim n'a pas été oubliée, ni remplacée. Elle s'est simplement estompée, tandis qu'une autre victime attirait les projecteurs de l'actualité. Avant longtemps le ravissant minois d'une énième femme assassinée apparaîtra à côté de celui de Laci, et celle-ci s'effacera pour rejoindre à son tour la toile de fond des autres victimes d'homicide. Nous qualifierons son cas de résolu ou non résolu, comme si connaître l'identité du meurtrier expliquait pourquoi elle a vu sa vie abrégée. Au final la raison de sa mort deviendra le cadre de toute son existence, et non pas le nombre infini de raisons pour lesquelles la défunte méritait de vivre.

Devant mon silence, ma mère soupire.

— J'ai bien peur qu'il y ait quelque chose là-bas qui ne te laisse pas en partir, dit-elle. Et je crois que ce n'est plus Greg.

— Non, ce n'est plus Greg.

— Alors qu'est-ce que c'est ? demande-t-elle, au bord des larmes. Pourquoi t'impliquer dans tout ça ? Tu n'y es pas obligée.

Je secoue la tête. J'aimerais être capable d'expliquer. Mais mes yeux secs suivent les évolutions de la mouche, et je m'imagine l'écrasant, comment son corps grotesque s'ouvrirait, déverserait ses entrailles en une traînée sur la vitre. L'insecte remonte jusqu'à un croisillon, stoppe et frotte doucement ses pattes avant l'une contre l'autre.

Le lendemain matin, même notre journal du fin fond du Vermont couvre l'affaire Laci Peterson. Les avocats du mari lancent l'idée qu'un culte satanique l'a enlevée et tuée, donnant bien sûr naissance à un gros titre racoleur qui fera s'apitoyer les lecteurs sur son histoire, son ventre rebondi, son grand sourire heureux.

Je sors aider ma mère à épandre du compost sur son futur carré de framboisiers avant qu'elle plante. La besogne est fastidieuse et un peu trop odorante, mais le moelleux de la terre promet la venue de l'été et détourne mes pensées de l'image d'une autre femme au corps mutilé. C'est aussi une bonne chose de travailler auprès de ma mère. Penchée et bêchant, elle se concentre tellement sur son jardinage qu'on la croirait en conversation intime avec la terre. Je pourrais apprendre de cette attitude. Je pourrais guérir.

Quand un crachin se met à tomber, je rentre et j'appelle Yegina. Nous échangeons des potins sur l'explosion de la fréquentation au Rocque, sur Jayme revenue d'Hawaï avec ses histoires de baignade au milieu des dauphins. À mesure que nous parlons, je sens le L.A. de Yegina s'insinuer dans ma chambre d'enfance : son restaurant coréen de grillades préféré, son rendez-vous avec Hiro au cinéma pour voir un film muet, le chanteur chilien que la station de radio publique diffuse. Je vois sa Mazda jaune dans une longue file de véhicules s'écoulant vers le centre, l'éclat rasant du soleil qui incendie déjà son pare-brise alors qu'elle dépasse les panneaux indicateurs de larges avenues longues de plusieurs kilomètres.

— Mais la grande nouvelle, c'est que J. Ro a forcé la main au grand collectionneur pour qu'il fasse don de toutes les peintures de Kim Lord depuis ses premières expos, annonce mon amie. Donc le Rocque possède maintenant l'intégralité de son œuvre, et on aménage une galerie spéciale à son nom. Steve Goetz.

— Elle aurait dû porter le nom de Kim, dis-je sèchement.

Yegina laisse échapper un petit son qui trahit sa surprise.

— Tu as fini par l'admirer, pas vrai ?

Je suis la proie d'une sensation de vide intérieur, comme si j'étais arrivée très en retard à une réunion capitale, et que tous les autres participants étaient déjà là et me dévisageaient. J'ai été tellement focalisée sur ma propre honte d'avoir perdu Greg à son profit qu'elle est devenue le fantôme de mon dégoût de moi-même et que je n'ai jamais vu la vraie Kim Lord. Je regrette de ne pas l'avoir rencontrée une autre année, et que nous n'ayons pas sympathisé. J'aurais pu être heureuse de voir leur enfant, à Greg et elle, même si c'était douloureux. Mais, plus probablement, je me serais satisfaite de demeurer une étrangère, de ne la connaître qu'au travers de ses seules peintures, d'apprécier sa prochaine création éblouissante.

— Contente d'apprendre que Janis a réussi ça, dis-je. C'est très bon pour le musée.

— Le communiqué du service de presse est truffé de coquilles, m'informe Yegina. Tu reviens quand ?

— Bientôt.

— Ils vont cesser de te demander, ajoute-t-elle. Moi, je n'arrêterai jamais, mais les autres, oui.

L'air dubitatif, ma mère s'est arrêtée sur le seuil de la chambre, avec dans les mains une grande enveloppe rembourrée.

— Ça vient d'un "Ray", à L.A., dit-elle quand j'ai mis fin à la communication. Il ne t'a pas rendu visite à l'hôpital ?

— Il travaillait sur l'affaire Kim Lord.

— Eh bien, qu'est-ce qu'il te veut encore ?

Elle continue de garder le courrier, et je dois le lui prendre des mains. Il me semble léger, comme s'il n'y avait pas grand-chose à l'intérieur.

— On était un peu amis, aussi, dis-je dans un grommellement.

J'attends qu'elle soit partie, et je déchire l'enveloppe. Il s'en échappe un objet noir. Un magnétophone numérique, semblable à celui de Jay Eastman, et celui de l'inspectrice Ruiz. Assez petit pour tenir dans ma paume.

Un morceau de papier adhésif est collé dessus. Il porte deux lignes tracées d'une écriture masculine :

J'avais ça pour vous, mais ils disent que vous ne reviendrez pas. Je vous l'envoie quand même, au cas où.

Un cadeau en remplacement de mon appareil brisé. Au cas où je ne reviendrais pas. Au cas où je ne le reverrais jamais. Le compteur indique que la bande est déjà enregistrée sur une courte durée. Je vais fermer la porte de ma chambre, j'appuie sur la touche de lecture, et j'écoute la voix d'Hendricks :

Vous voulez savoir pourquoi nous avons menti. Vous avez peut-être déjà découvert vos propres raisons de le faire, mais je vous dois les miennes. Si vous accusez une tueuse célèbre d'avoir tenté de vous assassiner, vous ne pourrez plus jamais redevenir vous-même. Vous vous retrouverez au procès, dans les journaux, à la télé, vous serez celle qui en a réchappé, mais votre vie ne vous appartiendra plus. Elle sera à elle.

Ne la laissez pas vous la voler. Construisez votre vie autour des choses et des gens qui comptent pour vous, tout ce qui mérite d'être sauvé. Gardez-les précieusement, et laissez les morts partir. Les morts connaissent déjà leur fin.

Puis plus rien, pendant un long moment, et l'enregistrement s'arrête.

J'ai beau me concentrer, les mots refusent de faire sens pour moi. Je repasse l'enregistrement, et j'essaie de définir s'il s'agit d'excuses, ou d'une mise en garde. Ou les deux. Finalement je cale le message sur la fin, et j'écoute le silence qui suit. Il me rappelle ma première nuit à l'hôpital. Je le vois clairement, à présent : assis près de mon lit, sa main bandée sur la mienne, son regard braqué sur mon visage boursouflé. Cette intimité qui aurait pris fin si un de nous avait parlé. Ce moment pendant lequel il n'y avait rien à dire, aucun mot pour expliquer ce que nous ressentions. Notre attente, à tous deux.

31

Quand la pluie cesse, je descends dans la cuisine et je demande à ma mère si je peux emprunter son break. Le temps s'est radouci, il fait presque vingt degrés, et je ne peux plus rester confinée à l'intérieur, mais je ne veux pas non plus aller me promener sur le terrain de mes parents.

— Tu as besoin de compagnie ? s'enquiert-elle en me tendant les clés.

— Pas cette fois.

— Où vas-tu ?

Elle s'efforce de conserver un air et un ton dégagés. Je lui réponds que je ne sais pas. Elle agrippe le bord du plan de travail. Je la serre contre moi jusqu'à ce que ses épaules se décontractent.

— Je ne serai pas longue.

Elle hoche la tête.

Arrivée au bout de notre route, j'ai le choix entre rouler vers l'ouest et Burlington, la petite ville en bordure du lac où je rencontrais Nikki, ou prendre à l'est, plus avant dans la campagne, où Nikki vivait. Je tourne en direction de l'est. Je n'ai visité sa bourgade qu'une seule fois, quand j'étais plus jeune, pour une randonnée sur les falaises qui dominent l'agglomération, mais quand j'atteins celle-ci tout y est exactement tel que dans mon souvenir : une station d'essence, un village de maisons de bois blanc, une caserne de pompiers volontaires, deux églises. Passez en voiture, clignez des yeux et vous raterez le tout. Ici, la plupart des gens résident le long des routes bordées d'arbres qui s'éloignent en sinuant dans toutes les directions. Exactement comme chez moi. J'ignore dans quelle maison Nikki a grandi, celle où habitait son meurtrier, mais je parierais que ces deux logis sont proches. Je parierais qu'en hiver ils sont visibles de l'un à l'autre à travers les branches dénudées des arbres et la neige, et si ce ne sont pas les maisons proprement dites, la fumée de leurs cheminées qui s'élève dans le ciel et se dissout dans l'air gris.

Je pourrais rester ici et découvrir qui l'a tuée. Cela risquerait de me prendre un peu de temps, mais j'y parviendrais. Est-ce ce que Nikki aurait souhaité ? Faire tomber ses voisins ?

Au Luster, Hendricks m'a dit qu'elle s'était vantée partout en ville de parler à une journaliste. Même avant cela, elle connaissait les risques qu'elle courait en mouchardant, et elle a aggravé sa situation. Elle s'est transformée en cible, et elle n'a pas fui. Je n'avais jamais compris pourquoi, et puis j'ai vu Evie hésiter, elle aussi.

Elle s'est montrée tellement méticuleuse, dans un premier temps. Tuer Kim et la sortir du musée était presque impossible, et pourtant elle l'a fait. Jusqu'au gala et le lendemain, elle a gardé son calme, elle a vaqué à ses affaires pendant que Kim agonisait lentement dans la caisse. Evie aurait pu quitter L.A. en toute sécurité et facilement après avoir enseveli Kim, mais elle a attendu. Elle a patienté. Espérait-elle que Brent reprendrait où ils s'étaient arrêtés ? Elle devait déjà savoir qu'il l'avait définitivement rejetée, et pourtant elle s'est attardée.

Comme Nikki, Evie est restée sur les lieux. Elle a dû attendre d'être prise. D'être reconnue. Mise en lumière, à la vue de tous. Au final, cette fille de personne et de nulle part a eu ce qu'elle voulait : un nom connu. Lorsqu'elle a commencé les recherches pour *Natures mortes* sur les photographies de femmes assassinées, il s'est produit un déclic chez elle. Au lieu de prendre en pitié les victimes, elle s'est mise à jalouser le pouvoir de chaque meurtrier, sa manière de voir, son aptitude à se positionner tel un dieu impitoyable. Quand Brent a rompu avec elle et s'est apparemment intéressé à Kim, elle a commencé à imaginer un meurtre qui la propulserait sous les projecteurs. Elle a étudié les images, la carrière de l'artiste, et elle a planifié son propre passage à l'acte. Après tout, pour elle Kim était à peine humaine, tout juste une idole à sacrifier.

"Je me demande combien de temps elle a mis à mourir", a dit Evie devant la photo de Judy Ann Dull suppliciée. J'ai pensé qu'elle s'interrogeait sur l'intensité des souffrances. Je comprends maintenant qu'elle parlait de la mesure du temps.

J'engage le break sur la route des falaises et j'abaisse de quelques centimètres la vitre de ma portière. Le parfum du redoux printanier et de la végétation emplit la voiture. On n'est pas nulle part ici, semble dire la brise qui caresse le tableau de bord : c'est l'endroit le plus merveilleux qui soit. Un arbre aux fleurs blanches se penche et oscille près du virage. L'amélanchier est en pleine floraison. Les crosses des fougères ouvrent leurs volutes serrées près d'un ruisseau au cours abrupt. Mon amour pour ma terre natale m'imprègne d'un coup. Les filets d'eau chatoient en s'écoulant. La mousse tapisse les rochers près d'un bouquet fragile de champignons fantomatiques.

Le chemin accédant aux falaises par l'arrière est étroit et boueux, et mon corps lourd et faible commence à peiner trente pas après l'endroit où j'ai garé le break.

En haletant, je me hisse plus haut. Je me rappelle la vue qu'on a du sommet, le vaste patchwork de la vallée, l'horizon lointain, frangé d'autres hauteurs. Il faut que j'y arrive. J'ai besoin de me tenir au bord du vide, et de découvrir pourquoi je suis là, si je suis destinée à y rester. À trois reprises, je fais halte et je manque m'écrouler. Je regrette de ne pas avoir apporté de l'eau. Je regrette de ne pas avoir emmené ma mère, pour qu'elle me dise de rebrousser chemin immédiatement et me raccompagne à la voiture. Les bois sont humides et figés, les aiguilles de pin couleur rouille glissent sous mes bottes. Je ne pourrais me trouver plus loin du désert, du Pacifique, des monstrueux rubans métalliques de la circulation à L.A. Le silence, troublé par le seul bruit de mes pas.

Je me casse en deux, j'ai la tête qui tourne et la vision qui miroite au souvenir d'Evie-en-tant-que-Kim s'éloignant du Rocque en hâte. Si seulement j'avais reconnu la femme rageuse, seule et invisible sous ce déguisement, Kim ne serait peut-être pas morte.

Je saisis des troncs d'arbres minces et me redresse. Je continue à avancer en titubant, jusqu'à ce que j'aperçoive la clairière dans la forêt. Le ciel blanc et nuageux.

La falaise est une explosion de vide et de vent froid. Des arbres, encore des arbres, et puis plus rien. Pas même une branche devant moi. Le chemin est si long pour rejoindre le petit groupe d'habitations de la ville, en contrebas. Les maisons sont plus petites que le bout de mes doigts. Elles sont disposées le long d'une route très fine dont les ondulations mènent à un autre village, encore d'autres élévations aux versants fripés, et enfin à la courbe argentée du lac Champlain.

Je fais un pas de plus, et c'est alors que je la sens, au fond de mon sternum, la bourrade d'Evie qui me pousse depuis que j'ai rouvert les yeux, à l'hôpital. La vitesse à laquelle elle a agi. Elle a *volé* vers moi. Et derrière moi le sol s'est dérobé, et le gouffre noir a jailli pour me happer. Depuis, bien des fois, je me suis réveillée en sursaut du rêve où je tombe à la renverse.

Aujourd'hui, je suis face à l'abîme. Il bée juste devant moi, une chute mortelle de quinze mètres, jusqu'aux pins en bas, la roche aux arêtes grisées par le temps mais toujours acérées. Et Evie est là, avec son visage plat et ses paumes rageuses, qui me pousse pour m'écarter du bord. Elle ne me laissera pas m'en approcher à moins d'un pas. Elle ne me permettra pas de franchir le barrage de sa fureur et d'atteindre le grand vide ouvert, *pourquoi vivre*, là où je risquerais de le laisser me soulever avant que je chute.

Elle ne me permettra pas d'aller plus avant. Tout ce dernier mois, elle m'a retenue, et je ne peux pas continuer maintenant, sauf à passer à travers elle.

Je ne sais pas comment le faire, mais la réponse ne réside pas ici.

J'ai vu naguère une carte peinte du Los Angeles des années 1880. Elle occupait la moitié d'un mur, et avait été réalisée lors d'une expédition, en perspective depuis une petite hauteur, comme celle où je me tiens à présent. Elle représentait des collines verdoyantes, des orangeraies, la grille basse et délicate des rues, l'océan bleu pâle. Le rêve d'une cité dans une vallée paradisiaque, flanquée par la mer. C'était le talent du cartographe que de rendre à la fois l'existence de L.A. et ses potentialités, à l'extrémité de notre continent, notre destination ultime, et la plus grandiose.

Plus d'un siècle plus tard, immense, surpeuplée et corrompue, c'est toujours la Los Angeles dont les gens tombent amoureux, la Los Angeles qui nous a attirés, Greg et moi, Kim et ses peintures, même Evie. C'est aussi la cité où des appétits monstrueux rencontrent des espoirs individuels, encore et toujours, et les dévorent. Où l'ambition est massacrée et transmuée en accablement, où une artiste brillante peut être battue, frappée et enfermée jusqu'à mourir pendant que la soirée en son honneur continue, qu'on lève les verres au tempo de mélodies enjouées.

Los Angeles déroule son tableau devant moi, alors que je contemple mes propres pentes humbles et familières couvertes de pins, mes propres saillies déchiquetées de granit, et c'est ce que je respire bien que j'emplisse mes poumons de l'odeur douce et vive à la fois des sapins et des framboises noires. Elle se rassemble dans mes oreilles, L.A., pareille au vent rude qui souffle sans cesse ici, quand bien même j'ai baissé le menton et la tête dans le col de mon blouson, et je tourne les talons pour redescendre la pente.

Je reviendrai, dis-je en promesse à tant de gens. J'ai du mal à discerner ma destination, ou qui je trouverai là-bas. Je sais seulement que j'y vais.

REMERCIEMENTS

Mes remerciements les plus profonds aux amis et mentors suivants, qui ont largement contribué à la réalisation de ce roman : Rita Mae Reese, Sarah Frisch, Melanie Abrams, Sarah Houghteling, Malena Watrous, Robin Ekiss, Glori Simmons, Kasie Carlisle, Karen Lofgren, Eavan Boland, Tobias Wolff, Ken Fields, Adam Johnson et Tom Kealey. Je suis reconnaissante à la Stanford University, aux conférenciers Jones, et à mes anciens compagnons de travail au Museum of Contemporary Art. J'aimerais également remercier la University of Vermont, l'UVM's Office of the Vice President for Research, et mes chers collègues qui ont soutenu la création de ce livre d'une multitude de façons.

Merci à Dan Smetanka, un éditeur d'un dévouement et d'une intelligence sans pareils, pour avoir approfondi cette histoire page après page. Merci à mon merveilleux agent, Gail Hochman, qui m'a mise sur la voie du roman policier à maintes reprises, et à Megan Fishmann, Jennifer Kovitz, Sarah Baline et toute l'équipe de Counterpoint & Catapult pour avoir apporté ce livre aux lecteurs.

Ma famille affectionnée ne saurait être assez remerciée. Ma gratitude éternelle va à tous les Hummel, Parmelee, Greenfield, Ochiai, Shetty, Hallan, Cohen et Creason, et particulièrement à Bowie, Bruce et Kyle.

Retrouvez le nouveau roman de Maria Hummel
dans la collection "Actes noirs"

LEÇON DE ROUGE

traduit de l'anglais (États-Unis) par Thierry Arson

Branea Brasil est une étoile montante du LAAC, l'école d'art la plus prestigieuse du pays. Son avenir semble tout tracé et la promesse d'une célébrité mondiale assurée. Mais juste après avoir terminé un documentaire extrêmement provocateur sur l'assujettissement du corps de la femme, elle est retrouvée morte dans sa chambre du campus. À la demande de son patron, Maggie Richter – en arrêt maladie depuis l'affaire Kim Lord – se retrouve une nouvelle fois au cœur des intrigues à haute densité dont le monde de l'art contemporain semble avoir le secret.

OUVRAGE RÉALISÉ
PAR L'ATELIER GRAPHIQUE ACTES SUD
ACHEVÉ D'IMPRIMER
EN NOVEMBRE 2022
PAR NORMANDIE ROTO IMPRESSION S.A.S.
À LONRAI
POUR LE COMPTE DES ÉDITIONS
ACTES SUD
LE MÉJAN
PLACE NINA-BERBEROVA
13200 ARLES

DÉPÔT LÉGAL
1re ÉDITION : JANVIER 2023

N° impr. : 2205098

(Imprimé en France)